KRÜGER

MARIAN IZAGUIRRE

Als die Träume noch uns gehörten

ROMAN

Aus dem Spanischen von
Lisa Grüneisen

KRÜGER

MIX
Papier aus verantwortungsvollen Quellen
FSC® C083411

Erschienen bei FISCHER Krüger

Die Originalausgabe erschien 2013
unter dem Titel »La vida cuando era nuestra«
im Verlag Random House Mondadori, Barcelona

Satz: Pinkuin Satz und Datentechnik, Berlin
Druck und Bindung: CPI books GmbH, Leck
Printed in Germany
ISBN 978-3-8105-2667-0

Es regnet niemals in Honfleur.
Doch manchmal fällt Regen auf die Kindheit.
ERIK SATIE

1

Madrid, Oktober 1951

Draußen ist es kalt. Es ist zwar erst Oktober, aber man hat das Gefühl, bereits mitten im Winter zu sein. Ich habe zum ersten Mal den Mantel aus dem Schrank geholt, und nachdem ich gesehen habe, dass es bewölkt und windig ist, habe ich mich entschieden, ein Tuch um den Kopf zu binden. Es ist ein alter Seidenschal, den ich manchmal auch als Halstuch zu meinem Tweedsakko trage. Vorher habe ich mein Haar im Nacken zusammengebunden. Ich hätte gerne ein bisschen Rosaflor-Brillantine gehabt, damit kein widerspenstiges Haar aus der Reihe tanzt, aber ich muss mich damit zufriedengeben, mit der angefeuchteten Hand über Stirn und Schläfen zu fahren. Warum habe ich diese Haare? Sie sind erstaunlich weiß für mein Alter. Manchmal, wenn ich mich im Spiegel betrachte, entdecke ich einen leichten Gelbstich, wie bei einem Küken, der mich an die Zeit erinnert, als ich noch blond war.

Ich bin erst so alt wie das Jahrhundert. Ich finde nicht, dass ich schon so weißes Haar haben sollte.

Ich werde einen Spaziergang zu seinem Geschäft machen. Ich mag es, spazieren zu gehen. Am Nachmittag, wenn ich schon ein bisschen erschöpft von meinen Erledigungen bin, für ein, zwei Stunden ohne festes Ziel durch diese Stadt laufen, die genauso schnell wächst, wie die Tage vorüberziehen. Viele Viertel kenne ich gar nicht, obwohl ich schon seit dreizehn Jahren in Madrid lebe. Mit achtunddreißig bin ich hergekommen. Wie jung ich damals war und wie jung ich mich fühlte, unglaublich … Meistens gehe ich nicht sehr weit, aber wenn ich Lust habe, etwas völlig anderes zu sehen, setze ich mich in einen der Busse, die in die Vororte fahren. Ich steige ein, als würde es auf eine lange Reise in ein anderes Land gehen, und mein Blick wandert die Straßen entlang, die am Fenster vorüberziehen. An den Ampeln betrachte ich die Schaufenster der Geschäfte. Sie verändern sich, je weiter wir uns vom Stadtzentrum entfernen. Wenn die Lebensmittel- und Bekleidungsgeschäfte weniger werden und die Werkstätten ins Bild kommen, weiß ich, dass ich ziemlich weit außerhalb bin.

Ich glaube, bei einem dieser Ausflüge bin ich ihm begegnet. Ich kam gerade vom anderen Ende der Stadt zurück, war müde und wollte eben nach Hause gehen – ohne große Lust, ehrlich gesagt, denn es war Juni, und die Tage waren lang und hell. Da sah ich diesen Mann. Mir gefiel, dass er einen Stapel Bücher unterm Arm trug. Er hatte ein altes Sakko mit Flicken an den Ärmeln an, das schon etliche Jahre auf dem Buckel zu haben schien, so wie der Mantel, den ich heute anhabe. Er trug keinen Hut, aber er war kein Arbeiter oder Bauer. Vielleicht ein Lehrer, dachte ich damals. Und bevor ich mich versah, folgte ich ihm Häuserblock um Häuserblock durch die Straßen von Chamberí.

Er hatte einen ordentlichen Schritt drauf, so dass ich Mühe hatte, ihm zu folgen. Schließlich blieb er vor einem Hauseingang in der Calle Caracas stehen. Ich hielt einige Meter entfernt inne und tat so, als suchte ich etwas in meiner Handtasche. Er merkte nicht, dass ich ihm folgte. Wer achtet schon auf eine weißhaarige Frau? Ich sah, wie er den Türklopfer betätigte. Dreimal klopfte er. Nach einer Weile erschien eine ungekämmte Frau mit Küchenschürze. Der Mann überreichte ihr zwei der

Bücher, die er dabeihatte. Ich hörte nicht, was er sagte, wohl aber die Frau, die eine ziemlich schrille Stimme hatte.

»Aber kommen Sie nicht mit rauf? Der junge Herr Luis wartet auf Sie.«

Daraufhin trat ich etwas näher und hörte zum ersten Mal seine Stimme: angenehm, moduliert, ziemlich tief. Wäre sie ein Instrument, würde ich sagen, sie ist ein Cello. Oder zumindest eine Bratsche.

»Heute kann ich nicht, ich muss noch eine andere Bestellung abgeben«, sagte er in einem Ton, der zumindest mir ehrlich erschien. »Grüßen Sie ihn von mir und sagen Sie ihm, am Donnerstag komme ich ganz bestimmt zu ihm rauf.«

Die Frau schloss die Tür hinter sich, er wandte sich in meine Richtung, sah durch mich hindurch – ich glaube, ich erwähnte bereits, wie leicht wir Frauen übersehen werden, sobald uns das Alter anzusehen ist – und ging auf demselben Weg zurück, auf dem er gekommen war.

Ich folgte ihm, weil ich wusste, dass er nun die übrigen Bücher abgeben würde. Wer war er? Was arbeitete er? Nach einer Weile – ich muss zugeben, dass es mir Spaß machte, meinen Vorteil auszuspielen – holte ich ihn ein und ging direkt neben ihm auf dem schmalen Gehsteig in der Calle Zurbano. Für einen kurzen Moment streiften sich beinahe unsere Arme. Ich warf einen raschen Blick auf die Bücher. Sie waren nicht neu, aber die Titel konnte ich nicht entziffern. Arbeitete er in einer Bibliothek? Oder in einer Buchhandlung? Er bemerkte mich immer noch nicht, wie abzusehen. Trotzdem ließ ich ihn sicherheitshalber ein wenig vorgehen, bis er schließlich vor einem weiteren Hauseingang stehenblieb. Diesmal klopfte er nicht an, weil der Portier gerade die Straße fegte. Ich ging davon aus, dass es ein Weilchen dauern würde, also setzte ich mich auf eine Bank und wartete.

Was machte ich auf dieser Bank?, fragte ich mich irgendwann, als die Warterei meine Begeisterung ein wenig zu dämpfen begann. Noch mal, ich bin kein junges Mädchen mehr.

Ich war kurz davor, zu gehen. Aber ich ging nicht. Ich wollte mehr über diesen Mann wissen, der Bücher nach Hause lieferte.

Ich lenkte mich damit ab, an andere Dinge zu denken. An das Auto, das Henry für mich gelb lackieren ließ. Wie viel Spaß es mir machte, damit über die Straßen von East Sussex zu fahren, ganz allein, den ganzen Nachmittag, und dann zur Abendessenszeit nach Hause zu kommen, außer Atem und glücklich, und zu sehen, wie er auf mich wartete, die gefaltete Zeitung und sein Whiskeyglas auf dem Tisch im Wintergarten … Ich denke an sein braunes Haar, das ihm immer in die Stirn fiel, und an das unruhige Meer, das durch die Fenster zu sehen war. Henry, der mich lächelnd über die Brillengläser hinweg ansah und dann verschwand …

Daran dachte ich, damit mir das Warten nicht zu lang wurde und ich nicht auf den Gedanken kam, einfach zu gehen. Ich dachte auch, dass ich gerade eine ausgewachsene Dummheit machte und dass ich, statt wie eine Närrin auf dieser Bank zehn Meter von einem Hauseingang entfernt zu sitzen, von dem ich nicht wusste, wer dort überhaupt wohnte, zu Hause sein könnte, die Beine hochgelegt, und eine Erzählung von Katherine Mansfield oder ein Gedicht von Emily Dickinson lesen könnte. Was ich immer tue, wenn ich die Welt da draußen leid bin.

Nein, ich mache mir nichts vor. Ich folgte diesem Unbekannten, weil ich eine närrische Alte bin, die nichts anderes zu tun hat im Leben. Deshalb.

Er kam wieder heraus, die Hände in den Hosentaschen vergraben. Er beschleunigte seine Schritte, und ich musste mich anstrengen, um ihn nicht aus den Augen zu verlieren. Wir gingen die Calle Génova hinunter. Als ich die Calle Orellana überquerte, wäre ich beinahe vor ein Auto gelaufen, das laut hupte. Daraufhin drehte er sich um, ging aber weiter, ohne etwas zu bemerken. So schnell ich konnte, folgte ich ihm in zehn Metern Abstand ein Stück die Calle Argensola entlang und sah ihn schließlich in einem kleinen Gässchen zwischen der Calle Fernando VI und der Calle Barquillo verschwinden.

Woher wissen wir, ob etwas wichtig ist oder nicht? Eine Belanglosigkeit wie zum Beispiel, einem Mann um die Vierzig durch die Straßen von Madrid zu folgen, zuerst, um sich an einem sonnigen Julitag die Zeit zu vertreiben, an dem man keine Lust hast, sich zu Hause zu vergraben. Als ich ihn aus den Augen verlor, hätte ich umkehren können. Aber ich tat es nicht. Ich ging in die Straße – ein abwegiger Ort für ein Ladengeschäft, ich meine, wer betritt eine Sackgasse, die nirgendwohin führt? –, und in dem Moment, als ich den Laden sah, eine altmodische Buchhandlung mit einem Schaufenster voller Buntstifte, Aquarellfarben und Büchern von Jules Verne, genau in diesem Moment wusste ich, dass gerade etwas Außergewöhnliches passierte und dass es von mir abhing, welche Bedeutung dieses Ereignis in der Zukunft haben würde. Ich konnte auf dem Absatz kehrtmachen und alles vergessen. Oder ich konnte dort reingehen und mit ihm reden.

Ich ging hinein.

Ich bin schon mehrere Male in dem Geschäft gewesen. Es ist ein ziemlich sonderbarer Ort für eine Buchhandlung. Zu klein, zu abgelegen, und am Anfang fand ich sogar, dass der Laden nicht ins Viertel passte. Aber das machte mich noch neugieriger. Wer war dieser Mann, der ein scheinbar völlig erfolgloses Geschäft führte? Ich war fest entschlossen, es herauszufinden. Bücher sind meine Religion. So gesehen war mein Vorhaben gar nicht so abwegig.

Diesmal kaufte ich nur einen Radiergummi. Ich verlangte den billigsten, den er dahatte. Schließlich brauchte ich gar keinen Radiergummi … Ich konnte ihn aus der Nähe betrachten. Sein Blick war interessant, tiefgründig, ein bisschen melancholisch. Vielleicht wegen der langen schwarzen Wimpern und dem leichten dunklen Schatten um die Augen. Die Nase war groß und scharf geschnitten, die Lippen waren voll. Er hatte einen Bartschatten. Ich weiß nicht, warum, aber ich überlegte, wie sich dieses Kinn wohl auf meiner Haut anfühlen würde. Nein, nein, natürlich träumte ich nicht von einem romantischen Abenteuer. Es brachte mir lediglich die Erinnerung an etwas zurück, das es einmal in meinem Leben gegeben hatte: die trägen Nachmittage am Mittelmeer, die erste Hitze, Valencias glutheiße Straßen und die feuchten Laken, in die Henry und ich vor der Angst und dem Lärm flüchteten. Das Kratzen seiner Bartstoppeln auf meiner Haut …

Schmerzliche Erinnerungen. Ich will nicht abschweifen, darum geht es nicht. Ich muss mich konzentrieren, wenn ich erklären will, wie alles wirklich war.

Zugegeben, ich bin hartnäckig. Wenn ich etwas anfange, gebe ich nicht so schnell auf. Ich kann einfach nicht klein beigeben. Jeder ist, wie er ist, das habe ich seit langem akzeptiert. Ich beobachtete den Mann aus der Buchhandlung eine ganze Weile, fast den ganzen Sommer hindurch. Er ist sehr fleißig, immer noch nebenher mit etwas beschäftigt, außer seine Kunden zu bedienen: Er liest viel, füllt Karteikarten aus und sortiert sie ein, und manchmal schreibt er etwas in ein schwarzes Wachstuchheft, das er ständig bei sich trägt. Es ist genau so ein Heft, wie Henry es hatte. Immer, wenn ich ihn mit diesem Heft sehe, versetzt es mir einen Stich ins Herz.

Dienstags und donnerstags bleibt seine Frau im Laden, und er liefert Bücher aus – an besondere Kunden, nehme ich an.

Es sind vier oder fünf, die er zu Hause aufsucht. Einer wohnt in dem Haus, wo die Frau mit der Schürze an die Tür kam, ein anderer in der Straße, wo ich mich am ersten Tag auf die Bank setzte.

Seine Frau gefällt mir. Sie ist jung und sehr hübsch, ihre lockigen Haare sind immer perfekt frisiert. Da bin ich ein bisschen neidisch auf sie, muss ich zugeben. Einmal kaufte ich einen Bleistift bei ihr, einen Faber-Castell 2B, und stellte dabei fest, dass sie sehr schöne Hände hat, flink und grazil, feingliedrig wie die einer Pianistin.

Das dritte Mal, dass ich die Buchhandlung betrat, war ein Samstag. Diesmal wollte ich ein Buch kaufen, und das war kein Vorwand. Ich dachte, dass mir dieser kleine, in einem Gässchen versteckte Laden in Zukunft viele Glücksmomente verschaffen könnte.

Ich fragte ihn, ob er auch englische Bücher führte. Er brachte mir *Der schwarze Pfeil* und ein Exemplar von *Oliver Twist* ohne Einband. Ich wollte ihm gerade erklären, dass es nicht unbedingt das war, wonach ich suchte, kam jedoch nicht dazu, denn in diesem Moment trat ein kleiner, hässlicher Mann durch die Tür, in der Hand einen schweren Koffer, der, wie sich dann herausstellte, voller gebrauchter Bücher war. Der Buchhändler klappte die Ladentheke hoch, bat ihn dahinter und forderte ihn auf, einen Moment zu warten, während er mich bediente. Der Mann hieß Garrido, wie ich hören konnte.

Als er sich wieder mir zuwandte, fragte ich ihn nach etwas … nun ja, weniger Jugendlichem. Das mag ein bisschen lächerlich sein, denn wo steht geschrieben, dass Stevenson und Dickens Jugendbuchautoren sind? Ich glaube, ich war einfach nervös. Aber er schien mich zu verstehen.

»Kommen Sie doch durch«, sagte er und klappte erneut die Ladentheke hoch. »Da in der Ecke, im zweiten Regal, habe ich ein paar Bücher auf Englisch und Französisch. Sie können sich schon mal umschauen, und falls Sie nichts finden, bin ich gleich bei Ihnen.«

Drei Personen auf diesem engen Raum sind einfach zu viel. Aber ich fühlte mich trotzdem wie im Himmel. Er hatte nur wenige englischsprachige Bücher, aber die waren alle etwas ganz Besonderes. Amerikanische Ausgaben von Autoren, die ich früher gelesen hatte, wie Edith Wharton, Faulkner oder John Dos Passos. Ich entdeckte auch die Erzählungen von Katherine Mansfield, einer Autorin, die mich seit jeher begleitet. Es waren Bücher, die man an so einem Ort nicht erwartete. Ich glaube, das war es, was mich, neben allem bisher Geschehenen und der Tatsache, dass ich das Buch zufällig in der Tasche hatte, auf den Gedanken brachte.

Ich sah, wie der Mann, der auf den Namen Garrido hörte, den Inhalt seines Koffers auf einen Stuhl räumte, ein Stapel ziemlich neuer Bücher, allesamt von spanischen Autoren, und hörte zwangsläufig jedes Wort ihrer Unterhaltung mit, auch wenn ich nicht herausbekam, woher dieser Garrido die Bücher hatte.

»Haben Sie etwas gefunden, das Sie interessiert?«

Die Frage war überflüssig, denn ich hielt bereits die englische Ausgabe von Edith Whartons *Zeit der Unschuld* und Katherine Mansfields *Das Gartenfest* in den Händen und drückte sie gegen die Brust, als handelte es sich um wahre Schätze. Garrido war vor einer Minute gegangen, der Buchhändler hatte ihm zwanzig Peseten gezahlt und war nun zu mir gekommen, um mich zu bedienen.

»Haben Sie das hier gesehen?« Er zeigte mir eine recht gut erhaltene Ausgabe von E. M. Forsters *Auf der Suche nach Indien*. »Ein wirklich gutes Buch.«

Er reichte es mir.

»Es versetzt einen in die Kolonialzeit, als flöge man auf einem fliegenden Teppich«, setzte er hinzu, ohne mich im Geringsten überreden zu wollen.

Mir gefiel seine Bemerkung. Sie war wirklich zutreffend.

»Es entführt einen aus der Realität, nicht wahr?«

Er sah mich überrascht an. Dann nickte er wie in Gedanken.

»Das hat man manchmal bitter nötig«, erklärte ich, gleichfalls nickend, und gab ihm das Buch zurück. »Ich habe es schon gelesen, vielen Dank.«

Zu sagen, dass zwischen uns ein Band gegenseitiger Sympathie entstand, ist keine Einbildung. Ich bemerkte es, und er bemerkte es auch. Während er die Bücher einpackte, ging ich zu dem Bücherstapel, den Garrido auf dem Stuhl hinterlassen hatte, und dann tat ich es. Niemand merkte etwas. In meinem Kopf hallten die Worte wider, die Ezra Pound Walt Whitman zugeeignet hatte: *»Wir haben ja ein Mark und eine Wurzel, lass Austausch sein zwischen uns.«*

Ja, ich tat es. Ohne zu zögern. Ich nahm das Buch heraus, das ich in der Tasche hatte, und legte es neben den Bücherstapel, den Garrido mitgebracht hatte. In diesem kleinen Laden war es sicher gut aufgehoben.

2

»Stell das ab, bitte.«

»Das Radio?«

»Ja, mach es aus.«

»Aber jetzt kommen die Nachrichten.«

»Deswegen ja.«

Die beiden saßen auf Holzschemeln in der Küche. In der Ecke befand sich ein Bord, darauf ein Radio der Marke Invicta, das schon einige Jahre auf dem Buckel zu haben schien. Lola saß genau darunter, Matías am anderen Ende des Tisches und drehte sich eine Grobschnitt-Zigarette. Die Küche war klein und eng. An der einen Seite stand ein Kohleofen, daneben ein halber Meter weißer Kacheln mit dem Warmwasserboiler und einem nicht sehr tiefen Spülbecken aus Granit. Auf der anderen Seite befand sich der Tisch, an dem Matías und Lola gerade gegessen hatten. Zwischen der einen Wand und der anderen lagen nicht viel mehr als anderthalb Meter.

»Wozu haben wir ein Radio, wenn wir es nicht anstellen?«

Matías gab keine Antwort. Er lehnte sich gegen die Fliesen und zündete die Zigarette an, die er soeben gedreht hatte.

»Meine Eltern haben fast tausend Peseten dafür bezahlt«, beharrte Lola, während sie die Teller abräumte und im Radio die Erkennungsmelodie der Nachrichten erklang, »und jetzt kann ich nicht mal die Nachrichten hören.«

Eine geschwollene Männerstimme verlas die Verlautbarungen der staatlichen Pressestelle. Sie tat es mit solcher Emphase, dass es wie eine Theaterlesung klang.

»Seine Exzellenz, General Franco, befindet sich derzeit auf Besuch in der Provinz Badajoz, wo er die großartigen Bauprojekte des Nationalen Instituts für landwirtschaftliche Siedlungen besichtigt. In Montijo weihte er einen Staudamm ein und besuchte zwei neue Dörfer, wo auf 8000 Hektar Land Parzellen mit 62 Gehöften entstehen, auf denen insgesamt 5901 Familien ein neues Zuhause finden werden.«

Matías machte eine abwertende Handbewegung.

»Das sind keine Nachrichten, Lola. Das ist reine Propaganda.«

Lola wischte die Hände an der Schürze ab und stellte das Radio aus. Eine traurige Stille senkte sich über die Küche.

Ohne ein Wort zu sagen, ließ sie sich auf den Schemel sinken. Sie wirkte resigniert. Zwölf Jahre waren seit Ende des Bürgerkriegs vergangen, und nichts war besser geworden. Sie waren allein, umgeben von Lüge, Repression und Angst. Deshalb ließ Lola so gerne das Radio laufen, weil sie Musik hörte und nicht nur Nachrichten oder Fortsetzungsromane. Manchmal hatte sie das Glück, ein Lied von Schubert zu hören oder eine Copla von Concha Piquer, die ihre Gedanken mit tröstlichen Bildern füllten.

»Ich weiß nicht, wie es dir geht, aber ich mag nichts mehr von diesen verdammten ›Pflichten eines jeden Spaniers‹ hören«, sagte Matías bitter. »Heute wirklich nicht.«

Lola kochte eine Kanne Kaffee mit dem Rest Zichorienkaffee aus der Packung. Sie packte sie mit dem Ärmel der Bluse, der am Saum mit Reihfaden geflickt war. Die Tassen waren ebenfalls schartig, und einer fehlte ein Stück vom Henkel. Plötzlich begann sie zu weinen. Sie konnte nicht anders. Den

Kaffee in der einen Hand, die andere gegen die warmen Kacheln gelehnt.

»Aber Mädchen«, sagte Matías erschrocken, »nicht weinen. Ich wusste nicht, dass es so wichtig für dich ist, ob das Radio an oder aus ist.«

Er war zu ihr getreten und legte die Hände auf ihre Schultern. Lola drehte sich nicht um. Sie weinte stumm weiter, während Matías sie von hinten umarmte. Nach einer Weile straffte sie sich und putzte sich mit einem Taschentuch, das sie in der Schürzentasche hatte, die Nase.

»Komm schon, nimm's nicht so schwer.«

Sie drehte sich um und versuchte zu lächeln. Matías sah sie ernst an.

»Was ist denn mit dir los? Wieso weinst du?«

Sie zuckte mit den Schultern.

»Ich weiß nicht«, sagte sie. »Es gibt Tage, an denen ich alles nur furchtbar finde.«

Matías strich ihr übers Haar. Sie ließ sich trösten, doch dann wurde ihr Blick ganz hart, und sie drehte den Kopf weg.

»Sie haben uns alles genommen, ist dir das bewusst?«, sagte sie mit der gebrochenen Stimme eines Menschen, der seinem Herzen Luft machen muss. »Den Verlag, das Haus deiner Mutter, die Möbel, die Freunde …«

Sie hatte sich in Rage geredet und begann erneut zu weinen. Es gefiel Matías nicht, sie so zu sehen.

Sie verstummte. Sie konnte nicht weiter all diese Verluste aufzählen. Sie hatte das Gefühl, dass sie für alles im Leben eine wahnsinnige Kraft aufwenden musste.

»Weißt du, was mit mir los ist?« Sie breitete die Hände aus, als wollte sie ein lange gehütetes Geheimnis lüften. »Ich vermisse das Leben, als es noch unser Leben war.«

Matías fand diesen Satz niederschmetternd, aber ganz typisch für sie. Bei allem Schmerz empfand er auch Stolz, Stolz auf diese mutige, geistreiche und begeisterungsfähige Frau, die nun kurz davor zu sein schien, aufzugeben.

»Ja.« Er ging zum Tisch, um die brennende Zigarette aus dem Ascher zu nehmen, bevor sie auf die Tischdecke fiel. »Manchmal bin ich auch verzweifelt.«

Er nahm das Päckchen mit dem Tabak und steckte es in die Hosentasche. Dann sagte er in munterem Ton, der ganz bestimmt nicht echt war, auch wenn es für einen Augenblick so schien: »Aber ich werde nicht zulassen, dass die da uns den Tag versauen.«

Lola legte den Kopf schräg. »Und wie?«, murmelte sie so leise, dass sie sich selbst kaum hörte.

»Zieh die Schürze aus. Heute gehen wir in die Bar einen Kaffee trinken. Und dann kommst du mit mir ins Geschäft.«

»Am Sonntag?«

»Ja, nur ein paar Stündchen«, antwortete Matías und drückte die Zigarette in dem Zinnaschenbecher aus. »Ich will das Schaufenster umdekorieren, bevor wir morgen öffnen.«

Lola wusch sich am Spülbecken das Gesicht. Danach fühlte sie sich besser.

»Aber den Kaffee trinken wir besser zu Hause, ich mach ihn gleich«, sagte sie, während sie sich mit dem Schürzenzipfel übers Gesicht wischte.

»Kommt nicht in Frage. Heute trinken wir einen richtigen Kaffee. Im Metropol.«

Lola zuckte mit den Schultern, ganz so, als würde sie ihm den Gefallen tun, aber Matías wusste, wie sehr sie diese kleinen Fluchten aus dem Alltag genoss, die sie in die Zeit zurückversetzten, als sie es sich noch leisten konnten, im Restaurant zu essen oder ins Ausland zu reisen.

»Wo ist das Lesepult?«

»Das Lesepult?«, fragte Lola erstaunt.

»Ja, das Lesepult meines Vaters.«

»Ich glaube, ganz oben in der Abstellkammer. Aber das willst du doch jetzt nicht suchen.«

»Es dauert nicht lang.«

»Du musst die Trittleiter holen.«

»Zieh du dir den Mantel an, ich bin gleich wieder da.«

Lola ging ins Schlafzimmer und richtete vor dem Kommodenspiegel ihr Haar. Ihre Nase war gerötet. Sie legte ein wenig Puder aus einem fast leeren Döschen auf und zog sich die Lippen nach. Als ihr Gesicht wieder hergerichtet war, verspürte sie das Bedürfnis, auch etwas anderes anzuziehen. Also holte sie ein Kostüm aus dem Schrank und zog sich um. Sie zog die Seidenstrümpfe an und schlüpfte in die Absatzschuhe. Dann betrachtete sie sich erneut im Spiegel. Sie war eine andere Frau. Plötzlich waren das ganze Unglück und Elend der letzten Jahre wie weggewischt, und sie war wieder die junge, weltgewandte Übersetzerin, die für Matías' Verlag arbeitete, den Männern den Kopf verdrehte und sie trotzdem auf Abstand hielt. Alle außer Matías, der sie in seinen Bann zog und all ihre Widerstände niederriss, bis sie in einem Spinnennetz gefangen war, dem sie nie mehr entkommen war.

Er war damals verheiratet und ließ sich scheiden. Später teilte man ihnen mit, dass diese Scheidung keine Gültigkeit habe, aber das war ihnen beiden egal. Sie liebte ihn. Von ganzem Herzen und aus ihrem tiefsten Inneren. Vielleicht, weil auch seine Liebe so ausschließlich war, dass sie keinen Raum für Mittelmaß ließ. Sie liebte ihn, weil er anständig war, ohne heldenhaft zu sein, aber an seiner Seite schien alles möglich. Und weil sie ihn bewunderte. Sein Verhalten während und nach dem Krieg zeigte ihr, dass er der Richtige war. Beinahe wäre er erschossen worden. Lola glaubte, sie würde ihn nie wiedersehen, doch dann erreichte Lolas Vater, ein renommierter Arzt, unter dessen Patienten auch einige Befehlshaber des neuen Regimes waren, dass das Urteil in eine Gefängnisstrafe umgewandelt wurde. Man brachte ihn in ein Gefangenenlager in Galicien, wo er drei Jahre blieb, bis die Verfolgungen nachließen und er wieder nach Hause konnte. Bei seiner Rückkehr war von seinem alten Leben nichts mehr übrig. Seine Mutter war gestorben, Lola zu ihrer Familie geflüchtet, und den kleinen Verlag, der die besten französischen und englischen Autoren des 20. Jahrhunderts veröffentlichte, gab es nicht mehr. In dem Gebäude in der Calle Argensola befand sich jetzt eine Schneiderei für Kleriker über zwei Stockwerke. Lola hatte noch ein paar hundert Exemplare aus dem Lager sowie ein halbes Dutzend unübersetzter Manuskripte in Sicherheit bringen können, bevor ein paar Kerle, die sich nicht auswiesen, in den Verlagsräumen auftauchten, um alles auszuräumen. Einen Teil der Bücher brachte sie bei ihren Eltern unter, den Rest auf dem Dachboden von Freunden.

Seitdem waren einige Jahre vergangen. Zu viele, um noch Hoffnungen zu haben, und zu wenige, um sich an dieses Leben zu gewöhnen.

»Da haben wir uns aber schick gemacht …«

Matías war zu ihr ins Schlafzimmer gekommen. Er sah sie mit diesem typischen Funkeln in den Augen an.

»Du siehst umwerfend aus, Mädchen. Und wenn wir unsere Pläne einfach ändern?«

Er hatte schon den Mantel an und das Lesepult unterm Arm. Lola fasste ihn am Ärmel und zog ihn aus dem Haus. Das Café Metropol würde ihr einziger Luxus für viele Monate sein.

Als sie zum Geschäft kamen, waren sie gut gelaunt und beschwingt. Trotzdem fragte sie sich, was er wohl jeden Tag dabei empfand, wenn er das Eisengitter dieses kleinen Buchladens hochschob, das er in der ehemaligen Werkstatt eines Uhrmachers eröffnet hatte. Gleich hinter dem Eingang befand sich die Ladentheke. Man musste sie hochklappen und eine weitere Tür aufschließen, um in den Laden zu kommen. Das Beste war mit Sicherheit das kleine Schaufenster, dessen Schmalseite, kaum anderthalb Meter breit, zur Straße hinausging. Es war nicht eben viel, aber es hatte immerhin etwas mit dem zu tun, was sie konnten. Mit dieser romantischen Vorstellung von Kultur, die sie zusammengebracht hatte. Bücher waren ihrer beider Leben gewesen, und in gewisser Weise waren sie das immer noch.

»Hast du was Neues?«, fragte Lola, während sie die Handschuhe auszog und einen Stapel staubiger Zeitschriften hochhob. »Du sagtest gestern, Garrido sei dagewesen.«

»Ja, schon«, antwortete er. »Aber nicht hier.«

Lola kannte diesen Ton.

»Was denn?«, fragte sie ungeduldig.

Matías räumte weiter die Romane von Salgari und Jules Verne beiseite, die er in dem kleinen Schaufenster ausgestellt hatte. Einige sahen aus wie neu. Zwei oder drei hatten Ex Libris im Deckel.

»Was denn?«, fragte Lola noch einmal.

»Geduld«, murmelte er, während er die Buntstifte und die Schulhefte an der Seite stapelte, die er verkaufen musste, damit das Geschäft sich halbwegs trug.

Lola sah sich neugierig um. Samstagmorgens erhielt Matías immer diskreten Besuch von einem bekannten Kritiker der Zeitung ABC, der ihm die Rezensionsexemplare verkaufte, die ihm die Verlage zuschickten, damit er etwas darüber schrieb. Es waren druckfrische Bücher, in die er gerade einmal hineingeschaut hatte oder die er niemals lesen würde. Normalerweise waren es Letztere, die Matías interessierten.

»Du machst dich schmutzig. Und außerdem wirst du da nichts finden.«

»Wollen wir jetzt ›Heiß oder kalt‹ spielen?«, beschwerte sie sich.

»Nein, nein, warte noch ein bisschen, ich zeig's dir gleich. Es wird dir gefallen.«

Lola hatte seltsam zwiespältige Gefühle gegenüber dem antiquarischen Geschäft. Einerseits wusste sie, dass es das Beste war, was Matías im Augenblick machen konnte: Bücher kaufen und verkaufen. Aber es schmerzte sie, dass er zu so armseligen Geschäften wie dem Handel mit Liebesromanen und Western gezwungen war. Die Kundschaft aus dem Viertel, junge Mädchen und Teenager vor allem, kauften ein gebrauchtes Buch, lasen es und konnten es dann für fünfzig Céntimos in den Laden zurückbringen und ein neues mitnehmen. Matías behauptete, dieses System schaffe Leser. Lola war am Boden zerstört, wenn sie diese zerfledderten, vergilbten, schmutzigen Bücher sah … Sie hätte sich nicht vorstellen können, mit sechzehn, siebzehn Jahren einen solchen Müll zu lesen.

»Also gut, hier ist es.«

Er hatte das Lesepult mitten ins Schaufenster gestellt und hielt eine gebundene Ausgabe in der Hand, auf der eine elegante Frau die Gangway eines Schiffes herabkam.

»Was ist das? Wieder so ein Liebesschmöker?«, fragte sie und schlug das Buch auf, um den Klappentext zu lesen.

Matías ließ sie sich selbst die Antwort geben.

»Aha, Memoiren …«

Er wartete weiter. Wie er vorhergesehen hatte, hielt Lola auf einmal die Luft an.

»Eine heimliche Tochter des Herzogs von Ashford … Und sie behauptet, in Spanien bei den Internationalen Brigaden gekämpft zu haben. Ist das wirklich wahr?«

Sie sah ihn überrascht an. Matías nickte wortlos.

»Aber wo hast du dieses Buch her? Es sieht ganz neu aus.«

»Eine mexikanische Ausgabe«, erklärte er. »Von 1946.«

»Hast du's gelesen?«

»Gestern. In einem Rutsch. Und du solltest das auch tun.«

Lola schüttelte stumm den Kopf.

»Aber merkst du nicht, dass deine Weigerung, irgendetwas zu lesen, was mit dem Krieg zu tun hat, ein bisschen kindisch ist? Dieses Buch wurde nicht hier gedruckt. Ich kann dir versichern, dass es nicht das kleinste bisschen zensiert ist.«

»Egal. Ich will nicht.«

Matías nahm das Buch zurück, das sie ihm hinhielt, und zuckte mit den Schultern. Dann stellte er es sorgfältig auf das Lesepult mitten im Schaufenster.

»Was machst du da?«, rief sie beunruhigt und senkte dann instinktiv die Stimme. »Du willst es doch nicht etwa verkaufen?«

»Nein«, antwortete er ruhig wie immer. »Ich verschenke es.«

Lola hatte sich auf den kleinen Schemel hinter der Ladentheke gesetzt.

»Ich verstehe dich nicht, Matías. Ich verstehe dich wirklich nicht.«

Langsam wurde sie wütend.

»Warte ab … Bald wirst du es verstehen.«

Er schrieb etwas auf einen weißen Karton. Er fuhr die Linien noch ein paarmal nach, damit man sie besser lesen konnte, und stellte das Schild dann vor das Pult mit dem Buch.

»Tust du mir einen Gefallen?«

Jetzt war es Lola, die mit den Schultern zuckte.

»Geh mal raus und sag mir, wie es von dort aussieht und ob man's gut lesen kann.«

Er klappte die Ladentheke auf, um sie durchzulassen. Als er sie auf der anderen Seite des Schaufensters stehen sah, aufmerksam und konzentriert, in ihrem untadeligen grauen Kostüm, das braune Haar aus dem Gesicht gekämmt, war er gerührt.

»Ich vermisse das Leben, das wir mal hatten«, hatte sie vor ein paar Stunden gesagt. Nein, er hatte nicht das Recht dazu, dass diese intelligente, attraktive, kultivierte Frau ein so elendes Leben führte.

Lola versuchte zu verstehen, was Matías mit dem Buch bezwecken wollte. Sie las ein paarmal das Schild mit der ausgreifenden, geschwungenen Schrift. »Dieses Buch ist ein Geschenk für die erste Person, die es vollständig liest«, stand da in sehr großen Buchstaben. Und darunter, etwas kleiner: »Jeden Tag werden in diesem Schaufenster zwei Seiten ausgestellt, und der Leser, der bis zum Ende der Geschichte kommt, kann das Buch gratis mitnehmen.«

Als sie wieder hereinkam, sah sie ernst und besorgt aus.

»Aber warum?«, fragte sie, ohne Matías Beweggründe zu begreifen.

Er befeuchtete das Zigarettenpapierchen mit der Zunge und klebte die Zigarette zu, die er gerade gerollt hatte. Eine schwarz glänzende Haarsträhne fiel ihm in die Stirn.

»Um das Gefühl zu haben, dass ich noch immer tun und lassen kann, was ich will«, antwortete er ruhig.

Er nahm das Feuerzeug aus der Hosentasche und schlug mehrmals mit dem Handrücken gegen das Rädchen, bis der Funke auf den gelben Docht übersprang. Dann hielt er die Zigarette an die Glut.

»Und auch aus Spaß daran, die Dinge zu verändern«, setzte er hinzu und sah Lola durchdringend an. »Damit sich was bewegt. Weißt du, was mir an der Sache gefällt? Die Vorstellung, dass jemand, der dieses Buch heute weder will noch sucht, es morgen kennen wird.«

Lola stand neben dem Schemel, er lehnte an der Wand, wie immer, wenn er rauchte.

»Es wäre ein Leichtes für mich gewesen, es Don Fernando,

Luis oder einem anderen meiner Stammkunden zu verkaufen. Ich weiß, sie hätten es mit Kusshand genommen. Aber das ist keine Geschichte für Gewohnheitsleser – wäre es auch, klar. Heute Morgen habe ich plötzlich gedacht, was wohl in einem dieser Mädchen vorgehen würde, die hierherkommen, um Kitschromane auszutauschen, wenn sie dieses Buch in die Finger bekämen. Ich habe mir ausgemalt, welche Empfindungen es in jemandem auslösen könnte, der es von sich aus niemals kaufen würde. Verstehst du?«

Lola verstand sehr gut. Die Dinge mochten noch so schwierig sein in diesem staubigen Kabuff, mit Matías gab es immer ein unsichtbares Fenster, das den Blick auf eine neue Landschaft öffnete. Etwas, das es nirgendwo sonst gab, das kein anderer ihr geben konnte. Sie lächelte. Er erwiderte das Lächeln durch den Rauch hindurch, der zwischen ihnen schwebte.

Den ganzen Vormittag war niemand vor dem Schaufenster stehengeblieben. Als er um die Mittagszeit das Gitter herabließ, dachte er, dass es vielleicht doch keine so gute Idee gewesen war, wie er zuerst gedacht hatte. Wer wollte schon immer nur zwei Seiten eines Buchs lesen? Er hatte nicht mal überschlagen, wie lange man dafür brauchen würde, aber es war ein ziemlich dickes Buch. Plötzlich kam ihm die Aktion nicht mehr so glücklich vor.

Irgendwann im Laufe des Tages dachte Matías, wie merkwürdig es war, dass Garrido ihm dieses Buch gebracht hatte. Normalerweise verkaufte er ihm die Bücher, die Verlage oder die Autoren selbst ihm zuschickten, damit er sie in der Zeitung besprach. Aber dieses hier war in Mexiko erschienen, und das erst vor kurzem. Vielleicht hatte es ihm jemand geschenkt, und er hatte nicht mal reingeschaut. Hätte er es getan, Garrido hätte es behalten, da war sich Matías sicher.

Als sie nachmittags wieder öffneten, kam eine junge Frau mit einem Kind auf dem Arm, um einen Bleistiftspitzer und zwei karierte Hefte zu kaufen. Matías sah, dass sie ohne großes Interesse vor dem Schaufenster stehenblieb. Dann ging sie weiter. Sie hatte mit Sicherheit nicht mal Zeit gehabt, den ersten Abschnitt zu lesen. Später las ein zehnjähriger Junge, der gekommen war, um einen Comic zu tauschen, das Schild und fragte ihn: »Sind da Bilder drin?« »Nein«, antwortete Matías, »nur Schrift.« Und der Junge ging enttäuscht davon. Gegen Abend, kurz vor Ladenschluss, blieb eine andere Frau, die schon ein paarmal im Geschäft gewesen war, vor dem Schaufenster stehen. Matías erkannte sie wieder, weil er sich daran erinnerte, dass sie Ausländerin war. Etwas in ihrem Gesicht ließ ihn vermuten, dass sie gerade las, aber er konnte es nicht mit Sicherheit sagen. Die Frau wirkte verwirrt, aufgewühlt. Sie stand da und starrte auf das Buch. Dann sah sie auf und schaute zu ihm herein. Sie trug einen schlichten Wollmantel, einen selbstgestrickten Schal und trug das schlohweiße Haar sorgfältig im Nacken zusammengefasst. Sie blickte ihn eindringlich an. Manchmal sah auch Lola ihn so an.

Am Dienstag war das Buch immer noch auf der ersten Seite aufgeschlagen, weil niemand stehengeblieben war, um es zu lesen. Sie öffneten gemeinsam das Geschäft, und Matías sortierte ein paar antiquarische Bücher, während Lola ein bisschen Ordnung in die Regale gleich neben der Ladentheke brachte.

»Lass das, Frau.«

»Aber hast du dieses heillose Durcheinander gesehen? Man findet ja nichts …«

»Das ist kein Durcheinander. Ich weiß genau, wo alles steht.«

Lola hatte ein paar Bücher von dem Stapel genommen, der auf einem Stuhl neben dem Schaufenster lag.

»He, lass die schön liegen, die muss ich noch sortieren.«

»Sind das die, die Garrido gebracht hat?«

»Ja, aber ich muss noch einen Blick darauf werfen.«

»Und dieser neue Autor? Dieser Sánchez Ferlosio? Der Titel heißt … *Abenteuer und Wanderungen des Alfanhui* … Klingt wie ein Titel von Baroja. Wie ist es?«

»Originell, ein bisschen phantastisch. Ich wollte es Luis mitbringen. Ich glaube, es wird ihm gefallen.«

»Schreibt er gut?«

»Es ist gut, ja. Vor allem ist es anders.«

Lola hatte den Bücherstapel in eine Ecke des Tischs geschoben, der früher die Werkbank des Uhrmachers gewesen war. Sie trug ein weitschwingendes Kleid mit weißen Streublümchen, das mit einem Gürtel auf Taille gebracht war. Dazu trug sie diesmal keine Strümpfe, sondern weiße Söckchen und Ballerinas, eine Mode, die längst nicht mehr in Mode war, aber dafür bequem.

»Du musst Garrido bitten, dass er dir den Roman von diesem jungen Mädchen besorgt, Carmen Laforet, die vor ein paar Jahren den Nadal-Literaturpreis gewonnen hat. Ich würde ihn gerne lesen. *Nada* heißt er, glaube ich … Findest du diesen Titel nicht viel ansprechender als *Die Abenteuer und Wanderungen des Alfanhui*?«

»Mag sein …«

Matías wollte noch etwas sagen, als er sie entdeckte. Da war sie wieder, die Frau mit dem weißen Haar. Sie stand vor dem Schaufenster, betrachtete aber nicht das Buch, sondern spähte ins Innere der Buchhandlung. Lola sah Matías überraschtes Gesicht und drehte sich um. Die Frau draußen lächelte.

»Wer ist das?«, fragte Lola Matías.

»Ich weiß es nicht, sie kommt manchmal her. Gestern war sie auch hier, aber sie ist nicht reingekommen.«

»Sie wird wegen des Buchs da sein.«

»Sieht nicht so aus, als ob sie sich dafür interessiert. Ich glaube nicht.«

Matías hatte ein halbes Dutzend Bücher in einer Leinentasche verstaut.

»Ich bin spät dran.«

»Kommst du hierhin zurück, oder soll ich zu Hause auf dich warten?«

»Ich komme noch mal her, um dich abzuholen und den Laden abzuschließen.«

»Mach dir keine Sorgen, falls es später wird, mache ich das.«

Dienstag- und Donnerstagvormittag blieb Lola in der Buchhandlung. Er machte Hausbesuche, wie ein Arzt, sagte sie immer. Er hatte vier oder fünf Stammkunden, denen er die Neuheiten oder ihre Bestellungen nach Hause brachte. Einsame Menschen wie Luis, dem beide Beinen fehlten und der sich mithilfe eines Rollstuhls fortbewegte, oder alte Leser wie Don Anselmo, die ihn lieber mit einem Gläschen Wein empfingen und sich ein Weilchen in Ruhe unterhielten, ohne das ständige Kommen und Gehen im Geschäft. Er konnte nicht von diesen Kunden leben, aber das war ihm lieber, als sechs Tage in der Woche Hefte und Radiergummis zu verkaufen. Er war gerne bei ihnen. Sie unterhielten sich über literarische Vorlieben, die Nachrichten aus der Welt und manchmal, ganz selten, sprachen sie auch vorsichtig über die politische Lage in Spanien. Das waren seine beiden halben Tage. Lola kümmerte sich ohne Murren ums Geschäft, obwohl er genau wusste, dass es ihr keinen Spaß machte. Sie verkaufte Schreibwaren, tauschte Romane, und falls sich zufällig ein Kunde in den Laden verirrte, der ein bestimmtes Buch suchte, bat sie ihn, wiederzukommen, wenn ihr Mann da war.

Am späten Vormittag, als sie die jüngsten Neuerwerbungen sortiert hatte, versuchte Lola ein wenig Ordnung in die Bücher zu bringen, die sie aus dem Verlag gerettet hatten. Sie waren der Grundstock für das Geschäft gewesen. Matías nahm immer Bücher aus den Regalen und stellte sie nie an ihren Platz zurück. Auf so beengtem Raum wie hier war Ordnung ein unbedingtes Muss. Sie strich über die aufgereihten Buchrücken. Einige dieser Texte hatte sie übersetzt, als sie noch jung, ungeduldig und glücklich gewesen war. Jetzt fühlte sie sich zu nichts mehr in der Lage. Sie war erst achtunddreißig, hatte keine Kinder, und ihre ganze Welt war Matías. Matías und nur Matías. Manchmal hatte sie Angst, in einem Anfall von Überdruss könnte sie Lust bekommen, alles zurückzulassen. Das heißt, Matías.

Sie wusste nicht genau, warum, aber irgendwann beschloss sie, vor die Tür zu gehen, um diese neue Werbemaßnahme fürs Lesen in Augenschein zu nehmen, die ihr Mann sich ausgedacht hatte und die nicht die geringste Wirkung zeigte – und mit Sicherheit auch nie zeigen würde. Sie wusste nicht, was sie davon halten sollte, dass das Buch dort auslag wie die Spanferkel im Restaurant Botín, einen Apfel im Maul. Einerseits fand sie es lächerlich und unnötig, andererseits fand sie es lustig. Es war so typisch Matías, dass sie nicht anders konnte, als es mit einer gewissen Komplizenschaft hinzunehmen. Sie legte sich eine Strickjacke um die Schultern, klappte die Ladentheke hoch und stellte sich auf den Gehsteig, um das Lesepult und die aufgeschlagene Seite mit der eleganten englischen Schrift zu betrachten. Unbewusst begann sie zu lesen.

»Wie merkwürdig, ein aufgeschlagenes Buch …«

Lola schreckte zusammen. Die Frau war gekommen, ohne dass sie es gemerkt hatte.

»Wie bitte?«

»Ich meine, man kann den Deckel gar nicht sehen.«

»Ach so«, sagte sie verwirrt. Sie wusste nicht recht, wie sie reagieren sollte. »Den Einband, meinen Sie.«

»Ja, genau. Wissen Sie, wie es heißt?«

Es war dieselbe Frau, die sie tags zuvor vor dem Schaufenster gesehen hatten. Matías hatte gesagt, dass es nicht das erste Mal war, dass sie vor dem Geschäft stehenblieb.

»*Das Mädchen mit dem flachsfarbenen Haar.*«

Die Frau trug ein seidenes Kopftuch – aus Frankreich vielleicht, wie Lola feststellte, während die Frau nickte.

»Ein schöner Titel.«

Lola dachte kurz darüber nach.

»Ja, wirklich. Er regt die Phantasie an.«

»Wissen Sie, dass es von Debussy ein *Prélude* gleichen Namens gibt? *La fille aux cheveux de lin.* Ich lese nicht besonders viel, aber ich mag Musik. Worum geht es darin?«

»Es sind die Erinnerungen einer Frau, die behauptet, die Tochter eines englischen Herzogs zu sein. Sie können die erste Seite lesen. Deswegen steht es da …«

»Oh nein, ich kann nicht …«

Sie zögerte einen Augenblick, als suchte sie nach einer Erklärung für ihre Weigerung.

»Ich habe meine Brille nicht dabei«, sagte sie schließlich entschuldigend.

»Soll ich sie Ihnen vorlesen?«

»Macht das nicht zu viele Umstände?«

»Überhaupt nicht. Ich habe gerade selbst begonnen, sie zu lesen.« Lola senkte ein wenig die Stimme. »Ich hab's nämlich selbst noch nicht gelesen«, gestand sie lächelnd, und ihre dunklen Augen blitzten verschwörerisch.

Die Frau erwiderte das Lächeln. Erst jetzt betrachtete Lola ihr Gesicht. Sie hatte zarte, sehr weiße Haut, genauso weiß wie ihr Haar. Beim Lächeln durchzogen ein paar Fältchen die

Wangen und bildeten ein feines Netz rings um die Augen, das sie an Millimeterpapier erinnerte. Sie hatte kleine, weiße, sehr ebenmäßige Zähne und indigoblaue Augen voller Glanz, die sie viel jünger wirken ließen. Wenn sie lächelte, strahlte ihr ganzes Gesicht.

Was Lola am meisten verwunderte, war, dass die Frau nicht das Schaufenster betrachtete, sondern sie. Sie überlegte, ob sie vielleicht etwas sagen wollte und sich nicht traute. Sie fing an vorzulesen, weil sie es versprochen hatte, aber eigentlich bereute sie es bereits. Es war kalt, und Matías' Einfall erschien ihr sinnloser denn je.

3

Rose

Ich bin in einem kleinen Dorf in der Normandie aufgewachsen, ohne dass man mir jemals gesagt hätte, dass ich die Tochter des Herzogs von Ashford war.

Mit etwas über drei Jahren muss ich zu den Hervieus gekommen sein. Ich wusste immer, dass sie nicht meine Eltern waren, und tatsächlich habe ich sie auch nie so genannt. Für mich waren sie immer Madame und Monsieur Hervieu. Sie hatten eigene Kinder, und obwohl sie herzensgute Leute waren und mich immer anständig behandelten, konnten sie nicht verhindern, dass ich deutlich spürte, keine von ihnen zu sein. Wissen Sie, was es bedeutet, ohne elterliche Liebe aufzuwachsen, während die wahre, naturgegebene Liebe in dem Haus wohnt, in welchem du mit den anderen lebst? Die Kinder, die in einem Waisenhaus groß werden, wachsen ohne Elternliebe auf, aber das gilt für alle anderen auch, alle befinden sich in derselben Situation. Meine Verlassenheit war schlimmer. Sie hatte den Geschmack von Fremdheit. Es war, als sagte man mir in einem fort: ›Du gehörst nicht in dieses Haus, in diese Gegend, du wirst nie eine von uns sein‹, und verweigerte mir gleichzeitig die Möglichkeit, den Platz auf der Welt zu finden, an den ich gehörte. Und doch fragte ich Madame Hervieu nie, wer meine richtigen Eltern waren. Nie. Ich habe keine Erinnerungen an sie. Nicht eine einzige. Kein Gesicht, keinen Geruch, keine Stimme.

Es ist merkwürdig. Mein Leben scheint in der Normandie zu beginnen, ganz so, als ob alles, was zuvor war, nie existiert hätte. Aber ich weiß, dass dieses unbekannte Leben irgendwo gespeichert ist. Wahrscheinlich habe ich es hier drin, aber in meiner Erinnerung herrscht großes Durcheinander. Und so sehr ich mich auch bemühe, Ordnung darin zu schaffen, es gelingt mir nicht.

In dieser konfusen Vergangenheit meines Lebens vor den Hervieus gibt es lediglich ein Schiff. Es ist ein riesiges Schiff. Ich gehe eine hölzerne Gangway hinauf. Vor mir geht eine Frau, sie trägt ein pelzbesetztes Cape. Ihre Füße sind klein und stoßen immer wieder gegen die hölzernen Querstreben, die dazu dienen, dass man nicht ausrutscht. Ich bin ein kleines Mädchen, aber so was weiß ich schon. Ich weiß auch, dass diese Frau den Dienstmann angeheuert hat, der das Gepäck hinter mir herträgt, und dass in diesen Kalbslederkoffern meine Spitzenkleidchen und meine Porzellanpuppen sind.

Dann verschwimmt alles. Alles außer dem strengen Blick dieser Frau, mit der ich in einer Kabine in der ersten Klasse schlafe. Aber an den Moment, als ich zu den Hervieus kam, kann ich mich nicht erinnern. Es war ein Bauernhof an der westlichen Küste der Normandie, nicht weit von Coutances. Bestimmt erinnere ich mich nicht, weil dies für viele Jahre das Einzige war, was ich zu Gesicht bekam, und später dann, als ich alt genug war, um mir Fragen zu stellen, die einzige Kindheit, über die ich reden konnte. Es war paradox: Alles war und war nicht, gehörte dazu und hatte nie dazugehört … Und ungerecht war es auch. Aber ich schlug mich durch, so gut ich konnte, und so verdrängte ich die Dinge, die nicht in das Leben passten, das zu führen man mich gezwungen hatte. Ich verdrängte meine Ankunft bei den Hervieus und bewahrte nur die Erinnerung an dieses riesige Schiff, das mich in die Normandie gebracht hatte.

Auf dem Hof lebte es sich recht angenehm. Die Hervieus hatten ein schönes Haus, sonnenbeschienen an den wenigen Sonnentagen und nicht allzu sehr dem normannischen Wind ausgesetzt, denn es lag im Schutz einer kleinen Anhöhe und war von einer fast zwei Meter hohen Hecke umgeben. Es hatte nur ein Stockwerk und ein Giebeldach. Die Ställe befanden sich ein ganzes Stück vom Haupthaus entfernt auf der anderen Seite einer Wiese mit Apfelbäumen, was eine feine Sache war, weil es den Gestank, die Stechmücken und Fliegen von uns fernhielt. Der Mittelpunkt des Hauses war die große Küche, in der sich unser Leben abspielte. Es gab keine Korridore, nur fensterlose Kammern, die mit einem Vorhang von der Küche abgetrennt waren. Dort schliefen wir Kinder. Die Hitze des Herdes, der immer brannte, hielt uns die ganze Nacht warm.

Neben der Tür, gleich neben der Diele, lag das Schlafzimmer der Hervieus. Es war viel größer, fast so groß wie sämtliche Kammern zusammen. Das Auffälligste in diesem Zimmer war das Messingbett, dessen Pfosten von zwei Keramikkugeln mit Szenen aus der Kindheit der Jungfrau Maria gekrönt wurden. Über dem Kopfende hing ein großes Bild der heiligen Muttergottes mit vielen Erzengeln und Cherubim. Am Fußteil befanden sich zwei gedrehte Messingspitzen. Noch heute finde ich, dass es ein wunderschönes Bett war. Ich frage mich oft, was wohl aus ihm geworden ist.

4

Madrid, Oktober 1951

»Und, wie finden Sie es? Gefällt es Ihnen?«

Die beiden Frauen standen vor dem Schaufenster und lasen durch die neblige Luft und die nicht sonderlich saubere Scheibe hindurch. Zum Glück befand sich das Buch fast auf Augenhöhe, und die Metalllampe, die Matías darauf gerichtet hatte, um die Aufmerksamkeit auf das Buch zu lenken – eine reichlich theatralische, aber wirkungsvolle Maßnahme – erleichterte die Lektüre ungemein.

»Ich weiß nicht«, antwortete Lola. »Ich glaube schon. Der Ton gefällt mir, es liest sich sehr flüssig.«

Sie standen immer noch auf dem Gehsteig. Lola fror schon eine ganze Weile.

»Und Sie?«, fragte sie zurück. »Gefällt es Ihnen?«

»Ja, ja, doch«, räumte die Frau mit dem Kopftuch ein. »Es geht darin um Dinge, die mir mit Sicherheit viel näher sind als Ihnen. Und nicht nur wegen des Altersunterschieds.«

»Sie sind nicht aus Spanien, oder?«

Lola fragte sich zum ersten Mal, wer diese Frau wohl war und warum sie in diesem Viertel wohnte. Plötzlich merkte sie, dass sie neugierig war.

»Nein, ich bin Engländerin«, antwortete die Frau mit einem offenen Lächeln. Plötzlich hörte Lola ihren Akzent deutlich heraus. »Aber ich lebe seit dreizehn Jahren in Madrid.«

Mittlerweile war ihr eiskalt, aber sie wollte nicht in die Buchhandlung zurückgehen und die Frau auf der Straße stehenlassen.

»Und was hat Sie in unser Land verschlagen?«

Die Frau sah, wie Lola ihre Strickjacke fest um die Schultern zog.

»Sie sind ja völlig durchgefroren«, sagte sie statt einer Antwort.

Lola lächelte ebenfalls.

»Ja, stimmt.«

Noch immer hing dichter Nebel in den Straßen, als würde er sich fest in der Stadt niederlassen wollen.

»Gehen wir doch rein«, sagte Lola und wandte sich entschlossen zur Tür. »Dann kann ich Ihnen noch ein bisschen mehr vorlesen, wenn Sie wollen.«

»Oh … Haben Sie vielen Dank. Aber ich will Sie nicht von der Arbeit abhalten.«

Lola klappte bereits die Ladentheke hoch.

»Mich von der Arbeit abhalten? Ganz und gar nicht. Machen Sie sich keine Sorge. Wenn jemand reinkommt, mache ich einfach eine kurze Pause.«

Nacheinander betraten sie die enge Buchhandlung. Lola räumte ein paar Hefte weg, die auf dem einzigen Stuhl lagen, und bot diesen der Frau an, während sie sich den Hocker nahm, der unter der Ladentheke stand. Dann holte sie das Buch aus dem Schaufenster. Die Schreibtischlampe gab ziemlich viel Wärme ab, obwohl nur eine 12-Watt-Birne drin war.

»Wissen Sie, was mir am besten gefallen hat?«

Die Frau hatte das Kopftuch abgenommen. Ihr Haar war schlohweiß, obwohl sie noch gar nicht so alt war.

»Dass dieses Mädchen ohne Groll über ihre Situation spricht. Man hat den Eindruck, dass sie ohne Verbitterung aufwächst, glauben Sie nicht?«

Lola dachte nach.

»Kann sein«, sagte sie schließlich. »Bei dem, was wir bisher gelesen haben, gab es keinerlei Hang zum Dramatisieren, was wirklich zu begrüßen ist. Die Realität ist hart genug.«

Diesmal lächelten beide. Und als Lola kurz danach die Geschichte weiterlas, klang ihre Stimme, als trüge sie sämtliche Bücher in sich, die es in dem Laden gab.

5

Rose

Ich kann mich nicht erinnern, dass mir das Leben auf dem Land nicht gefallen hätte. Im Gegenteil – ich glaube, ich mochte die Freiheit, die es bedeutete, ständig draußen zu sein, im Wechsel der Jahreszeiten und mit all den Dingen, die diese mit sich bringen: Nüsse sammeln im Herbst, Walderdbeeren im Frühling, die Apfelernte Anfang September, Tomaten, Erbsen und Bohnen an warmen Sommertagen … Im Dezember wurde ein Schwein geschlachtet, an Ostern gab es Lammbraten, Ende August wurde der Mais gedroschen, und im Juli wurden wir immer auf den alten Karren gepackt, mit dem der Apfelwein transportiert wurde, und wir durften das Meer sehen. Ich habe diese Zeit meines Lebens als schöne Zeit in Erinnerung, in der es immer etwas zu entdecken gab. Und als eine Zeit, in der man uns Kinder in Frieden ließ.

Warum haben alle einschneidenden Kindheitserinnerungen mit der Enthüllung eines Geheimnisses zu tun? Anfangs dachte ich, dass es nur mir so gehe wegen meiner besonderen Situation, aber als ich mich später für Bücher zu begeistern begann, wurde mir klar, dass viele Geschichten Initiationsgeschichten sind. Und dass das Geheimnis, hinter das wir zu kommen versuchen, nichts anderes ist als das Leben selbst.

Ich weiß nicht mehr genau, wann ich begann, die Augen offenzuhalten und auf jede Bemerkung der Hervieus zu achten.

Ich ging jedenfalls noch nicht aufs Gymnasium, also muss es schon sehr früh gewesen sein. Ich hatte die Reise auf dem Schiff und die Frau mit dem Pelzcape fast vergessen, als ich eine Unterhaltung mitbekam, die den Wunsch in mir weckte, mehr zu erfahren.

Wir hatten damals gerade begonnen, Heu zu machen, das nun trocknen sollte. Monsieur Hervieu wartete auf einen sonnigen Tag, aber alles war von dichtem Nebel bedeckt, durch den man kaum ein paar Meter weit sah. Manchmal kam mit dem Sommerbeginn der Nebel. Er kam von Westen, vom Meer. Die Nebelfetzen hingen tagelang wie zerrissene Wolken über dem Land. Als sie sich schließlich auflösten, klebten an den Grashalmen Flocken, so groß wie eine Kinderfaust, die wie Spinnweben aussahen. Madame und Monsieur Hervieu waren aufgebracht. Ich hörte Monsieur Hervieu sagen: »Diesen verdammten Nebel schicken uns die aus der Heimat von der da.«

Er deutete mit dem Kinn auf mich, die ein paar Meter entfernt auf dem Boden kauerte. Ich weiß nicht mehr, was genau ich in dieser Haltung da machte. Ich weiß nur, dass er dachte, ich höre ihn nicht. Aber ich hörte ihn. Oder vielleicht war es ihm in dem Moment schlichtweg egal.

»Die liegen jetzt in ihren Strandbädern in der Sonne und machen sich ein schönes Leben«, setzte Monsieur Hervieu bitter hinzu. »Die Reichen lassen sich's immer gut gehen.«

Also lag meine Heimat auf der anderen Seite des Meeres? Meine Eltern waren reich? Dort, wo ich geboren war, schien die Sonne?

Mir fiel die lange zurückliegende Szene auf dem Schiff ein, das strenge Gesicht der Frau mit dem Pelzcape – als wäre sie ein Faden, den man aufrollen musste, um sich aus ihm die Wahrheit zusammenzustricken. Manchmal, wenn man uns Kinder abends ins Bett schickte, während Madame und Monsieur Hervieu sich noch vor dem flackernden Kamin unterhielten, und ich ihre leise flüsternden Stimmen hörte, versuchte ich mir vorzustellen, dass die Frau, mit der ich auf dem Schiff gereist war, meine richtige Mutter gewesen ist. Doch das schien so unwahrscheinlich, dass nicht mal ich selbst daran glauben konnte.

Tatsache ist, dass ich trotz all dieser Geheimnisse erwachsen wurde. Und ich kann behaupten, dass ich ziemlich glücklich war. Als geschähe es ganz plötzlich, sehe ich mich dann mit zehn Jahren den Hof der Hervieus verlassen, um aufs Lyzeum von Coutances zu gehen. Und es kam keineswegs so unvermutet, wie ich gerne glauben möchte, das weiß ich. Mir ist klar, dass es Vorboten gab. Zum Beispiel durfte ich irgendwann nicht mehr auf dem Heuwagen zu den Feldern auf der anderen Seite von Periers mitfahren, dann verboten sie mir zu melken, und irgendwann verkündete mir Madame Hervieu, dass ich bald die Volksschule verlassen müsse, um in Coutances zur Schule zu gehen. Ich sei nämlich nicht dazu bestimmt, Bäuerin zu werden.

Und so brachte mich Monsieur Hervieu an einem Sonntag im September mit dem Wagen in die Stadt. Seine Frau verabschiedete sich einigermaßen traurig von mir und gab mir eine ganze Reihe von Ratschlägen. Ich solle mich wie ein Fräulein benehmen, sagte sie – ein Wort, das ich zum ersten Mal hörte, zumindest auf mich bezogen –, und versicherte mir, samstags käme Monsieur Hervieu mich abholen, damit ich das Wochenende bei ihnen verbringen könne. In den Ferien wäre dann wieder alles wie früher.

Doch das wurde es nie mehr. In Coutances wohnte ich im Haus einer Witwe, die mit dem Essen genauso knauserte wie mit der Sauberkeit. Nach dem Abendessen indessen sprach sie dem Pommeau mit einer Großzügigkeit zu, die man ihr in anderen Bereichen gewünscht hätte. Die Winter sind streng in der Normandie. Es regnet ununterbrochen, und die Kleider verströmen ständig diesen Geruch nach Kellermuff. Im Haus der Witwe Tréport wurde kaum gelüftet – damit die Wärme nicht entwich, sagte sie. Aber öffnete man die Fenster heimlich, war es noch schlimmer, denn anstatt Feldern und Bäumen sah und roch man nur Häuser aus grauem Stein, graues Straßenpflaster und bleiche, schläfrige Luft, die mir ebenfalls grau vorkam. Wenn ich jetzt so zurückdenke, war es ein Höllenklima, aber damals fand ich es einfach nur unangenehm. Der Nebel war das Schlimmste. Er ließ die Wirklichkeit verschwinden und hüllte einen in eine feuchte Decke, aus der man nur mit unsicheren Schritten wieder herausgetaumelt kam. Und der heftige, stürmische Westwind, der den Staub und das Meer aufwühlte, brachte alles in Aufruhr, auch die Gedanken. In der Normandie kam alles Unerfreuliche vom Meer.

Ich hatte ganz feines, hellblondes Haar. Madame Hervieu schimpfte immer, weil es sich ständig verknotete. Ich erinnere mich noch gut an das allmorgendliche Gejammer, wenn es daranging, mich zu kämmen, bevor ich zur Schule ging. Nun, da Madame Hervieu nicht da war und ich mich selbst kämmen sollte, war ich nicht länger bereit zu leiden. Also schnitt ich mir die Haare selbst ab. Ich zog mir einen Mittelscheitel und stutzte es bis auf Höhe der Ohren, *á la garçonne*, so dass ich mich nicht länger der Tortur unterziehen musste, die Träume zu entwirren, die sich in meinem Haar verfangen hatten. Die Witwe Tréport war entsetzt über meinen Entschluss und drohte damit, die Hervieus zu informieren. Aber als meine Adoptivmutter mich sah, fand sie mich reizend. So sagte sie zumindest, und ich glaube, dass es auch so gemeint war. Madame Hervieu redete nicht um den heißen Brei herum. Sie hatte keine Zeit für solchen Blödsinn.

Das war's, andere konkrete Erinnerungen gibt es nicht. Kaum zu glauben, dass ganze Jahre aus dem Gedächtnis ausgelöscht sein können … Wenn ich an meine Winter in Coutances denke, erinnere ich mich nur an diese wenigen, unzusammenhängenden Dinge. Wie schmutzig, muffig und abweisend mir alles vorkam, der Geiz der Witwe Tréport, der Vorplatz der Kathedrale, der ganze Stolz der Stadt, mit seinen Pferdekutschen, in denen die feinen Damen vorfuhren, das Rascheln ihrer Taftkleider, wenn sie die Kirche betraten, die Kneipen, aus denen schon am frühen Abend der Geruch nach Apfelwein drang. Mehr nicht. Ich habe zum Beispiel nicht die geringste Erinnerung an das Lyzeum, das ich besuchte. So sehr ich mich auch anstrenge, da ist kein Bild des Klassenraums, kein Gesicht einer Mitschülerin … nichts. Absolut nichts. Ist das nicht unglaublich?

Vier Jahre lang, von meinem zehnten bis zum vierzehnten Lebensjahr, tat ich nur zwei Dinge von Bedeutung: Ich saß abends in meinem Zimmer und las in einem fort, und im Sommer kehrte ich glücklich auf den Hof zurück.

Das Haus, in dem ich zur Untermiete wohnte, hatte ein Gutes: die Bibliothek. Der verstorbene Monsieur Tréport war Gymnasiallehrer für Literatur gewesen und hatte im Laufe seines Lebens einige Bücher angesammelt – nicht sehr viele, aber doch alles, was für die autodidaktische Bildung eines jungen Mädchens wie mir unabdingbar war. Ich las die Ilias, etliche Theaterstücke von Molière und die Gedichte von Baudelaire, die ich kompliziert und ein bisschen hochgestochen fand. Romane mochte ich, Flaubert, Tolstoi, Dostojewski, vor allem aber die Poesie. Wie glücklich war ich mit den Dichtern der Romantik … Ich weiß nicht, ob ich heute noch Byron oder Shelley lesen könnte. Ich traue mich gar nicht, es auszuprobieren, aber wie viele heimliche Freuden verschafften sie mir damals, wie viele intensive Empfindungen und wie viele Verheißungen sanfter Liebesqualen …

Doch alles geht irgendwann zu Ende. Die Welt dreht sich weiter, und es ist, als verschwänden die Dinge hinterm Horizont. So fühlte ich mich, als ich zum Ferienbeginn 1914 mit meinem Koffer von Monsieur Hervieus Wagen stieg, um den Sommer auf dem Hof zu verbringen, und auf einmal das strenge Gesicht dieser Frau vor mir sah. Ich erkannte sie sofort wieder. Ich spürte fast das Schwanken des Schiffes und die Übelkeit.

Ich glaube, ich empfinde noch immer eine gewisse Zuneigung für die Hervieus. Mittlerweile ist fast ein ganzes Leben vergangen, doch an diesem Gefühl ändert sich nichts. Ich weiß nicht genau, warum. Vielleicht, weil ich denke, dass sie mich schlecht hätten behandeln können und es nicht getan haben, oder weil ich bei ihnen Dinge gelernt habe, die mir danach keiner mehr beigebracht hat: den Wert der Arbeit, die Würde, sein täglich Brot mit den eigenen Händen zu verdienen, den Stolz auf das, was man sich selbst erworben hat, und vielleicht vor allem, genau zu wissen, was gut ist und was schlecht. Die Hervieus waren gute Menschen.

Später war das nicht mehr so. Die Frau, mit der ich damals als Dreijährige auf dem Schiff gereist war, hieß Mary Abbott. Sie war Engländerin. Sie erzählte, sie stehe im Dienst des Herzogs von Ashford und sei gekommen, um mich nach Deauville zu bringen, wo wir in der Villa Esmeralda wohnen würden, dem Sommerhaus von Lord Ferguson.

6

Als Mary Abbott und ich in Deauville eintrafen, wusste noch niemand, dass es bald Krieg geben würde. Gerade mal ein Monat lag zwischen meiner Ankunft und dem Beginn dieser furchtbaren Jahre. Dieser Monat. Eine Insel in der Zeit. Ein kurzer Moment, in der Staunen, Sehnsucht, Überraschungen und der Keim der Zukunft Platz fanden. In diesen Monat passt mein ganzes Leben.

Fragen, die ich Mary Abbott während der Reise stellte: »Warum fahren wir zum Haus eines englischen Lords?«

»Warum bin ich eingeladen?«

»Wer ist der Herzog von Ashford?«

»Kennen Sie meine richtigen Eltern?«

Antworten gab es kaum. Stattdessen Schweigen, Lächeln und Andeutungen. Nur eines wurde mir klar: Der Herzog von Ashford war mein Gönner.

Wir kamen an einem Donnerstag in der Villa Esmeralda an. Die Pferdekutsche hielt vor einem riesigen Haus im normannischen Stil, mit unzähligen Giebeldächern und Fachwerkmauern. Die Holzbalken waren in der Farbe des Himmels gestrichen, einem blassen Blaugrau, und es gab Holzläden in einem kräftigen Indigoblau. Überall waren Türmchen und Kamine, Spitzbögen und Blumenkästen. Es war überhaupt nicht zu vergleichen, aber mich erinnerte es an das Haus der Hervieus, warum, weiß ich nicht. Doch was auf dem Hof von liebenswerter Einfachheit gewesen war, wirkte hier übertrieben luxuriös. Es war, als hätte man zehn Bauernhöfe genommen und übereinandergestapelt, um dieses Schlösschen zu errichten.

Ein Dienstmädchen mit Häubchen und bodenlanger Schürze bat uns in die Eingangshalle. Dort empfing uns ein Mann im Frack, von dem ich dachte, er könne Lord Ferguson sein, der sich dann aber als der Butler entpuppte. Wir wurden zu unseren Zimmern gebracht, ohne dass wir eine weitere Person zu Gesicht bekamen.

Ich erinnere mich noch gut an das Zimmer, das man mir zuwies, weil ich noch nie so viel Platz für mich allein gehabt hatte. Es gab ein hohes Bett mit einem geschnitzten Kopfteil und zwei Decken. Neben dem Fenster mit den unterteilten Scheiben standen ein Lesesessel samt Tischchen und Stehlampe. Auf der anderen Seite des Zimmers, neben dem zweitürigen Kleiderschrank, befand sich ein weich gepolstertes Kanapee mit eigenwilligen Rankenmotiven. Es war ein Zimmer, in dem man es gut aushalten konnte.

Kurz vor dem Abendessen kam Miss Abbott, um mich abzuholen.

»Oh, mein Gott!«, entfuhr es ihr, als sie mich in meinem blauen Kleid mit dem Matrosenkragen sah – das Beste, das ich besaß. »In diesem jämmerlichen Aufzug kannst du nicht im Speisesaal erscheinen.«

Ich fühlte mich beschämt.

»Was machen wir denn jetzt? Wie soll ich dich so vorstellen?«

Ich begann, diese Frau zu hassen. Ich war ein schüchternes, junges Mädchen, das nicht genau wusste, wer es war, aber davon überzeugt war, dass es an meinem Aussehen nichts auszusetzen gab.

»Ich weiß nicht, vielleicht … Also, ich könnte Lady Sarah bitten, dir eines ihrer Kleider zu leihen. Schließlich ist sie genauso alt wie du.«

Während sie wie angestochen aus dem Zimmer rannte, ging mir zweierlei durch den Kopf: Zum einen gab es in diesem Haus ein Mädchen in meinem Alter namens Sarah, wobei ich nicht wusste, ob ich sie mögen würde; und zum anderen würde ich in meinem blauen Kleid im Speisezimmer erscheinen, Ende der Diskussion.

»Ich ziehe kein geliehenes Kleid an.«

Mary Abbott blieb wie angewurzelt stehen, das Chiffonkleid sorgfältig über dem linken Arm. *Ça t'apprendrá*, dachte ich bei mir, während ich die ehrlich überraschte Miss Abbott betrachtete. Die völlig perplexe Miss Abbott, vielmehr.

»Ich ziehe das nicht an«, wiederholte ich. »Mein Kleid ist gut genug für den Anlass. Es ist ganz neu.«

Entschlossen öffnete ich die Tür und ging den Korridor entlang zur Treppe. Bevor ich die erste Stufe betrat, hörte ich hinter mir die hektischen Schritte von Miss Abbott, die mich einzuholen versuchte. Was sie natürlich auch schaffte. Als wir den Salon betraten, war sie völlig aufgelöst und ich vollkommen ruhig.

Es war ein großer Raum, größer als alles, was ich je gesehen hatte. Vor dem Kamin befand sich eine Sitzecke mit Sofas und Sesseln, alle mit dem gleichen farbenfrohen Brokatstoff bezogen, dazwischen drei Beistelltischchen, auf denen Kristallaschenbecher und Lampen in verschiedenen Größen standen. Auf dem Kaminsims standen zwei große Elefantenstoßzähne auf Mahagonisockeln sowie eine Sammlung von silbernen Bilderrahmen mit Familienfotos und Szenen von Jagdausflügen. Eine Frau, die wie eine Gouvernante wirkte, stand stocksteif neben einem Mädchen in meinem Alter, das die Schuhe ausgezogen hatte und mit untergeschlagenen Beinen dasaß, eine Haltung, die man mir bei den Hervieus niemals gestattet hätte.

Neben dem großen Fenster zum Garten saß ein alter Mann, die gefaltete Zeitung in der Hand, und döste vor sich hin.

Das Mädchen sprang auf, bevor Miss Abbott Zeit hatte, uns einander vorzustellen.

»*Bonjour, je m'appelle Sarah*«, sagte sie und reichte mir die Hand. Sie war aufgestanden und in einer unglaublichen Geschwindigkeit in die Schuhe mit den großen Schnallen geschlüpft.

Mit dem typischen Misstrauen einer Vierzehnjährigen nannte ich ihr meinen Namen und gab ihr die Hand. Sie hatte einen weichen, ein wenig kraftlosen Händedruck. Sarah setzte hinzu: »*J'aime bien ta robe. On dirait que vous êtes allée à la plage.*«

›Ich mag dein Kleid. Es sieht aus, als kämt ihr gerade vom Strand …‹ Was war das für eine Begrüßung? Was genau wollte sie mir damit sagen?

Aber ich spürte, dass in ihrem Auftreten keinerlei Ironie oder Überheblichkeit lag. Sie schien sich einfach nur wirklich über mein Aussehen zu amüsieren, so, als ob es ziemlich gewagt oder gar eine Provokation wäre. Sie kam noch ein wenig näher und setzte leise, diesmal in ihrer Sprache, hinzu: »Es ist viel besser als das, was man dir aus meinem Zimmer gebracht hat. Die hier haben keine Ahnung.«

Sie fasste mich am Arm.

»Komm, ich stell dich meinem Großvater vor.«

Wir gingen zu dem Fenster. Sarah küsste den alten Herrn auf die Stirn und flüsterte ihm dann ins Ohr: »Wach auf, Großvater, wir haben einen Gast.«

Der alte Mann hob den Kopf und lächelte. Es schien ihn nicht zu stören, so geweckt zu werden.

»Sie heißt Rose und lebt auf einem Bauernhof in der Normandie.«

»Ah … die Normandie … Wo ist das?«

»Großvater, das hier ist die Normandie. Deauville liegt in der Normandie.«

Der Alte nickte mehrmals konzentriert, so als suchte er die Normandie in der Encyclopädia Britannica. »Wir Engländer und Normannen sind verwandt. Man könnte sagen, dass wir derselben Familie entstammen, wusstest du das?«

Ich nickte. Ja, das wusste ich. Was ich nicht wusste, war, zu welcher Familie ich gehörte.

In diesem Moment betraten zwei junge Männer im Smoking den Raum. Einer von ihnen rauchte ungeniert eine Zigarette. Miss Abbott stellte mich als die Schutzbefohlene des Herzogs von Ashford vor. Der eine von ihnen musterte mich neugierig, der andere neigte leicht den Kopf, trat aber nicht näher, um mir die Hand zu geben.

In dem Augenblick kam Lady Ferguson herein. Sie war wunderschön. Die schönste Frau, die ich jemals gesehen hatte. Ihr Haar war im Nacken mit phantasievollen Nadeln und Kämmen zurückgesteckt, die wie Libellen oder diamantene Sonnen aussahen. Ihr langes, aber knöchelfreies Kleid war aus weich fließendem Organza und in der Taille sehr schmal geschnitten. Das Korsett betonte ihre wunderbare Figur noch zusätzlich. Sie ging sehr gerade, mit hoch erhobenem Kinn und durchgedrücktem Rücken. Ihr folgte Lord Ferguson, auch er im Smoking wie die anderen.

In diesem Moment begriff ich, was mein blaues Kleid bedeutete. Miss Abbott übernahm erneut die Vorstellung, ohne sich auch nur das geringste Unbehagen wegen meines Aussehens anmerken zu lassen, etwas, wofür ich ihr wirklich dankbar war.

Während die Herren vor dem Abendessen noch ein Gläschen Portwein tranken, schlug mir Lady Ferguson vor, mich zu ihr zu setzen. Sie war ausnehmend freundlich zu mir, sogar herzlich, würde ich sagen.

Sie stellte mir viele Fragen über meinen Englischunterricht in Coutances, und meine Antworten – vor allem die Tatsache, dass ich in den letzten vier Jahren am Lyzeum Einzelunterricht erhalten hatte – schienen ihr zu gefallen. Sarah hatte sich unterdessen in den am weitesten entfernten Sessel zurückgezogen und schien zu schmollen.

Lady Ferguson fragte mich, ob ich mein Englisch über den Sommer verbessern wolle, und angesichts meines begeisterten Nickens rief sie ihre Tochter zu sich.

»Sarah, Liebes, unser Gast muss sich noch ein wenig mit unserer Sprache vertraut machen. Deshalb bitte ich dich, ausschließlich Englisch mit ihr zu sprechen. Ab jetzt ist Französisch verboten. Verstanden?«

Sarah verzog unwillig das Gesicht.

»Kein Französisch«, insistierte Lady Ferguson mit einem liebevollen Lächeln.

»In Ordnung«, willigte Sarah widerstrebend ein – warum, weiß ich nicht. Vielleicht, weil es in unserem Alter vor allem darum ging, das Gegenteil von dem zu tun, was einem aufgetragen wurde. »Aber können wir vormittags ausreiten? Bitte … Ich werde nicht mal *Bonjour* sagen …«

Lady Ferguson wandte sich zu mir.

»Kannst du reiten, Liebes?«

Ich hätte beinahe laut losgelacht. Ich war auf einem Bauernhof aufgewachsen. Mit Sicherheit konnte ich besser reiten als all diese Leute zusammen.

»Und Tennis?«, fragte Sarah rasch, als sie mich nicken sah. Sie ließ mir keine Zeit zu antworten. »Kannst du Tennis spielen? Und schwimmen?«

»Sarah, bitte, ein wenig Zurückhaltung. Hör auf, Rose auszufragen. Du hast noch Zeit genug dazu.«

Lady Ferguson sah zu dem Butler herüber, nickte ihm zu und

sagte dann: »Meine Herrschaften, gehen wir doch ins Speisezimmer. Das Abendessen wird aufgetragen.«

Dann ging sie zu dem alten Herrn, der wieder eingenickt war und nichts von dem mitbekommen hatte, was um ihn herum geschah.

»Papa, wir gehen ins Speisezimmer. Komm, ich helfe dir.«

Der Alte hakte sich bei Lady Ferguson unter, und die beiden führten die kleine Gesellschaft an, die locker plaudernd ins Speisezimmer ging. Ich wusste sofort, dass mir die Frauen dieser Familie gut gefallen würden.

7

Madrid, Oktober 1951

Ich bin froh und beschwingt. Heute ist Donnerstag. Ich bin mit glänzender Laune aufgewacht und kann es kaum erwarten, dass es zehn wird, damit ich mich vor das Schaufenster stellen kann. Ich muss nicht aus dem Fenster schauen, um zu wissen, dass es ein bitterkalter Morgen ist. Wenn wir wenigstens genug Kohlen hätten …

Während ich mich anziehe, beneide ich die Männer, die nichts mit Röcken und Strümpfen, Büstenhaltern und Blusen mit tausend Knöpfen zu schaffen haben. Nein, sie ziehen einfach einen Anzug an und das war's, eine Krawatte vielleicht noch, und sind für jede Gelegenheit angemessen gekleidet. Es fällt mir sehr schwer, jeden Morgen zu entscheiden, was ich anziehen soll. Das war schon immer so. Ich muss mir Gedanken über die verschiedenen Kleidungsstücke machen, welche Farben sie haben, wie ich sie mit den Schuhen kombiniere, darüber, dass es auf der Straße kalt sein wird und am Ofen warm, überlegen, ob ich Schal oder Tuch trage, ob ich einen Gürtel brauche und in welche Tasche ich die Geldbörse und die Schlüssel stecke. Im Krieg, als wir Milizoveralls trugen, war alles viel einfacher. Außerdem hat sich mein Körper an diesen ersten frostigen Tagen noch nicht an die niedrigen Temperaturen in Madrid gewöhnt und ich habe trotz der Baumwollstrumpfhosen und der Stiefel eiskalte Beine. Wer hat sich nur diese Mode ausgedacht? Klar, früher war's noch schlimmer. Vor vierzig Jahren trug man sommers wie winters dieselben Sachen, die nur selten gewaschen wurden und vor Schweiß stanken. Ich erinnere mich noch genau, wie die Leute damals rochen.

Sie heißt Lola, hat sie mir gesagt. Und sie hat mir versprochen, heute zwei neue Seiten ins Schaufenster zu stellen.

Mir gefällt diese Frau. Sie ist … ich weiß nicht … schön und elegant, aber nicht von außen – das auch –, sondern vor allem von innen. Ich glaube, sie ist jemand, dem man vertrauen kann. Ich habe schon immer Menschen gemocht, die offen und direkt sind, weil mich das beruhigt.

Die Kälte an diesem Morgen Ende Oktober ist nicht nur ein Vorbote, sie hat Besitz von allem ergriffen … Es weht ein strenger Nordwind aus der Sierra de Guadarrama, und plötzlich muss ich an einen zugefrorenen See denken, den wir gegen Ende des Krieges sahen, als wir versuchten, über diese ganzen Berge zu kommen. Im Frühling, während der Schneeschmelze, war überall Wasser: Es stand in Pfützen zwischen dem Moos, rann in Bächen durchs Gras und stürzte in kleinen Wasserfällen die Felswände hinab. Die gelben und rosa Blumen vermischen sich in meiner Erinnerung mit getrocknetem Hering und Brotlaiben … Und dann die Pfade, die wir entlanggingen, um das Dorf zu erreichen, wo uns die Lastwagen abholen sollen. Jemand sang ein englisches Lied, eine Melodie, die ich nicht kannte.

Letztlich ist Leben genau das, Gegenwart und Vergangenheit. Das, was wir kennen. Die Zukunft steht zum Glück immer im Konjunktiv.

Ich wüsste gerne, wie die Zeit sein wird, die mir noch bleibt, was ich noch tun werde, außer in dieser Stadt festzusitzen, die so fern von … von meiner Heimat ist, wollte ich sagen, wie die amerikanischen Soldaten, aber mit meinen einundfünfzig

Jahren habe ich immer noch nicht herausgefunden, wo meine wahre Heimat ist. Es ist mir auch nicht wichtig. Meine Heimat, das war Henry, eine Schulter, an die ich mich anlehnen konnte. Mehr brauchte ich nicht. Nur das. Nur ihn.

Und jetzt bin ich hier. Und sie auch. Was soll ich ihr sagen? Noch hat sie mich nicht gesehen. Ich kann ihr heute nicht schon wieder erzählen, dass ich meine Brille vergessen habe …

8

Rose

Deauville war so ganz anders als Coutances … In meiner Erinnerung wird Deauville immer sonnendurchflutet sein wie eine griechische Insel.

Nach nur einer Woche hatte ich mich an das alles gewöhnt. Miss Abbott kaufte mir angemessene Kleidung, vermutlich mit dem Geld des Herzogs von Ashford, der damals auch die Erste-Klasse-Passage auf dem Schiff bezahlt hatte. Reitkleidung, Tageskleider, Strandkleider, Abendkleider, Jäckchen und Badeanzüge, Tenniskleidung … Bei meiner Abreise würde ich mir einen Schrankkoffer leihen müssen, um das alles mitzunehmen.

Apropos Schrankkoffer: Das war das Erste, was ich von ihr sah. Ihren gewaltig großen, hocheleganten Kalbslederkoffer mit allerlei Aufklebern von Schiffen, Zollabfertigungen und Hotels in allen Größen.

»Frances!«

Sarah stürzte zum Auto und warf sich ihr in die Arme, noch bevor diese wohlgeformten, sanft gerundeten Beine, die im Wagenschlag erschienen, auch nur den Boden berührten. Sie hatte einen sehr dunklen Teint, wie eine Spanierin oder Griechin, und war ganz in Weiß gekleidet: wadenlanges Tüllkleid, weiße Strümpfe und Schuhe und ein Brokatturban, der ihr eigenwilliges Gesicht betonte. Sie war wirklich keine Schönheit mit ihrer vielleicht etwas zu großen Adlernase, den vollen Lippen und dem kohlrabenschwarzen Haar. Alles in diesem Gesicht war – wie soll ich sagen? – ein bisschen zu viel.

Arm in Arm kamen sie zum Eingang.

»Frances, das ist Rose.«

Frances lächelte mir zu. Ich kann ihr Lächeln nicht beschreiben. Ich kann nur sagen, dass du dich einzigartig fühltest, wenn sie dich ansah.

»Frances lebt in Paris«, setzte Sarah bewundernd hinzu. »Sie ist meine Cousine.«

Bis dahin hatten wir den Mann noch nicht bemerkt, der, gefolgt von einem Haufen Koffer, hinter ihr aus dem Wagen gestiegen war. Er trug einen Strohhut und einen lächerlich engen gestreiften Anzug, wie ein Dandy.

»Das ist Sacha, *mon cher ami.*«

Im Haus entstand durch die Ankunft der neuen Gäste ein ziemliches Durcheinander. Dienstboten trugen Gepäck von hier nach dort, die Hauswirtschafterin hatte die Lage nicht im Griff, und selbst Lady Ferguson, die sonst die Ruhe und Gelassenheit in Person war, schien von der ungebremsten Energie angesteckt zu werden, die um Frances herum herrschte.

»Hast du ihr Kleid gesehen?«, fragte mich Sarah voller Bewunderung. »Ist es nicht spektakulär?«

Frances stand neben Lady Ferguson, und der Kontrast zwischen beiden war wirklich spektakulär. Eine klassisch-elegante Schönheit mit eng geschnürter Taille gegenüber einem eigenwilligen, extravaganten Wirbelwind von Frau, deren Körper sich bei jeder Bewegung unter dem dünnen Stoff abzeichnete.

»Auf mich wirkt es wie ein Nachthemd«, sagte ich, um sie ein wenig zu ärgern. »Man kann die Beine durch den Stoff erkennen.«

Sarah reagierte ungehalten auf meine Bemerkung.

»Was redest du denn da! Das ist der neueste Schrei aus Paris.«

Damit ging sie, um sich wieder an Frances zu schmiegen.

Was ich gesagt hatte, entsprach nicht der Wahrheit. Ich weiß nicht mehr, ob mir ihr Kleid gefiel, aber sie selbst begeisterte mich vom ersten Augenblick an. Manchmal, wenn jemand eine Bemerkung über Sinnlichkeit oder körperliche Attraktivität macht, muss ich immer noch an Frances denken. Lady Ferguson war die Schönheit in ihrer perfektesten Ausprägung, Frances dagegen Verlangen und Sünde. Männer müssen in ihr die Verheißung ungeahnter Freuden gesehen haben, verwirrte ihre fordernde Sinnlichkeit doch selbst mich, die ich fast noch ein Kind war.

Es gibt Frauen, die blenden, wenn sie einen Raum betreten. Und es gibt andere, wie Frances, die jeden Raum zum Leuchten bringen. Frances strahlte förmlich. Es war, als trüge sie die Sonne in sich. Sarah und ich schwirrten um sie herum wie kopflose Falter, als wir sie zu ihrem Zimmer brachten.

»Schau mal, was ich dir mitgebracht habe«, sagte Frances zu Sarah, während sie ihren riesigen Schrankkoffer öffnete.

Dann sah sie mich an, als ob etwas nicht stimmte.

»Na ja, ich denke, es ist für euch beide.«

Sie nahm ein flaches Päckchen heraus, vielleicht zwei Finger hoch, und drückte es mir in die Hand. Dann suchte sie zwischen den Gepäckstücken, die das Personal im Zimmer verteilt hatte, bis sie eine große, quadratische Kiste entdeckte, die in Packpapier eingeschlagen war. Daran hing an einer dünnen Kordel ein Etikett mit einer ovalen Vignette und der Aufschrift *Maison Pathé*. Sie öffnete es.

Zuerst kam eine Art riesige Trompete zum Vorschein und dann ein Holzkasten mit einer Kurbel an der Seite. Frances fügte beides geübt zusammen, bis das Grammophon einsatzbereit war. Sarah machte einen Luftsprung vor Freude.

Frances bat mich, das Päckchen mit den Schallplatten auszupacken, das sie aus dem Koffer geholt hatte.

»Die neueste Musik aus Paris«, sagte sie fröhlich und legte eine Schellackplatte auf den Apparat. Es erklang ein Lied, gesungen von einer Männerstimme.

»Das ist ein Lied von Sacha«, erklärte Frances stolz. »Ganz Paris verehrt ihn.«

»Ist er ein Vaudeville-Sänger?«, fragte ich staunend.

Sie lächelte nachsichtig. »Nein, meine Liebe, er ist Komponist und Pianist. Er spielt im *Les Folies du Music-Hall*, dem angesagtesten Lokal von Paris in diesem Jahr. Seit der Eröffnung im Mai spricht die ganze Stadt von nichts anderem mehr.«

Ich sah nicht sehr begeistert aus.

»Gefällt es dir nicht?«

Ich wusste nicht, was ich antworten sollte. Es war eine fröhliche, unbekümmerte Musik, ein bisschen frivol, wenn man auf die zweideutigen Texte achtete.

»Komm«, sagte Frances plötzlich und streckte mir die Arme entgegen. »Lass uns tanzen. Das ist Musik zum Tanzen, nicht zum Herumhocken und einfach Zuhören.«

Ich stand da wie vom Donner gerührt.

»Sie kann nicht tanzen«, sagte Sarah in diesem ungehaltenen Ton, den sie immer dann anschlug, wenn sie nicht im Mittelpunkt stand. »Sie ist ein Trauerkloß, sie hat von nichts eine Ahnung.«

»Hab ich wohl«, protestierte ich und tappte damit in die Falle. »Ich reite zum Beispiel besser als du.«

Frances brachte uns mit einer Handbewegung zum Schweigen. Sie trug einen riesigen Ring mit einem großen blauen Stein, der wunderbar funkelte. Sie ließ die Hand sinken und verharrte so, wie ein Dirigent, der den Ton hält, um dann zum großen Crescendo anzusetzen.

»So, so«, sagte sie mit dieser warmen Stimme, die so viele Nuancen enthielt. »Du kannst also nicht tanzen?«

Ich schüttelte den Kopf und sah verlegen zu Boden.

»*Comment cela se fait?*«, fragte sie in tadellosem Französisch, während sie zu mir trat und mein Kinn anhob. Jetzt fühlte ich mich wirklich ganz klein und wie ein Bauerntrampel.

»Würdest du es gerne lernen?«, erkundigte sie sich, ohne mein Kinn loszulassen.

»Ja.«

»Dann bringe ich's dir bei. Eine Schönheit wie du, die nicht tanzen kann … *Il ne manquerai plus que cela!*«

Es gefiel mir, sie französisch reden zu hören. Es waren heimatliche Klänge für mich.

»Du kommst jeden Tag eine Stunde vor dem Essen auf mein Zimmer, und ich bringe dir das Wichtigste bei. Nicht diese altmodischen Tänze. Ich zeige dir die neuesten Pariser Tänze.«

»Aber du hast gesagt, das Grammophon sei für mich«, protestierte Sarah. »Es soll in meinem Zimmer stehen.«

Frances sah sie an, den Kopf leicht zur Seite geneigt, eine Geste, die ich immer mit dieser ungewöhnlichen Frau in Verbindung bringen würde. Doch das war erst später, als unsere geliebte Frances nicht länger jeden Raum mit Licht erfüllen konnte … Jetzt aber waren wir drei dort.

»Wärst du so lieb, es mir für ein paar Tage zu leihen?«, bat sie Sarah. »Ich glaube, wir könnten es hier aufstellen, und du könntest mit Rose zu mir kommen. Wir würden eine gute Zeit miteinander haben. Na ja, und vielleicht könnten wir Sacha dazu bitten, dann wären wir zwei Paare. Was haltet ihr davon?«

»Ob meine Eltern das erlauben werden?« Plötzlich wirkte Sarah wieder wie das nette, folgsame Mädchen, das sie in Wirklichkeit auch war, trotz ihrer Launen und ihres kindischen Trotzkopfs. Oder genau deswegen.

»Na ja … Ich denke, sie brauchen es nicht zu erfahren, oder?« Frances sah mich an, und ich nickte lächelnd.

»Dann ist ja alles klar. Morgen Tanzunterricht eine Stunde vor dem Essen. Und jetzt lasst mich ein wenig ausruhen, es war eine lange Fahrt.«

Die Erwachsenen beobachten. Ihre Gespräche belauschen, von denen du ausgeschlossen bleibst, selbst wenn du anwesend bist. Das war ganz normal. Wenn wir bei Tisch saßen, wurden Sarah und ich plötzlich zu zwei kleinen, unsichtbaren Geschöpfen, während die Unterhaltung über unsere Köpfe hinwegging, als ob wir gar nicht da wären. Bei den Hervieus war das nie so gewesen.

»Wir haben uns die neue Oper von Strawinsky angesehen.«

»Strawinsky? Ist das nicht dieser russische Musiker, der letztes Jahr einen solchen Skandal verursacht hat?«

»Genau der. Da war vielleicht was los! Am Ende sind Anhänger und Gegner während der Aufführung mit Fäusten aufeinander losgegangen.«

»Wie hieß das Stück noch gleich? *Le Sacre du Printemps*?«

»Aber das hier ist ein anderes Stück, das dieses Jahr uraufgeführt wurde. Es heißt *Le Rossignol*. Die Rolle der Nachtigall wird von einer Frau gesungen.«

»Und was hat sich der Russe diesmal Verrücktes ausgedacht?«

»Nicht viel. Die Sänger singen im Orchestergraben, während die Statisten auf der Bühne spielen und tanzen.«

»Und hat es dir gefallen, meine Liebe?«

»O ja, wirklich. Es war sehr unterhaltsam. Aber das Beste dieses Frühjahr in Paris war die Eröffnung eines dieser Lokale, die Walter frivol nennt, *Les Folies du Music-Hall*.«

»Bitte, Frances«, schaltete sich Lord Ferguson ein. »Willst du etwa behaupten, dass sie das nicht sind?«

»Du bist zu streng, lieber Cousin. Die Leute wollen sich amüsieren, lachen und Champagner trinken … Und im *Les Folies du Music-Hall* kann man das alles, ohne dass es so vulgär zuginge wie in den Varietés früher.«

»Meine Liebe, muss ich dich daran erinnern, dass die Music-Hall ursprünglich eine englische Angelegenheit war? Oder willst du mir jetzt weismachen, die Music-Hall sei ebenfalls eine Erfindung deines geliebten Paris?«

»Nun ja, Walter.« Die ruhige, wohlklingende Stimme von Lady Ferguson brachte wie immer ein wenig Vernunft in diese weltanschaulichen Diskussionen. »Ich will Frances nicht beipflichten, gebe aber zu bedenken, dass diese Music-Hall-Sängerin, Mary Lloyd hieß sie, glaube ich, vor ein paar Jahren vor König George V. höchstpersönlich aufgetreten ist. Ich denke, das hat dieser Art von Veranstaltungen doch ein gewisses Ansehen verliehen.«

»Ja, aber der König hat sie nicht empfangen, das stand in allen Zeitungen.«

»Aber er ist ins *Palace Theatre* gekommen, um sie zu sehen.«

»Ich will dir nicht widersprechen«, räumte Lord Ferguson, von den beiden Frauen in die Enge getrieben, ein. »Aber ich hoffe aufrichtig, dass du mich nie bittest, zu einer solchen Vorstellung zu gehen.«

Seine Frau lächelte und senkte den Blick, ob um ihm beizupflichten oder weil sie dachte, dass das nicht von ihm abhing, war schwer zu sagen.

Diese Unterhaltungen.

Sie entstanden auf eine beiläufige Art, die mich faszinierte, wie zufällig. Ein Beispiel: »Die Mannschaft von James hat das Poloturnier gewonnen.«

»Ach, wirklich? Was für ein Pferd reitest du, James?«

»Eine spanische Stute, fünf Jahre alt.«

»Gehört sie dir?«

»Selbstverständlich. Ich würde niemals ein Pferd reiten, das nicht mir gehört.«

Schweigen. Ein ironisches Lächeln auf Frances' Lippen.

»Wirklich nie?«

»Nie«, antwortete James, Sarahs älterer Bruder, todernst.

Etwas lag in der Luft. Etwas, das ich nicht fassen konnte und das sie miteinander teilten. Etwas, das Lady Ferguson nicht gefiel und ein boshaftes Lächeln auf Elliotts Lippen zauberte.

Frances wandte sich an Lady Ferguson.

»Liebe Cousine, ich beneide dich. Du hast wirklich wunderbare Kinder.«

Und dann sagte Lady Ferguson ganz unerwartet und scheinbar aus dem Zusammenhang gerissen: »Heute habe ich Edith Grenfell im Hotel *Le Normandie* getroffen. Wusstet ihr, dass sie sich von ihrem Mann getrennt hat?«

»Ich glaube, diese Scheidung ist in aller Munde. Es heißt, sie habe den armen Grenfell halbwegs ruiniert.«

»Grenfell? Ist das nicht der mit den Minen in Südafrika?«

»Genau der. Ich glaube, er schämt sich so sehr, dass er England verlassen hat.«

»Wegen der Untreue seiner Frau? Sollte dann nicht vielmehr sie das Land verlassen?«

»Manche Frauen haben keine Skrupel, mein lieber James. Das solltest du nicht vergessen.«

»Sie liebt ihn eben nicht mehr«, mischte sich Frances plötzlich ein. »Darauf hat man keinen Einfluss.«

Lady Ferguson sah sie ein wenig ungnädig an.

»Denkst du das wirklich?«

Frances hielt ihrem Blick stand.

»Ich könnte nicht mit einem Mann leben, den ich nicht liebe.«

»Das wissen wir, meine Liebe, das wissen wir.«

Sarah stieß mich unterm Tisch mit dem Fuß an.

»Frances ist auch geschieden«, flüsterte sie mir zu.

Und dann fragte ich Sarah, während sich die anderen unterhielten, ob ihre Cousine Frances und der Musiker ein Liebespaar waren.

»Nein, wo denkst du hin! Er hat's nicht so mit Frauen.«

Ich sah sie verständnislos an.

»Er mag Männer, keine Frauen.«

Ich antwortete nicht. Darüber musste ich erst mal in Ruhe nachdenken.

Später, als ich selbst erwachsen war, begriff ich, dass das, was bei einem Essen in Gesellschaft gesprochen oder verschwiegen wird, einem festgelegten Drehbuch folgt. Niemand hat es niedergeschrieben oder den Teilnehmern im Vorfeld zukommen lassen, aber ich wusste mein ganzes Leben lang immer schon vorher, worüber bei einem Essen oder bei einer Einladung zu einem Wochenende auf dem Land gesprochen werden würde. Manche Dinge, auch das gesellschaftliche Leben, sind perfekt durchgeplant. Aber es gibt Ausnahmen. Zum Beispiel konnte keiner von uns ahnen, dass sich das Gespräch am 29. Juni ausschließlich um ein Thema drehen würde: den Anschlag auf den österreichischen Thronfolger, Erzherzog Franz Ferdinand, und seine Frau Sophie in Sarajevo. Die Nachricht von dem Attentat, das sich erst tags zuvor ereignet hatte, verbreitete sich in Windeseile in ganz Europa.

Ich habe noch nicht viel über Sarahs beide Brüder erzählt, die ebenfalls den Sommer in Deauville verbrachten. James, der ältere der beiden, war Kapitän auf einem Marineschiff seiner Majestät König George V. Er war groß und gutaussehend, wie seine Mutter. Elliott, zwei Jahre jünger als sein Bruder, war rothaarig und sommersprossig wie Lord Ferguson und hatte sich fürs Zivilleben entschieden. Ab dem Winter würde er in der *City of London* arbeiten, in einer der größten Banken des Vereinigten Königreichs.

Normalerweise führten sie ein Parallelleben neben dem Rest der Familie. Sie besuchten Pferderennen auf der Rennbahn von La Touques und die Salons im Hotel Normandie, spielten Polo, segelten, und abends nach dem Essen gingen sie ins Casino, um Baccara zu spielen. Sie waren immer gemeinsam unterwegs. Bei den Gesprächen im Familienkreis war es manchmal verblüffend zu sehen, wie sie die gleiche Meinung vertraten, obwohl sie so verschieden waren.

Keiner der beiden beachtete mich sonderlich, aber als ich mich eines Nachmittags in der Bibliothek aufhielt, um mir ein Buch auszusuchen, unterhielt sich James eine Weile mit mir. Ich denke noch oft an dieses Gespräch zurück.

Ich befand mich im hinteren, dunklen Teil der Bibliothek, wo ich unbemerkt zu bleiben versuchte, als ich sah, dass die Tür aufging und jemand hereinkam. Ich glaube, er hat mich sofort gesehen.

»Suchst du was zum Lesen?«

Ich nickte.

»Etwas Bestimmtes?«

Ich schüttelte den Kopf.

»Soll ich dir was empfehlen?«

Ich zuckte mit den Schultern, nicht aus Gleichgültigkeit, sondern aus Schüchternheit.

»Ich kenne diese Bibliothek in- und auswendig«, sagte James wie zu sich selbst, als habe er gerade festgestellt, dass die Bücher immer noch da waren. »Die meisten Bücher hier habe ich gelesen, als ich in deinem Alter war.«

Wegen meiner Begeisterung fürs Lesen hatte ich mich immer

für einen Sonderling gehalten. Ich hatte noch niemanden kennengelernt, der ebenso gerne las. Das einzige Buch im Haus der Hervieus war eine Bibel gewesen. In Coutances bei der Witwe Tréport gab es Bücher, aber außer mir las sie niemand. Die Fergusons hatten in der Villa Esmeralda eine kleine Bibliothek mit an die dreihundert Bänden. Das war nicht so viel, aber in diesem Raum saß fast immer jemand und las. Hauptsächlich Lord Ferguson, der dort vormittags die Zeitungen las, und manchmal an regnerischen Nachmittagen auch seine Frau, wenn sie nicht gerade Bridge spielte. Vor allem aber Lady Fergusons Vater, Sir William, jener alte Mann, der am Abend meiner Ankunft vergessen hatte, dass wir in der Normandie waren. James und Elliott hatte ich nie zuvor dort gesehen.

Bis zu diesem Tag. Die Feierfreude von Sarahs älterem Bruder ließ nicht vermuten, dass er ein abgeklärter Schöngeist war, der an langen Winterabenden lesend in einem Ledersessel saß. Tatsächlich war es schwer, sich vorzustellen, dass er all diese Bücher gelesen hatte – oder wenigstens einen Teil davon –, doch sein nachdenklicher, aufrichtiger Ton ließ keinen Zweifel aufkommen. Genauso wenig wie das, was er dann sagte.

»Weißt du, auf hoher See ist ein Buch ein angenehmer Gesellschafter.«

Er sah das Regal durch.

»Nimm das hier. Das könnte dir gefallen.«

Er reichte mir Emily Brontës *Sturmhöhe*.

»Man sagte mir, du wirst auf ein Internat gehen.«

Ein Internat? Das war mir neu.

»Wenn du einsam bist, dann lies ein Buch. Es wird dir helfen, dich besser zu fühlen.«

Als er ging, hinterließ er eine überraschende Unruhe in mir. An der Tür drehte er sich noch einmal um.

»Emily Brontë war auch auf einem solchen Internat für junge

Mädchen. Ich hoffe, deines ist besser. Aber lies einfach! Lies, wann immer du kannst!«

Bevor er die Tür hinter sich schloss, hörte ich ihn murmeln: »Es wird dich retten.«

Dann war es an der Zeit, nach unten in den Salon zu gehen. Ich wollte Miss Abbott fragen, was zum Teufel das für eine Sache mit dem Internat war. Ich war wütend, dass man die Entscheidung hinter meinem Rücken getroffen hatte, und konnte an gar nichts anderes denken. Aber als ich in den Salon kam, merkte ich, dass etwas Schlimmes passiert war, das alles andere unbedeutend werden ließ.

Die Männer standen am Fenster zum Garten und diskutierten hitzig. Die Frauen, Miss Abbott eingeschlossen, wirkten niedergeschlagen. Sacha spielte eine traurige spanische Melodie auf dem Flügel, während Frances gezwungen lächelte.

»Der österreichische Thronfolger wurde ermordet.«

Ich verstand diesen ganzen Aufruhr nicht. Warum waren alle so erschüttert? Schließlich war Deauville weit weg von Österreich. Frances kam zu mir.

»Es ist in Bosnien-Herzegowina passiert. In Sarajevo.«

Jetzt verstand ich noch weniger. Bosnien kam mir noch weiter weg vor.

»Wir fahren morgen nach Le Havre. Sacha muss noch jemanden treffen, bevor wir nach Paris zurückkehren«, teilte Frances Lady Ferguson mit.

»Hältst du das für eine gute Idee, meine Liebe?«

Zuhören, eins zum anderen zählen. Im Laufe des Essens fand ich heraus, dass auf dem Balkan in jüngster Zeit Krieg geherrscht hatte und man befürchtete, Serbien und Russland könnten sich trotz eines 1913 geschlossenen Friedensvertrags gegen die Habsburger erheben. Die Ermordung des österreichisch-ungarischen Thronfolgers war eine Provokation, die, wenn Österreich und Deutschland darauf eingingen, leicht einen Krieg auslösen konnte.

Das waren alles reine Mutmaßungen, aber sie reichten aus, um die Gemüter zu erhitzen. Ich erinnere mich zum Beispiel, dass Lady Ferguson sichtlich besorgt um James war. Und an Sacha, der bosnischer Serbe war – wie der Mörder des Erzherzogs – und unbedingt zurück nach Paris wollte, aber irgendwelche Probleme mit seinen Papieren hatte. An Frances, die traurig lächelte und kaum etwas sagte. Daran, wie sämtliche Männer des Hauses aufgeregt diskutierten und jede Möglichkeit und jede Hypothese durchsprachen. Wussten wir damals wirklich, wer auf den Erzherzog geschossen hatte? Wussten wir, dass er Gavrilo Princip hieß und der nationalistischen serbischen Organisation »Schwarze Hand« angehörte? Ich bezweifle das. Ich bin sicher, alles, was damals im Haus der Fergusons gesprochen wurde, beruhte ausschließlich auf Mutmaßungen.

Unentschlossenheit. Verunsicherung. Angst. Das machen die Ereignisse mit uns, die unser Leben auf den Kopf stellen. Die Zukunft ist der unsicherste Ort, den man sich vorstellen kann. Ich denke oft daran, wie Elliott, der Jüngste der Fergusons, verkündete, er werde sich zu den Waffen melden, wenn es zum Krieg kam. Und wie merkwürdig begeistert Sarah von all dem war.

Zwischen diesem Abend des 29. Juni und dem 4. August – dem Tag, an dem England Deutschland den Krieg erklärte und meinem Geburtstag – geschahen so viele Dinge, alles ging so rasend schnell, dass ich gar nicht mehr weiß, wie ich meine Erinnerungen ordnen soll.

Ich sehe Sacha, Frances und mich im Morris Bullnose nach Honfleur fahren, den Fahrtwind im Gesicht. Und das Haus dieses verrückten Musikers namens Erik Satie, mit dem Sacha befreundet war. Er hatte ein Musikkarussell erfunden und in einem abgedunkelten Zimmer aufgestellt. Wir setzten uns auf die Ledersitze und strampelten, bis sich ein Schirm in der Mitte des Karussells öffnete und dank einer Vorrichtung im Inneren des Karussells Saties Musik erklang. Sacha und Francis lachten über den Einfall.

Zuvor Miss Abbott, die einräumte, dass es stimmte: Der Herzog von Ashford hatte beschlossen, mich auf ein Internat in Brighton zu schicken. Ich war völlig verunsichert und wusste nicht, ob ich traurig sein oder mich freuen sollte. Wenn ich an das Haus der Witwe Tréport dachte, erschien es mir unmöglich, in solch ein Elend zurückzukehren. Dann fielen mir James' Worte wieder ein, eine stille Warnung vor der Einsamkeit des Internats. *Sturmhöhe* erfüllte mein Herz mit bisher ungekannten Gefühlen.

Dann der Zug nach Paris, der Bahnsteig, Sacha, der uns zum Abschied mit seiner behandschuhten Hand aus dem Zweite-Klasse-Abteil winkt. Hinter ihm eine schwarzgekleidete Frau und ein Priester mit Hut.

Die Abende ohne Musik. Die Cricketspiele, das Baden im Meer, die Springreitturniere im Hippodrom und abends die angstvollen, intensiven, von bösen Vorahnungen geprägten Gespräche in der Villa Esmeralda. Und die Vormittage auf der Strandpromenade, wo sich Frances mit einem jungen Polospieler, Arthur »Boy« Capel, und seiner jungen Freundin traf, einer Modistin namens Coco Chanel, die gerade ein Hutgeschäft in Deauville eröffnet hatte. Ich erinnere mich noch gut an diese knochige, trockene, nicht sonderlich liebenswerte Frau. Und ich frage mich, ob ich sie wirklich so gesehen habe. Was ich hingegen genau weiß, ist, dass Frances und sie sich nicht mochten. Vielleicht, weil Frances und »Boy« Capel mal was miteinander gehabt hatten.

Und James, der Hals über Kopf nach Portsmouth abreiste, nachdem Österreich Bosnien schließlich nach vielem Hin und Her den Krieg erklärt hatte. Die Tränen von Lady Ferguson. Befürchteten sie damals schon, England könne in den Konflikt eintreten? Mit Sicherheit. An jenem Abend sah ich zum ersten Mal, wie sich Lord und Lady Ferguson umarmten.

Am 4. August war mein Geburtstag. James war einige Tage zuvor abgereist. Der Tisch war im Garten gedeckt, weil es ein wunderbarer Morgen war. Noch war niemand zum Frühstück nach unten gekommen. Ich sah Sir William mit der Zeitung auf einer blauen Holzbank unter einer Linde sitzen und ging zu ihm. Ich mochte diesen alten Mann, dem das Gedächtnis abhandengekommen war.

»Deutschland hat Frankreich den Krieg erklärt«, sagte er und deutete auf die Zeitung.

Ich hielt das für einen Scherz. Oder eines seiner Hirngespinste.

»Zum Glück sind wir in England«, setzte er hinzu.

»Wir sind in Deauville, Sir William. Deauville gehört zu Frankreich.«

Er sah mich an, als wollte ich ihn für dumm verkaufen.

»Wirklich?«

Ich nickte.

»Dann sind wir Franzosen? Werden sie hier einmarschieren?«

Ich hatte keine Zeit, es ihm zu erklären, weil Miss Abbott zu uns kam.

»Pack deine Sachen, Liebes. Wir müssen mit den Fergusons nach Hause zurückfahren. Das Schiff läuft heute Nachmittag in Le Havre aus.«

Dann stimmte es also? Frankreich befand sich im Krieg?

Noch am selben Tag, während wir unsere Abreise aus Deauville vorbereiteten, marschierte Deutschland in Belgien ein. Daraufhin erklärte Großbritannien Deutschland den Krieg. Ganz Europa schien zu einem großen Blutvergießen bereit, für etwas, das letztlich schwer zu begreifen war.

Mir blieb keine Zeit, Miss Abbott zu sagen, dass England gar nicht mein Zuhause war.

9

Madrid, Oktober 1951

»Du siehst so glücklich aus. Warum?«

Lola servierte gerade gekochte Kartoffeln mit Rippchen und einer Scheibe Paprikawurst, die sie auf Matías' Teller tat. Ihr wurde bewusst, dass sie lächelte.

»Ich weiß nicht«, log sie. »Vielleicht, weil ich heute Nachmittag nicht aus dem Haus muss. Ich möchte lesen, Radio hören, und wenn mir danach ist, kann es sogar sein, dass ich mich ein bisschen hinlege.«

Matías sah sie erstaunt an.

»Den ganzen Nachmittag zu Hause?«, wiederholte er wie zu sich selbst. »Hältst du das denn aus?«

Lola stieß ihn sachte mit dem Ellenbogen an.

»Wenn dich einer hört …«

»Also, na ja … vielleicht brauchst du ja ein bisschen Gesellschaft. Bei deinem Schläfchen, meine ich …«

Lola setzte sich ihm gegenüber und blickte ihm tief in die Augen. Es war ein Spiel. In diesem Blick lagen Versuchung und Verweigerung zugleich. Matías dachte, solange es so blieb, würde da etwas zwischen ihnen sein, ein Funke, ein tiefes Zugehörigkeitsgefühl, das sie aneinanderschmiedete. Manchmal schämte er sich bei dem Gedanken, dass sie auf ihn und seine Liebe angewiesen war. Als hätte er Macht über einen anderen Menschen. Dann schob er den Gedanken wieder beiseite, weil er sich eingestehen musste, dass er genauso auf Lola angewiesen war – in allem, bis hin zu den praktischen Dingen, in denen er viel schlechter war als sie. Sein Leben nach dem Krieg wäre anders verlaufen, wenn Lola sich nicht um das Geschäft gekümmert hätte. Er hatte die Ideen und sie das Organisationstalent und den gesunden Menschenverstand. Kein Wunder, dass sie manchmal am Ende war. Ihr war die undankbarere Rolle zugefallen, gab es doch nichts Ermüdenderes, als jemanden ständig bremsen zu müssen.

»Kommt nicht in Frage«, widersprach Lola. »Du gehst arbeiten wie immer. Dieser Nachmittag gehört mir, den teile ich mit keinem. Aber komm bloß nicht auf die Idee, später als neun nach Hause zu kommen. Dann steht das Essen auf dem Tisch.«

Sie sagte es ihm nicht, aber es gab noch einen Grund, warum sie allein sein wollte. Warum sträubte sie sich, es Matías zu sagen? Die arme Frau hatte ihr leid getan. Und sie bereute es nicht einmal.

»Ich hab das Buch aus dem Schaufenster genommen.«

Matías sah sie überrascht an.

»Warum?«

Lola zuckte mit den Schultern. Die unterschiedlichsten Antworten gingen ihr durch den Kopf. Sie entschied sich für die direkteste.

»Es steht jetzt seit fast einer Woche da, und niemand liest es. Du musst zugeben, dass es sinnlos ist.«

»Aha«, sagte er. Der Ärger stand ihm ins Gesicht geschrieben.

»Bist du böse?«

»Nein«, antwortete er, »ich bin nicht böse. Aber ich verstehe es nicht. Warum hast du mich nicht gefragt?«

Lola legte das Besteck auf den Teller.

»Aus demselben Grund, aus dem du es ins Schaufenster gelegt hast. Um das Gefühl zu haben, dass ich immer noch machen kann, was ich will.«

Matías fuhr sich mit der Hand übers Kinn. Das tat er immer, wenn er nachdachte.

»Ist etwas mit dir?«, fragte er dann. »Du bist so merkwürdig.«

Lola merkte, dass ihr die Situation entglitt. Sie griff wieder nach Messer und Gabel.

»Ich habe angefangen, es zu lesen.«

Sie sagte nur die halbe Wahrheit. Sie wusste nicht genau, warum.

»Du?«, fragte Matías.

Sie nickte nur. Auf dem Teller war noch ein Stück Rippchen. Lola schälte sorgfältig das Fleisch vom Knochen.

»Es gefällt mir«, sagte sie, ohne den Blick vom Teller zu heben.

Matías lächelte.

»Hab ich dir doch gesagt.«

Am Vormittag hatte Matías seine übliche Dienstags- und Donnerstagsrunde gemacht. Ganz gleich, wie viele Bücher es auszuliefern gab, er schob immer das Gitter hoch, schaltete die Sicherungen ein und schloss mittags wieder ab. Das war eigentlich nicht wirklich nötig, aber Lola wusste, dass er sie gerne beschützte – manchmal vielleicht zu sehr. Es war seine Art, für sie zu sorgen. Eine unnütze und absurde Fürsorge, denn das Gitter hochschieben, die Sicherungen einschalten und alles abschließen konnte Lola mit geschlossenen Augen.

An diesem Morgen hatte Matías noch etwas gemacht, als er die Buchhandlung aufsperrte: Er war zu dem kleinen Schaufenster gegangen und hatte die Seite umgeblättert, ohne das Buch vom Pult zu nehmen. Lola war versucht gewesen, ihm zu sagen, dass es nichts brachte, die Seiten fünf und sechs aufzuschlagen, weil die Engländerin und sie – bislang die einzigen Leserinnen – ihren eigenen Leserhythmus gefunden hatten. Aber sie sagte nichts. Sie schwieg, obwohl sie wusste, dass es ihn freuen würde, wenn sich jemand für das Buch interessierte. Sie schwieg, weil sie genug von allem hatte, weil er sie einengte und weil sie manchmal gerne ein heimliches Leben gehabt hätte, in dem er nichts verloren hatte. Auch, wenn es etwas so Banales war, wie heimlich eine Kundin zu bedienen.

Ein paar Minuten später kam sie. Lola verkaufte gerade ein Gläschen Chinatinte von Pelikan, als sie sie sah. Für einen Moment kam es ihr so vor, als hätte sie an der Ecke gewartet, bis Matías sich auf den Weg machte. Sie bedeutete ihr, doch hereinzukommen, aber die Frau blieb draußen stehen, bis der Kunde mit seinem in Papier eingewickelten Tintenfass den Laden verlassen hatte.

Sie grüßte sehr leise und zurückhaltend. An diesem Morgen trug sie einen dicken Angoraschal, den sie auch in der Buchhandlung nicht ablegte.

»Wie geht es Ihnen?«, erkundigte sich Lola freundlich. »Es ist wirklich kalt heute Morgen, nicht wahr?«

»Das kann man wohl sagen. Aber Sie haben es schön warm hier.«

»Haben Sie das Schaufenster gesehen? Mein Mann hat die beiden nächsten Seiten aufgeschlagen, aber ich glaube, den Teil haben wir schon gelesen, oder?«

Die Frau antwortete nicht, sondern setzte dieses warme Lächeln auf, das sie jünger wirken ließ.

»Er ist ein bisschen langsamer als wir«, erklärte Lola. »Aber ich kann ja problemlos für Sie vorblättern. Haben Sie diesmal Ihre Brille dabei?«

Sie sah, wie die Frau sich verlegen wand. Sie überlegte, dass es nicht gerade höflich von ihr war, sie an einem so lausig kalten Morgen zum Lesen nach draußen auf die Straße zu schicken.

»Soll ich Ihnen das Buch lieber rausholen, damit Sie es hier drinnen lesen können? Wir können das machen, der Chef ist nicht da«, setzte sie in verschwörerischem Ton hinzu, damit die Frau sich wohler fühlte.

»Wissen Sie …« Sie lockerte den Schal. Sie war rot geworden wie ein junges Mädchen. »Es ist so, dass …«

Lola spürte, dass da noch etwas anderes war als Verlegenheit oder die Kälte.

»Es fällt mir schwer, in Ihrer Sprache zu lesen.«

Sie wirkte ein bisschen beschämt.

»Ich spreche ziemlich gut, das sagen mir alle, aber auf Spanisch zu lesen ist so anstrengend für mich, dass ich nach zehn Minuten aufhören muss. Wenn Sie vielleicht …«

Ihre Stimme war so leise geworden, dass Lola Mitleid mit ihr hatte.

»Kommen Sie durch«, sagte sie, während sie die Ladentheke hochklappte. »Setzen Sie sich da auf den Stuhl. Wir lesen zusammen, wie gestern. Ich glaube, wir waren da stehengeblieben, wo der Erste Weltkrieg ausbricht.«

Die Frau fand ihr Lächeln wieder. Und da war wieder dieses Netz feiner Fältchen auf ihrem zarten Gesicht, das Lola an die Fäden eines Webstuhls oder eine Linotype-Setzmaschine erinnerte. Etwas an diesem einfachen und natürlichen Gesicht folgte einem sehr präzisen Modell.

So fing es an. Eine harmlose Schwindelei, die etwas bis dahin Unbekanntes zwischen Matías und Lola säen sollte. Und dann das Misstrauen, ein dunkler Fleck, der sich wie eine Decke über sie legen würde.

Die Sonne war hinter dem Dach des gegenüberliegenden

Hauses verschwunden. Sie schaute auf die Uhr. Es war erst sechs. Matías würde nicht vor halb neun nach Hause kommen. Sie blieb noch ein bisschen in dem Sessel sitzen. Ihre langen Finger strichen langsam über eine der blauen Blumen auf der Armlehne, während sie an einen Tag wie diesen dachte. Sechzehn Jahre war das jetzt her.

Sie waren sich zum ersten Mal in einem Café begegnet. Es war ein ungemütlicher Winterabend gewesen. Matías sprach vor der Versammlung, an der sie auf Einladung eines Schriftstellers aus Valladolid teilnahm, der sich noch Hoffnungen machte und dessen Gesicht sie nach fünf Minuten vollständig vergessen hatte. Ganz anders als Matías. Dieser große, gut aussehende junge Mann mit der scharf geschnittenen Nase und der dunklen Haut fiel ihr auf. Jemand hatte ihr erzählt, dass er Verleger sei, was ihm eine gewisse intellektuelle Aura verlieh, die sie sehr anziehend fand. Außerdem gefiel ihr, wie seine Augen blitzten und funkelten, wenn er über Politik sprach.

Sie war ein zweiundzwanzigjähriges Mädchen, das gerade aus Paris zurückgekehrt war, wo sie ein Jahr lang ein Übersetzungsseminar an der Sorbonne besucht hatte. Sie trug das kurze Haar nach hinten gekämmt, ein Paar kleine, unauffällige Ohrringe und ein Tuch um den Hals. Auch damals war Oktober. Das Tageslicht schwand langsam, so wie jetzt. In dem Café saßen fünf leger gekleidete Männer und ein Mädchen mit Brille, das sie ein wenig herablassend musterte, so als verdiente sie es nicht, hier zu sein. Lola begrüßte jeden einzeln, gab den Männern die Hand und hauchte einen Kuss an der Wange des Mädchens vorbei. Dann nahm sie Platz, schlug die Beine übereinander und legte diskret den gefalteten Mantel über die Knie. In dem Lokal war es heiß, aber sie wollte die Jacke nicht ausziehen, weil die Bluse etwas durchsichtig war, und sie hatte bemerkt, wie alle sie ansahen. Alle außer dem, der sich Matías nannte.

Jenes erste Mal. Sie erinnerte sich an seine Stimme, seine Gesten, die verstohlenen, vielleicht unwillkürlichen Blicke. Als sie kam, sprach er gerade darüber, den Vormarsch von Gil-Robles und den Autonomen Rechten zu stoppen, und jetzt diskutierten sie einen Vorschlag der Kommunistischen Partei, sich im Hinblick auf die bevorstehenden Wahlen mit allen linken Gruppierungen auf eine gemeinsame Kandidatur zu verständigen.

Sie verstand nichts von dem Thema und konnte daher keine eigene Meinung äußern. Schweigend hörte sie dem Mädchen mit der Brille und einem weiteren Teilnehmer zu, die den Plan äußerst heftig und mit kaum verhohlener Wut ablehnten. Lola war sehr überrascht vom Umgangston der Gesinnungsgenossen miteinander. Sie vertraten radikale Positionen, die Matías mit großer Ruhe und Beharrlichkeit Stück für Stück zu entschärfen versuchte.

Wie machte er das nur? Er bediente sich nicht der aufbrausenden Vehemenz seiner Gegenspieler, sondern sprach langsam und mit ruhiger Stimme. Er vermittelte Besonnenheit und Umsicht. Gutes Aussehen und Intelligenz: eine Kombination, die ihr auf einmal gefährlich erschien.

Sie war wie gefangen von seinen Worten, während er feststellte, dass die Anarchisten, wie so oft, gespalten waren. Seine Stimme drang in jeden Winkel ihres Verstandes, langsam, rhythmisch, getragen wie eine Melodie. Sie versuchte, nicht wie ein Idiot dazustehen und wollte begreifen, was geredet wurde, vor allem, was er sagte. Er hieß Matías, der Name war in der Hitze des Gefechts ein paarmal gefallen. Er plädierte für eine Linkskoalition, die sie gerade zu formieren versuchten. Lola hörte ihm aufmerksam zu, während die anderen schwiegen. Sie hatte den Eindruck, dass sie gemeint war, als er zu mehr Offenheit aufforderte und von der Notwendigkeit sprach, die fast dreißigtausend politischen Gefangenen aus den Gefängnissen zu holen, die wegen der Streiks und der Vorgänge während der Revolution 1934 verhaftet worden waren.

»Viele dieser Genossen, die im Gefängnis schmoren, sind von der Arbeitergewerkschaft, das stimmt«, räumte er gegenüber seinen Widersachern ein. »Aber dies ist nicht der Moment für Grabenkämpfe. Wir müssen zusammenhalten, und je mehr wir sind, desto besser. Diese Gefangenen sind Mitstreiter, die wir auf der Straße brauchen, Männer und Frauen, die für die Rechte aller eingetreten sind. Der Arbeiterkampf kann es sich nicht leisten, sie zu verlieren, ganz gleich, ob sie Kommunisten, Sozialisten oder Anarchisten sind.«

Während Lola sich bemühte, die politische Lage zu verstehen, die Spanien Ende 1935 durchlebte, bemerkte sie, dass Matías sie ständig ansah, vor allem, wenn die anderen redeten. Er betrachtete sie durch den Rauch der Zigarette hindurch, die er in den Händen hielt, breite, kräftige Hände, die sie plötzlich nur zu gerne berühren wollte.

Als die Versammlung zu Ende war, ließ sie sich absichtlich Zeit, um in seine Nähe zu kommen. Sie unterhielten sich. Lola erzählte ihm, dass sie eine Zeitlang im Ausland gewesen und daher in politischen Dingen nicht auf dem Laufenden war. Sie bemerkte, dass er ein bisschen oberlehrerhaft klang, als er versuchte, ihr zu erklären, worüber sie diskutiert hatten. Er war klug und machte das sehr gut. Danach redeten sie nicht mehr über Politik. Sie verließen gemeinsam das Café, und er erkundigte sich nach Paris und ihrem Übersetzerstudium. Draußen schüttete es wie aus Eimern. Ein heftiger Wind schlug ihnen entgegen, als sie zur Metrostation liefen. Lola würde sich immer an diese Szene erinnern, wie sie durch den Regen liefen und er sie bei der Hand nahm, diese feste Hand, die ihr plötzlich ein ungekanntes Gefühl von Sicherheit verlieh, während ihr das

Herz wegen der Rennerei oder wegen der aufkommenden Gefühle bis zum Hals schlug … Und wie sie sich dann in der Halle der Metrostation gegenüberstanden und sich ansahen.

Lola erinnerte sich an diesen Satz, den sie heute Morgen in dem Buch im Schaufenster gelesen hatte: »Den ersten Kuss gibt man nicht mit dem Mund, sondern mit den Augen.« Genauso war es damals vor sechzehn Jahren gewesen. Am Fuß der Treppe zur Metro stehend, umgeben von Menschen mit Regenschirmen und in nassen Mänteln, küssten sie sich, ohne einander zu berühren, ohne dass ihre Lippen zueinanderfanden. Sie küssten sich, weil niemand etwas dagegen tun konnte und keiner von beiden sich dagegen sträubte. Sie küssten sich, bevor Matías ihr sagen konnte, dass er verheiratet war, und bevor Zeit gewesen wäre, eine Basis für diese Beziehung zu legen, die alles durcheinanderbrachte.

Später.

Lola interessierte sich für den Verlag.

Matías lud sie ein, doch vorbeizukommen.

Lola zog ihren engsten Rock und ihre schickste Bluse an.

Matías schlug ihr vor, Apollinaires *Calligrammes* aus dem Französischen zu übersetzen.

Lola nahm das Angebot an und kam von da an jeden Tag in den Verlag.

Matías lud sie ins Ateneo ein, um eine Vorstellung von Tschechows *Kirschgarten* zu sehen.

Sie ging häufiger zu den politischen Debatten und den Versammlungen der CNT, der Confederación Nacional de Trabajo – wie sie mittlerweile erfahren hatte, hieß so die Gruppe, der Matías angehörte. Das Mädchen mit der Brille hasste sie abgrundtief. Lola vermutete, dass sie unsterblich in Matías verliebt war, obwohl dieser verheiratet war.

Und eines Tages – eines Abends vielmehr, als er sie zu dem

Haus in der Calle Montesquinza begleitete, wo sie mit ihren Eltern lebte, stellte sie sich beim Abschied auf die Zehenspitzen und küsste ihn auf den Mund. Diesmal küssten sie sich wirklich, auch wenn sie manchmal dachte, dass der wahrhaftigste Kuss, den es je in ihrem Leben gegeben hatte, jener am Fuß der Metrotreppe gewesen war.

Ja, man könnte sagen, dass dies der erste körperliche Kontakt gewesen war. Und dass sie es war, von der die Initiative ausging. Man könnte auch sagen, dass sie trotz der Vorbehalte von Matías nicht aufhören konnte. Ihr Verlangen befreite ihn von einem Teil der Verantwortung, und durch ihr Verhalten bewahrte sie ihn vor jeglichem schlechten Gewissen. Sie wusste von Anfang an, dass es so sein musste. Matías hätte niemals den ersten Schritt gemacht. Nicht wegen seiner Frau, oder nicht nur, sondern auch wegen ihr, Lola, um sie nicht zu beschämen, zu demütigen und etwas auszusetzen, vor dem er sie nicht beschützen konnte.

Im Februar waren Wahlen, aus denen die Frente Popular – der Zusammenschluss der Linken – als Sieger hervorging, während sie sich heimlich in einer Pension in der Calle San Bernardo trafen und sich die Arbeiter vor den Werkstoren versammelten, um für die Wiedereinstellung der 1934 Entlassenen zu demonstrieren, oder vor den Gefängnistoren, damit man die Gefangenen freiließ. Alles war möglich. Alles war neu. Alles war mitreißend. Lola folgte Matías, ohne an etwas anderes denken zu können als dieses übermächtige Verlangen, ihn zu lieben und die Welt zu verändern.

Im Mai fuhren sie zusammen zum IV. Nationalen Kongress der CNT, der in Zaragoza stattfand und auf dem ausführlich über den Anarchokommunismus diskutiert wurde. Eine andere Stadt. Leute, die genauso dachten wie sie. Ein Gefühl von Freiheit, durch das sich das Leben so unendlich erweiterte. Nachts teilten sie das Bett und verließen morgens das Zimmer hoch erhobenen Hauptes und mit einem Lächeln auf den Lippen.

Matías hatte sich von seiner Frau getrennt. Lola und er würden endgültig zusammenleben. Sie mieteten eine Wohnung in einer stillen, ruhigen Straße, in der es lediglich zwei Hauseingänge gab, einen auf jeder Straßenseite. In dem Haus, in dem sie wohnten, befand sich eine kleine Uhrmacherwerkstatt. Jeden Tag gingen sie gemeinsam in den Verlag und schlenderten abends Hand in Hand nach Hause, die Calle Argensola entlang bis zur Kreuzung Fernando VI., um dort das rege Treiben der Calle Barquillo hinter sich zu lassen und ihr eigenes Universum zu betreten: eine Sackgasse, in der keine Autos fuhren und man kaum Leute traf, die nicht aus dem Viertel stammten. Für Lola war diese Straße etwas Besonderes, würde es immer sein. Matías plauderte oft noch ein wenig mit dem Uhrmacher, einem engagierten Sozialisten, der bei der Schlacht von Annual in Melilla gedient hatte. Er hörte sich gerne dessen lange Schilderungen des militärischen Unvermögens an, die den desolaten Zustand der spanischen Armee deutlich unter Beweis stellten.

Sie begann, eigene Wege zu gehen.

Sie trat dem Frauenverband Mujeres Libres bei und übersetzte Paul Morand, Valery Larbaud und Blaise Cendrars, ein neugieriger Mann, der reiste, um die Welt in einem Vers zu konzentrieren.

Sie ging ins Theater.

Spazierte im Retiro-Park zwischen den kahlen Bäumen, wenn die Sonne genügend wärmte.

Ging ins Büro des Noviciado, wo eine Gruppe zur Alphabetisierung und politischen Bildung von Frauen gegründet worden war.

Sie hielt einen Vortrag über Flora Tristan. Schrieb einen Artikel über Mary Wollstonecraft.

Sie genoss das Leben. Sie war glücklich. Voller Energie und Pläne, voller Träume.

Matías liebte ihre Sicht auf die Welt, ihre besondere Art, sich in der Realität ihre eigene Realität zu schaffen.

Matías liebte ihre Scham, ihre Brüste, ihre Taille, ihre Hüften.

Und sie schwelgte in wunderschönen, einzigartigen französischen Wörtern, anarchistischen Debatten, spontanen Zärtlichkeiten und Seufzern am Nachmittag. Es war eine schwerelose Welt, ein Leben in der Schwebe.

Die Vögel von Braque und die geflügelten Körper von Brâncuşi schwebten über den langen schlaflosen Nächten.

In diesem Klima wurden sie vom Ausbruch des Krieges überrascht, und das Glück verschwand plötzlich und ohne jede Vorwarnung.

10

Madrid, Oktober 1951

Es gefiel mir, dass sie mich nicht auf der Straße stehenlassen wollte. Wir begannen auch nicht gleich zu lesen.

Ich hatte in dem Hauseingang gegenüber darauf gewartet, dass ihr Mann ging. Ich weiß, dass er dienstags und donnerstags seine Bücher ausliefert und nicht vor Mittag zurückkehrt. Als ich ihn um die Ecke biegen sah, verließ ich mein Versteck. Es war kindisch, so etwas zu tun, aber es machte mir Spaß. Es war … ich weiß nicht, ein kleiner Streich, der sich in meinem Alter nicht mehr gehörte. Genau wie einem Buchhändler durch die Straßen Madrids zu folgen. Schließlich bin ich immer noch ich.

Ich wartete ruhig vor dem Schaufenster, während sie einen Mann bediente, der ein Tintenfässchen kaufte. Dann ging ich hinein, sie fragte mich, ob ich die Brille dabeihätte, und ich gestand ihr, dass ich mir sehr unbeholfen dabei vorkäme, in einer Sprache zu lesen, die nicht die meine ist, und dass es mich sehr anstrenge. Natürlich nutzte ich ihre Gutmütigkeit aus, als ich sie bat, mir vorzulesen.

Sie schien mein Ansinnen nicht unverschämt zu finden, denn sie bat mich in den Laden hinein und fragte: »Haben Sie es eilig?«

Ich sah sie mit meinem englischen Lächeln an, einem hintergründigen Lächeln, wie meine Nachbarin meinen Sinn für Humor nennt.

»Schauen Sie mich an«, entgegnete ich. »Ich bin alt. Ich hab nichts zu tun.«

Sie lachte herzlich. Dann stellte sie sich vor.

»Ich heiße Lola. Und Sie?«

»Alice«, antwortete ich. »Aber wenn es für Sie bequemer ist, können Sie mich Alicia nennen.«

»Nein, nein … Alice ist gut. Der eigene Name ist sehr wichtig, er ist die Identität eines Menschen, und Identität lässt keine Übersetzung zu.«

Sie war eine Frau, die unvermutet überraschende Dinge sagte. Vermutlich gehörte sie zu der Sorte Mensch, die in bestimmten Situationen auch zu überraschenden Dingen fähig waren.

»Ich fragte, ob Sie in Eile sind, weil ich noch eine Schreibwarenbestellung fertigmachen muss. Eine Routinesache, wir können uns dabei unterhalten, aber es muss halt gemacht werden.«

Ich war einverstanden. Wie sollte ich auch nicht?

Also machten wir es uns bequem. Ich zog den Mantel aus, sie setzte sich auf den Schemel am Tisch und ordnete Bleistifte, zweifarbige Radiergummis, Federn und Spiralblöcke.

»Ich will die Gelegenheit nutzen, um Ihnen etwas zu erzählen«, ergriff ich das Wort. Die Wahrheit ist, dass ich auf diesen Moment gewartet hatte. »Sie fragten mich gestern, ob ich Engländerin sei. Das bin ich nicht, obwohl ich einen britischen Pass besitze. Ich weiß schon, Sie wollten nicht neugierig erscheinen, deshalb haben Sie es hingenommen, dass ich Ihnen die Antwort schuldig geblieben bin. Aber ich würde es Ihnen gern erklären, wenn Sie nichts dagegen haben.«

Lola hörte auf, die Ware zu sortieren, und nickte. Dann legte sie die Hände in den Schoß und wartete. Ich begann laut und deutlich zu erzählen, in diesem Ton, in dem man eine Geschichte erzählt.

»Ich bin in Afrika aufgewachsen, in Simbabwe. Mein Vater

hatte eine dreitausend Morgen große Farm. Wir lebten in einem Haus mit Lehmmauern und Strohdach, das meine Mutter und er als Übergangslösung gebaut hatten, als meine Mutter plötzlich starb. Das Haus blieb so, wie es war. Völlig verwahrlost. Genau wie ich.«

Ich sah, welchen Eindruck meine Geschichte auf sie machte. Also fuhr ich fort.

»Mein Vater verfiel der Jagd, dem Alkohol und den schwarzen Dienstmädchen. Ich streifte alleine durch Wälder und Savannen, nur begleitet von einem Hund und einem Gewehr. Niemand kümmerte sich um meine Erziehung. Aber glauben Sie nicht, dass es so dramatisch war, wie es sich jetzt anhört. Dort hatte das keine Bedeutung. Es war viel wichtiger, schießen zu können, sich an der Sonne und den Sternen zu orientieren, zu spüren, wenn die Regenzeit bevorstand, und zu wissen, wie man mit den Ziegen umgehen musste, um immer Milch zu haben. Das alles beherrschte ich perfekt.«

Lola hatte mit ihrer kleinen Schreibwareninventur aufgehört. Sie war so gebannt von meiner Geschichte, dass es mir unangenehm war.

»Klingt wirklich wie eine spannende Kindheit«, sagte sie verträumt. »Sehr frei, nicht wahr?«

»Völlig frei. Aber ich weiß nicht, ob das wirklich so gut war. Manchmal denke ich, dass die Grenze zwischen Freiheit und Chaos sehr unscharf ist. Du weißt nicht, wann du diese feine Linie überschreitest … Wenn du keine Mutter hast, die auf dich achtgibt, zeigt dir niemand, wo der Rand des Abgrunds beginnt.«

Sie wirkte nachdenklich. Ich hatte den Eindruck, dass sie meine Überlegungen auf etwas in ihrem eigenen Leben übertrug.

»Das ist wahr«, sagte sie nach einer Weile. »Wir mögen keine Grenzen und Vorschriften und sind immer versucht, sie zu überschreiten, aber man braucht Zäune, die man überspringen kann.«

Abwesend sortierte sie die Stifte und Radiergummis.

»Und wir alle brauchen ab und zu diese Sicherheit, finden Sie nicht?«, setzte sie hinzu, während sie ihren kostbaren Schatz aus Graphit und Kautschuk in die Schubladen räumte, die sich auf einer Seite der Ladentheke befanden.

Dann ging sie zum Schaufenster und holte das Buch heraus.

Aber sie klappte es nicht auf. Mit dem Rücken zur Ladentheke setzte sie sich hin, das Buch auf dem Schoß, und fragte etwas, womit ich nicht gerechnet hatte.

»Und dann? Wie sind Sie nach Spanien gekommen?«

Ich überlegte, wie ich da wieder rauskam, und ehrlich gesagt musste ich mich nicht sonderlich anstrengen. Es genügte, mein Leben gegen das meiner Freundin Doris auszutauschen.

»Als ich vierzehn war, heiratete ich einen Beamten aus Salisbury und zog in die Hauptstadt von Rhodesien. Er war ein gewöhnlicher, unangenehmer Mann. Er wollte nie, dass ich mich ihm ebenbürtig fühlte.«

Sie verzog das Gesicht. Es kam mir vor, als würde auch sie ihn zu hassen beginnen.

»Wir lebten in einer Stadt, in der Kultur keine große Rolle spielte, ich aber las für mein Leben gern. Immer und überall, jedes Buch, das mir in die Finger kam. Ich eignete mir Kenntnisse in Rechtswissenschaft, Physik und Kunst an, nur um des Vergnügens willen zu lernen. Ich las und hörte Musik auf einem alten Grammophon, das meinem Mann gehörte. Ich wurde schwanger, bekam ein Kind, und als ich achtzehn wurde, starb mein Vater und hinterließ mir die Farm. Wissen Sie, was ich gemacht habe? Ich nahm meinen Sohn und kehrte an den Ort zurück, an dem ich glücklich gewesen war. Ich ließ mich von diesem Mann scheiden. Ich glaube, manchmal erinnere ich mich nicht mal mehr an seinen Namen.«

Ich sah Lola mit einem leisen Lächeln auf den Lippen nicken.

»Ich lebte noch zwanzig Jahre in Afrika. Aber meinen Sohn schickte ich nach England zur Schule, damit es ihm nicht genauso erging wie mir.«

Plötzlich merkte ich, dass sie mich anders ansah, so als hätte sie mich in diesem Moment kennengelernt. Und ich glaube, in gewissem Sinne war das auch so.

»Das ist wirklich ein spannendes Leben.«

Ich beschloss, zum Ende zu kommen. Wir waren nicht hier, um diese Geschichte zu hören, sondern eine andere.

»Und jetzt bin ich hier in Ihrem Land. Ich mag Spanien. Ich bin hergekommen, weil mein Sohn Ingenieur ist und in den Minen von Río Tinto arbeitet, die sich, wie Sie wissen, in Huelva befinden. Aber er will nicht, dass ich dort wohne. Er findet, dass ich im Moment in Madrid besser aufgehoben bin, und ich höre immer auf ihn. Er regelt alles für mich. Ich habe eine monatliche Rente und muss mir um nichts Sorgen machen.«

»Ich verstehe. Ich weiß nicht, wie es in England ist, aber hier haben die Frauen das bisschen Freiheit verloren, das sie sich vor dem Krieg erkämpft hatten. Es ist nicht einfach, jemanden wie Sie zu finden.«

»Wenn ich ehrlich bin, weiß ich selbst nicht genau, wie es in England ist. Ich habe nie dort gelebt. Ich habe einen britischen Pass und meine Haut ist hell, aber offen gestanden fühle ich mich als Afrikanerin.«

Ich versuchte, kein weiteres Wort zu sagen. Es war besser so.

»Das ist in groben Zügen die Geschichte meines Lebens.«

In der Umgebung des Ladens wirkte diese junge Frau warmherzig und verständnisvoll. Wir blickten uns mit einer erstaunlichen Vertrautheit in die Augen, wie langjährige Freunde oder

Eltern ihre Kinder. Auch sie merkte es, denn plötzlich senkte sie den Blick und sagte: »Sollen wir anfangen?«

Sie nahm das Buch von ihrem Schoß, klappte es auf und begann zu lesen.

11

Rose

In einem Internat kann einem der Krieg ein bisschen erscheinen, als spielte er sich in einer anderen Dimension ab. Bis du Zeuge seiner Folgen wirst.

Der englische Winter unterschied sich kaum von dem in der Normandie. Das College war in Norwalk, auf halber Strecke zwischen Brighton und London, im Landesinneren, wo es fast genauso ergiebig regnete wie in Coutances und die Sonne durch Abwesenheit glänzte wie in den Wintern meiner Kindheit. Ich vermisste ganz furchtbar die Tage in Deauville, vor allem, weil sich das Leben plötzlich auf Lernen, Gehorsam und die steifen englischen Manieren reduzierte. Aber es gab etwas, das mich rettete: das Lesen.

Ich musste oft an James denken, vor allen Dingen am Anfang. Dann fand ich Freundinnen und vergaß ihn beinahe. Die Nonnen wiederum beschlossen, uns Kummer zu ersparen, und gingen über sämtliche Nachrichten hinweg, die vom Kontinent kamen. Um es deutlicher zu sagen: Sie zensierten alles, was mit dem Krieg zu tun hatten.

Hier bin ich mir unschlüssig. Ich muss mir darüber im Klaren werden, was genau ich mit dieser Art von Memoiren bezwecken will. Ich frage mich nämlich, ob ich alles erzählen muss. Muss ich in die Tiefe gehen, nach Erinnerungen suchen, dem zeitlichen Ablauf der Ereignisse folgen, ganz gleich, wie unbedeutend diese sein mögen? Offen gestanden halte ich das für kein gutes System. Es gibt Zeiten in meinem Leben, an die ich mich nicht großartig erinnern kann – ich habe schon versucht, es zu erklären, als ich von Coutances sprach. Dann wieder erinnere ich mich an Details, die mir heute völlig irrelevant erscheinen, weil ich das Gefühl habe, dass sie völlig frei von allen Emotionen sind. Oder falls es sie gab – wovon ich ausgehe –, haben sie mit der Zeit jede Bedeutung verloren.

Ich würde die Dinge gerne so erzählen, wie sie tatsächlich in meiner Erinnerung leben.

Zum Beispiel gab es in Norwalk einen Park mit großen Maulbeerfeigen und einem Amberbaum mit roten Blättern. Ich setzte mich zum Lesen auf eine Bank, bis ich völlig durchgefroren war.

Weiterhin erinnere ich mich an ein rothaariges Mädchen, aber ich weiß nicht, wer sie war. Ich kann mich nicht mal erinnern, ob wir befreundet waren.

Andererseits sind da meine Erinnerungen an James, an Frances, an den Vater von Lady Ferguson. Ich weiß, dass er in jenem Herbst starb. Ich glaube nicht, dass ich den ganzen Winter über an Sarah dachte.

Ich weiß auch nicht, welche Rolle Miss Abbott in meinem Leben spielte. Sie verschwand einfach, und ich hörte nie wieder von ihr.

Die Weihnachtsferien kamen näher, doch während alle Schülerinnen Pläne schmiedeten, über die Feiertage nach Hause zu fahren, fragte ich mich, warum Mary Abbott sich nicht bei mir meldete. Es war undenkbar, zu den Hervieus zu fahren, aber in England hatte ich keine Familie, zumindest niemanden, den ich kannte. Folglich hatte ich keine Ahnung, was aus mir werden sollte, wenn die Ferien begannen.

Am 21. Dezember, zwei Tage, bevor die übrigen Schülerinnen von ihren Familien abgeholt wurden, fuhr Frances' Morris Bullnose vor dem Hauptportal vor. Ich bekam nichts von ihrer Ankunft mit, aber jemand erzählte mir, eine Verrückte habe einen Hortensienstrauch umgefahren und um ein Haar auch den Gärtner. Als ich ins Büro der Direktorin gerufen wurde, kam ich keinen Augenblick auf den Gedanken, dass ich sie dort antreffen würde.

Sie war extravagant gekleidet wie immer. Sie trug einen weißen Mantel mit einem riesigen Pelzkragen, der von einem Eisbären zu stammen schien. Sie saß auf einem engen Sessel, die Beine übereinandergeschlagen, der Mantel war leicht herabgeglitten und ruhte über der Rückenlehne. Um den Skandal komplett zu machen, rauchte sie eine ihrer berühmten ägyptischen Zigaretten in einer langen Zigarettenspitze und hatte das Büro der Schulleiterin völlig zugequalmt. Miss Flannagan, die Irin war und zudem katholisch, wirkte aufrichtig entsetzt.

»Rose, meine Liebe!«, rief Frances erfreut, als sie mich sah, aber ohne aufzustehen oder ihre Haltung im Geringsten zu verändern. »Ich weiß, ich hätte Bescheid sagen müssen, das sagte ich auch gerade zu Miss … Miss Flannagan, nicht wahr? Aber du weißt ja, wie ich bin. Ich war in Paris, es ging drunter und drüber, ich habe das Schiff verpasst und musste Himmel und Hölle in Bewegung setzen, um nach England zu gelangen. Aber jetzt bin ich hier.«

Das war ihre Art zu reden, hastig und ein bisschen kokett, mit einem Hauch Gleichgültigkeit, so als sei nichts im Leben wirklich wichtig für sie.

»Wir werden Weihnachten zusammen verbringen«, sagte sie, als wir Miss Flannagans Büro verließen. »Ist das nicht phantastisch?«

Sie begleitete mich auf mein Zimmer. Sie war noch nie zuvor in diesem Internat gewesen, aber wie wir so nebeneinander hergingen, hatte es den Anschein, als sei ich es, die ihr durch Korridore und über Treppen folgte. Sie hatte diese Macht: Wenn Frances sich in Bewegung setzte, rannten alle anderen hinter ihr her, selbst wenn sie nicht wussten, wohin es eigentlich ging.

Ich packte meine Sachen, während sie mir tausenderlei Dinge erzählte. Dass wir wieder bei den Fergusons eingeladen seien, dass der Vater von Lady Ferguson im Oktober gestorben sei und James an Bord der *Good Hope* gewesen sei, eines Panzerkreuzers, der von den Deutschen vor der chilenischen Küste versenkt worden war … James habe glücklicherweise überlebt, aber die Engländer hätten tausendfünfhundert Verluste hinnehmen müssen, darunter auch Admiral Cradock. James sei in ein Krankenhaus in einer Stadt namens Coronel gekommen, und nun hoffe man, dass er Weihnachten zu Hause verbringen könne. Sie erzählte mir auch von Elliott, der sich offenbar gleich zu Kriegsbeginn bei den Truppen gemeldet hatte und jetzt bei Dieppe kämpfte.

»Meine Cousine weint den ganzen Tag um ihre Söhne.«

Ich hatte Mitleid mit Lady Ferguson. Es musste furchtbar sein. Aber wenn du gerade mal fünfzehn bist, ist es normal, dass man gefährliche Situationen im Grunde genommen faszinierend findet. Ich dachte in diesen Momenten daran, wie viel James zu erzählen hätte, wenn er nach Hause kam.

Dann saß ich wieder in Frances' glänzendem zweifarbigem Automobil, nur dass wir dieses Mal das Verdeck geschlossen hatten. Mein Lederkoffer lag hinten neben ihrem Necessaire und ihrer riesigen Hutschachtel. Es war ein wolkenverhangener Tag. Feiner Sprühregen bedeckte die Windschutzscheibe. Im Auto war es kalt.

»Wie düster England ist«, murmelte Frances, als wir an den nassen Feldern entlangfuhren. Das Gras hatte sich durch den

Frost fahlgrau gefärbt. Aber an ihrer Seite konnte es nie lange trist sein. Wir hielten zum Essen an einem Landgasthaus, wo uns alle anstarrten, obwohl die Engländer einen fliegenden Elefanten vorbeisegeln sehen konnten, ohne die geringste Regung zu zeigen. Im Vertrauen gesagt, war Frances selbst für ihre Landsleute zu überdreht und exzentrisch.

Als wir zum Auto zurückgingen, wirkte sie besser gelaunt und fröhlicher als zuvor. Vielleicht hatte es etwas mit dem Wein zu tun, den sie zum Essen getrunken hatte.

»Wie läuft's in der Schule? Waren sie nett zu dir?«

Sie sah nach vorne, während sie fuhr, und ihr Gesicht nahm in diesen Momenten einen Ausdruck an, den ich noch nie zuvor bei ihr gesehen hatte. Konzentriert und ein bisschen ernst.

»Und die Sprache? Hattest du Probleme mit dem Englischen?«

»Anfangs ein bisschen«, antwortete ich ehrlich. »Aber jetzt nicht mehr. Es ist kinderleicht.«

Sie lächelte, ganz so, als sei sie zufrieden mit meiner Antwort.

»Hast du viel gelesen?«, fragte sie weiter.

Genau in diesem Moment erinnerte ich mich an den Tag, an dem ich James in der Bibliothek begegnet war, und an seine Worte über die Brontë-Schwestern und Mädcheninternate. Eigentlich war es gar nicht so schlimm geworden.

»Ja, *Jane Eyre* von Charlotte Brontë und einen Roman von Henry James. *Bildnis einer Dame* heißt er. Miss Collins, die für die Bibliothek verantwortlich ist, sagt, das sei keine Lektüre für mein Alter, aber ich hab ihr erzählt, dass ich in Deauville schon *Sturmhöhe* von der anderen Brontë-Schwester und *Die goldene Schale* gelesen habe. Sie findet, dass James kein Autor für junge Mädchen ist, aber weil sie weiß, dass mich diese Liebesschmonzetten, die etliche meiner Mitschülerinnen lesen, zu Tode langweilen, drückt sie beide Augen zu.«

»Gut«, bemerkte Frances lächelnd. »Ich sehe, die Bibliothekarin ist eine sehr kluge Frau.«

Ich nickte, und dann fuhren wir schweigend die menschenleere Straße entlang.

Und plötzlich standen wir vor dem Anwesen der Fergusons.

Elsinor Park war ein Landhaus im edwardianischen Stil, das auf einem weitläufigen Grundstück am Fuße der Hügellandschaft von Surrey stand. Sarah hatte mir von dem Haus erzählt, aber so hatte ich es mir nicht vorgestellt.

Der Fluss ist das Erste, woran ich mich erinnere.

Man musste über eine Steinbrücke fahren. Es war ein still dahinfließender Fluss mit dunklem, grünlichem Wasser. Ich musste an ein Wort denken, das ich einmal gelesen hatte, ohne es auf die Realität anwenden zu können: unergründlich. Obwohl dieses Wort in Wahrheit eher auf meinen Seelenzustand als auf das Wasser des Flusses zutraf. Von der Brücke aus sah man eine Anlegestelle, ein Gartenhäuschen mit Schieferdach und ein Ruderboot, das am Ufer festgemacht war. Drei oder vier Bäume breiteten ihre kahlen Äste über den Fluss wie ein Wasserfall aus langen, dürren Finger. Wahrscheinlich waren es Weiden, aber da sie ihr Laub verloren hatten, ließ es sich nicht mit Sicherheit sagen.

Nachdem wir die Brücke überquert hatten, lag Elsinor Park vor mir wie gemalt. Es gab keinen Zaun, nur eine Zufahrt, die von grünem, sanft gewelltem Rasen gesäumt war, dem *lawn*, wie die Engländer sagen. Während das Auto weiterfuhr, betrachtete ich den Park, auf den Lady Ferguson in Deauville so stolz gewesen war, den großen Teich, den Eichenwald und die Heide, wo man, wie man mir erzählt hatte, nach Herzenslust jagen konnte.

Frances fuhr den Kiesweg hoch, der zu beiden Seiten des Teichs entlangführte, und parkte laut hupend vor dem Haupteingang, wie immer, wenn sie irgendwo ankam. Ja, ich erinnere mich noch genau, wie ich staunend vor diesem gewaltigen roten Backsteinbau mit den achteckigen Türmen und den Schieferkuppeln stand. Ich dachte mir, dass das Haus trotz seiner Ausmaße und der Jahreszeit ziemlich hell sein musste. Damals war Licht sehr wichtig in meinem Leben. Es war zu einer fixen Idee geworden. Ich sagte den ganzen Tag Sachen wie: »Was für ein wundervolles Licht!« »Hier ist nicht genug Licht!« »Dieses blaue Licht!« Das Licht bestimmter Erinnerungen … romantische Träumereien.

Dieser erste Eindruck deckte sich völlig mit der Realität. Gleich beim Eintreten überraschten einen die Glaskuppeln, die großen Fenster an den Treppenaufgängen, die verzierten Decken. Und dann fiel der Blick unversehens auf die Rokokomöbel, die riesigen Gemälde und die Orientteppiche. Es gab über fünfzig Zimmer, wie ich später erfuhr. Fast wie im Internat.

Aber zurück zu den Ereignissen.

Den Ereignissen, ja. Am selben Morgen war James mit einem Ambulanzwagen der Armee eingetroffen. Die ganze Familie war außer sich vor Freude über seine Rückkehr. Dennoch waren die Lücken zu spüren. Es fehlten Lady Fergusons alter Vater, der Anfang Herbst gestorben war, und Elliott, der in Nordfrankreich kämpfte und wahrscheinlich in einem dieser Schützengräben lag, die aus diesem Krieg eine so entsetzliche Erfahrung für viele Soldaten machten. Lady Ferguson wirkte trotz der Heimkehr ihres Ältesten furchtbar traurig, und Sarah war sehr erwachsen geworden. Ernster und viel vernünftiger. Ich glaube, sie hatte beschlossen, einen Pakt mit dem Leben zu schließen.

An einem der ersten Morgen ritten wir gemeinsam aus. Ein, zwei Stunden ritten wir durch grüne Wiesen und Heidelandschaft. Schließlich kehrten wir müde und hungrig in einem

Gasthaus an der Straße nach Guildford ein. An diesem Tag führten wir zum ersten Mal ein ernsthaftes Gespräch. Über James und Elliott und das, was sie bei dem Gedanken empfand, dass sie sterben könnten. Auch über mich sprachen wir.

Es war Sarah, die es mir erzählte.

Hatte ich es geahnt?

Immer. Aber Gedanken haben keine Daseinsberechtigung, bis jemand sie mit uns teilt. Sarah legte mir eine unsichtbare Bescheinigung vor, die zur Realität werden ließ, was bislang nur eine Vermutung gewesen war: Ich war die uneheliche Tochter des Herzogs von Ashford.

»Ich habe gehört, wie meine Eltern darüber geredet haben. Ich glaube, irgendwann kommt er her, um dich kennenzulernen. Aber allein, ohne seine Frau. Weil du die Tochter einer anderen bist, will sie offenbar nichts von dir wissen.«

Ich hatte es gewusst. Ich hatte es immer gewusst, obwohl es mir keiner gesagt hatte. Plötzlich erhielt mein Leben bei den Hervieus eine dunkle Bedeutung, genau wie die Unterhaltungen, die ich mit angehört hatte, ohne ihnen sonderliche Bedeutung beizumessen. Ich war die Tochter des Herzogs von Ashford. Ich war unehelich. Ich war ein Nichts, ich hatte keinen eigenen Platz, wurde von einem Zuhause ins andere geschoben, ohne irgendwo dazuzugehören. Ich hatte einen Vater, bei dem ich nicht leben konnte.

Und meine Mutter? Wo war sie? Wer war sie? Sarah konnte es mir nicht sagen.

Die Rückkehr nach Elsinor Park war einer der bittersten Momente meines noch jungen Lebens.

Es gab auch noch andere Dinge. Wie das so ist mit fünfzehn Jahren.

Die Nachmittage, an denen ich zu James ging, um ihm vorzulesen, während der Genesende auf einem Diwan in seinem Zimmer lag.

Wie es dazu kam? Ich weiß es nicht. Ich sehe mich alleine dort, ohne die Begleitung von Frances oder Sarah, wie ich James beim Aufstehen helfe.

Ich kniete mich hin und zog ihm die Pantoffeln an. Dann führte ich ihn ins Arbeitszimmer. Es war ein Raum voller Bücher, mit einem Schreibtisch und mehreren Sesseln. Eine Tür gab es nicht. Durch einen Türbogen und einen kurzen Flur gelangte man ins Schlafzimmer. Er ließ sich auf einen Diwan fallen, neben dem ein Beistelltischchen stand. Darauf eine Flasche Brandy und zwei Gläser. Ein Bild von einem Pferd in einem Silberrahmen. Ein Zigarettenkästchen aus Lapislazuli.

Im Moment brauchte James nichts davon.

Er bat mich, ihm einen Gedichtband vorzulesen. Er ließ mich ein bestimmtes Gedicht suchen. Es hieß »La belle dame sans merci«. Der Titel war Französisch, obwohl das Gedicht von John Keats stammte, einem englischen Dichter, den ich damals noch nicht kannte. Das Gedicht war natürlich auf Englisch geschrieben, was für mich unerklärlich war, weil ich nicht verstand, was das soll, einen Titel aus der einen Sprache zu wählen und das Gedicht in einer anderen zu schreiben. Ich fragte James nicht danach, weil es mir peinlich war, als dummes Huhn dazustehen.

Aber er stellte mir Fragen.

»Wer, glaubst du, ist diese Frau?«, fragte er, nachdem ich diese schwermütigen Verse gelesen hatte.

Ich dachte nach, bevor ich antwortete.

»Ich glaube, es ist eine Frau, die ihn verzaubert hat und dann stirbt. Oder sie verlässt ihn, das weiß ich nicht.«

James wiegte den Kopf, als ob er nicht einverstanden wäre.

»Ich glaube, ›die mitleidlose Schöne‹ ist der Tod.«

Oft unterhielten wir uns auch. Das gefiel mir wirklich, sogar noch mehr, als ihm Bücher vorzulesen. James behandelte mich von gleich zu gleich, mit ihm fühlte ich mich nicht wie ein kleines Mädchen. Und ich hatte das Gefühl, dass er gerne mit mir zusammen war, vielleicht, weil ich es mir so sehr wünschte.

Ich besuchte ihn, sooft es ging, auf seinem Zimmer.

Einen Tag.

Und am nächsten auch.

Er stand schon alleine auf. Er trug einen bedruckten Morgenmantel aus Kaschmir, einen weißen Seidenschal über dem Pyjama und Ziegenlederpantoffeln. Er lag nicht mehr auf dem Diwan, sondern machte es sich in einem Sessel bequem, und ich schob ihm beflissen einen Schemel unter die Füße. Er war frisch rasiert und roch wunderbar herb nach Vetiver. Manchmal, ganz selten, lächelte er mir zu, als wollte er sich entschuldigen oder sich für etwas bedanken. In meinen Augen war er der schönste Mann der Welt.

Und dann seine Stimme, wenn er mit mir sprach, dieser gemessene Ton, wenn er mich etwas fragte. James schaffte es, ins Innerste eines Menschen vorzudringen. Es gibt Menschen, die das können. Wie er das machte? Ich weiß es nicht, aber es funktionierte erschreckend gut. Er stellte Fragen auf diese ganz eigene, subtile Weise, und plötzlich ertappte ich mich dabei, wie ich ihm etwas erzählte, von dem ich selbst nichts wusste. Wie sollte man nicht einem solchen Mann verfallen, wenn man noch keine fünfzehn ist?

Und wir lasen. Immerzu. An jedem Morgen in jenem Winter, während die Amseln in den kahlen Zweigen der Bäume saßen und uns mit derselben Gleichgültigkeit betrachteten, mit der wir zusahen, wie sie von Ast zu Ast flattern. Was sahen sie? Den brennenden Kamin und ein junges Mädchen mit einem langen Zopf, der über das blaue Flanellkleid fiel, außerdem einen Mann, nicht ganz so jung wie sie, mit in sich gekehrtem Blick, der aufmerksam zuhörte, wie das Mädchen mit einem weichen französischen Akzent ein Gedicht von Shelley vorlas. »*Vor deinen Küssen ich mich fürchte*«, liest sie, während eine vorwitzige Amsel aufs Fensterbrett hüpfte. »*Doch fürchte meine nicht*«, fuhr sie gefühlvoll und mit leicht zitternder Stimme fort, die Amsel flog auf und verschwand für einen Moment, doch sie las weiter, ohne sich daran zu stören. »*Unschuldig ist des Herzens Neigung, mit der ich denk an dich.*« Die Amsel kam zurück und setzte sich auf einen Zweig, der unter ihrem Gewicht schwankte.

Ich erinnere mich. An die Gedichte und an ein Fenster, vor dem es Winter war.

An die Gegenstände in diesem Zimmer.

Die grünen, schwarzen, roten Buchrücken … Goldschnitte, verblasst.

Die zerknitterten Laken.

Den Kaminsims mit einem Flaschenschiff.

Einen mannshohen Spiegel, daneben ein Herrendiener und eine chinesische Kommode mit ländlichen Szenen.

Einen Globus.

Seinen Abdruck auf dem Kissen.

Seinen Abdruck.

Was geschah währenddessen, zwischen einem Buch und dem nächsten, zwischen dem Moment, als James auf dem Diwan lag und sich nicht rühren konnte, und dem Tag, an dem wir gemeinsam über die grünen Wiesen zum Fluss hinuntergingen? Wir werden wohl Weihnachten gefeiert haben. Ich erinnere mich, dass Sarah und ich den Baum mit handbemalten Christbaumkugeln und roten Taftschleifen schmückten. Die Dienstmädchen verteilten im ganzen Haus Schalen mit vergoldeten Tannenzapfen und Stechpalmzweige mit Fasanenfedern. Und ich erinnere mich an ein sehr lebhaftes Essen mit dem Festtagsgeschirr und Blumen aus dem Gewächshaus auf dem Tisch. Und an die Gespräche, ein einziges chaotisches Stimmengewirr. Und an diese Familie, die in meinem Leben aufgetaucht war, um den Platz der Hervieus einzunehmen.

Die Frage nach meiner Mutter beschäftigte mich schon so lange, aber es war ein Geheimnis, das ich ganz tief in meinem Inneren zu bewahren gelernt hatte – verborgen vor allen anderen. Als nun die Liebe in mein Leben trat, rückte es ein wenig in den Hintergrund. Es erscheint unglaublich, aber so war es. Nun war ich ganz von diesem neuen Gefühl erfüllt, voller unbekannter Empfindungen, die tagtäglich von der Gegenwart des geliebten Menschen genährt wurden, seinem Äußeren, seiner Stimme, seinen Gesten. Ein Gefühlsaufruhr, der ein ständiges Auf und Ab in mir auslöste. In meinem Herzen, in meinem Kopf – ich wüsste es nicht genau zu sagen. Ich habe nie herausgefunden, in welchem Teil des Körpers diese Verwerfungen stattfinden.

Trotzdem versuchte ich, gleichzeitig meine Nachforschungen anzustellen. Ich wusste, dass es neben Sarah nur eine Person gab, die ich fragen konnte, wer meine Mutter war. Nachdem Sarah mir das alles erzählt hatte, machte ich mich auf die Suche nach Frances. Aber sie hatte sich ein paar Tage nach unserer Ankunft aus dem Staub gemacht und war nach London gefahren, um einen befreundeten Schriftsteller zu besuchen.

Es gibt einen ganz besonderen Platz auf dem riesigen Anwesen von Elsinor Park. Das Gartenhäuschen am Fluss. Als James wieder laufen konnte, gingen wir gemeinsam dorthin. Er stützte sich auf meinen Arm, und so spazierten wir den Weg entlang, um die wärmeren Stunden des Tages und die schwache Wintersonne zu genießen. Trotzdem war es kalt. James trug ein Umschlagtuch aus dicker schottischer Wolle um die Schultern.

Das musste von seiner Mutter sein. Oder vielleicht auch nicht. Früher trugen auch Männer diese Art von Kleidungsstück, wenn sie sich im Haus aufhielten. Wir gingen langsam nebeneinanderher. Ich kann mich nicht daran erinnern, worüber wir sprachen, aber ich weiß, dass wir uns unterhalten haben. Nach all der Zeit höre ich immer noch James' von leisem Keuchen gedämpfte Stimme.

Ein Diener wartete in der Tür des Gartenhäuschens. Der Ofen bullerte, damit wir uns an das große Fenster mit Blick auf den Fluss setzen konnten. Der Mann half mir, James hinzusetzen, dann verschwand er. Ich sehe ihn vor mir, eine schwarze Gestalt, die sich in Richtung Haus entfernte. Das Bild ist in meinem Gedächtnis verankert wie eine alte Hutnadel.

Ich hatte einen Band mit Erzählungen von Tschechow dabei. Es war eine Ausgabe mit rotem Leineneinband und einem Rücken aus genarbtem Leder. Ich mochte es, dieses Buch anzufassen, es war glatt und rau zugleich. Nicht zu glauben … Ich sehe es vor mir, als hielte ich es jetzt in Händen. Dabei sind seitdem dreißig Jahre vergangen.

Ich begann, ihm eine neue Erzählung vorzulesen. Sie hieß *Die Dame mit dem Hündchen* und spielte in Jalta, am Schwarzen Meer. Das Ambiente des Seebads erinnerte mich an Deauville – jenes Deauville, das ich kennengelernt hatte, und auch wieder nicht. Mit einem Mal näherten sich Realität und Fiktion einander an. Ich war stolz, erkannte ich mich doch auf den Seiten dieses Buches wieder.

»Das bringen nur gute Schriftsteller fertig«, sagte James, als ich versuchte, es ihm zu erklären. »Tschechow lässt dich etwas in dir entdecken, von dem du selbst nichts wusstest.«

Wir saßen in zwei grünen Lederfauteuils, dazwischen ein rundes Tischchen. Das Buch hielt ich noch in den Händen.

»Hast du die Geschichte verstanden?«, fragte er mich.

Ich dachte nach, bevor ich antwortete.

»Das Ende nicht«, gab ich schließlich zu, ohne mir dessen ganz sicher zu sein. Wahrscheinlich wünschte ich insgeheim, dass wir noch länger über diese packende Liebesgeschichte sprachen.

»Es gibt kein Ende«, sagte er knapp. »Es gibt nur Auslassungspunkte.«

Er dachte ebenfalls einige Sekunden nach.

»Es kann keines geben, versteht du? Es ist eine verbotene Liebe, das gesellschaftliche Umfeld der beiden würde sie niemals akzeptieren.«

»Warum? Wen stört es, wenn zwei Menschen sich lieben?«

James wurde sarkastisch, was ganz ungewöhnlich für ihn war.

»Wen? Alle. Wahre Liebe weckt Neid und Wut bei denen, die sie nie erlebt, und Groll bei denen, die sie verloren haben – absurde Rivalitäten, Vorurteile, Konflikte. Die Liebe ist fast immer eine Belastung.«

Und dann kam Frances mit ihrem Freund aus London zurück.

Ich hörte die Hupe des Morris Bullnose in meinem Zimmer. Es war später Nachmittag. Es regnete. Die Lampen am Eingang brannten, weil es schon dunkel wurde. Ich stürzte die Treppe hinunter und traf gleichzeitig mit ihnen im Vestibül ein. Frances trug eine Fuchsstola samt Kopf und Pfoten um den Hals. Der Mann, der sie begleitete, trug einen langen, dunkelgrünen Mantel, der vor Nässe triefte. Als er mich ansah, erstarrte ich. Ich weiß nicht, warum, aber plötzlich vermutete ich, naiv, wie ich war, dieser Mann könne der Herzog von Ashford sein.

»Komm her, Liebes«, rief Frances, als sie sah, dass ich unsicher innehielt. »Komm.«

Ihre wie immer ansteckende Lebensfreude. Ich wollte sie umarmen, sie fragen, wer dieser Mann war. Aber bevor ich ihrer Aufforderung Folge leisten und die Halle durchqueren konnte, kam Lady Ferguson aus dem Salon.

»Oh, da seid ihr ja! Wir waren schon in Sorge, wegen des Wetters und dieser Straßen, die im Winter nahezu unbefahrbar sind …«

»Wir sind später losgekommen als geplant, meine Liebe, es war meine Schuld …«

Da stand ich nun, von keinem beachtet, während Frances' Freund den Mantel auszog und zwei Dienstmädchen herbeigeeilt kamen, um die Sachen in Empfang zu nehmen. Ich stand da, aber niemand sah mich.

Sie gingen in den Salon, und niemand sah mich. James erhob sich aus seinem Sessel, als er Frances und ihren Gast hereinkommen sah, aber auch er sah mich nicht. Ich existierte gar nicht.

Glücklicherweise war auch Sarah da und wurde von allen genauso übersehen wie ich. Sie setzte mich dann über Frances' Freund ins Bild. Natürlich war er nicht mein Vater. Anscheinend handelte es sich um einen Schriftsteller aus Surrey, den Frances im Namen der Fergusons eingeladen hatte, weil sie dachte, diese Art von Gesellschaft könne James' Laune heben. Owen Lawson war damals noch nicht bekannt, gelangte aber in den zwanziger Jahren zu einiger Berühmtheit. Ich möchte nur noch anfügen, dass er, als er 1939 starb, einer meiner besten Freunde geworden war.

Mittlerweile schrieben wir das Jahr 1915. Das Ende der Ferien war nicht mehr fern. Bald musste ich wieder ins Internat zurück.

Aus der Zeit gefallen sein, auf ewig gefangen in einem Augenblick irgendwo zwischen gestern und morgen. Ohne jemals innezuhalten.

Jahrelang war das so. Die Erinnerung an dieses Weihnachten, als ich mich zum ersten Mal verliebte, war so erstaunlich intensiv, dass sie länger anhielt, als es gut gewesen wäre, und letztlich großen Schaden in mir anrichtete. Ich verstand es selbst nicht. Mit den Jahren ist es mir gelungen, dieses Gefühl zu beherrschen und abzuschwächen. Dass mir das gelang, war Henrys Verdienst.

Die Ankunft von Frances und vor allem Lawson trieb einen Keil zwischen mich und James. Sie schlossen mich aus. Er brauchte mich nicht mehr. Meine Liebe, meine Sehnsucht und mein Verlangen jedoch wurden immer größer.

Ich sah, wie die drei zusammen spazieren gingen. James stützte sich jetzt auf Frances' Arm, plötzlich hatte er wieder Zuversicht, und sein Zustand verbesserte sich zusehends. Ich fühlte mich an den Rand gedrängt. War voller Neid. Und Eifersucht. Heftiger, nicht zu beherrschender Eifersucht. Eines Tages schlug Frances mir vor, doch mit ihnen zu kommen, und plötzlich verschwanden all diese Gefühle, die völlig neu für mich waren, bröckelten wie trockenes Brot.

Ich möchte es erklären. Ich war keine Träumerin. Zugegeben, es hätte so sein können, aber es war nicht so. Mit der Zeit weiß man, was das bedeutet, weiß es sehr gut. Ich ließ mich nicht so leicht mitreißen. Und doch war ich machtlos dagegen. Ich weiß nicht, warum. Manchmal denke ich immer noch darüber nach. War es wegen des vielen Lesens? War es wegen James und seiner Welt, wegen dieses Lebens, das mir als Tochter dessen, dessen Kind ich war, zugestanden hätte? Oder vielleicht, weil Sarah mir kurz nach meiner Ankunft in Elsinor Park eröffnet hatte, dass ich meinen Vater kennenlernen würde? Nun, jedenfalls begleitete mich alles, was ich in jenen ersten Tagen des Jahres 1915 anhäufte, wie eine Bürde, von der ich nicht wusste, wohin damit.

Owen Lawson. Was für ein Typ! Anfangs fand ich ihn nicht besonders sympathisch, warum, weiß ich nicht. Er war mütterlicherseits der Enkel eines berühmten Malers, der zur Gruppe der Präraffaeliten gehörte, jener Künstler, die genau wussten, wie man Bilder malt, Gedichte schreibt, den Tisch deckt und Klaviere dekoriert. Väterlicherseits stammte er aus einer Bankerfamilie. Owen Wilson war in einem kultivierten, eleganten Umfeld in Surrey aufgewachsen, in derselben Umgebung also, in dem die Fergusons seit Generationen lebten. Zu jener Zeit nannte er sich nicht Lawson, sondern Kieffer. Er änderte seinen Namen einige Jahre später, als es einen aufsehenerregenden Skandal um den Rechtsstreit seiner beiden Frauen gab, aber davon wird später noch die Rede sein.

Es gibt nichts, was unvereinbarer wäre als der englische Landadel und jene Familien, aus denen so häufig Maler, Journalisten, Musiker oder Dichter hervorgehen. Ich weiß nicht, wer wen mehr verachtet, obwohl sie letztendlich denselben Hintergrund haben.

Nun, Owen Kieffer – nennen wir ihn dieses eine Mal bei seinem richtigen Namen – wurde auf Elsinor Park empfangen, als handele es sich um den Premierminister. Warum, weiß ich nicht – er passte so gar nicht zu den Fergusons, und sie gehörten nicht zu den Leuten, die Konzessionen gegenüber »neugierigen« Gästen machten, mit denen Frances häufig auftauchte. Sie empfingen sie mit einem liebenswürdigen Lächeln, behandelten sie aber immer mit einer gewissen Herablassung, so wie ich es im Sommer in Deauville mit Sacha erlebt hatte. Im Falle von Lawson war das völlig anders. Vielleicht, weil alle dachten – was sich dann ja auch bewahrheitete –, seine Anwesenheit werde

James neuen Lebensmut geben und ihm dabei helfen, schneller zu genesen.

Ich ging mit ihnen spazieren. James und Owen Lawson gingen voraus. Sie unterhielten sich, glaube ich, über einen Roman, den Lawson noch in diesem Jahr veröffentlichen wollte. James wirkte sehr interessiert.

Frances und ich gingen ein paar Meter hinterher. Ich weiß nicht, wie sie es merkte. Sie beobachtete mich eine Weile, das bemerkte ich wohl. Plötzlich fasste sie mich sanft an der Schulter und seufzte.

»Ach, meine kleine Rose … Da bist du in die Fänge dieser gefräßigen Bestie namens Liebe geraten.«

Ich fuhr wütend herum.

»Warum sagst du das?«

Frances legte den Kopf schräg und sah mir in die Augen. Wir waren stehengeblieben.

»Ich sehe es, Liebes. Ich bin nicht blind.«

»Ich weiß nicht, wovon du redest«, entgegnete ich und ging weiter. Frances folgte mir ruhig.

»Weißt du, was ein Freund von mir immer sagt? Den ersten Kuss gibt man nicht mit dem Mund, sondern mit den Augen.«

»Ich weiß immer noch nicht, was du meinst«, beharrte ich.

Sie ließ das Gespräch auf sich beruhen, aber ich war während des ganzen Wegs unruhig. Ich fühlte mich verletzt, als wäre jemand mitten in der Nacht in mein Zimmer eingedrungen. Ich vergötterte Frances, aber an diesem Morgen hasste ich sie aus tiefstem Herzen.

Dabei wusste ich noch gar nicht, was Hassen wirklich bedeutete.

Ich erinnere mich an noch etwas an jenem Morgen. An die Namen von Schriftstellern, von denen ich noch nie gehört hatte, weil ihre Bücher nicht in den Regalen des Internats oder der

Bibliothek der Fergusons standen. D.H. Lawrence, James Joyce, Windham Lewis, Ezra Pound. James kannte sie auch nicht und war begeistert von den Neuigkeiten, die Lawson mitbrachte.

Am Ende des Feldrains, der die Wiesen vom Wald trennte, gleich neben einem Zaun, machten wir Rast. James und Frances setzten sich auf eine steinerne Bank, Lawson und ich blieben stehen.

»Es gibt da einen wundervollen Dichter«, sagte Lawson begeistert.

Ich stellte fest, dass Frances ihm nicht wirklich zuhörte, aber sie konnte sich das erlauben. Frances verzieh man alles.

»Er ist wirklich gut«, fuhr Lawson fort, ohne darauf zu achten, dass er Frances zu langweilen schien. »Er ist Ire, wie James Joyce, und er heißt William Butler Yeats. Er schreibt auch Theaterstücke. Ein bisschen schwärmerisch, aber ...«

Auch ich hörte nicht richtig zu, muss ich zugeben. Da saßen sie vor mir. Frances und James, durch Lawsons Ausführungen abgelenkt. Die beiden Menschen, die mir den Willen geraubt hatten. Ich konnte sie eingehend betrachten, ohne unverschämt zu wirken. Da saßen sie, Frances mit einer Wollmütze, die an die Baskenmütze eines Künstlers erinnerte, einem Kaschmirschal über dem eng sitzenden Jackett und den braunen Riemchenschuhen, die mir so gut gefielen. Sie war nicht schön, aber unglaublich attraktiv, obwohl ich sie in diesem Augenblick furchtbar fand, mit diesem lächerlichen Hut und diesem unerschütterlichen Lächeln auf den Lippen. James war hin und weg. Seine Wangen glühten, und er hatte ein neues Leuchten in den Augen. Er trug einen kurzen Mantel mit Schulterklappen und eine Jagdmütze. Über Lawson kann ich nicht viel sagen. Vielleicht, dass er einen Seitenscheitel trug und ein Gesicht hatte, das ich für typisch englisch hielt. Er hatte lange Fingernägel, etwas, das ich bei Männern immer abstoßend finde, selbst wenn sie sorgfältig gepflegt und sauber waren wie in diesem Fall. Da waren wir also nun, wir vier. Eine eigenwillige Gesellschaft.

Ich weiß kaum noch, worüber wir sprachen. Vielleicht achtete ich nicht auf das, was tatsächlich geschah, sondern auf das, was ich mir ausmalte.

Dieser Dialog zum Beispiel. Ihre Stimmen, die zurückkehren.

»Ich muss dir ein Exemplar meiner Zeitschrift zuschicken.«

»Vor allem etwas von Conrad, bitte.«

»Natürlich. Fast schon geschehen.«

Ich weiß nicht, ob die Freundschaft zwischen Lawson und Joseph Conrad damals schon gelitten hatte, aber was ich weiß, ist, dass sie eine intensive Beziehung unterhielten, die abrupt zerbrach. Ich kann nur sagen, dass Lawson, was Conrad betrifft, in seinen letzten Tagen immer wieder einen Satz wiederholte, der das Verhältnis der beiden genau beschrieb: *Bei den unzähligen Gesprächen, die wir im Laufe der Jahre führten, gab es nur zwei Themen, über die wir in Streit gerieten: über den wahren Geschmack von Safran und darüber, ob es möglich ist, ein Schaf vom andern zu unterscheiden.*

Es ist gar nicht so leicht, zu einem Haus zurückzufinden, zu dem fast hundert Acres Land gehören. Wir waren zur Flussbiegung hinuntergegangen, und mir reichte es, mir reichte es mit ihnen. Also sagte ich Frances, dass ich am Wald entlang zurückgehen würde statt längs des Flusses wie sie.

»Aber verlier den Zaun nicht aus den Augen«, riet sie mir in einem mütterlichen Ton, der mich nervte.

Lawson und James merkten nicht einmal, dass ich ging.

Am nächsten Tag nahm Frances Sarah und mich in ihrem Auto nach Guildford mit, und wir drei hatten viel Spaß auf diesem kurzen Ausflug. Städte haben mir schon immer gefallen. Viel mehr als das Land, um ehrlich zu sein, obwohl ich auf dem Land am glücklichsten gewesen bin. Städte sind etwas Wunderbares. Vor allem, wenn du noch nicht mal fünfzehn bist und dein Leben auf einem Bauernhof in der Normandie verbracht hast.

Ein paar Tage später musste ich ins Internat zurück. Ich wollte gern mit James alleine sein und fand keine Gelegenheit. Jedes Mal, wenn ich es versuchte, tauchte irgendjemand auf, ein Diener, Lawson, Frances, Sarah … Ich hatte keinen Grund mehr, ihn in seinem Zimmer aufzusuchen, deshalb rannte ich, als ich ihn am Tag vor meiner Abreise zu dem Gartenhäuschen am Fluss gehen sah, wie der Blitz die Treppe hinunter, damit mir niemand zuvorkam.

Als ich die Haustür öffnete, sah ich den Diener aus der Laube kommen. Eine schwarze Gestalt in der Ferne, eine verdammte Hutnadel, die sich ins Hirn bohrt … Wahrscheinlich hatte er den Kamin angezündet.

Und dann rief jemand nach mir. Die sanfte, aber bestimmte Stimme von Lady Ferguson war an allem schuld.

Sie kam aus dem hinteren Korridor, der zu den Dienstbotenkammern führt. Ich musste stehenbleiben und umkehren. Sarahs Mutter mochte sanft und freundlich wirken, aber sie war zugleich ebenso bestimmt wie unerbittlich. Als sie mir sagte, dass sie noch ein paar Dinge wegen der Vorbereitung meines Gepäcks mit mir zu besprechen habe, wusste ich, dass es einige Zeit dauern würde, bis ich mich wieder loseisen konnte.

Der Diener musste durch die Hintertür auf der anderen Seite der Treppe hereingekommen sein, denn plötzlich stieg mir der Geruch der Kräuter in die Nase, die gleich neben der Küchentür wuchsen.

Ich dachte nur an James. Ich stellte mir vor, wie er an dem Fenster zum Fluss saß und las, vielleicht eines unserer Bücher, eines von denen, die ich ihm vorgelesen hatte. Und Lady Ferguson redete ohne Unterlass, mit dieser Stimme, die gleichförmig dahinplätscherte wie der nicht enden wollende Winterregen.

Ich rannte fast die Wiese hinunter. Das Herz sprang mir aus der Brust. An dem Gartenhäuschen angekommen, musste ich tief durchatmen, damit James mich nicht japsen hörte. Ich kühlte meine glühenden Wangen, strich die Weste glatt … und trat ein.

Er saß nicht im Sessel. Er saß nicht am Fenster zum Fluss und las.

Was war das? Eine halb offene Tür, durch die leises Flüstern drang. Wie ein Lufthauch, wie der Atem eines unbekannten Höllentieres … Flüstern und der ein oder andere seltsame Seufzer. Und ich dummes Ding dachte für einen Moment, James fühle sich nicht gut.

Ich ging auf diese Tür zu. Ich sehe sie noch heute vor mir, eine Tür aus hellem, unlasiertem Holz, mit mehreren Wachsschichten darauf, die mit Sicherheit dieser Diener aufgetragen hatte, derselbe, der eine Kristallkaraffe und zwei Brandygläser auf das runde Tischchen gestellt hatte. Und das Flüstern, das in der Luft schwebt wie sich zusammenrollende Zungen, das Keuchen, das herankriecht wie eine besiegte Armee …

Und dann, dort.

Vor der Tür.

Achtlos abgestellt.

Frances' Schuhe. Die braunen Riemchenschuhe, die mir so gut gefielen.

12

Madrid, Oktober 1951

Wir brauchen eine Pause. Sie wird uns dabei helfen, das gerade Gelesene zu verdauen.

Lola seufzt, und ich schwöre, ich bin kurz davor, dasselbe zu tun.

»Die Ärmste …«, murmelt sie wehmütig.

Vielleicht bilde ich es mir nur ein, aber es kommt mir so vor, als hätte sie feuchte Augen. Für einen Moment empfinde ich ebensolche Zärtlichkeit für sie wie für die kleine Rose.

Dann lächelt sie und fängt sich wieder. Jetzt ist sie wieder die begeisterungsfähige, besonnene Frau von vorhin. »Die Frau des Buchhändlers«, nenne ich sie bei mir, ohne dass sie davon weiß. Es ist keine Frage der Wertigkeit, vielmehr habe ich angefangen, sie so zu nennen, weil ich zuerst ihren Mann kennengelernt habe. Das ist alles. Aber ich werde es ihr niemals sagen, weil ich befürchte, dass es ihr ganz und gar nicht gefallen würde.

»Wie bösartig diese Frances ist«, sagt sie in einem Ton, den meine Nachbarin ›grad heraus‹ nennen würde. »Was für eine Giftschlange, sich mit James einzulassen.«

Ich finde ihre Bemerkung amüsant. Und für einen Augenblick fühle ich mich so gut …

»Sie müssen erschöpft sein vom Vorlesen«, wechsle ich das Thema.

»Nein, nein«, antwortet sie munter, dann zögert sie. »Na ja, ein bisschen schon.«

»Wissen Sie, was ich mache?«

Ich schaue durch das kleine Schaufenster nach draußen. Es regnet nicht.

»Ich laufe schnell zu dem Café in der Calle Barquillo und hole heiße Schokolade mit Schmalzkringeln für Sie und mich.«

»Aber nicht doch«, wehrte sie ab. »Das ist doch nicht nötig.«

»Mögen Sie keine heiße Schokolade?«

Sie sieht mich an.

»Ich liebe sie«, gibt sie zu.

»Dann protestieren Sie nicht länger.«

Ich nehme den Mantel und klappe selbst die Ladentheke hoch, um das Geschäft zu verlassen. Als ich gerade durch die Tür gehen will, kommt mir ein junges Mädchen mit Brille und Ponyfransen entgegen. Sie kann nicht älter sein als unsere Rose, und sie trägt einen dieser Liebesromane unterm Arm. Armes Mädchen …

Ich weiß nicht, warum, aber in Madrid ist es wirklich schwierig, heiße Schokolade zum Mitnehmen zu bekommen. Der Kellner war nicht gerade erfreut darüber, mir die Schokolade auf einem Tablett mitzugeben. Er traute mir nicht, also musste ich ihm zwanzig Peseten als Pfand dalassen. Dafür haben wir jetzt heiße Tassen, und auf den Schmalzkringeln liegt ein sauberes Tuch.

Es ist fast halb zwölf. Ihr Mann wird gegen eins, halb zwei zurück sein. Mir gefällt der Gedanke nicht, dass er mich hier drin sehen könnte.

Das Mädchen mit der Brille und den Ponyfransen wählt immer noch ihren neuen Liebesroman aus. Lola hat einen Pappkarton auf die Ladentheke gestellt, in den alle Romane mit dem

Rücken nach oben eingeordnet sind. Das Mädchen zieht immer wieder einen heraus, um den Umschlag zu betrachten.

»Ich hab sie schon fast alle gelesen«, sagt sie entschuldigend.

Lola sieht mich ungeduldig an. Ich halte das Tablett mit beiden Händen. Sie schiebt wortlos die Kiste beiseite, reißt sie dem Mädchen aus den Händen und macht mir Platz, damit ich das Tablett abstellen kann.

Diesmal bin ich es, die seufzt …

13

Rose

Die Ferien gingen zu Ende, und mein Vater war nicht gekommen, um mich zu besuchen.

Diesmal war es auch nicht Frances, die mich ins Internat zurückbrachte. Lady Ferguson beauftragte den Familienchauffeur mit dieser Aufgabe, und ich war heilfroh darüber, weil ich Frances wirklich nicht sehen wollte.

Ich hatte mir in diesen intensiven Weihnachtsferien mit jedem Tag, mit jeder Stunde ein wunderbares Traumschloss gebaut, und plötzlich saß ich wieder auf dem Boden meiner eigenen Realität.

Es war ein grauenhafter Winter. Nie wieder habe ich mich so einsam gefühlt. Zum Glück gab es die Bücher, Bücher über Bücher … Geschichten, in die man sich flüchten konnte.

Das Berühren der Seiten, die trockene Wärme des Papiers, Bücher mit ihren abgerundeten Rücken, in Halbleder gebunden, broschiert, mit Leineneinband, geheftet, mit Titeletiketten und ohne, Bücher, die vor hundert Jahren geschrieben wurden, in denen die Wärme fremder Hände eine Geschichte aus Zeit hinterlassen haben. Woher ich so viel über Bücher weiß? Tja, auch das hat mit Henry zu tun.

Das war meine Welt, daraus zog ich meine Kraft, durch sie lebte ich. Und wie es nicht anders sein konnte, kamen früher oder später die Osterferien, und der Chauffeur der Fergusons hielt vor dem Eingang des Internats. Mit Magenschmerzen fuhr ich wieder nach Elsinor Park. In diesen Momenten waren die Bücher keine große Hilfe.

Bei der Ankunft hatte ich das Gefühl, an einem vertrauten, wohlbekannten Ort zu sein. Wenn du einmal in diesem Haus gewohnt hast, findest du es gar nicht mehr so außergewöhnlich. Tatsächlich kam mir dieses Mal alles viel kleiner vor, als ich es in Erinnerung hatte. Die Eingangshalle zum Beispiel, der Park und die grünen Hügel, die jetzt im Frühling umso mehr zu Spaziergängen einluden. Und auch das Innere von Elsinor Park, das nun fast normal und familiär wirkte. Die Gemälde und Möbel, die Teppiche, die Marmortreppen und die endlosen Korridore, wie klein war das alles plötzlich, wie vertraut und ohne jede Großartigkeit. Die Gewohnheit ist der größte Feind der Einbildungsgabe.

Das Gartenhäuschen am Fluss stand unverändert da, aber ich ging kein einziges Mal dorthin. Warum sollte ich? James war nicht auf Elsinor Park. Er war wieder bei der Marine und befand sich, wie Sarah mir sagte, im Einsatz irgendwo am Mittelmeer. Auf der einen Seite freute ich mich, aber trotzdem hätte ich mein Leben gegeben, um ihn zu sehen und unsere Lektüre und Gespräche wieder aufzunehmen. Auch Frances war nicht da. Ich fragte keinen, warum.

Es waren nur wenige, aber sehr erholsame Tage. Sarah und ich ritten aus, wir spielten Tennis, wanderten die Straße entlang bis zum Dorf und tranken dort Tee oder stöberten in den Hutgeschäften. Ich unterhielt mich viel mit Sarah in diesem Frühjahr. Diesmal war nichts Bemerkenswertes dabei, kein Wort über meinen Vater, nur Mädchenkram, Kuchenrezepte, Modeneuheiten … Als ich ins Internat zurückkehrte, fühlte ich mich sehr gut, und ich weiß noch, dass ich dachte, so muss das Leben sein, leicht und unbeschwert, nicht diese tiefe, einsame

Qual, die es für mich geworden war. Ich war auf einem Bauernhof aufgewachsen, bei einer Familie, die mir Besonnenheit beigebracht hatte, und das war tief in mir verwurzelt. Das andere, der Kummer, der Schmerz, die Verbitterung, waren nichts Erstrebenswertes, und so beschloss ich, etwas an dieser Gemütslage zu ändern. Ich versuchte, mehr mit meinen Mitschülerinnen zu unternehmen und weniger zu lesen. Außerdem wählte ich meine Lektüre besser aus. Ich legte die romantischen Dichter und die russischen Autoren beiseite und befasste mich mit anderen Dingen. So gesehen, war ich gar nicht so dumm.

Der englische Frühling ist lang und hat Geduld mit den Verletzungen des Herzens, die langsam, aber stetig verheilen. Zudem überschlugen sich die Ereignisse: Im Mai hatte ein deutsches U-Boot den Transatlantikdampfer *Lusitania* versenkt, und Italien und Bulgarien traten in den Krieg ein, wenn auch auf unterschiedlichen Seiten. Die Welt lag in Scherben. Die Menschen brachten sich gegenseitig um, und es wurde über nichts anderes geredet als über Schlachten. Viele Jahre später hörte ich Leonard Woolf, den Herausgeber der Hogarth Press, sagen, der Krieg von 1914 habe die Hoffnung zerstört, dass die Menschen zivilisiert seien, und das so gründlich, dass sich Europa nicht mehr davon erholen werde.

Die Wahrheit war, dass der Großteil der Schülerinnen des Mädchenpensionats nicht viel auf diese Worte gegeben hätte, aber für mich waren sie von großer Bedeutung. Ich hatte geglaubt, die Auswirkungen des Kriegs aus nächster Nähe zu sehen, dabei hatte ich keine Ahnung, was dieser Krieg wirklich bedeutete. Ich hatte noch nichts gesehen; nur einen verwöhnten, reichen Marinesoldaten auf Genesungsurlaub, der sich in Watte packen ließ, während seine Kameraden zu Tausenden starben. Aber die Jugend ist arrogant, und ich dachte, ich wisse alles über das Leben.

Endlich kam der Sommer und mit ihm das, was ich am meisten fürchtete: die nächsten Ferien.

Frances holte mich einen Tag früher als ausgemacht ab. Sie brachte es nie fertig, an dem Tag zu kommen, an dem man sie erwartete. Entweder kam sie zu spät oder zu früh, und natürlich, ohne Bescheid zu sagen.

Ich muss zugeben, dass sie hübsch aussah, elegant, attraktiv wie immer. Doch das löste nun keinesfalls Bewunderung in mir aus wie früher, sondern verstärkte meinen Groll noch. Sie hatte sich das Haar abgeschnitten und trug es nun offen und kinnlang. Auch ihr Rock war kürzer geworden, zwar immer noch gerade geschnitten, aber er reichte nun nicht mehr bis zu den Knöcheln, sondern bis knapp unter die Waden. Dazu trug sie eine schlichte Matrosenbluse mit marineblauer Schleife, die zu der feinen Strickjacke passte, die ebenfalls eine Schleife im gleichen Farbton zierte. Sie sah aus, als käme sie gerade von einer Segelregatta. Später erfuhr ich, dass dies die französische Mode für einen tristen Kriegssommer war und der von Mademoiselle Chanel erfundene Stil mehr und mehr Anhängerinnen unter den Damen der guten französischen Gesellschaft fand.

Ich trug noch die Schuluniform, meinen gewohnten Zopf und war ganz offensichtlich schlecht gelaunt. Ich nehme an, dass Frances das durchaus bemerkte, aber sie tat so, als wäre nichts, etwas, das sie perfekt beherrschte.

»Willst du dich nicht umziehen, Liebes?«

Meine einzige Antwort bestand darin, wortlos in den Morris Bullnose zu steigen. Sie zuckte mit den Schultern und verstaute meinen Koffer, den ich am Fuß der Treppe stehengelassen hatte, hinter meinem Sitz.

Schweigend fuhr sie ein paar Kilometer. Es war offensichtlich, dass es mir gelungen war, sie nervös zu machen, denn nach einer Weile sagte sie: »Rose, Liebes, hast du etwas?«

Ich hätte ja sagen können. Ja, ich war furchtbar sauer, weil sie mit dem Mann geschlafen hatte, den ich liebte, einem Mann, der zudem wesentlich jünger war als sie und außerdem der Sohn ihrer Cousine, aber das kam sogar mir lächerlich vor. Trotzdem musste ich ihr meinen Kummer irgendwie heimzahlen. Und da fiel mir nichts anderes ein, als auf die Sache mit meinem Vater zu sprechen zu kommen. Ich wusste, dass das Thema tabu war, also ging ich drauflos, bereit zuzuschnappen und die Beute nicht mehr loszulassen, bis sie vor Schmerz jaulte.

»Wohin bringst du mich diesmal? Welche Familie nimmt diesmal das Wechselbalg des Herzogs von Ashford auf? Wieder die Fergusons?«

Sie wurde blass. Sie hatte mich genau verstanden.

Es entstand ein langes, angespanntes Schweigen. Ich war voller Adrenalin, vom Kopf bis zu den Füßen. Meine Kopfhaut glühte.

»Seit wann weißt du es?«

Ich hatte zugeschnappt. Jetzt ging es darum, nicht lockerzulassen. »Was dachtet ihr? Dass ich es nie erfahre?«

Frances fing sich wieder. Sobald ich drei Sätze am Stück sagte, wurde sie ruhiger. Jetzt wusste sie zumindest, auf was sie sich einstellen musste.

»Es ist nicht so schlimm, weißt du? Jetzt kommt es dir so vor, aber bald wirst du es als völlig normal ansehen.«

»Normal? Glaubst du, das passiert vielen Leuten?«

»Jedenfalls öfter, als du denkst.«

»Ach, ja? Hast du einen Vater und eine Mutter? Haben sie dich großgezogen?«

»Wir Menschen sind nicht alle gleich«, wehrte sie ab.

Das machte mich nur noch wütender.

»Natürlich. Es gibt feine Leute wie meinen Vater, die Fergusons und dich, und Fußvolk wie mich.«

»Dramatisiere nicht, Liebes. Du weißt, dass es nicht so ist.«

Ich wusste, dass ich zu weit ging, aber ich machte weiter. Insgeheim glaubte ich, einen verborgenen Trumpf zu haben.

»Und was ist mit meiner Mutter?«

Frances hielt den Wagen an. Ich wusste, dass es jetzt ernst wurde, viel ernster, als ich vorhergesehen hatte.

Sie stellte den Motor ab und wandte sich mir zu. Sie wirkte nicht wütend, nur traurig.

»Deine Mutter«, sagte sie.

»Ja, meine Mutter«, entgegnete ich. Aber meine Stimme klang nicht mehr so sicher wie am Anfang. Wollte ich es wirklich wissen?

»Was genau hat man dir erzählt?«

Das war nicht die Frances, die ich kannte. Das war nicht die sprunghafte, leichtlebige, sorglose und oberflächliche Person von sonst. Sie war ernst, und ihre Augen wirkten größer und glänzten feucht, als versuchte sie, nicht zu weinen.

Ich schlug die Augen nieder.

»Niemand hat mir was erzählt. Das ist ja das Schlimme: dass sich keiner die Mühe macht, mir was zu sagen.«

Sie streckte die Hand aus, die in einem fingerlosen Handschuh steckte, und legte sie ganz sanft und zärtlich auf die meine.

»Weißt du, wer sie war?«

»Nein«, antwortete ich, plötzlich beschämt. Vielleicht ahnte ich schon, dass ich ungerecht gewesen war.

Hatte sie »war« gesagt? *War?*

»Deine Mutter war meine Schwester. Sie hieß Margaret, aber alle nannten sie Maggie.«

War? Nannten?

»Sie ist drei Tage nach deiner Geburt gestorben.«

Sie streichelte mit der halb behandschuhten Hand über meine. Der Wortwechsel hatte mich so aufgebracht, dass ich dachte, sie würde die brennende Hitze, die von meinem Körper ausging, bemerken, noch bevor sie mich berührte, schon alleine, wenn sie sich zwei Fingerbreit näherte.

»Sie hatte das gleiche volle Haar wie du. Lang und blond wie ein Weizenfeld.«

Ich hatte Frances noch nie in diesem ernsten, traurigen Ton sprechen hören.

»Sie war eine Frohnatur«, sagte sie. »Immer am Lachen und Scherzen. Sie liebte es zu singen. Sie sang sehr schön.«

Endlich, nachdem ich mir so vieles ausgemalt hatte … Meine Kinderträume, die nächtlichen Grübeleien, die Geheimnisse der einsamen Winterabende, die Vermutungen und Nachforschungen, alles konzentrierte sich auf diesen Augenblick. Endlich wusste ich es.

Was ich empfand? Ein Wohlgefühl. Als ob mir jemand an einem fiebrigen Tag einen kalten Umschlag auf die Stirn legte. Und eine Art Entspannung, so als ob sich etwas in mir löste und lockerte, sich in einem Körper ausdehnte, der meiner war, sich aber viel weiter anfühlte. Das Gefühl, am Ende eines langen Weges angekommen zu sein.

»Du bist meine Tante«, sagte ich zu Frances.

Sie lächelte zum ersten Mal.

»Ja, Liebes«, sagte sie und umarmte mich kräftig. »Ich bin die einzige Familie, die du hast.«

In dieser Umarmung spürte ich etwas Neues. Es war das Gefühl, mich von einer Epoche meines Lebens zu verabschieden. Plötzlich hatte ich vergessen, was ich in dem Gartenhäuschen am Fluss gesehen hatte. Vielmehr vergaß ich es nicht, sondern rückte es an den Platz, an den es gehörte. Frances war nicht länger Frances. Sie war jetzt meine einzige Familie. Endlich.

14

Madrid, Oktober 1951

Lola schloss langsam das Buch, klappte es lautlos zu.

»Wie finden Sie es?«, fragte sie.

Ich erinnerte mich, dass ich sie am ersten Tage dasselbe gefragt hatte, als wir in der unerwarteten Oktoberkälte auf dem Gehsteig standen.

»Ich weiß nicht«, antwortete ich. »Es ist intimer, als ich dachte.«

Sie nickte zustimmend.

Rose Tomlins Buch – der Name stand auf dem Buchdeckel – entführte uns in andere Welten, so dass es schwer war, danach in die Realität zurückzukehren. Und als wir wieder daraus auftauchten, hatten wir das Bedürfnis, zu wissen, dass die andere da war. Wir wollten noch mehr teilen – vielleicht das Wissen, dass uns *Das Mädchen mit dem flachsfarbenen Haar* beide gleichermaßen in seinen Bann zog.

Der Titel passte, muss ich gestehen. Man sah sie förmlich vor sich … Ein Mädchen mit ausgeprägtem französischem Akzent und langem geflochtenen Zopf in unterschiedlichen Blondtönen, wie Flachs. Ich weiß nicht, ob Lola sie sich so vorstellte. Ich kann nur sagen, dass wir uns nach jedem Lesen anschauten, als bestünde ein physischer Kontakt zwischen ihren und meinen Augen. Nur selten habe ich dieses Gefühl stiller Übereinkunft erlebt. Mit Henry vielleicht, aber das war etwas anderes.

Jetzt waren hier zwei Frauen, die eine alt, die andere jung, durch ein Buch geeint.

Wahrscheinlich war es für sie anders. Kann sein, dass sie nur neugierig war, aber das glaube ich nicht. Da war mehr. Wir hatten beide Angst, die andere könne das Interesse verlieren und die Lektüre könne uns irgendwann enttäuschen. Dann wäre alles zu Ende.

Ich glaube, das war es. Unsere persönliche Beziehung war noch sehr anfällig.

»Kennen Sie diese Schriftsteller, von denen die Autorin spricht? Owen Lawson oder diesen Joseph Conrad?«, sagte ich, um diesen Gedanken zu verdrängen.

»Mein Mann ist ein begeisterter Joseph-Conrad-Leser«, antwortete Lola. »Er schreibt diese Bücher für Männer, Sie wissen schon. Leben auf hoher See, Fragen der Ehre, Geheimagenten, Kämpfe …«

Sie machte eine Pause. Bislang war es mit spontaner Natürlichkeit aus ihr herausgesprudelt. Aber ich muss sagen, dass ihre Beobachtungen wirklich anschaulich waren.

»Mich lässt Conrad ziemlich kalt, wenn ich ehrlich bin«, fuhr sie, jetzt bedächtiger, fort. »Owen Wilson habe ich nicht gelesen. Ich glaube nicht mal, dass er ins Spanische übersetzt ist, aber was sie über ihn erzählt, hat mich neugierig gemacht. Wenn ich Zeit habe, gehe ich in die Bibliothek, um im Lexikon nachzuschlagen.«

Sie öffnete eine Schublade und nahm zwei Bonbons heraus, die in weißes, mit schwarzer Schrift bedrucktes Papier gewickelt waren.

»Die sind mit Hibiskus. Wollen Sie eines?«

Ich nahm an. Das Bonbon war zu groß, um damit zu sprechen, also hielt ich mich noch ein bisschen damit auf, es auszuwickeln, weil ich sie etwas fragen wollte.

»Sie sind mit der derzeitigen politischen Situation in Spanien unzufrieden, nicht wahr? Entschuldigen Sie, wenn ich Sie so direkt frage, aber ich habe den Eindruck, dass sowohl Ihr Mann als auch Sie im Krieg viel mitgemacht haben.«

Lola sah mich überrascht an. In ihren Augen und auf ihrem Gesicht zeigten sich kurz nacheinander Misstrauen, Unsicherheit und schließlich Verbitterung. Vermutlich fragte sie sich in diesem Moment, wer ich war und ob sie mir trauen konnte.

»Dieser Krieg hat so viel Leid verursacht, dass wir uns noch nicht davon erholt haben«, sagte sie schließlich. »Wir und viele andere.«

Ich sah, dass es Lola schwerfiel, meinem Blick standzuhalten. Ihre Augen hatten sich wieder verfinstert. Betrübt blickte sie zu Boden.

»Ich wollte, dass wir weggehen«, setzte sie dann hinzu. »Ins Exil, wie so viele andere Freunde. Fast alle, die wir kannten, haben Spanien auf dem einen oder anderen Weg verlassen, die einen nach Frankreich, andere nach Mexiko. Und alle führen jetzt ein gutes, glückliches Leben in einem freien Land.«

Ich bemerkte ihre Wut, ihren inneren Widerstand gegen etwas, das sich nicht genau fassen ließ. Aber es schien so zu sein, dass sie mit sich selbst haderte, und Dinge, die man sich selbst vorwirft, sind immer am schwierigsten zu lösen.

»Natürlich, andere sind gestorben«, sagte sie schließlich. »Das ist noch viel schlimmer. Immerhin haben wir überlebt.«

Es ist merkwürdig, wie wir Menschen Trost im Unglück anderer suchen. Merkwürdig, ja, und man gibt es zunächst vielleicht nicht gern zu, aber es funktioniert wunderbar.

»Wir sind nicht geflohen, weil mein Mann zum Tode verurteilt war. Später wurde seine Strafe in eine Haftstrafe umgewandelt, und er musste mehrere Jahre in einem Konzentrationslager verbringen.«

Offenbar war Lola zu der Überzeugung gekommen, dass eine Ausländerin vielleicht die beste Gesprächspartnerin war, um ihr Herz auszuschütten. Und das tat sie. Langsam und mit erschütternder Ehrlichkeit.

»Dieser Krieg war zerstörerisch, nicht nur wegen der vielen Toten und weil wir unsere Rechte verloren haben. Am schlimmsten war, dass wir unsere Illusionen verloren haben. Und dagegen anzukämpfen, dafür habe ich noch keinen Weg gefunden. Am Anfang des Militärputsches erschien uns alles wie eine Art Abenteuer: die Freiheit verteidigen, die Rechte der Arbeiterklasse, die Unabhängigkeit der Frauen …«

Sie sah mich an, lächelte traurig und senkte dann erneut den Blick, als schämte sie sich oder als lasteten die Erinnerungen so schwer auf ihr, dass sie sie nicht tragen konnte.

»Dann wurde alles schäbig, mies und gemein«, erklärte sie mit bebender Stimme. »Das Leid und die Angst machten alles kaputt. Ich sah, wie etliche unserer Freunde nur noch darauf aus waren, ihre eigene Haut zu retten. Die überzeugten Kämpfer von einst waren auf einmal imstande, zu verraten, zu denunzieren und ihre Leute im Straßengraben zurückzulassen. Im Grunde habe ich Verständnis dafür, wissen Sie. Ich bedaure lediglich, dass Matías es nie genauso machen wollte. Unser Leben wäre ganz anders verlaufen, wenn wir zum Beispiel nach Frankreich gegangen wären.«

Als sie aufblickte, waren ihre Augen wieder feucht.

»Deshalb verstehe ich Rose sehr gut, wenn sie sagt, dass einem der Krieg unwirklich erscheint, bis man seine Folgen sieht.«

Ich fühlte mich schlecht, weil ich das Thema angeschnitten hatte, und wollte sie von ihren traurigen Gedanken ablenken.

»Wissen Sie, ich denke oft darüber nach«, erzählte ich meinerseits. »Ich war noch ein Kind, als 1914 der Krieg ausbrach, aber wir waren auf dem Laufenden. Die schlechten Nachrichten gelangten bis nach Rhodesien. Aber obwohl wir wussten, wie weit der Konflikt reichte, glaubten wir, dass das alles nur die anderen betreffe. Und als man dann nicht länger die Augen verschließen konnte, dachten wir, dass wir so etwas nie wieder erleben würden. Doch dann kam der Zweite Weltkrieg und wurde noch schlimmer als der Erste. Er erfasste die ganze Welt, es gab Tote in Europa, in Afrika, im Pazifik, in der Luft, unter dem Meer. Die Menschen lernen nichts dazu.«

Lola schien derselben Meinung zu sein, denn sie murmelte nachdenklich: »Ja. Ich weiß nicht, warum man nie aus den Fehlern der Vergangenheit lernt.«

Ich versuchte, eine Erklärung zu geben. Sie war ganz und gar nicht originell, schien aber in diesem Moment durchaus passend zu sein.

»So sind die Menschen. Wir vergessen alles Leidvolle, so schnell wir können. Tiere hingegen, denen einmal etwas Böses widerfahren ist, wittern die Gefahr sofort. Haben Sie noch nie gehört, dass eine Katze, die mal verbrüht wurde, selbst vor kaltem Wasser davonläuft?«

Endlich huschte ein Lächeln über ihr Gesicht. Ihre natürliche Schönheit wurde so noch besser sichtbar. Es war wirklich eine Freude, sie anzusehen.

Nach ein paar Minuten stand sie auf und stellte das Buch ins Schaufenster zurück.

Ich sah gerne zu, wie sie sich bewegte. Sie hatte eine fabelhafte Figur und eine gewisse unschuldige Eleganz. Sie wusste, wie man sich anzog und wie man die richtigen Accessoires kombinierte. Sie war wie ein Gemälde in einem schönen Rahmen, der dessen Bedeutung noch unterstreicht. In letzter Zeit passiert mir das öfter. Ich bin ganz angetan von fremden Körpern, vor allem denen junger Frauen. Vielleicht hat es mit der wehmütigen Erinnerung an meinen eigenen jugendlichen Körper zu tun, als wollte ich die Erinnerung an die Frau festhalten, die ich einmal war. Wenn ich Lola ansehe, kommt es mir manchmal vor, als betrachtete ich alte Fotos.

Sie stand schon wieder hinter der Ladentheke und richtete gedankenverloren das Packpapier, da drehte sie sich plötzlich um, ging zum Schaufenster zurück, nahm das Buch heraus, legte es zur Seite und räumte das Lesepult und das Schild aus dem Fenster.

Ich sah ihr schweigend zu.

»Außer uns liest es doch keiner«, sagte sie, zu mir gewandt, um mir eine Erklärung zu geben, nach der ich nicht verlangt hatte.

Dann legte sie ein paar Gedichtbände und drei, vier aktuelle Romane spanischer Autoren auf den freigewordenen Platz.

»So ist es viel besser«, stellte sie fest, als sie fertig war.

Ich stand nicht auf, um es mir anzusehen, aber beim Hinausgehen sah ich es, und es stimmte. Das kleine Schaufenster sah nun viel vernünftiger aus.

»Werden Sie wiederkommen? Wollen Sie weiterlesen?«

»Nächsten Dienstag, wenn's Ihnen recht ist.«

Ich hätte das nicht sagen sollen. Es gab keinen Grund für mich zu wissen, dass sie nur an bestimmten Wochentagen im Geschäft war. Es konnte der Eindruck entstehen, dass ich ihnen nachspioniert hatte – und so war es ja auch –, aber das fiel ihr gar nicht auf.

Jemand kam durch die Tür. Mir fiel auf, dass in der ganzen Zeit, in der sie vorgelesen hatte, kein einziger Kunde hereingekommen war.

»Darf ich Sie etwas fragen?«

»Natürlich.«

»Wie läuft das Geschäft denn so?«

Sie lächelte gequält. Ich stellte fest, dass sie die Haare heute auf der einen Seite mit einem Schildpattkämmchen zurückgesteckt hatte. Sie trug keinen Lippenstift.

»Wie soll es schon laufen? Schlecht. Und das ist manchmal noch zu viel gesagt.«

»Ihr Mann wirkt sehr kultiviert.«

»Sie kennen ihn?«

Ich merkte sofort, dass ich mich verplappert hatte. Hätte ich meine Worte zurücknehmen können, ich hätte es auf der Stelle getan.

»Ich habe ihn ein paarmal gesehen, wenn ich hier vorbeigegangen bin. Er ist immer am Lesen oder am Schreiben.«

»Ach so ... Ja, er ist sehr kultiviert. Aber er ist kein guter Geschäftsmann. Zumindest nicht, was diese Art von Geschäft angeht. Vor dem Krieg hatte er einen Verlag, und ich habe für ihn gearbeitet. Dann hat ihm der Krieg alles genommen, wie Rose so schön sagt.«

»In Rose' Geschichte bringt der Krieg andere Dinge mit sich.«

»Ja, schon«, gab Lola zu, ohne weiter auf meine Worte einzugehen. »Bei uns war das nicht anders, um ehrlich zu sein. Der Krieg hat uns in den Ruin getrieben, aber er hat uns auch enger zusammengeschweißt.«

Sie stand auf. Ich erhob mich ebenfalls.

»Wissen Sie«, sagte sie plötzlich, »1936, vor dem Militärputsch, haben wir eine Zeitlang in diesem Haus gelebt. Es war unsere erste gemeinsame Wohnung.«

Sie lächelte. Plötzlich wirkte sie ganz glücklich mit ihren Erinnerungen.

»Wir gingen jeden Morgen gemeinsam zum Verlag. Matías, mein Mann, war nämlich Verleger, wissen Sie? Und ich arbeitete für ihn. Ich war Französischübersetzerin.«

Ihr schien nicht bewusst zu sein, dass sie mir das gerade

schon erzählt hatte. Oder vielleicht musste sie es noch einmal betonen. Ich weiß, wie das ist: Manchmal muss man sich noch einmal vergewissern, dass man Erlebtes und Empfundenes tatsächlich erlebt und empfunden hat, um nicht in Versuchung zu kommen zu denken, dass es nur ein Traum war. Die Realität ist fragil, sehr fragil, sobald man ihr den Rücken zukehrt.

»Wie Sie sehen, sind wir wieder hier gelandet. Unsere Situation ist eine völlig andere, wie Sie sich denken können, aber ich mag dieses Haus. Deshalb haben wir den Laden genommen, weil wir schöne Erinnerungen mit ihm verbinden. Und wir kannten den früheren Besitzer aus der Zeit, in der wir hier wohnten.«

Sie machte eine brüske Handbewegung, als wollte sie die Gedanken beiseitewischen.

»Ich habe Ihnen etwas mitgebracht.«

Sie sah mich überrascht an. Ich holte zwei Eintrittskarten aus der Tasche.

»Es war sehr freundlich von Ihnen, mir Ihre Zeit zu widmen und mir vorzulesen. Ich habe zwei Kinokarten für Sie gekauft, damit Sie mit Ihrem Mann in die Vorstellung können. Es ist ein Film mit Rita Hayworth. Sie erinnern mich sehr an diese Schauspielerin.«

Lola stand wie erstarrt und mit offenem Mund da und sah ein bisschen einfältig aus, auch wenn es nicht höflich ist, das zu sagen. Dann erst reagierte sie.

»Aber … das geht nicht. Wieso …«

»Gehen Sie nicht gern ins Kino?«

»Das ist es nicht … Aber Sie brauchen sich nicht erkenntlich zu zeigen. Ich hab's gern gemacht.«

Ich hielt ihr entschlossen die Karten hin.

»Nehmen Sie sie«, beharrte ich. »Sie sind für heute Abend. Für die Vorstellung um zehn Uhr.«

Lola nahm die Karten merkwürdig förmlich entgegen, so als handelte es sich um ein Ritual oder eine Zeremonie.

»Wissen Sie, wie lange es her ist, seit ich das letzte Mal im Kino war? Fünf Jahre mindestens. Und ich habe mich damit abgefunden, auch in den nächsten fünf Jahren nicht hinzukommen.«

Ich lächelte.

»Sehen Sie? Vor Überraschungen ist man nie gefeit.«

Sie klappte die Ladentheke hoch, damit ich hinaus konnte.

Ich wollte schon gehen, als ich mich noch einmal umdrehte. Sie hielt die Eintrittskarten in der Hand.

»Sie dürfen nicht aufgeben. Sie sind noch jung und wirken mutig. Das alles geht früher oder später vorbei. Eine politische Situation, wie sie hier derzeit herrscht, kann nicht ewig anhalten.«

15

Matías sitzt im Kinosessel. Die Bilder flimmern an seinen Augen vorbei, ohne dass er ihnen Beachtung schenkt. Er denkt an Adela. Heute Nachmittag war er bei ihr. Sie ist schwerkrank, das übersteht sie wahrscheinlich nicht, und ihr fehlt es an allem … an Pflege, Zuwendung, finanzieller Unterstützung. Und er muss es Lola erzählen, aber er weiß noch nicht, wie.

In seinem Kopf geht alles durcheinander. Die Bilder kommen und verschwinden. Dann erscheinen sie in willkürlicher Reihenfolge wieder, planlos und ohne jede Ordnung. Eine kurze Reise nach Wien mit Lola. Damals war er noch mit Adela verheiratet und lebte mit ihr in einer Wohnung in der Calle Prim, ganz in der Nähe des Verlags. Kinder hatten sie keine.

Und plötzlich brach er aus all dem aus. Nur für ein paar Tage, mit ihr. Ein Hotel im Stadtzentrum, gleich bei einer U-Bahn-Station. Die sauberen, ordentlichen, stillen Straßen einer Stadt, in der sie keiner kannte. Eine andere Welt, eine Welt, in der Matías gerne gelebt hätte, dachte er für einen Moment. Sie besuchten eine Vorstellung im Konzerthaus, die Karten hatten ihn ein Vermögen gekostet, aber egal, es war ja nur einmal im Leben, und er wollte, dass die Reise für sie unvergesslich werden würde. Sie saßen in einem Kaffeehaus, in denen neben dem Zuckerstückchen eine Praline lag. Es war ein Lokal mit riesigen Kronleuchtern und bronzenen Garderobehaken, um die Mäntel und Hüte abzulegen, und weichen Stühlchen aus rotem Samt. Sie hatten dieses Café in der Nähe des Konzertsaals aufgesucht, um sich die Zeit zu vertreiben, bis Bruno Walter ein reines Mozartprogramm dirigieren würde. Lola hatte diese Idee gehabt. Sie war noch nie in Wien gewesen, obwohl sie ihr Leben lang gehört hatte, wie ihre Eltern von dieser Stadt schwärmten. Sie hatten ihre Flitterwochen dort verbracht, und offensichtlich war Lola dort gezeugt worden. Ihr Vater hatte es ihr wieder und wieder erzählt, und genauso oft war ihre Mutter rot geworden wie ein Schulmädchen. Deshalb hatte sich Matías für Wien entschieden. Er wollte sie mit dieser Reise überraschen, der ersten, die sie gemeinsam unternahmen. Er hatte alles bis ins kleinste Detail geplant und sich nach reiflicher Überlegung (und nachdem er Paris und Rom ausgeschlossen hatte, die doch die bevorzugten Ziele für eine Liebesreise zu sein schienen) für diese mitteleuropäische Stadt entschieden, in der es klirrend kalt war und man im Hotel keine Laken oder Wolldecken bekam, sondern ein Daunenbett mit weißem Bezug, das am Fußende zusammengefaltet war. Das ist ein Plumeau, hatte Lola gesagt, es ist mit Gänse- oder Eiderdaunen gefüllt, du legst dich drunter und es passt sich deinem Körper an. Du brauchst keine Wolldecke, weil es die Wärme speichert. Diese Stadt, in der alles furchtbar teuer war und wo es überall nach Butter und Schokolade roch. Wien, ja, Wien, nicht Paris und auch nicht Rom. Wien, wo die Frau gezeugt wurde, in die er sich unsterblich verliebt hatte.

Im Café. Sie trug das Haar zu einem verschlungenen Knoten aufgesteckt, einen am Oberkopf und einen etwas tiefer im Nacken. Sie hatte sich selbst im Hotel frisiert. Ihr zufolge war es genau die Frisur, die Grace Kelly in einer Zeitschrift trug. Außerdem hatte sie einen sehr schlichten, sehr eleganten perlgrauen Haarschmuck in Form eines Halbmonds. Es war Frühling, aber es war kalt. Beide trugen Wollmäntel, beide waren groß, schlank, attraktiv. Beide hatten leuchtende Augen.

Lola rührte mit einem Löffel in ihrem Kaffee, während sie auf ihre Begegnung mit Mozart warteten. Weit weg in einer anderen Stadt gab es eine Frau namens Adela, die von all dem nichts wusste.

Inwieweit fühlte er sich schuldig, weil er sie verlassen hatte? Matías hatte es sich tausendmal vorgesagt und es genauso oft Lola gegenüber wiederholt: Sie hatten ein Recht dazu, jeder hatte ein Recht dazu, sich neu zu verlieben, sein Leben zu ändern, einen anderen Weg einzuschlagen. Aber diese Worte und diese Überzeugung konnten die Schuldgefühle nie ganz wegwischen.

Und jetzt war da zu allem Überfluss diese gottverdammte Krankheit, die seine Exfrau völlig ausgezehrt in einem Bett dahinsiechen ließ, das einmal sein Bett gewesen war und das jetzt nach Tod roch. Eine Nachbarin kam jeden Tag vorbei, um ein wenig zu helfen, aber darüber hinaus war Adela völlig allein. Sie hatte niemanden. Matías hatte mit der Frau ausgemacht, dass sie gegen ein geringes Entgelt für sie kochte und saubermachte. Er konnte das nicht. Und er sollte es auch nicht. Er hatte sich für einen Weg entschieden, und auch wenn ihn manchmal das schlechte Gewissen plagte, konnte er nicht blindlings in verschiedene Richtungen tappen.

Er sah den Tod und gleichzeitig eine viel jüngere Lola, wie sie neben ihm im Parkett des Wiener Konzerthauses saß, das taubenblaue Seidenkleid spannte über den übereinandergeschlagenen Beinen, das silberne Täschchen ruhte in ihrem Schoß, während Mozart alles in ein rauschendes Fest verwandelte. Er sah auch ihre ineinander verschlungenen Hände – ihre zarte, feingliedrige Hand und seine breite, grobe Bauernpranke –, als sie durch die dunklen Straßen zum Hotel zurückgingen, sie begeistert wie ein Kind und unaufhörlich plappernd, er von widersprüchlichen Gefühlen erfüllt, manchmal mit einem kleinen Anflug von Schuldbewusstsein. Vor allem aber war es Stolz, die Zufriedenheit des Verführers, der seine besten Waffen verwendet hatte, der Mann von Welt, der wusste, wie man eine Frau becirct, und das fast ohne es sich selbst einzugestehen.

Auf der Kinoleinwand ist eine tanzende Frau zu sehen. Sie hat ein wenig Ähnlichkeit mit Lola, aber ihre Beine sind für seinen Geschmack zu dünn.

Jetzt.

Fünfzehn Jahre später.

Und nichts hat sich verändert. Er hat nach wie vor Schuldgefühle, weil er Adela verlassen hat, und gleichzeitig diesen übermächtigen Wunsch, alles zu tun, um Lola zu halten. Zwei sich widersprechende Emotionen, Wege, die in entgegengesetzte Richtungen führen.

Was war passiert? Wann war die Vorstellung vorbei? Sie gingen von der Gran Vía nach Hause, untergehakt und manchmal händchenhaltend, wie früher, wie in Wien. Auch heute Abend war es kalt.

»Adela wird sterben.«

Es war raus. Er hatte es gesagt.

Lola blieb abrupt stehen. In ihrem Kopf herrschte nun dieselbe Konfusion wie bei Matías während der Kinovorstellung. Jetzt war sie es, die diese rätselhaften Geräusche wahrnahm, die immer näher kamen wie eine besiegte Armee … Wo hatte sie das schon mal gehört? Rose Tomlin. Das Mädchen, das auf einem Bauernhof in der Normandie aufwuchs, ohne zu wissen, dass sie die Tochter des Herzogs von Ashford war. Nur drei Wörter, aber schwer wie Mühlsteine … Adela wird sterben.

»Woher weißt du das?«

»Ich war bei ihr.«

Ein langes Schweigen, allzu lange, wie die nächtliche Kälte in dieser Nacht Ende Oktober.

»Sie kann nicht mehr aufstehen. Sie sieht aus wie tot.«

Seine Schritte klangen gedämpft, wie seine Stimme. Ihre Stöckelschuhe hallten auf dem Pflaster wider.

»Ich habe einer Nachbarin Geld gegeben, damit sie sich kümmert. Ich weiß, wir schwimmen nicht im Geld, aber ich muss es tun.«

Er wartete auf ihre Reaktion.

»Natürlich«, sagte Lola mit klarer Stimme, die keinen Zweifel durchklingen ließ. »Tu, was du für richtig hältst.«

Richtig und falsch. Konventionen …

Wenn Adela stirbt, dachte Lola, ohne es zu wollen, wäre ich nicht länger das, was ich jetzt bin: die Andere, die Geliebte. Wir könnten unser Verhältnis legalisieren … Sie dachte es nicht genauso, nicht in so klaren, platten Worten. Anders. Unkonkreter. Die Gedanken flossen unbedacht und folglich unzensiert. Wir könnten die Wohnung in der Calle Prim verkaufen oder vermieten und hätten ein kleines finanzielles Polster …

Sie dachte es nicht zu Ende, aber sie dachte es … Matías würde nicht noch einmal heiraten wollen, das wusste sie, er würde seinen Prinzipien treu bleiben und sagen, dass sie den Segen des Franco-Regimes mit seinen falschen Gesetzen und seinem ganzen Brimborium nicht brauchten. Er würde sagen, dass sie Mann und Frau waren, bis alle Gesetze der legitimen Regierung für nichtig erklärt waren, das würde er sagen … Aber wenn er es nicht sagte und sie heiratete, könnte sie zu ihren Eltern gehen und ihnen diese Freude machen. Ihre Mutter müsste nicht länger neidisch und beschämt auf die Nachbarinnen schauen … Und dann dachte sie plötzlich, was das alles überhaupt sollte, wenn sie sich doch im Grunde mit Matías einig war … Aber die Wahrheit war, dass sie es leid war, immer weiter auszuhalten, für nichts und wieder nichts, zu hoffen, während alle, die auf ihrer Seite waren, die Hoffnung längst aufgegeben hatten. Das war das Einzige, was sie mit Sicherheit wusste.

Sie stiegen in den Aufzug, zuerst schweigend. Matías schloss die Tür auf und machte das Licht in der Diele an, eine mattierte Glaslampe mit einer 15-Watt-Birne. Dann gingen sie durch den Flur, während die Worte schwer und träge neben ihnen zu Boden tropften, wie Blei, das im Meer versinkt. Lola ging ins Schlafzimmer und hing den Mantel auf, zog die Schuhe aus und schlüpfte in ein Paar dunkelblaue Lederpantoffeln, hübsch wie alles, was ihre Mutter kaufte, mit einem flachen Keilabsatz, mit dem sie besser gehen konnte und der sie eleganter wirken ließ als diese ausgelatschten Schlappen, die sie davor hatte und die sie sofort ganz hinten in den Kleiderschrank verbannte. Dann ging sie in die Küche zurück, wo Matías schweigend rauchte. Sie sprachen über dies und das, und die Worte tropften weiter zu Boden, bis sie eng umschlungen einschliefen, sie mit dem Kopf an Matías' Schulter geschmiegt, der seinen Arm um sie geschlungen hatte. Endlich herrschte Stille.

»Es ist kein Kaffee mehr da.«

Der nächste Tag. Lola musste heute nicht in die Buchhandlung, aber sie war trotzdem mit ihm aufgestanden. Sie war müde, sie hatte schlecht geschlafen.

»Macht nichts, ich trinke Milch.«

»Die ist von gestern.«

»Ist sie noch gut? Sie hat kühl gestanden, oder?«

»Ja, natürlich. Außerdem hab ich sie abgekocht, für alle Fälle.«

Sie stellte das Radio an. Es lief Musik, eine tanzbare Melodie, gespielt von einer dieser amerikanischen Bands. Es war fröhliche Musik für einen Werktag.

Matías zündete sich eine Zigarette an.

»Soll ich dir Brot einbrocken? Es ist noch ein bisschen da.«

»Ja, gerne.«

Sein Gesicht verschwand hinter einer Rauchwolke. Sie ging zum Fenster und öffnete es einen Spaltbreit. Sie öffnete den Fensterflügel, der zur anderen Wand zeigte, damit die kalte Luft nicht direkt zu ihnen zog. Dann schnitt sie das Brot in dünne Scheiben, so dünn es bei dem harten Brot ging. Dabei hielt sie den Laib gegen ein Tuch, das sie gegen ihre Brüste drückte. Sie brockte das Brot in die heiße Milch und ging dann ins Bad. Als sie frisch gewaschen und für den Tag zu Hause gekleidet wieder rauskam, war Matías schon gegangen. Es kam ihr vor, als läge der Boden im Flur voller ungesagter Worte.

16

Ich hab's mir im letzten Moment überlegt. Es war schon fast halb eins, und ich hatte genug von dem Geschwätz meiner Nachbarin. Sie heißt Amparo und stammt aus einem Dorf in der Rioja. Wirklich eine nette Frau, man kann's nicht anders sagen, aber lästig wie eine Klette. Sie leistet mir oft Gesellschaft – auch wenn ich gar keine brauche – und ist immer hilfsbereit, aber ich finde sie schrecklich aufdringlich. Manchmal, wenn sie an die Tür klopft, mache ich nicht auf, nur damit sie nicht den ganzen Nachmittag in meiner Wohnung hockt. Diesmal habe ich den Fehler gemacht und geöffnet. Sie wollte fragen, ob ich etwas aus dem Lebensmittelgeschäft brauche, was ich verneinte, aber das war ihr egal. Sie hat sich mit ihrem dicken Hintern auf die Küchenbank gesetzt und eine ganze Ewigkeit geratscht. Am Ende musste ich sie daran erinnern, wie spät es ist, und da hatte sie es wie immer auf einmal furchtbar eilig und hat mir fast das Gefühl gegeben, dass ich daran schuld bin, wenn sie keine Kartoffeln mehr bekommt. Als sie dann ging, habe ich beschlossen, einen Spaziergang zu machen und vielleicht bei der Buchhandlung vorbeizugehen.

Madrid ist eine Stadt, die mir gefällt. Nicht zu groß, nicht zu klein. An den Herbstvormittagen, wenn die Kinder noch in der Schule sind und die Hausfrauen mit den Vorbereitungen für das Mittagessen anfangen, gehört die Stadt den Müßiggängern oder denen, die auf eigene Rechnung arbeiten: alten Leuten wie mir, Botenjungen, die sich mit ihren Besorgungen Zeit lassen und stattdessen eine Zigarette rauchen, Frauen, die einen Schaufensterbummel durch die feinen Stadtviertel machen, Nonnen und Priester, die irgendwohin eilen, keine Ahnung, wohin, ist mir auch egal. Kaum zu glauben, wie viele Nonnen und Priester es in Spanien gibt … Ich begegne einem Mann, der einen Handkarren zieht, und einem anderen, der eine Werkzeugkiste über der Schulter trägt … An der Ecke zur Calle Gravina, gleich beim Markt, stoße ich fast mit einem Angler zusammen, der mit seiner Angelrute und seinem Weidenkorb wahrscheinlich vom Manzanares-Fluss kommt … Und es geschehen bedeutungslose, aber unterhaltsame Dinge. Zum Beispiel begegnet dieser Angler an der Straßenecke einer Frau, die, sagen wir mal, ein bisschen angeheitert aussieht. Wahrscheinlich ist sie nach einer langen Nacht gerade erst aufgestanden. Sie betreten zufällig dieselbe Bar, er trinkt ein Glas Wein, sie einen Kaffee … Ich stelle mir vor, wie sie an der Bar nebeneinandersitzen, jeder mit seinem ganz anderen Leben, und denke mir, dass sie sich vielleicht über Nichtigkeiten unterhalten, darüber, wie kalt es geworden ist, über die Katze, die vorbeikommt, um an dem Weidenkorb zu schnuppern, oder darüber, ob der Wirt den Wein mit Wasser streckt … Kurzum, das ist die Stadt, in der ich beschlossen habe, zu leben.

Heute Morgen, bevor die Nachbarin vorbeigekommen ist, hat Constance angerufen. Es war ein Ferngespräch aus London. Sie lässt nach wie vor nicht locker und droht mit ihren Anwälten. Sie will, dass ich eine Entscheidung treffe oder dass wir uns in London treffen, aber ich habe ihr gesagt, dass ich gerade nicht kann, weil ich viel zu tun habe in Madrid. Das stimmt nicht, aber das kann Constance ja nicht wissen.

Dann habe ich an die Familie gedacht, diesen engen Kreis, in dem Liebe und Engstirnigkeit nebeneinander existieren. Constances Worte hallen neben meinen Schritten von den unebenen Gehsteigplatten wider. »Standesgemäß heiraten« – genau das habe ich nicht getan. Klar, ich bin nicht Constance, wir haben nichts gemeinsam. Weder im Guten noch im Schlechten. Zum Beispiel werde ich niemals ihr Geschick darin besitzen, diese Tees und Essen zu organisieren, die Constance für alle möglichen Leute ausrichtet, auch für Henry, damals, als es noch kein Spanien in unserem Leben gab und niemand ahnen konnte, dass wir eines Tages dort bleiben würden. Ich erinnere mich genau: ein großer Marmortisch zwischen den beiden blauen Samtsofas, eine dreistöckige Silberetagère mit gefüllten Scones, verschiedenen Sorten Sandwiches und von ihr selbst gebackenen Waffeln. Und dann die kleinen Schälchen mit Butter und – natürlich – von Constance selbstgekochter Blaubeerkonfitüre. Vor allem aber die blütenweißen Stickdeckchen und die Porzellantassen, das stets blankpolierte Silber und dieser erlesene Geschmack, den man zusammen mit den Ländereien, der jährlichen Apanage und der Haarfarbe erbt. Fehlen nur noch die Streits, die Zerwürfnisse und heimlichen Abneigungen. Das ist Familie. Henry lachte immer darüber. Und am Ende ich auch.

Als ich in die Straße einbiege, sehe ich, dass der Buchhändler gerade das Gitter herunterlässt. Ich schaue auf meine Armbanduhr und sehe, dass es eigentlich noch zu früh ist, um zu schließen. Es ist auch nicht Dienstag oder Donnerstag, und so frage ich mich, was los ist. Ich denke noch immer an Constance und ihre Abendessen für zwanzig Gäste, während ich auf dem Gehsteig stehe wie ein Jagdhund, bereit, die Fährte aufzunehmen. Ich tue es fast automatisch, wobei meine Gedanken wieder zu dem Esstisch mit der Spitzentischdecke, dem englischen Geschirr und den Gläsern aus böhmischem Kristall wandern und ich sehe, wie Constance den Dienstboten in diesem selbstverständlichen, nachdrücklichen Ton, der mich früher bei anderen Frauen so erstaunt hat, Anweisungen gibt. Als er von der Buchhandlung losgeht, hefte ich mich an seine Fersen und folge ihm, während mein Kopf mit den Bildern von Constance beschäftigt ist, die in der Eingangshalle die Gäste empfängt, wie aus dem Ei gepellt, gut aufgelegt, ganz Herrin der Lage. Ja, ich folge ihm ohne jede Absicht, beinahe automatisch. Und dann tritt Constance in den Hintergrund, und ich finde mich plötzlich in der Realität wieder.

Auch jetzt ist die Stadt ein Ort im Ausnahmezustand. Keine geschäftigen Frauen, keine Kinder, die aus der Schule kommen, kaum Autos. Es muss gleich Mittagessenszeit sein, denn etliche Geschäfte, die Apotheke in der Calle Barquillo zum Beispiel, lassen gerade die Läden herunter. Die Apotheke schließt früher als die anderen Geschäfte, warum, weiß ich nicht. Wir folgen nicht dem üblichen Weg, der den Buchhändler zu den Wohnungen seiner Kunden führt. Heute gehen wir auf der linken Straßenseite die Calle Barquillo entlang bis zur Kreuzung an der Calle Almirante. Dann biegt der Mann in die Conde de Xiquena ein und schließlich in die Calle Prim.

Hinter dem Theater Marquina verschwindet er in einem Hauseingang, und ich warte, bis er die Treppe hinaufgegangen ist, um zur Pförtnerloge zu gehen. Man hört eine Tür. Ich weiß, dass er jetzt nicht mehr hören kann, was ich sage.

Ich gehe mit jener Ungezwungenheit auf die Pförtnerloge zu, die mich völlig harmlos wirken lässt. Eine Frau öffnet das Fensterchen.

»Wissen Sie«, erzähle ich der Pförtnerin, nachdem ich ihr mein liebenswürdigstes Lächeln geschenkt habe, »ich glaube, ich habe gerade meinen Neffen in dieses Haus gehen sehen.

Gerade eben erst. Ich habe nach ihm gerufen, aber er scheint mich nicht gehört zu haben.«

»Gerade eben?«, fragt sie.

»Vor einer Sekunde«, bestätige ich. »Er muss noch auf dem Weg nach oben sein.«

Sie tritt aus der Pförtnerloge. Es ist eine dralle, rotwangige Frau mit schwarzgestreifter Schürze, deren Latz mit zwei Sicherheitsnadeln an dem Wollpullover befestigt ist.

»Señor Matías!«, schreit sie das Treppenhaus hinauf.

Ich weiß, dass Señor Matías sie nicht hören kann.

Sie dreht sich um und mustert mich neugierig.

»Und er ist Ihr Neffe, sagen Sie?«

»Na ja, über meinen Mann«, lüge ich entschlossen.

»Ach so, na dann …«, stellt die Frau fest, die schon bemerkt hat, dass ich keine Spanierin bin. »Ich wusste gar nicht, dass Señor Matías Familie im Ausland hat.«

»Nein, nein, wir leben schon lange in Madrid. Aber ich bin den Akzent irgendwie nie losgeworden. Ich bin Engländerin, aber mein Mann stammt aus Cuenca.«

»Gehen Sie ruhig rauf.«

Ich zögere.

»Also, es ist so … Ich möchte nicht stören.«

Sie denkt nach.

»Klar, verstehe ich. Die arme Frau liegt im Sterben.«

Welche Frau? Wovon spricht sie? Ich glaube, meinem Gesichtsausdruck ist unschwer zu entnehmen, dass ich nicht weiß, wovon sie redet.

»Señora Adela«, erklärt sie. »Eine schlimme Krankheit, unheilbar.«

Ich warte schweigend, dass sie weiterspricht. Sie sieht mich an und schüttelt missbilligend den Kopf, als wüssten wir beide, worum es geht.

»Die Leute sagen, das kommt daher, dass Ihr Neffe sie wegen einer anderen verlassen hat. Sie haben sich vor etlichen Jahren getrennt, noch vor dem Krieg, wissen Sie? Aber was erzähle ich Ihnen, das wissen Sie ja alles besser als ich.«

Ich gehe nicht auf den Kommentar ein, weil ich noch mehr erfahren will.

»Sie sagten gerade, sie läge im Sterben.«

»So hab ich gehört, offiziell bestätigt hat mir's keiner. Gibt auch keinen Grund dafür. Ich bin ja nur die Pförtnersfrau. Aber eine Nachbarin kümmert sich um sie, und die sagt, dass der Arzt ihr nicht mehr lange gibt. Sie scheint schlimme Schmerzen zu haben, ist den ganzen Tag am Stöhnen. Muss eine furchtbare Krankheit sein.«

Bedauernd schüttelt sie ihr rundes, rotbackiges Gesicht.

»Seit er Bescheid weiß, kommt er jeden Tag vorbei. Vorher hat er sich hier nicht blicken lassen. Ist ja verständlich, wenn sie nicht mehr zusammenleben und man sich nichts mehr zu sagen hat … Aber wenn ich ehrlich sein soll, hat sich Ihr Neffe nicht sehr anständig benommen. Wenn man heiratet, ist es für immer, das ist hier nicht wie im Ausland, wo die Leute sich wegen jeder Kleinigkeit scheiden lassen und so oft heiraten, wie ihnen der Sinn danach steht. Sehen Sie sich die ganzen Filmschauspielerinnen an, haben heute diesen Ehemann und morgen einen anderen …«

Sie redet wie aufgezogen, während vor meinem inneren Auge Lolas Gesicht auftaucht, ihre Augen und ihr schönes, melancholisches Lächeln, als wäre sie eine dieser Schauspielerinnen, auf die sich die Kamera richtet. Durch das irritierende Geschwätz der Pförtnersfrau hindurch höre ich ihre Stimme: »1936, vor dem Militärputsch, haben wir eine Zeitlang in diesem Haus gelebt. Es war unsere erste gemeinsame Wohnung. Wir gingen jeden Morgen gemeinsam zum Verlag. Matías, mein Mann, war nämlich Verleger …« Und jetzt verstehe ich endlich, wonach sie sich so sehr zurücksehnt.

»… Ich sag ja immer, es ist, wie es ist. Hier geht's oft nicht mit Anstand zu. Das sag ich nicht wegen Ihres Neffen, Gott bewahre! Uns gegenüber hat er sich immer korrekt verhalten, als er mit Señora Adela hier gewohnt hat, ein untadeliger Mann, sehr gebildet, das ja, aber halt ein Roter … Sie verstehen schon, einer von denen, die für die Republik waren. Ich bin ja schon still, darüber soll man ja nicht mehr reden, aber so unter uns, wenn keiner zuhört: Ihr Neffe war doch im Gefängnis, das weiß jeder. Und jetzt stellen Sie sich mal vor, was für ein Unglück für die arme Señora Adela, nach allem, was der Frau passiert ist …«

Ich verabschiede mich, so schnell ich kann, und verlasse überstürzt das Haus, bevor Matías wieder nach unten kommt und mich beim Tratschen überrascht. Ich glaube, die Pförtnerin wird langsam misstrauisch, aber da bin ich zum Glück schon um die Ecke.

Mittagsschlaf ist nichts für mich. Danach bin ich immer benommen und desorientiert, und mein Körper fühlt sich dreimal so schwer an.

Ich habe geträumt. Das allerdings mag ich. Ich habe von einer Landschaft geträumt, die ich nach dem Aufwachen noch minutenlang vor mir sah. Dann verlor sie gegen die Realität. An den Berghängen wuchs hohes Gras. Es war vom Wind gebeugt und vom Frost verbrannt. Ich wusste, dass wir dort waren, aber ich konnte uns nicht sehen. Ich sah nur die fahlgrauen Grasbüschel, die an der spätwinterlichen Erde kleben, und spürte das unangenehme Gefühl, das es verursacht, darauf zu treten.

Ich trete ans Fenster. Ich habe Lust auf einen Tee, aber ich koche mir erst mal keinen, weil ich weiß, dass der Traum verschwinden wird, sobald ich etwas anderes mache, als an ihn zu denken. Ich trete ans Fenster und schaue abwesend in die Herbstdämmerung mit den braunen Bäumen und dem gefallenen Laub hinaus. Es ist bewölkt und dämmrig. Schon bald wird es dunkel sein. Ein paar angenehme Empfindungen sind in meinem Bewusstsein zurückgeblieben, treiben ungeordnet durch meine Gedanken: das Licht der Frühlingssonne, das gefrorene Gras und das Plätschern des Wassers, das sich seinen Weg von den Gipfeln bahnt. Am Leben zu bleiben, das ist die eigentliche Bedeutung meines Traums. Sich den Luxus zu leisten, am Leben zu bleiben.

Heute habe ich herausgefunden, wo meine Freunde, das Buchhändlerpaar, leben. Ich bin Matías gefolgt, als er schließlich aus dem Haus in der Calle Prim kam. Ich bin hartnäckig, das habe ich ja gleich gesagt, und in dieser konkreten Situation musste ich wissen, in welcher Verfassung er aus der Wohnung dieser anderen Frau kam. Er wirkte sehr niedergeschlagen. Als er an mir vorbeiging, wären wir fast zusammengestoßen, aber er hat mich nicht erkannt, mich gar nicht bemerkt. Wahrscheinlich ist er mir ausgewichen, ohne mich wirklich zu sehen. Er hatte einen bitteren Zug um den Mund. Er tat mir leid.

Ich bin ihm gefolgt, etwas, das mir schon zur Gewohnheit geworden ist, und sah ihn in einem bescheidenen Hauseingang in der Straße verschwinden, die hinter dem Gebäude der Telefongesellschaft liegt. Ich nehme an, dass sie dort wohnen, denn er holte den Schlüsselbund aus der Hosentasche und ging dann mit hängenden Schultern die Treppe hinauf, als hätte er an einer schweren Last zu tragen, so wie ich jetzt gerade. Verwandte Leiden.

Die Schatten meines Traums sind verschwunden. Jetzt gieße ich den Tee auf und setze mich mit dem Buch von Katherine Mansfield, das ich letzte Woche gekauft habe, in meinen Lieblingssessel. Die titelgebende Kurzgeschichte gefällt mir: *The*

Garden Party, das Gartenfest; sie scheint mir den Geist des Buches wiederzugeben. Manchmal halte ich das Buch gerne eine Weile in den Händen, bevor ich mit dem Lesen beginne, vor allem, wenn es neu ist. Henry sagte immer, ich würde die Bücher vorwärmen wie die Engländer ihre Teekannen, bevor sie den Tee aufschütten. Ja, ich mache das gerne. Es ist ein kleines Ritual, das Teil meiner ganz besonderen Art ist, mich der Lektüre zu nähern. Ich muss es berühren, mit der Handinnenfläche erkunden. Langsam, ganz bedächtig fahre ich mit den Fingerspitzen darüber, bis mir die Textur des Papiers, des Leders oder des Leinens vertraut ist. Ich berühre das Buch, damit wir uns besser kennenlernen.

Während ich die erste Geschichte lese, glaube ich, Constance zu hören, wie sie sagt: *Das Fest absagen? Meine liebe Laura, sei nicht dumm. Das können wir nicht tun. Niemand rechnet mit so etwas. Sei nicht so überspannt.* Es könnten ihre Worte sein. Haargenau. Und der Tote könnte jeder von uns sein. Es würde sie nicht erschüttern.

Die Geschichte macht mich traurig. Gleichzeitig hat sie diesen Sog. Irgendwie erinnert mich die Hauptfigur aus Mansfields Geschichte, Laura, ein bisschen an Rose Tomlin, das Mädchen mit dem flachsfarbenen Haar. Ich finde, sie hat dasselbe natürliche Auftreten und diese Neugier auf das Leben, die einmal eine scharfsinnige Frau aus ihr machen wird.

Aber vielleicht irre ich mich damit auch. Nächstes Mal werde ich Lola bitten, dass wir ein paar Kapitel hintereinander lesen. Ich muss vorankommen.

Ja. Wir werden zügiger lesen. Es muss sein.

17

Als Matías nach Hause kam, hatte Lola schon gegessen. Es war kurz vor vier.

»Ich habe mir Sorgen gemacht«, sagte sie, als er zu ihr kam, um sie zu küssen.

»Ich war bei Adela.«

»Habe ich mir gedacht. Wie geht es ihr?«

Matías schüttelte traurig den Kopf. Mehr war nicht nötig.

»Soll ich nachher in den Laden gehen? Du kannst den Nachmittag bei ihr verbringen. Es macht mir nichts aus.«

»Nein, nein, ist nicht nötig. Morgen ist Samstag, da gehe ich nach dem Essen hin.«

»Gut, dann nutze ich die Gelegenheit, um meine Eltern zu besuchen.«

Etwas hatte sich zwischen sie gestellt, etwas Dunkles, Hässliches, Zerstörerisches. Lola spürte es genau. Es war ganz plötzlich passiert, aber es war unsinnig zu glauben, nur Adelas Krankheit sei daran schuld. Sie spürte, dass eine Phase zu Ende ging und eine neue begann. Und das machte sie unendlich traurig.

Matías aß schweigend. Dann zündete er sich eine Zigarette an, ohne die Kichererbsen ganz aufgegessen zu haben. Ein kleines Stückchen verbranntes Papier schwebte rasch verglühend durch die Luft und fiel ins Essen, was Lola bestätigte, dass er sich wirklich Sorgen machte. Sie trat zu ihm und strich ihm übers Haar. Er blickte auf und sah sie aus großen schwarzen Augen an, aus denen plötzlich jedes Gefühl gewichen zu sein schien.

Gingen sie sich aus dem Weg? Vielleicht. Jedenfalls suchten sie nicht die Nähe des anderen. Die Wohnung hatte sich plötzlich mit hohlen, sinnentleerten Wörtern gefüllt, Wörtern, die auf dem Fußboden lagen und die sie zertraten, wenn sie von einem Zimmer ins andere gingen. Nachts, wenn sie nebeneinander im Bett lagen, bildeten die hohlen Wörter eine undurchsichtige Wand, die sie voneinander trennte.

Samstagmorgens gab es immer ein heiteres Radioprogramm. Lola hatte die Fenster geputzt und dabei die aktuellen Schlager gehört, Luis Mariano, Juanito Valderrama, Jorge Sepúlveda, der mit viel Gefühl *Monasterio de Santa Clara* sang. Aber das Beste war das Orchester von Pérez Prado mit *Qué rico el mambo* – ein Lied voller Lebensfreude, die Lola an Rita Hayworth und den Film erinnerte, den sie neulich im Kino gesehen hatten.

Sie hatte ein bisschen getanzt, während sie die Scheiben mit in Salmiakwasser getränktem Zeitungspapier wienerte. Es machte Spaß, die Hausarbeit zu dieser beschwingten Musik zu erledigen, die dazu einlud, sich vorzustellen, man befinde sich in einem eleganten Tanzsalon. Das hatte sie während des Krieges am meisten vermisst: dass auf einmal keine Tanzmusik mehr im Radio zu hören war. Sie hätte sie gerne auf volle Lautstärke gestellt, wenn die deutschen Junkers-Maschinen auf Madrid zuflogen und die russischen Jagdflugzeuge starteten, um sie abzufangen. Zuerst hörte man das Brummen, weit weg, dann immer näher, und sie hatte jedes Mal Angst, dass auf das Motorengeräusch die Explosion einer Bombe folgte. Sie hatte viele Bomben fallen gesehen. Alle, die in Madrid geblieben waren, hatten irgendwann welche gesehen, und es war immer das Gleiche: zuerst der Knall, dann der Rauch, die erstickten Schreie und die furchtbare Stille danach, als hätte die Bombe die ganze Welt ausgelöscht und als gäbe es nirgendwo mehr Leben. Dann der Staub der einstürzenden Gebäude, eine Staubwolke, die sich über die Dächer erhob und noch aus einem Kilometer Entfernung zu sehen war, und schließlich die Menschen, die zu den Ruinen strömten, die zerschmetterten Körper. Trümmer. Sie hasste diese Trümmer.

Einmal, während des Krieges.

Die Stadt auf der anderen Seite des grauen Fensters dröhnte. Sie befand sich in dem Haus, in dem ihr Vater seine Praxis hatte. Sie wusste nicht genau, warum sie hier war. Sie wollte sich nicht daran erinnern. Um Gnade zu erbitten vielleicht.

Es waren keine Patienten da, an diesem Tag war keine Sprechstunde. Ihr Vater hatte sie gebeten zu kommen, um mit ihr zu reden.

»Er ist sehr einflussreich«, hatte er gesagt. »Wenn er nichts ausrichten kann, dann kann es niemand.«

Jetzt stand sie vor diesem Mann. Er war kein Militär, auch kein Polizist, und trotzdem wirkte er wie beides.

»Es geht also um Ihren Mann.«

Er hatte eine schmierige Stimme, einen trüben Blick und das Auftreten eines Menschen, der bereit war, Böses zu tun. Madrid war noch nicht in die Hände der Nationalisten gefallen, aber alle wussten, dass die Niederlage unvermeidlich war.

»So ist es«, antwortete sie so beherrscht, wie sie konnte.

Der Mann wendete sich an ihren Vater.

»Also, ich hatte es so verstanden, dass dieser Matías Reguero mit Adela Ramírez verheiratet ist. Wir reden hier nicht von einem Bigamisten, oder?«

Lola blickte zu Boden. Sie bemühte sich, höflich zu sein, aber der Unwille stand ihr ins Gesicht geschrieben. Ihr Vater, der während des gesamten Gesprächs dabei war, warf ihr einen strengen Blick zu.

»Wir haben nach seiner Scheidung standesamtlich geheiratet.«

Der Mann lachte auf.

»Aber Spanien ist ein katholisches Land. Da gibt es keine gültige Scheidung.«

Ihr Vater wurde sichtlich blass.

In diesem Moment wusste Lola, dass dieser Mann nichts für sie tun würde. Als er sagte, dass es unmöglich sei, Matías zu retten, sah er sie unvermittelt an.

Folterer haben diesen Gesichtsausdruck gegenüber ihrem Opfer, dachte sie. Er spielt mit mir.

»Es gab die Möglichkeit der Scheidung«, antwortete sie herablassend. »Und es gibt sie immer noch. Ihr habt diesen Krieg noch nicht gewonnen.«

Und dann fiel die Bombe. Später hieß es, sie sei in der Calle Alcalá eingeschlagen, ganz in der Nähe des Verteidigungsministeriums, aber in diesem Moment, als der Knall durch das graue Fenster in die Praxis drang, als alle Lichter ausgingen und der Mann sie im Dunkeln zu begrapschen versuchte, seine Hände mit der verzweifelnden Gemächlichkeit des Herrn und Meisters überall hinwanderten, wo sie nichts zu suchen hatten, kam es ihr so vor, als habe die Bombe die Wohnung getroffen, in der sie sich befanden. Und sie begann zu schreien, weil sie dachte, ihr Vater würde etwas tun, um ihr zu helfen …

Trümmer. Auf der Straße. Ein Mann mit Armbinde und langem Mantel. Stille. Staub. Die nationalistischen Truppen würden bald in Madrid sein, Matías war in Gefangenschaft geraten, und man konnte nichts mehr tun. Die Welt würde diesen Leuten gehören.

Sie hatte es Matías nie erzählt, aber als sie an diesem Nachmittag verstört und entmutigt zur Plaza de Cibeles ging, dachte sie, dass sie nicht einmal die Witwe von Matías Reguero sein würde, falls man ihn erschoss. Und weil sonst niemand da war, den sie hassen konnte, hasste sie Adela dafür.

Und jetzt lag Adela im Sterben.

Es war sonderbar. Lola fühlte sich immer noch schuldig, und obwohl sich Adela ihnen gegenüber wirklich mies verhalten hatte, fand sie oft eine Entschuldigung für ihr Verhalten. Vielleicht, weil sie ihre Gründe verstand. Matías hatte ihr alles gelassen – die Wohnung, die Möbel, das wenige Geld, das auf der Bank lag –, aber er konnte ihr nicht lassen, was sie nie ganz besessen hatte: seine Liebe. Und das wussten sie alle drei. Während dieses offene Geheimnis Lola zur Siegerin in einem verborgenen Krieg machte, blieb sie, Adela, als gedemütigtes und unglückliches Opfer zurück.

Im Radio sang Tomás de Antequera die *Romance de la Reina Mercedes*. Wie fade alles mit den Jahren geworden ist, wie lächerlich, kitschig und falsch, dachte Lola. Matías hatte recht. Das Radio sendete Lügen, selbst wenn nur Musik gespielt wurde.

Wieder Adela. Und die Schuld war immer noch da, unverändert. Manchmal war sie wütend auf sich selbst. Wessen Schuld? Hatte sie nicht das gleiche Recht auf Liebe wie Adela? Stand die freie Entscheidung für sie nicht über allem anderen? Oder gab sie doch ihrem Vater recht, der behauptete, ihre Ehe mit Matías sei moralisch nicht rechtens? Sie blieb vor der blitzblanken Fensterscheibe stehen und sah ihr Spiegelbild vor einem dunklen Schatten, in dem sie die gegenüberliegende Wand ihrer eigenen Wohnung erkannte. Da stand sie, die Haare unter einem auf dem Kopf verknoteten Tuch versteckt, die Stirn faltig, plötzlich gealtert, älter, als sie in ihrer eigenen Vorstellung war. Und fast war es, als spiegelte sich in der Scheibe auch dieser ständige Zweifel darüber wider, was richtig war und was falsch. Sie wusste, dass da etwas in ihr war, das bürgerlich und spießig war. Die altmodische Erziehung, die sie ein Leben lang genossen hatte, war so tief in ihr verwurzelt, dass es sie manchmal selbst überraschte, dass es ihr Schicksal gewesen war, die Andere zu sein, die Geliebte, die Gespielin, die Nebenfrau.

Aber jetzt lag Adela im Sterben, und alles konnte anders werden.

Sie stand immer noch auf dem Schemel vor dem frisch geputzten Fenster. Sie sah die Straße, den Gehsteig unter den Bäumen mit den welken Blättern, eine überraschende Sicht, als könne sie plötzlich fliegen. Ihr ganzer Körper schwebte in der Luft, hoch oben über dem schmalen freien Raum zwischen geschwärzten Fassaden und blumenlosen Fenstern. Über dem Balkongeländer im Haus gegenüber hing eine Bettdecke. Und Lola erinnerte sich an das einzige Mal, dass sie Adela gesehen hatte.

Matías und sie lebten damals noch nicht zusammen. Es war zwei Tage, nachdem er es ihr gesagt hatte. Dass es eine andere Frau gab und dass er zu ihr gehen würde. Dass er die Scheidung wollte. Dass er sie nicht mehr liebte. Dass er frei sein wollte, um noch einmal ganz von vorn anzufangen. Bestimmt sagte er ihr es nicht so, mit diesen Worten. Aber wahrscheinlich war es das, was Adela verstand.

Als sie dann nach Hause kam, nachdem sie sich stundenlang mit Matías auf einer Parkbank geküsst hatte, saß da eine Frau im Wohnzimmer ihrer Eltern. Sie war nicht hässlich. Auch nicht hübsch. Sie trug ein schlichtes blaues Kleid mit kleinen weißen Streublümchen und Stiefelchen mit schwarzer Spitze. Das Haar war zu einem strengen Knoten zusammengefasst. Stocksteif saß sie da, die Beine an der Teppichkante, angespannt, die Lacktasche derart fest umklammert, als fürchtete sie, jemand könne sie ihr entreißen.

Ihr Vater stand daneben, im Jackett, eine Hand in der Westentasche.

Die ganze Szene strahlte höchste Anspannung aus. Sie bemerkte es sofort, noch bevor sie zu dem Schluss kam, dass diese Frau, der jede Anziehungskraft fehlte, Matías' Frau sein musste.

Was wollte sie hier?

Warum war sie gekommen?

Sie hasste sie sofort. Abgrundtief. Sie hasste sie, weil sie ihre Eltern in die Sache hineinzog, bevor sie es ihnen hatte erzählen können. Weil sie ihr die Zügel aus der Hand nahm. Sie hasste sie.

Ihr Vater redete als Erster. Sein Gesicht sprach Bände.

»Diese Dame hat dir etwas zu sagen, Lola.«

Die Frau sprach nicht sofort. Stattdessen musterte sie sie von oben bis unten. Dann begann sie zu weinen, ohne ihr Gesicht, ihre Tränen, ihre abfällige Miene zu verbergen. Mit Hingabe breitete sie die Fahne des Schmerzes vor ihrer Rivalin aus, weil er ihr das Recht gab, sie zu hassen und diesen Hass ganz unverhohlen zu zeigen.

Lola setzte sich aufs Sofa, so weit weg wie möglich von dem Sessel, in dem die Andere saß. Sie wollte sie nicht sehen, konnte sie kaum anschauen. Aber noch schlimmer war es, den Blick ihres Vaters auszuhalten.

»Sie sind noch sehr jung«, hörte sie diese Fremde sagen, die sich in ihr Zuhause eingeschlichen hatte. »Sie können einen anderen Mann finden. Sehen Sie mich an – ich habe sonst niemanden, wir haben nicht mal Kinder.«

Lola schwieg. Was sollte sie auch sagen?

»Sie haben kein Recht dazu«, fuhr die Frau fort. »Sie haben keinen Anstand und keine Moral.«

Lola versuchte, die Ruhe zu bewahren, weil alle darauf warteten, dass sie etwas sagte.

»Ich … ich«, begann sie zögernd.

»Sie sollten sich schämen«, unterbrach sie die Frau mit sich überschlagender Stimme. »Sie zerstören eine Ehe. Sie sind schlimmer als eine … eine …«

In Lola stieg etwas hoch, das nichts mit Hass oder Mitleid zu tun hatte. Sie begann, wütend zu werden.

Sie stand auf, bevor die andere den Satz zu Ende bringen konnte und ein Wort fiel, das zu hören, sie nicht bereit war.

»Verlassen Sie dieses Haus«, sagte sie ohne eine Spur von Reue.

Ihr Vater räusperte sich, als wollte er etwas sagen, aber Lola ließ ihn nicht zu Wort kommen.

»Sprechen Sie mit Ihrem Mann«, setzte sie unerbittlich hinzu. »Mit ihm müssen Sie Ihre Situation klären. Hier haben Sie nichts zu suchen, verstehen Sie?«

Sie ging zur Tür.

»Und lassen Sie sich nie wieder hier blicken.«

Dann verließ sie türenknallend das Wohnzimmer, rannte auf ihr Zimmer und weinte stundenlang.

Sie war mit den Fenstern fertig und betrachtete zufrieden ihr Werk. Sie wusste, dass es irgendwann regnen oder sich der schwarze Ruß der Kohleöfen wieder darauf absetzen würde, aber das war ihr egal. Denn heute wollte sie das tief ausgeschnittene schwarze Kleid, den kirschroten Mantel und ein rotes Haarband anziehen und dann aus reiner Freude darüber, am Leben zu sein, in die Buchhandlung gehen, um Matías abzuholen, sich bei ihm einhaken und mit ihm gemeinsam nach Hause gehen, wo heute keine Wörter mehr auf dem Boden lagen, weil sie den Mut gehabt hatte, sie alle wegzufegen.

Solange solche Dinge passierten, konnte ihnen nichts geschehen.

Matías freute sich, als er sie ein paar Minuten vor Ladenschluss durch die Tür kommen sah. Hübsch wie nie, mit offenem Mantel und einem schwarzen, tief ausgeschnittenen Kleid, das mit einem breiten Band im Nacken gebunden wurde. Ihnen konnte nichts geschehen, dachte er, weil Lola es schaffte, überraschend aufzutauchen, als wäre es das erste Mal, dass sie in sein Leben trat. Warum liebte er sie so sehr? Warum begehrte er sie noch immer? Sie waren seit über fünfzehn Jahren zusammen und hatten viel gemeinsam erlebt. Manches davon hätte die Liebe zerstören können, und doch war er nach wie vor verrückt nach ihr. So war es. Genauso, wie es normalerweise in diesem Leben nicht lief.

Er lächelte.

»Mein Gott«, sagte er ganz leise, »manchmal vergesse ich, wie schön du bist.«

Sie protestierte. »Ach, ja? Wann vergisst du es?«

Er reagierte schnell.

»Wenn ich mich wie ein Dummkopf verhalte und nicht sehe, was wirklich wichtig ist. Weißt du, was wir jetzt machen?«

Er ließ das Gitter herunter und legte den Riegel vor.

»Was denn?«, fragte sie ungeduldig.

»Ich lade dich auf ein Glas Wermut ein.«

Diesmal protestierte sie nicht, ganz und gar nicht.

»So eine Frau muss man vorzeigen. Es wäre wirklich eine Schande, wenn ich diesen Genuss für mich behielte.«

Sie lachte über seinen Einfall.

»Sicher?«, neckte sie ihn.

»Oh, schauen ja, anfassen nein … Diese ganzen Lüstlinge sollen umkommen vor Neid. Du weißt ja, ich kann manchmal ganz schön gemein zu deinen Bewunderern sein.«

Jetzt standen sie auf der Straße. Über den Dächern wechselten sich Wolken und blauer Himmel ab. Der Herbsthimmel über Madrid. Sie spazierten nebeneinander über den Gehsteig.

»Du bist wirklich ein Dummkopf«, sagte Lola, während sie sich bei ihm einhakte.

Und er wusste, dass es stimmt.

18

Er lag im Unterhemd da, den Rücken an die Wand gelehnt, und rauchte, während Lola bis zum Kinn zugedeckt unter dem zerknitterten Laken lag und schlief. Er musste zu Adela, aber er wollte es so lange wie möglich hinauszögern, weil es ihm so schwerfiel.

An diesem Morgen musste der Arzt dagewesen sein. Was er wohl gesagt hat? Wie lange musste sie noch leiden? Er versuchte, an etwas anderes zu denken, das ihn aus dieser peinigenden, widerlichen Hölle befreite. Gestern musste er helfen, das Bett neu zu beziehen. Der Geruch nach Kot, Urin und Blut hing in diesem Schlafzimmer, das einmal seines gewesen war … In diesem Bett … Er konnte den Brechreiz kaum unterdrücken. Er fühlte sich furchtbar. Als würde ihn jemand an den Füßen packen und irgendwohin schleifen, wo er gar nicht hinwollte. Er musste an etwas anderes denken … an etwas anderes … etwas anderes …

Die Frau mit den weißen Haaren.

Sie war das Beste, was ihm in den letzten Tagen passiert ist. Diese großzügige Kundin, die ihn vergangene Woche gerettet hat, indem sie fünf Bücher mitnahm, von denen er nie gedacht hätte, dass er sie jemals verkaufen würde. Wer hier im Viertel sollte schon englische Bücher kaufen? Letzten Samstag war sie auch da. Er begann allmählich, sich zu freuen, wenn er sie mit ihren bequemen flachen Schuhen und ihren ein Meter fünfundsiebzig – sie ist so groß wie er – in den Laden kommen sah, immer munter und gut aufgelegt. Sie schien sehr gebildet zu sein. Heute hatten sie sich über Conrad unterhalten.

Sie hatte ihn gefragt, ob er ihr einige seiner Erzählungen besorgen könne. Auf Englisch, natürlich. Matías wollte ihr keine falschen Hoffnungen machen; er werde es versuchen. Aber falls er sie nicht auf Englisch auftreiben konnte, hat er ihr freundlicherweise angeboten, ihr eine Ausgabe der Gesammelten Erzählungen zu leihen, die er zu Hause hatte. Auf Spanisch, natürlich.

»Ich wusste gar nicht, dass Conrad ins Spanische übersetzt ist«, bemerkte sie, ohne das Angebot anzunehmen oder abzulehnen.

Matías erinnerte sich, dieses Buch – wie auch andere von Conrad – in Paris gekauft zu haben, auf ihrer Hochzeitsreise, als er Adela in die wundervollste Stadt der Welt entführt hatte und sie sich die ganze Reise über wie ein ängstliches, eingeschüchtertes Bauernmädchen angestellt hatte. Er konnte sie nicht einmal dazu überreden, sich ein Kleid oder einen hübschen Hut zu kaufen. Sie fand alles zu teuer, zu gewagt oder extravagant.

Er konnte nicht anders. Immer wieder musste er an Adela denken. Warum hatte er sie geheiratet? Aus Überdruss vielleicht, aber wirklich verliebt war er nie gewesen. Er hatte es versucht, aber Adela besaß diese kleingeistige, überspannte Art, die jede romantische Anwandlung im Keim erstickte. Immer war alles gleich so gewöhnlich und verkrampft. Natürlich hasste sie alles, was mit seinen politischen Aktivitäten zu tun hatte, und das machte das Wenige zunichte, was ihnen noch von einem Ehepaar geblieben war, bei dem es an allen Ecken und Enden kriselte.

»Oh …«, Lola rekelte sich. »Ich bin eingeschlafen.«

Matías betrachtete sie aus seiner leicht erhöhten Position. Es gab keine hübschere Frau auf der Welt. Sogar verschlafen war sie schön, mit zerwühltem Haar und diesen leicht geröteten Wangen, die sie immer hatte, wenn sie sich liebten … Sie sagte, das komme von seinem pieksenden Bart, aber das stimmte nicht ganz. Er hat versucht, ihr Gesicht nicht zu streifen, aber die Rötung blieb.

»Schlaf weiter, es ist noch früh.«

Sie drehte sich um und seufzte wohlig.

Er blies Rauchkringel aus, während er ziellos von einem Gedanken zum nächsten kam.

Fünfundzwanzig Peseten hat ihm die Engländerin für die Bücher gezahlt. Und er hat versprochen, ihr *Lord Jim* zu leihen. Und eine mexikanische Ausgabe aus dem Jahr 1925 der *Geschichten vom Hörensagen*.

»Die mexikanischen Verlage trauen sich an Autoren ran, die in Spanien verboten sind«, stellte sie fest.

Matías gab ihr recht. Und dann sagte die Engländerin etwas, das ihn überraschte.

»Dieses Buch – es ist mir neulich aufgefallen, das mit diesem sonderbaren Titel, *Das Mädchen mit dem flachsfarbenen Haar …*«

Er wusste nicht, worauf sie hinauswollte.

»Es ist auch in Mexiko erschienen, glaube ich.«

Das stimmte. Er würde es ihr gerne leihen, es würde ihr gefallen, da war er sich sicher, aber er tat es nicht, weil Lola ihm erzählt hatte, dass sie es gerade las.

Als die Frau sich verabschiedete, überlegte er, was er mit den fünfundzwanzig Peseten anfangen sollte. Er wollte Lola auf einen Kaffee einladen, so wie neulich, oder auf einen Aperitif im Metropol. Und dann fragte er sich für einen kurzen Moment, woher die weißhaarige Frau wusste, dass das Buch in Mexiko gedruckt worden war.

19

Ich weiß nicht genau, was ich eigentlich beabsichtige. So ist das mit dem Altwerden: Weil dir nicht mehr viel Zeit bleibt, wirst du beneidenswert kompromisslos und unbekümmert. Dir ist alles egal. Alt werden ist fast so befreiend, wie reich zu sein.

»Ein Käfig ging einen Vogel suchen«, schreibt ein Autor, den ich kürzlich las. Er ist Tscheche und heißt Franz Kafka.

Vielleicht ist es das.

Vielleicht bin ich auf der Suche nach einem Leben, das nicht meines ist. Ich weiß es nicht.

Sonntags gehe ich bei schönem Wetter häufig im Retiro-Park spazieren. Von meiner Wohnung sind es nur zehn oder fünfzehn Minuten.

In meinem Tempo, natürlich.

Ich gehe das Salesas-Viertel hinunter, vorbei an dem Palais mit der wunderbaren Glyzinie am Zaun, und betrete den Park durch das Tor an der Calle de Alcalá. Ich begegne Familien, die den Sonntag an dem künstlichen See verbringen, und Kindern, die aufgeregt in Richtung Zoologischer Garten laufen. Manchmal sehe ich unterwegs eines dieser Leihfahrräder oder einen Lederball, hinter dem ein paar Jungs herlaufen …

Oft halte ich die Menschen, die mir begegnen, oder Straßenszenen, die mich überraschen, im Geiste fest. Ich stelle mir vor, eine unsichtbare Kamera dabeizuhaben, auf die ich alle möglichen Situationen banne. Niemand, der diese ältere, zumindest ungewöhnlich aussehende, groß gewachsene Frau mit der weißen Haut und den weißen Haaren sieht, würde vermuten, dass sie alles, was sie sieht, sorgfältig festhält, um es für die Zukunft zu bewahren.

Ja. Das mache ich.

Und jetzt sitze ich wie ein harmloses Großmütterchen auf einer Bank in der milden Novembersonne, denn es ist schon November, Sonntag, der 4. November, um genau zu sein. Allerheiligen ist schon vorbei und auch der Totensonntag, der alljährliche Gedenktag der Spanier für ihre Toten. Ich war nicht auf dem Friedhof an diesem Tag. Stattdessen bin ich einem Mann von Haus zu Haus durch die Straßen Madrids gefolgt, einem Mann, der weder ein Angehöriger ist noch mein Freund, mein Liebhaber oder Ehemann. Ein gutaussehender Buchhändler, dem ich heimlich folge. Wenn Constance mich sehen könnte … Sie würde es nicht verstehen. Natürlich nicht.

Egal, ich habe meinen eigenen Totensonntag. Und der fällt nicht in den Herbst.

Wenn ich die Augen schließe, kann ich es sehen. Ganz deutlich. Die milde Frühlingswärme. Die Steineichenhaine, die ockerfarbenen und grünen Streifen der Getreidefelder, die trockenen Bachbetten und die Pappeln, die den Lauf des Wassers anzeigen. Das Unterholz, in dem Hasen und Kaninchen leben, die halb versteckten Felsen.

Henry und mich.

Wir sind in dieser Landschaft unterwegs, die jetzt für immer die Landschaft des Todes sein wird. Hinter geschlossenen Augen sehe ich, wie er sich lächelnd zu mir umdreht. Ich will nicht, dass er das tut.

Bitte, Henry.

Dreh dich nicht um. Lächle nicht.

Mühsam öffne ich die Augen und kehre in den friedlichen Retiro-Park zurück, in dem die Leute glücklich und unbeschwert wirken. Guy de Maupassant sagt, unsere Erinnerung gebe denen das Leben zurück, die es nicht mehr besäßen. Und es stimmt. Deshalb gehen die Leute auf die Friedhöfe. Um das Gefühl zu haben, dass die Toten nicht ganz gegangen sind. Was mag Matías jetzt empfinden, da seine ehemalige Frau im Sterben liegt? Ich hätte gerne dasselbe vertraute Verhältnis zu ihm, das ich in kurzer Zeit zu Lola aufgebaut habe. Dass er genauso mitteilsam wäre wie sie und mir erzählen würde, wie er sich angesichts dieses zweifellos tragischen Umstands fühlt, der aber in gewisser Weise sein Leben erleichtern wird. Es kann nicht leicht sein, in diesem intoleranten, katholischen Spanien zwei Frauen zu haben. Und Lola? Was denkt sie wohl über die Andere, diese Adela, die in der Calle Prim lebt? Ob sie sie kennt? Hat sie mal mit ihr gesprochen? Ich denke schon.

Henry war auch verheiratet, als wir uns kennenlernten. Constance hat mich gewarnt, aber da war es schon zu spät. Es war auch absolut irrelevant, zumindest für mich, und wenn sie es mir früher gesagt hätte, wäre es mir genauso egal gewesen. Das Leben ändert sich, und wir ändern uns mit ihm. Trotzdem sind wir empört, wenn einer sich in einen Menschen verliebt und ihn fünfzehn Jahre später nicht mehr liebt. Wo steht geschrieben, dass die Liebe ewig währen muss? Also bitte … Jeder, der erwachsen ist, weiß genau, dass die Liebe kommt und geht, das liegt in ihrem Wesen … Es sei denn, beide Seiten sind klug genug, sie gemeinsam in etwas anderes zu verwandeln.

Manchmal passiert das. Sehr selten, aber es passiert. Und es gibt Fälle, in denen eine schmerzliche Trennung die Liebe in etwas Ewiges verwandelt. Das behaupten zumindest etliche Romane.

Ich sehe ein Mädchen mit einer weißen Wollmütze. Es hat ein

Dreirad dabei, dessen Lack unter dem Sitz abgesplittert ist, und tritt mühsam in die Pedale. Seine Eltern haben sich an eines der Tischchen am See gesetzt und Limonade bestellt. Manchmal kommt es zu der Bank gefahren, auf der ich sitze, sieht mich ernst an und fährt dann wieder davon, wobei es sich langsam mit den Füßen vom Boden abstößt wie eine Schildkröte.

Ich habe ein Sandwich mitgebracht. Es ist so angenehm hier, dass ich keine Lust habe, zum Essen nach Hause zu gehen. Am Abend werde ich, ganz Engländerin, eine leichte Mahlzeit zu mir nehmen. Tja, die Spanierinnen meines Alters trinken eine heiße Schokolade und essen Schmalzkringel dazu. Auch nicht schlecht.

Ich habe auch mein Buch dabei, das von Katherine Mansfield. Ich will noch einmal diese Geschichte lesen, *Das Gartenfest*, hier im Freien, zwischen Kindergeschrei und Kinderlachen, um zu sehen, ob es mir dabei genauso geht wie in der Abgeschiedenheit meiner Wohnung.

Der Anfang ist nicht gerade konventionell: *Und das Wetter war schließlich ideal.*

Gibt es eine subtilere und ungewöhnlichere Art, um mit einer Geschichte zu beginnen?

Dieser erste Satz ... *Und das Wetter war schließlich ideal ...*

Als wäre er die Fortsetzung von etwas, als hätten wir schon über die Sache gesprochen. Oder darüber nachgedacht.

Wenn ich nicht so skeptisch wäre, würde ich sagen, ich bin besessen von dieser kleinen Geschichte. Ich weiß nicht genau, warum. Ich glaube, ich möchte nur herausfinden, warum sie mich so sehr interessiert.

Es ist keinesfalls eine triviale Frage. Es gibt Leute in dieser Erzählung, die ich wiedererkenne. Und Dinge, die ich mit eigenen Augen gesehen habe. Diese engen, leicht abschüssigen Gassen mit den hässlichen, dunklen Häusern, alle gleich, eins an das andere gebaut. Es gibt verwahrloste Erdgeschosswohnungen, und aus allen Kaminen dringt Rauch, der nach Hammelfett riecht. Ich kenne auch die ganze Skala an verblichenen Grau- und Schwarztönen, und den Schweißgeruch der abgetragenen Kleidung der Armen, denn es sind die Arbeiter aus den englischen Fabriken, nicht die Armen vom Land wie hier, die wahren Benachteiligten der englischen Gesellschaft. Gut, Katherine Mansfield schreibt das alles nicht. Aber sie sagt es, ohne es auszusprechen.

Ein Beispiel: *Mutter sagt, du sollst den reizenden Hut tragen, den du letzten Sonntag aufhattest.*

Dieser *reizende* Hut.

Wie oft habe ich diese oder ähnliche Wörter verwendet?

Ich klappe das Buch zu und lege es auf die Bank. Wolken sind aufgezogen. Das Wasser des Sees erinnert plötzlich ans Meer, es hat einen metallischen Glanz, wie Quecksilber. Man könnte fast meinen, es wäre ein Spiegel. Nein, viele Spiegel. Denn plötzlich ist ein kalter Wind aufgekommen, der die Oberfläche des Wassers kräuselt und Regen verheißt, und jede dieser kleinen Wellen funkelt und glitzert und wirft das Licht zurück. Der Grund des Sees mit seinen riesigen Karpfen und dem zähen Schlamm ist nicht mehr zu sehen. Es wird Regen geben. Die Leute wissen das. Einige rudern kräftig, um so schnell wie möglich ans Ufer zu kommen, andere flüchten von den Holzstühlen und Tischchen, die an der Einfassungsmauer stehen. Ich rühre mich nicht vom Fleck. Noch nicht. Ich habe feste Schuhe an, einen Trenchcoat und eine Regenkappe. Im Winter gehe ich nie ohne sie aus dem Haus, sie ist meine Lebensversicherung.

Ein einziges Mal in meinem Leben hatte ich eine Erkältung, und die war so schwer, dass sie in eine Lungenentzündung überging. Darüber hinaus erfreue ich mich einer beneidenswerten Gesundheit. Henry hingegen hatte es mit den Bronchien und litt häufig unter Asthmaanfällen. Er machte zwar Gymnastik, betrieb aber nie einen anstrengenden Sport wie Tennis oder Fußball. Er unternahm gerne stundenlange Spaziergänge oder Ausritte, wenn wir in Croft House waren. Darüber hinaus glaube ich nicht, dass ich ihn jemals auch nur schwimmen sah. Constance zufolge treiben Menschen aus gewissen Schichten – und darunter sind Leute zu verstehen, die ihren Lebensunterhalt durch Arbeit verdienen müssen – keinen Wassersport wie Segeln oder Schwimmen.

»Ich glaube, sie mögen das Wasser nicht besonders, Liebes.«

Und das sagte sie mit dieser aufreizend unwilligen, furchtbar versnobten Stimme.

Trotzdem hat Constance es nie geschafft, mich auf die Palme zu bringen. Darin bin ich ganz Engländerin. Ich kann mir ihr dummes Geschwätz anhören, als hörte ich den Regen prasseln. Und Henry ging es genauso. Ich erinnere mich an den Tag, als ich die beiden einander vorstellte. Sie waren sich vorher schon einmal begegnet, aber keiner von beiden erinnerte sich an den anderen. Es war auf dieser Hochzeit … Ehrlich gesagt bezweifle ich, dass sie sich auch nur begrüßt haben. Wir waren wegen der Erbschaft aus Paris zurückgekehrt und hatten vorgehabt, in Croft House zu wohnen, weil das Haus ja praktisch mir gehörte, aber irgendwie landeten wir dann doch in Lambeth Hall, wo Constance residierte. Ich glaube, es war reine Bosheit, damit wir uns als ihre Gäste fühlen mussten oder damit mir bewusst wurde, dass in Wahrheit sie die Alleinerbin war.

Im Grunde hatte ich nicht die geringste Lust, nach England zurückzukehren. Ich fühlte mich pudelwohl in unserer schönen, sonnigen Wohnung in der Rue Censier. Es war so ein hübsches, typisch Pariser Haus mit Mansardenfenstern in dem schiefergedeckten Dach und einem wunderbaren Blick auf den Jardin des Plantes. Ein bisschen Bohème, das ja, aber das Viertel war so pittoresk und lebendig, dass man jedes Mal, wenn man auf die Straße ging, schon vorher wusste, dass man etwas Außergewöhnliches, Unterhaltsames oder schlichtweg Französisches erleben würde, denn Frankreich und insbesondere Paris war ein Ort, wo jederzeit alles passieren konnte.

Wir waren sehr glücklich dort, ich weiß nicht, warum wir uns darauf einließen, zurückzugehen. Henry wollte nicht. Auf keinen Fall. Wir führten ein ziemlich zügelloses Leben wie so viele andere Ausländer, Amerikaner und Engländer vor allem, die in den Zwanzigerjahren nach Paris gekommen waren und sich nicht um Konventionen scherten, oft nicht einmal um ihre Herkunft. In Paris lösten sich die Nationalitäten auf. Man konnte gar nicht anders, als sich als Franzose zu fühlen.

Dieses Gefühl der Unverwundbarkeit … Nichts und niemand konnte uns etwas anhaben …

Ja, es war ein wunderbarer Traum.

Es ist nicht schwer, ihn wieder Wirklichkeit werden zu lassen. Ich muss nur für einen Moment die Augen schließen, die Bilder hervorholen, und schon sind wir wieder jung, unangepasst, voller Lebensfreude und Begeisterung … Henry arbeitete vormittags, und dann gingen wir aus, ließen uns treiben, besuchten einen literarischen Zirkel in einem Café, die Ausstellung eines befreundeten Malers, ein Fest im Haus von Freunden … Es war leicht. Es war wunderbar. Das Leben war überraschend und unvorhersehbar.

Ich kann mich nicht erinnern, dass wir finanzielle Not gelitten hätten, im Gegenteil. Ich glaube, wir lebten völlig unbesorgt in den Tag hinein und verzichteten auf nichts. Das Gesicht, das Constance machte, als ich ihr sagte, dass Henry Dichter sei und als Übersetzer arbeite, um Geld zu verdienen …

»Aber Liebes … Das ist ja schrecklich! Er will wirklich arbeiten?«

Ach, die gute Constance … Wie viele unfreiwillig unterhaltsame Momente hast du uns beschert … Henry machte dich so gut nach, dass ich mich vor Lachen ausschüttelte. Manchmal hatte ich Muskelkater vom vielen Lachen. Du warst amüsant, meine liebe Constance, dumm, aber amüsant.

Die Sache mit dem Erbe brachte uns einander zuerst näher und entfernte uns dann später voneinander. War ja vorherzusehen, wenn ich so darüber nachdenke. Es ist nachvollziehbar, wenn man bedenkt, dass es sich um Constance handelt. Nicht mehr nachvollziehbar ist, dass uns das Ganze auch heute noch nachhängt, so viele Jahre später. Als unser Vater starb, wussten wir beide ganz genau, was er jeder von uns hinterlassen wollte. Das war bereits vorher ausgemacht. Ich sollte eine jährliche Rente erhalten, genug, um für den Rest meiner Tage tun zu können, wonach mir der Sinn stand. Darüber hinaus sollte ich nur Croft House bekommen, das Häuschen in Kenton mit seinen verwilderten Wiesen und den vom Wind gebeugten Bäumen – knapp fünfzehn Acres Land, die eine kleine Halbinsel formten, die sich ins Meer erstreckte. Constance sollte Lambeth Hall erben und die Ländereien, die seit über fünfhundert Jahren in Familienbesitz waren. Wiesen, Wälder, Vieh, Dienstboten … Ein Erbe, das jeder von uns beiden entsprach, das muss ich zugeben.

Als Constance Henry zum ersten Mal sah, war sie sichtlich beeindruckt. Er war groß, sah gut aus und hatte ein Auftreten und eine distinguierte Art, die ihr einfältiger Mann gerne gehabt hätte. Ich hatte ihr natürlich von ihm erzählt, daher wusste sie, dass er weder einen Titel besaß, noch Besitzungen sein eigen nannte, nicht einmal die Möglichkeit, mehr zu erben als ein einfaches Landhaus in Chester, wo seine Eltern lebten. Aber was Constance wirklich beeindruckte, waren nicht seine Statur oder seine feinsinnige Art. Was sie an Henry faszinierte, war seine besondere Begabung, eine Unterhaltung zu führen, die unglaublich kluge Art und Weise, mit der er die Barrieren und Mauern gesellschaftlicher Konventionen überwand, ohne dass es aufgesetzt oder unangemessen wirkte. Ganz gleich, wer sein Gesprächspartner war, nach ein, zwei Stunden gelang es Henry, zu einem intensiven, tiefgründigen Austausch zu finden, für den andere Jahre brauchen.

Jedenfalls war das bei den meisten der Fall. Aber Constance war eine harte Nuss, wie meine Nachbarin Amparo sagen würde. Als wir alleine waren und ich schon glaubte, er habe sie um den Finger gewickelt, fragte sie in diesem scheinbar beiläufigen Ton: »Aber Liebes … Das ist ja furchtbar … Er will tatsächlich arbeiten?«

Was sie wirklich sagen wollte, war: Was willst du mit diesem armen Schlucker, der mit Sicherheit nur hinter deiner Mitgift her ist?

Ja, sie war wirklich unerträglich, aber ihre Dummheit verschaffte uns so viele gute Momente, so viele lustige Situationen, dass Henry und ich ihr alles verziehen. Sogar die Art und Weise, in der sie mir mitteilte, dass Henry verheiratet war. Es war wirklich denkwürdig. Ich habe es immer noch nicht vergessen …

»Ich will mich ja nicht in Dinge einmischen, die mich nichts angehen …« Wieder diese spitze, falsche Stimme. »Aber da ist etwas, das ich dir sagen muss. Ich kann einfach nicht schweigen, glaub mir. Ich würde es mir nie verzeihen, wenn ich nichts sagen würde …«

Ich weiß noch, was ich ihr antwortete. Wir saßen zu zweit an einem Tisch im Garten und frühstückten.

»Komm zur Sache, Constance.«

Sie sah mich entsetzt an, als hätte ich mich plötzlich in eine gefährliche Verbrecherin verwandelt, mit der Ausdrucksweise und dem Auftreten einer Verbrecherin. Die Wahrheit ist, dass es mir Spaß machte, sie zu schockieren.

»Also, weißt du …«, begann sie zögerlich. »Die Yelvertons … Du kennst sie nicht, ich glaube nicht, dass du schon mal bei ihnen warst, sie sind häufig in Andover. Also jedenfalls haben sie einen Freund, der deinen geliebten Henry kennt.« Sie legte mütterlich eine Hand auf meine Hände. »Sieh mal, Liebes, ich weiß, das dir das jetzt furchtbar wehtun wird, aber ich möchte, dass du es erfährst. Es muss sein. Und ich sage dir auch gleich, dass du immer auf mich zählen kannst, wirklich, von Herzen, ganz gleich, was du brauchst.«

»Komm *endlich* zur Sache, Constance.«

Ja, ich war nicht nett, aber ich glaube, selbst ihr war klar, dass sie es verdient hatte. Sie zuckte zusammen, als ob sie plötzlich eingeschnappt wäre, aber der Wunsch, mir zu erzählen, was sie herausgefunden hatte, war größer als ihre Würde.

»Er ist verheiratet.«

So sagte sie es, ganz ohne Umschweife. Und dabei sah sie mich aus diesen blauen Augen an, in denen eine schwer zu fassende, überraschende Boshaftigkeit aufblitzte. Was allerdings die Boshaftigkeit angeht, steckte ich Constance locker in die Tasche.

»Und?«, fragte ich mit meinem nettesten Lächeln.

»Sag nicht, du wusstest es?«

Sie fasste sich mit der Hand an die Brust, als bliebe ihr die Luft weg. Aber ich wusste, dass es nur eine dumme, lächerliche Geste war.

»Natürlich wusste ich es, Liebes. Wofür hältst du mich?«

»Aber …«

Ich biss langsam in mein Toast und fuhr genüsslich mit der Zunge über den Rand, an dem ein Tröpfchen Marmelade klebte.

»Ich finde es gut, dass er verheiratet ist«, sagte ich mit einem

Schulterzucken und nahm mir noch ein wenig mehr von der köstlichen Marmelade, die sie ihr zufolge selbst gekocht hatte.

»Willst du damit sagen, es macht dir überhaupt nichts aus?«, fragte sie.

»Aber ja«, antwortete ich, ihren affektierten Ton nachäffend. »Es macht mir absolut nichts aus. Es ist alles ganz wunderbar, Liebes. Er kann tun und lassen, was er will, und ich genauso.«

An diesem Tag wurde Constance wohl klar, dass ich nicht das naive Dummchen war, wie sie zuerst geglaubt hatte. Und ich nehme an, dass sie damals beschloss, ihr Erbe in Sicherheit zu bringen.

Es wird keinen Regen geben. Der Wind hat die Wolken weggeblasen, und im Retiro-Park scheint wieder die Sonne. Das Mädchen mit der Wollmütze und seine Familie sind verschwunden. Ich frage mich, wohin sie sich wohl geflüchtet haben. Plötzlich sind meine Gedanken bei den Kindern und ihren verschrammten Dreirädern, den alten Leuten mit ihren unsicheren Schritten, den Pommes Frites und den Flaschen mit der Limonade. Ein sonntägliches Fest, das hinter dunklen Wolken verschwunden ist.

Henry starb im Frühjahr 1939. Seitdem sind zwölf Jahre vergangen, aber ich bin immer noch hier. Und ich werde nicht gehen, bis ich weiß, dass er in Frieden ruht.

20

»Ich hasse dieses Regime aus tiefstem Herzen. Ich hasse die Militärs, die Falangisten, die Pfaffen, die Leute, die wegschauen … Aber ich brauche ein bisschen Resignation, weil ich nicht in einem Zustand ständiger Wut leben möchte.«

Sie sprachen über die Situation, in der sich Spanien nach dem Bürgerkrieg befand. Die Frau mit dem weißen Haar hatte das Thema aufgebracht, aber es war Lola, von der diese bittere Aussage kam. Es war einfach so aus ihr herausgebrochen. Jeder, der an dem Laden vorbeigekommen wäre, hätte sie hören können.

Es war halb elf am Vormittag. Zum Glück waren sie allein in dieser kleinen Welt voller Bücher. Draußen regnete es heftig.

»Ich verstehe. Ich kenne das.«

»Sie kennen das?« Lola sah ihr Gegenüber neugierig an. »Diese Wut, für die man sich selber schämt?«, fragte sie nach, als könne sie nicht glauben, dass diese harmlos wirkende, zurückhaltende Frau imstande war, eine solche Wut auf alles und jeden zu hegen.

Alice nickte.

»Es ist wie ein heftiger Drang, nicht wahr? Eine Aggressivität, die einen anderen Menschen aus einem macht, einen Menschen, der imstande ist, etwas Schlimmes zu tun.«

Jetzt hatte Lola keinen Zweifel mehr, dass sie diesen Seelenzustand kannte, von dem sie sprachen.

»Ja, genau!«, sagte sie. Sie hatte es nie gut erklären können, aber genau so war es.

»Sie haben keine Kinder?«

Lola war ein wenig überrumpelt. Diese offene Frage schien so gar nicht zu Alice zu passen, die immer so diskret und zurückhaltend war. So britisch.

»Nein«, antwortete sie unsicher.

»Wir hatten auch keine.«

Sie bemerkten die Unstimmigkeit gleichzeitig. Alice reagierte sofort, während Lola noch versuchte, sich zu erinnern, wie das mit dem Sohn gewesen war, der als Ingenieur in der Miene bei Riotinto arbeitete.

»Ich meine, Henry und ich. Er war mein zweiter Mann, wissen Sie.«

Lola überkam erneut ein leises Misstrauen, das sie schon ein paarmal gehabt hatte, dieses Gefühl, dass da etwas nicht stimmte. Aber jedes Mal, wenn eine Unstimmigkeit auftauchte, rückte Alice alles zurecht, bevor sie sich dessen bewusst werden konnte. Also verwarf sie den Verdacht wieder. Und weil es letztlich Nebensächlichkeiten waren, die nicht die geringste Bedeutung hatten.

»Wir haben in Paris geheiratet, als ich aus Rhodesien fortging«, erklärte Alice mit größter Selbstverständlichkeit. »Das habe ich Ihnen mal erzählt, erinnern Sie sich? Ich verkaufte die Farm und ging nach Europa. Mit meinem Sohn, der dort ein englisches Internat besuchte … Henry lernte ich in Frankreich kennen. Dort habe ich zum zweiten Mal geheiratet, diesmal aus Liebe und aus Überzeugung. Ich war sehr, sehr glücklich mit ihm …«

Sie machte eine kurze Pause und setzte dann hinzu: »Und dann wurde ich Witwe.«

Sie schüttelte den Kopf, ohne dass Lola genau wusste, warum.

»Jedenfalls – wenn ich Sie fragte, ob Sie Kinder haben, dann deshalb, weil Kinder dieses Gefühl, über das wir eben gesprochen haben, viel selbstverständlicher und natürlicher kanalisieren.«

Lola verstand immer noch nicht, worauf sie hinauswollte.

»Ich meine, eine Mutter ist in der Lage, für ihre Kinder zu töten, nicht wahr?«

»Ja, ich denke schon«, antwortete sie unsicher. »Wenn ihnen etwas zustößt … Wenn sie in Gefahr sind …«

»Und das findet niemand unmenschlich, oder?«

Sie wartete ihre Reaktion ab.

»Ja, mag sein«, antwortet Lola ein wenig widerstrebend.

»Nun, wenn uns etwas oder jemand angreift, wenn wir uns in Gefahr wähnen, entsteht in uns das gleiche Gefühl. Wir verteidigen unsere Kinder mit unserem Leben, und uns selbst verteidigen wir aus demselben Grund, weil es uns im Blut liegt. Es ist das, was man den Überlebensinstinkt einer Art nennt. Wissen Sie, was Gene sind?«

»Entschuldigen Sie mich einen Moment.«

Lola war aufgestanden, um einen Mann zu bedienen, der mit einem kleinen Jungen hereingekommen war. Der Junge reichte kaum bis zur Ladentheke. Sie verkaufte ihnen ein liniertes Heft, einen Bleistift und einen Radiergummi. Dann fragte der Mann, bei dem es sich um den Großvater handeln musste, seinen Enkel: »Soll ich dir die Schiefertafel kaufen?«

Der kleine Kerl war so glücklich, dass er vor Freude keinen Ton herausbekam. Als er die kleine, holzgefasste Tafel nahm, umklammerte er sie so fest, als könnte man sie ihm wieder wegnehmen.

»Geben Sie uns noch so ein Kistchen mit bunter Kreide«, ergänzte der Großvater.

Er lächelte zufrieden. Lola lächelte zurück.

»Soll ich sie dir einpacken?«, fragte sie den Jungen.

Der schüttelte energisch den Kopf und presste das grau-grüne Rechteck gegen den Mantel. Von weitem sah es aus, als habe er einen Schatz bei sich: ein lebendes Hühnchen, einen Frosch, ein Sahneteilchen … Eine Art Traum, den er festgehalten hatte, bevor er aufwachte.

Als sie sich wieder auf den Schemel setzte, fragte Alice: »Worüber sprachen wir gerade?«

»Über die Gene.«

»Ach, ja. Haben Sie von diesen Untersuchungen zur Erblehre gehört?«

»Ein bisschen. Nicht viel, ehrlich gesagt. Aber neulich habe ich einen Artikel in einer Zeitschrift gelesen.«

»Nun, ich bin natürlich nicht vom Fach, aber ich interessiere mich sehr für die Evolution. Vielleicht kann ich es nicht korrekt erklären, aber ich frage mich oft, wie es sein kann, dass sich ein Mensch Mitte des 20. Jahrhunderts instinktiv an das erinnert, was seine Vorfahren in der Steinzeit lernten.«

Lola hatte den Artikel damals auch sehr spannend gefunden, auch wenn Matías ihr sagte, dass die Genforschung noch in den Kinderschuhen stecke.

»Ich hatte vor Jahren einen Hund«, erzählte Alice weiter, »einen schwarzen Labrador. Ein gutmütiges, ruhiges, liebenswertes Tier. Als er fast noch ein Welpe war, nahmen wir ihn einmal mit zu einem Spaziergang aufs Land. Es war eine ruhige Gegend, es drohte keinerlei Gefahr. Und plötzlich rannte er wie ein Irrer davon. Ich dachte, er hätte ein Kaninchen oder einen Hasen aufgestöbert, aber als ich ihn einholte, sah ich, wie er sich mit fast obszöner Begeisterung in den Überresten eines toten Schafs wälzte. Immer und immer wieder wälzte er sich in dem Aas, mit dem Rücken, mit dem Kopf … Sie werden verstehen, dass ich furchtbar angewidert war. Aber als ich nach

Hause kam und Henry davon erzählte, lachte er. Wissen Sie, was er zu mir sagte?«

»Was?«

»Das liege in seinen Genen. Er mache das aus Instinkt. Jagdinstinkt. Er hüllte sich in einen fremden Geruch wie in eine Art Maske, um jagen zu können, ohne dass die Beute ihn bemerkte. Sie werden jetzt fragen, ob er ein Jagdhund war. Ganz und gar nicht. Und er war noch ein Welpe, gerade mal vier Monate alt, und hatte noch nie zuvor ein Schaf gesehen. Aber sein Instinkt trieb ihn dazu, sich so zu verhalten. Als wir nach Hause kamen, war ich wütend, er hingegen trabte stolz und glücklich neben mir her, wie ein junger Bursche, der in einem neuen Anzug zum Tanzen geht. Immer wenn ich daran denke, muss ich lachen.«

Sie machte erneut eine Pause.

»Erschrecken Sie also nicht, wenn Sie manchmal Lust haben, jemanden zu töten. Denken Sie daran, dass es schlichtweg menschlich ist. Und dass diese heftigen Empfindungen eine Sache des Instinkts ist, nicht des Willens.«

Jetzt verstand Lola. Die ganze Unterhaltung hatte nur den einen Zweck gehabt, ihr die Schuldgefühle zu nehmen. Wieder einmal hatte sie ein Gefühl stillen Einverständnisses mit der Engländerin. Mit so etwas wie Rührung betrachtete sie diese ältere Frau, die in einem strengen graubraunen Tweedkostüm, wie es vielleicht eine Gouvernante trug, auf dem einzigen Stuhl des Ladens saß, am Revers eine schlichte runde Goldbrosche.

»Danke«, sagte Lola mit einem Lächeln.

»Nichts zu danken.«

Daraufhin entschied sich Lola, noch eine Frage zu stellen.

»Ihr Mann fehlt Ihnen, nicht wahr?«

»Sehr.«

Ihre Lesegenossin schwieg eine Weile. Sie wirkte abwesend. Dann schüttelte sie den Kopf und sagte: »Wissen Sie, warum?«

»Weil Sie ihn geliebt haben, nehme ich an.«

»Genau. Ja, ich weiß, das ist – wie sagt man hier noch gleich? – eine Biesenwahrheit.«

»Eine Binsenwahrheit.«

»Richtig, eine Binsenwahrheit. Aber Vorsicht, der richtige Mann ist nicht der, der uns am meisten liebt, sondern der, der bewirkt, dass unsere Liebe uns weiterbringt, der etwas in uns entdeckt, von dem wir selbst nichts wussten.«

»Wollen Sie damit sagen, dass es wichtiger ist zu lieben, als geliebt zu werden?«

»Ich war auch vorher schon einige Male verliebt gewesen, und zwar sehr …« Alice sprach weiter, als hätte sie gar nicht zugehört. »Aber Henry weckte Gefühle in mir, von denen ich nicht einmal ahnte, dass sie in mir schlummern. Sie hatten nichts mit ihm oder seinen ohne Frage vorhandenen Qualitäten zu tun. Es waren Gefühle, die mit mir selbst zu tun hatten. Er wusste teilweise gar nichts von all dem.«

Die Engländerin hatte die Hand auf Höhe der Brust gehoben und streichelte nun abwesend die Brosche an ihrem Revers.

»Ich glaube, ich könnte nicht weiterleben, wenn Matías etwas zustieße.«

Die beiden Frauen schwiegen nachdenklich, während sie ihrer eigenen sentimentalen Landkarte folgten.

»Er war mal zum Tode verurteilt«, sagte Lola traurig.

»Ich weiß, Sie erzählten mir neulich davon. Es ist schrecklich. Unmenschlich.«

»Wir haben ihn gerettet, indem wir unsere Beziehungen spielen ließen und an alle möglichen Türen klopften. Und wissen Sie was?«

Alices Antwort bestand in einer kaum merklichen Kopfbewegung.

»Ich wäre zu allem fähig gewesen. Zu allem …«

Plötzlich war das Bild wieder da, an einem Ort irgendwo in ihrem Kopf, den die Engländerin nicht sehen konnte: ein Mann, der in der Dunkelheit ihre Brüste betatschte … Und an demselben dunklen, verborgenen Ort explodierte erneut diese verdammte Bombe.

Langsam kehrte Lola in die Realität zurück. Auf dem Weg blieb ein Rinnsal schlechter Gedanken zurück.

Da waren sie, sie und diese Frau, die ein so anderes Leben hatte als sie, und sprachen über das, was sie bewegte.

Sie war versucht, ihr davon zu erzählen. Von dieser Szene, die sie Tag und Nacht quälte, dieser schwarze Tintenfleck auf der eleganten, sauberen Handschrift des netten Mädchens aus gutem Hause, das französisch sprach und die Tochter eines Arztes war. Wovon sie keinem je erzählt hatte.

Aber sie tat es nicht. Sie stand auf und machte das Licht im Laden an. Eine Deckenleuchte aus Mattglas, die seit Jahren dort hing. Sie hatte schon dort gehangen, als der Laden noch eine Uhrmacherwerkstatt gewesen war, und jedes Mal, wenn sie sie anknipste, sah sie die dunklen Schatten der Insekten, die darin gestorben waren. Als Matías sie irgendwann aufgeschraubt hatte, um die Glühbirne zu wechseln, fanden sie darin einen Haufen Motten und Fliegen, die zu Staub zerfielen, wenn man sie mit dem Staubwedel berührte. Immer wenn sie das Licht im Geschäft anknipste, fragte sie sich, wie die Insekten dort reinkamen.

Sie sah, wie jemand in den Hauseingang trat und seinen Regenschirm schloss. Draußen war es vorzeitig dunkel geworden, obwohl es noch Vormittag war.

»Ich hätte gerne eine Beleuchtung im Schaufenster. Würde sich doch gut machen, finden Sie nicht?«

Alices Antwort bestand aus einem Lächeln. Dann schaute sie auf ihre Armbanduhr.

»Was halten Sie von einem Kaffee?«

Lola wehrte ab, wie immer.

»Nein, nein, kommt gar nicht in Frage. Bei diesem Regen …«

Aber Alice hatte bereits ihr olivgrünes Cape geholt.

»Bitte nehmen Sie es an. Es ist nur ein Kaffee.«

Und schon hatte sie die Ladentheke hochgeklappt und stand auf der anderen Seite.

»Ich bin gleich zurück.«

Damit verschwand sie durch den Hauseingang im Novemberregen.

Als Lola allein war, überlegte sie, dass sie sich vielleicht zu sehr auf diese Unbekannte einließ. Wer war sie wirklich? Was machte sie hier, in diesem Viertel von Madrid und in diesem traurigen Spanien?

Draußen war eine Sirene zu hören. Das musste die Feuerwehr sein. Wenn es stark regnete, lief immer mal wieder ein Keller voll oder stürzte eine Mauer ein. Keiner tat etwas dagegen. Keiner konnte etwas dagegen tun.

Lola überraschte sich bei dem Gedanken, wie anders ihre Vormittage in der Buchhandlung geworden waren. Noch vor ein paar Wochen hatte sie es gehasst, für Matías einzuspringen. Immer wenn sie dienstags und donnerstags im Laden stand, fiel ihr förmlich die Decke auf den Kopf. Ihm sagte sie nichts davon – warum auch? Schließlich war es nur gerecht; auch Matías brauchte seine kleinen Auszeiten. Jetzt hingegen sehnte sie insgeheim diese Tage herbei, an denen sie so offen sprechen konnte. Zu offen vielleicht.

Sie hörte ihn nicht hereinkommen. Erst, als der Mann sich räusperte.

21

Heute hat es nicht so lange gedauert wie gedacht, weil ich den Kellner diesmal gebeten habe, den Kaffee und die Schmalzkringel zu bringen. Ich habe im Voraus bezahlt und außerdem ein ordentliches Trinkgeld gegeben, weil ich noch öfter auf seine Dienste zurückkommen möchte.

Es regnet stark. Zum Glück ist mein Cape aus guter schottischer Wolle, die nicht so schnell durchnässt. Natürlich braucht es danach auch lange, um zu trocknen. Egal – ich werde es einfach an eines der Regale in dem kleinen Laden hängen. Die Warmwasserleitungen, die an der Wand entlang verlaufen, werden es schon trocknen. Wenn ich nicht hier wäre, hätte ich den ganzen Morgen allein in meiner Wohnung gesessen, und an solch tristen, grauen Tagen, die mich so sehr an England erinnern, ist das furchtbar langweilig. Nicht, dass ich es nicht mögen würde, allein zu sein, sondern weil ich zum ersten Mal, seit ich nach Madrid gezogen bin, das Gefühl habe, etwas Lebendiges in den Händen zu haben.

An solchen Tagen, an denen es unaufhörlich regnet, vermisse ich Henry und unser Haus in Sussex so sehr. Ich habe es geliebt, ihm gegenüber in einem Sessel zu sitzen und mich mit ihm zu unterhalten. Ich habe meinen alten Gedichtband von Emily Dickinson vor mir und er irgendein Manuskript, das ihm der Verlag geschickt hat. Plötzlich legt einer von uns beiden die

Lektüre beiseite, und es entwickelt sich ein Gespräch. Wir unterhalten uns ein paar Minuten und lesen dann weiter in dem Wissen, dass der andere nah ist, ganz nah …

Im Hintergrund lief häufig Debussy, und Henrys Stimme mischte sich mit den Klavierläufen. Beide waren sanft, ruhig, gefühlvoll und virtuos.

Henry … Seine Stimme.

Ich kann mich kaum noch an sie erinnern, den Tonfall, das Timbre, die Modulation. Und das will ich nicht. Ich will sie nicht vergessen.

Manchmal höre ich Henry immer noch in meinen Träumen. Dann wache ich völlig außer mir auf, und das Herz springt mir beinahe aus der Brust, weil auf einmal nicht nur seine Stimme wieder da ist, sondern auch die unendlich große Freude, die es in mir auslöst, sie wieder zu hören. Manchmal hat er nicht einmal ein Gesicht, aber ich höre, wie er nach mir ruft. Und für einige kurze Momente ist er wieder bei mir.

Andere Male vermisse ich absurde Dinge, Banalitäten, die zu unserem täglichen Leben gehörten. Damals maß ich ihnen keinerlei Bedeutung zu, heute aber sind sie so kostbar für mich … Zum Beispiel vermisse ich die Kuhle in der Sitzfläche seines Ledersessels. Anfangs klopfte ich die Füllung wieder zurecht, doch bald nutzte das nichts mehr. Ich wollte ihn neu aufpolstern lassen, aber wenn ich den Polsterer anrufen wollte, war Henry immer dagegen. Er behauptete, dass er sich daran gewöhnt habe und es ihm Angst mache, etwas daran zu ändern. Dann gingen wir nach Spanien, und der alte Ledersessel blieb dort. Bestimmt hat Constance ihn weggeworfen.

Als ich in den Laden komme, sehe ich, dass ein Mann vor der Ladentheke steht. Er trägt einen dieser furchtbaren gestreiften Anzüge und hat seinen Hut nicht abgenommen.

Ich merke gleich, dass etwas nicht stimmt. Lola ist rot wie eine Tomate und wirkt nervös, erst recht, als sie mich in der Tür sieht. Ich kann nicht verstehen, was sie sagt, ich höre nur ihre aufgeregte, nervöse Stimme, die einen flehenden Unterton hat. Zuerst denke ich, dass es sich um einen Überfall oder so etwas handelt, doch dann verwerfe ich den Gedanken. Und ich glaube, im Gesicht des Mannes ein merkwürdiges Lächeln zu bemerken – ein boshaftes Lächeln, würde ich sagen, die Art von Lächeln, das Leute aufsetzen, die glauben, irgendeine Form von Macht zu haben. Er sieht nicht gut aus, im Gegenteil: Er ist alt, klein, schmalbrüstig und trägt einen dieser dünnen Schnurrbärte, die ich ganz unsäglich finde. Also kann es sich nicht um eine Liebesangelegenheit handeln. Auch daran habe ich kurz gedacht: Ein Kunde, der ihr ein Kompliment macht, sie bedankt sich, und er versucht, noch weiterzugehen. Aber das hier ist nichts dergleichen, überhaupt nicht.

Er droht ihr.

Das merke ich ganz deutlich.

Und dann kommen wie durch Zauberhand diese Arroganz und Überheblichkeit in mir zum Vorschein, die ich mir zum jetzigen Zeitpunkt meines Lebens erlauben kann, ohne ein großes Risiko einzugehen. Ich bin alt, ich habe weißes Haar, ich bin Ausländerin. Mir kann er keine Angst machen. Wir wissen beide sofort, dass er mir nichts anhaben kann.

Mit schräg gelegtem Kopf mustere ich ihn von oben bis unten, wie es die Männer tun, wenn sie eine Frau einschüchtern wollen.

Das Ergebnis lässt nicht auf sich warten: Er wird nervös.

Ich bemerke es.

Wir bemerken es beide.

»Verzeihung«, sage ich dann, während ich die Ladentheke hochklappe und mich an ihm vorbeizwänge.

Mein unerwartetes Verhalten zwingt den Mann, einen Schritt zurückzutreten. Mit Sicherheit konnte er nicht wissen, dass ich in die Buchhandlung kommen würde, und ich weiß, dass er jetzt in diesem Moment herauszufinden versucht, wer ich bin.

Es entsteht ein höchst unangenehmes Schweigen.

Mir macht das nichts aus. Ich lege das Cape ab, hänge es über den Stuhl und lehne mich – hast du's nicht gesehen, wie meine Nachbarin Amparo sagen würde – neben den beiden mit den Ellenbogen auf die Ladentheke.

»Der Kaffee und die Schmalzkringel kommen gleich«, sage ich zu Lola, als ob der Mann gar nicht da wäre.

Ich betrachte ihn aus dem Augenwinkel und sehe, dass er aschfahl ist. Ich bemerke seinen schnell gehenden Atem.

»Wir sehen uns wieder«, sagt er schließlich und macht eine ruckartige Bewegung mit dem Kinn. Lola zieht den Kopf ein.

»Einen guten Tag, der Herr«, sage ich mit allem Nachdruck, dessen ich fähig bin.

Er hat sich schon umgedreht. Mein Blick fällt auf die Schulterpolster seines gestreiften Anzugs, die viel zu breit sind für seinen schmächtigen Körper. Er sieht aus wie ein zweitklassiger Gangster.

Ich weiß, dass sie sich schämt. Sie braucht mir nichts zu erklären, es ist nicht nötig. Jeder hat ein Recht auf seine Privatsphäre.

Keiner weiß das besser als ich.

Ich lächle ihr aufmunternd zu und lege gerade meine Hand auf ihre, da kommt der Kellner vom Café mit der Bestellung und einem breiten Lächeln in den Laden.

»Der Kaffee und das Gebäck für die Damen«, sagt er gut gelaunt. »Ganz heiß, wie's sich gehört.«

22

Rose

Der Krieg war zu Ende.

Vor einem Jahr hatte ich das Internat verlassen und lebte seither bei Frances in London. Es ist viel passiert – zu viel, dachte ich manchmal, aber ich war jung, die ganze Welt stand mir offen.

James war am 17. Juli dieses Jahres gefallen, wenige Monate vor Kriegsende. Er befand sich an Bord der HMS Helvetia, als diese westlich von Irland von einem Torpedo versenkt wurde. Frances und ich lagen uns traurig in den Armen, als wir davon erfuhren. Ich glaube, es gibt nichts, was uns noch trennen kann, ganz gleich, was passieren mag. Niemals. Nicht einmal die Erinnerung an James.

Die Bolschewiken haben die Macht in Russland an sich gerissen und Zar Nikolaus II. und seine ganze Familie ermordet. Alle sagen, dass es eine neue Weltordnung geben wird, und das scheint zu stimmen: Der deutsche Kaiser hat abgedankt, und Deutschland ist jetzt eine Republik, der österreichische Kaiser ist geflohen, bevor der Waffenstillstand unterzeichnet wurde, und Ungarn hat sich von Österreich losgesagt – lebe wohl, österreich-ungarische Monarchie! Die Zeit zwischen Juli und dem 11. November, dem Tag, an dem der Krieg endlich für beendet erklärt wurde, war eine einzige Abfolge von Abdankungen, neuen Staatsgründungen und Verhandlungen zwischen den Mächten. Es war ein wahrer Strudel von Ereignissen. Ich erinnerte mich an etliche, die später im Dunkel der Geschichte verschwinden sollten. Zum Beispiel hatte ich immer noch den Tag präsent, an dem Irland das Frauenwahlrecht anerkannte. Ich erinnerte mich deswegen so gut, weil in England lediglich Frauen ab dreißig wählen durften. Frances durfte. Ich nicht.

Auch in unserem persönlichen Umfeld war viel passiert. James' Tod war mit Sicherheit das folgenschwerste Ereignis. Elliott war zwar lebend von der belgischen Front zurückgekehrt, hatte allerdings den linken Arm verloren. Außerdem fand er bei seiner Rückkehr ein sehr trauriges Umfeld vor, denn Lady Ferguson weigerte sich seit dem Tod von James, Elsinor Park zu verlassen. Wie Sarah erzählte, lag sie die meiste Zeit des Tages im Bett, obwohl ihr zweiter Sohn lebend und mit einem Orden aus Mézières zurückgekehrt ist.

Auch der Älteste der Hervieu-Brüder war in einem dieser schrecklichen Schützengräben an der Somme gestorben. Madame Hervieu schrieb mir oft und beweinte auf ihre Weise den Verlust ihres ältesten Sohns, ohne übertriebene Gefühlsäußerungen und ohne auch nur einen Moment die Realität aus den Augen zu verlieren.

Sarah lebte ebenfalls in London, wo sie bei einer ihrer Tanten wohnte. Sie hatte sich seit jenem Sommer in Deauville sehr verändert und war jetzt ein verständiges, besonnenes Mädchen, das sich kürzlich mit einem der Glenmires verlobt hatte. Wir waren gute Freundinnen. Wir gingen bummeln, besuchten die wenigen Bälle, die stattfanden, und gingen manchmal reiten. Das erinnerte uns an die Zeit, als wir noch jünger waren und die Welt noch ein sicherer Ort war.

Eines Tages, es war Mitte Dezember, entschloss ich mich, sie zu besuchen. Es war einer dieser dunklen Regentage. Neblig war es nicht, aber auch so war die Luft in den Straßen Londons schwer von Feuchtigkeit. Man sah aus dem Fenster und wurde von einer Art Trostlosigkeit ergriffen, wenn man die Menschen mit ihren aufgespannten Schirmen und durchnässten Mantelsäumen durch den dichten Regenvorhang hasten sah … Es war so trist, dass ich beschloss, zu Sarah zu gehen, um etwas Hübsches für Weihnachten vorzubereiten. Bis zu den Feiertagen war es nicht mehr lange hin, und ich brauchte noch ein Geschenk. Was das anging, hatte Sarah immer gute Ideen.

Ich war ein bisschen unsicher, weil ich erst vor zwei Tagen im Haus von Sarahs Tante gewesen war, um Sarah einen dieser Besuche abzustatten, aus denen unser gesellschaftliches Leben bestand, und wollte nicht lästig erscheinen. Aber am Ende war die Aussicht, den ganzen Tag zu Hause herumzusitzen, stärker als die Zurückhaltung. Sarahs Tante war sehr altmodisch, und in ihrem Haus galten die Benimmregeln von vor hundert Jahren: Besuche ab dem späten Nachmittag, nie länger als bis halb sieben, nicht länger als zwei Stunden und nicht öfter als einmal in der Woche. Und es durften keinesfalls mehr als zwei Wochen vergehen, bis man einen Besuch erwiderte.

Wenn ich heute, so viele Jahre später, darüber nachdenke, muss ich zugeben, dass es eine ziemlich verzwickte Angelegenheit war und das Risiko, einen Fehler zu begehen, beträchtlich. Am Anfang machte ich ziemlich viel falsch, später dann nicht mehr. Aber was mich an diesem gesellschaftlichen System am meisten verwunderte, war der Umstand, dass es nicht nötig war, diese komplizierten Übereinkünfte irgendwie schriftlich festzuhalten.

Als ich in der Sackville Street ankam, bemerkte ich, dass eine leichte Unruhe im Haus herrschte. Nicht etwa, dass man laute Stimmen gehört hätte oder jemand die Treppen hinauf- und hinablief, aber irgendetwas war da los. Sarah kam mir entgegengeeilt.

»Ich hab eine Überraschung für dich. Du wirst Augen machen …«

Sie feuerte meine Sachen auf ein Bänkchen, ohne abzuwarten, dass ein Dienstmädchen sie entgegennahm, und zog mich in den oberen Salon, rannte geradezu die Treppenstufen hinauf.

»Schau mal, wer da ist.«

Lady Eshton, Sarahs Tante, saß auf ihrem großen Sofa und stickte. Sie strahlte übers ganze Gesicht. Dann sah sie zum Kamin. Dort saß ein Mann am Feuer und rauchte. Zuerst erkannte ich ihn nicht. Er trug einen dunklen Rock ohne Schöße und darunter eine aufwändige Brokatweste. Sein Haar war kurz geschnitten, und er trug weder Bart noch Schnurrbart.

Er lächelte ebenfalls. Erst da bemerkte ich, dass der eine Ärmel seines Jacketts schlaff herunterhing und sorgfältig in die Jackentasche gesteckt war.

Jetzt erkannte ich ihn.

»Elliott!«, rief ich leise, als wollte ich mich vergewissern, dass es stimmte.

Immer noch lächelnd kam er mir entgegen und legte mir seine einzig verbliebene Hand auf die Schulter.

»Sieh an, die kleine Rose …«, sagte er in einem Ton, den ich in meiner Eitelkeit als Bewunderung interpretierte. »Da sieh einer, was aus ihr geworden ist.«

»Sie ist hübsch, nicht wahr?«, plapperte Sarah fröhlich.

»Und was hast du mit deinem Zopf gemacht?«

Ich hob die Schultern, um ihm zu verstehen zu geben, dass er genau das erwartete Schicksal genommen hatte.

Vermutlich lag es weder an mir noch an ihm. Wahrscheinlich war es einfach der Krieg. Oder der Wunsch, ihn zu vergessen. Jedenfalls hatte ich im Laufe des Abends den Eindruck, dass mir Elliott mehr Aufmerksamkeit schenkte als notwendig. Und ehrlich gesagt glaube ich, dass mir das überhaupt nicht gefiel.

Wir tranken Tee, aber diesmal erforderte es die Situation, dass ich danach einen Dienstboten zu Frances schickte, um ihr ausrichten zu lassen, dass ich zum Abendessen blieb. Ich verbrachte einen schönen Abend in der Sackville Street. Ich hörte mir Elliotts Geschichten an und half Sarah dabei, ihn auf den neuesten Stand zu bringen, was die Londoner Gesellschaft anging. Armer Elliott! Er war so begierig darauf, sein altes Leben zurückzubekommen …

Als es schließlich Zeit war, nach Hause zu gehen, bot er sich an, mich zu begleiten. Ich weiß nicht mehr, ob wir eine Droschke bestellten oder die Kutsche der Familie nahmen, aber ich weiß noch, dass es spät war, die Stadt wie ausgestorben und dass Elliott mich nicht aus den Augen ließ. Bei jeder Straßenlaterne sah ich sein Gesicht auftauchen und wieder verschwinden. Mir gefiel nicht, wie er mich ansah. Als wir uns verabschiedeten, fragte er, ob ich ihn am nächsten Tag in die angesagten Cafés und die Modegeschäfte begleiten wolle, in denen er sich neu ausstatten wollte. Sarah sei mit ihrem Verlobten verabredet, und wenn ich wolle, könnten wir später zu viert etwas essen gehen. Ich sagte zu. Was hätte ich auch sonst tun sollen?

Wir gingen ein paarmal aus. Elliott war nett. Bei weitem nicht so ansehnlich wie James, weniger tiefsinnig, aber mit vielen Qualitäten, was das gesellschaftliche Leben anging. Ich hätte mir niemals vorstellen können, dass er eine Erzählung von Tschechow las, aber dafür brachte er mich oft zum Lachen.

Weihnachten kam. Sarah und Elliott fuhren nach Elsinor Park, um die Feiertage mit ihren Eltern zu verbringen. Frances und ich blieben in London, weil wir bei Freunden in Kensington eingeladen waren.

Die Freunde von Frances waren größtenteils recht unkonventionell. Bei den Gesellschaften, die fast täglich bei dem einen oder anderen zu Hause stattfanden, konnte man einer Malerin begegnen, einem Theaterautor, einer Opernsängerin oder auch einem Polospieler. Ihnen allen war gemeinsam, dass sie behaupteten, immer gegen den Krieg gewesen zu sein.

Ich weiß nicht mehr, wer dieses Mal die Gastgeber waren, wohl aber, dass wir ein paar Tage dort wohnten und jemand wunderschöne französische Volkslieder auf dem Klavier spielte. Ich wurde traurig, weil ich mich an Weihnachten in der Normandie erinnerte, als die Kinder der Hervieus und ich die Krippe von Periers bestaunten und der Kirchenchor das gesamte Repertoire an Weihnachtsliedern sang.

Und dann war es plötzlich zu Ende gewesen.

Während alle anderen lachten und tranken, ging etwas Sonderbares in mir vor: Ich begann, Elliott zu vermissen. Na ja, nicht nur ihn. Eigentlich vermisste ich alle: Sarah und ihren Verlobten, unser kleines Grüppchen, in dem ich mich so wohlgefühlt hatte.

Nicht, dass es mir nicht gefallen hätte, mit Frances und ihren Freunden zusammen zu sein. Im Gegenteil, ich hatte fast immer großen Spaß. Normalerweise waren es unbeschwerte, ein wenig oberflächliche Feiern, aber gelegentlich waren auch hochgestellte Persönlichkeiten, Intellektuelle oder Künstler unter den Gästen, und dann erreichten die Unterhaltungen eine Intensität und ein Niveau, die mir in jenen Jahren, in denen der Krieg alles auf den Kopf gestellt hatte, jede Universität ersetzten.

Sarah und Elliott kehrten nach London zurück, um gemeinsam mit uns ins neue Jahr zu feiern. Am Abend des 31. Dezembers gingen wir alle in einen dieser Clubs, die damals in Mode kamen. Wir verabschiedeten uns vom alten Jahr und gleichzeitig auch vom Krieg. Diesmal kam Frances mit und mit ihr ein ganzes Gefolge von Männern und Frauen, die ich kaum kannte, die sich aber nur zu gerne anschlossen, begierig auf Feiern, Champagner und die neu gewonnene Fröhlichkeit. Es war nicht der Frieden, den wir feierten, sondern die Abwesenheit des Krieges.

Es war ein ganz besonderer Abend. Frances zog eines ihrer spektakulären Abendkleider an, die in letzter Zeit nur im Schrank gehangen hatten. Sie war kein junges Mädchen mehr, sondern hatte schon vor einiger Zeit die Dreißig überschritten, aber sie hatte noch immer eine beneidenswerte Figur: einen geraden, kräftigen Rücken, eine schmale Taille und bewundernswert straffe Beine. Ich war begeistert von dem goldfarbenen Satinkleid. Es wurde an den Schultern von zwei Spangen gehalten, die den Stoff zu einem weich fließenden Dekolleté rafften. Es wirkte ein wenig – ich weiß nicht, nachlässig, und unterstrich, dass die Trägerin eine unkonventionelle Person war. Es war das perfekte Kleid für Frances. Ich glaube, die Männer warteten die ganze Zeit darauf, dass irgendwann wie unbeabsichtigt eine ihrer kleinen, festen Brüste hervorblitzte. Sie trug das Haar jetzt wieder lang und drehte es seitlich zu breiten Kordeln ein, die sie dann im Nacken zu einem entzückenden Knoten zusammenzwirbelte. Es war dunkel, aber es glänzte und hatte sehr auffällige Farbreflexe. An diesem Abend frisierte sie sich besonders sorgfältig und band eine goldene Seidenkordel um Stirn, Schläfen und den Knoten im Nacken. Sie sah wirklich hinreißend aus, und das auf eine natürliche Art, als könnte es gar nicht anders sein.

Aber was ich am allermeisten an Frances bewunderte, war ihre Unbefangenheit. Sie betrat einen Raum voller unbekannter Menschen und wirkte vom ersten Moment an völlig entspannt, als wäre sie bei sich zu Hause oder als wäre sie mit ihnen allen zur Schule gegangen.

Ich war nicht so ein Blickfang wie sie, muss ich zugeben. Das einzig Reizvolle an mir war meine Jugend. Achtzehn Jahre. Die beste Zeit im Leben. In diesem Alter kann man sich nicht vorstellen, dass der Schwanenhals einmal faltig werden wird und die Knie Schwierigkeiten machen … Aber wenn man denen Glauben schenken darf, die meine Mutter gekannt hatten, hatte ich ihre sanfte Schönheit geerbt. Das genügte mir.

Ich glaube, ich trug ein Kleid aus holländischer Spitze, das mit eisblauer Seide unterfüttert war. Nein, ich bin sicher. Es war nicht lang wie das von Frances; es war vielleicht sogar ein bisschen zu kurz. Es hatte auch keinen tiefen Ausschnitt, zumindest vorne nicht. Aber meine nackten Beine und der bloße Rücken taten das Ihrige.

»Hier, setz das auf«, sagte Frances, als ich sie in ihrem Zimmer abholte und sie mein Kleid sah. »Du bist zu … zu nackt.«

Es war ein Diadem, das sie nie trug. Schlicht, schnörkellos, genau mein Geschmack.

»Es gehörte deiner Mutter.«

Ich erschrak. Plötzlich hatte ich das Gefühl, Teil einer Zeremonie zu sein, auf die ich nicht vorbereitet war.

»Du bist achtzehn Jahre alt«, erklärte sie unbekümmert. »Es ist an der Zeit, dass du es trägst. Es wird perfekt zu deinem Kleid passen.«

Ich setzte es auf den Haaransatz. An den Seiten waren feine Kämmchen, die man ins Haar schob, ohne dass der natürliche Schwung des Haars beeinträchtigt wurde. Es war wunderschön und stand mir sehr gut.

»Danke«, sagte ich bewegt, ohne den Blick vom Spiegel zu wenden. Ich merkte, dass ich kurz davor war zu weinen.

»Los, hör schon auf, dich anzusehen«, sagte Frances und nahm ihre Handtasche, »sonst fängt das Essen ohne uns an.«

Aber aus dem Augenwinkel bemerkte ich, dass auch sie mich ansah und dabei lächelte.

Das neue Jahr begann mit so viel Hoffnung, mit so viel Freude … Man sah es in den Augen der Menschen. Wir tanzten. Wir tranken. Wir sangen immer noch diese patriotischen Lieder, die in dem Moment, als sie aus unseren Mündern kamen, nach fernen Zeiten klangen … So fernen Zeiten, dass sie jeden Sinn zu verlieren begannen.

Charles Glenmire, Sarahs Verlobter, kam mit zwei Gläsern Champagner quer durch den Ballsaal. Er musste den Paaren ausweichen, die übers Parkett schwebten. Wir hatten uns einen Moment hingesetzt, weil wir müde waren. Ich konnte nichts mehr trinken, genau wie Sarah. Und dann hörte man es … Es waren keine Schreie, zumindest nicht eindeutig. Es war ein seltsames Klagen, in das sich Ungläubigkeit und Empörung mischten.

»Was ist da los?«, fragte Sarah besorgt.

»Ich weiß nicht«, antwortete Charles. »Ich geh mal nachsehen.«

Er reichte uns die Gläser und verschwand weiter hinten im Saal. Die Leute drängten in dieselbe Richtung, in die auch Charles gegangen war. Dann war erneut der eine oder andere Schrei zu hören, die irgendwann verstummten. Die Mauer aus Menschenleibern öffnete sich, und hinter dieser lebenden Barriere, die der Alkohol noch undurchdringlicher erscheinen ließ, als sie tatsächlich war, erschienen Charles Glenmire und Elliott. Charles hatte Elliott um die Taille gepackt, und Elliotts einziger Arm lag schlaff um Charles' Schulter, ohne Widerstand zu leisten. Für einen Moment kam es mir so vor, als wären beide Ärmel seines Smokings leer. Er blutete aus der Nase und aus dem Mund.

Erschrocken sprangen wir auf. Die Wirkung des Champagners war augenblicklich verflogen. Ich glaube, ich sah auch noch einen von Frances' Freunden auf uns zukommen. Doch dann starrte ich nur noch auf dieses Blut, dass unsere unbeschwerte Freude und Elliotts weißes Hemd befleckte.

»Was ist mit ihm?«, fragte Sarah. »Was ist denn passiert?«

Charles war sehr ernst.

»Nichts Schlimmes«, antwortete er. »Schaffen wir ihn hier weg.«

Es war offensichtlich, dass Elliott zu viel getrunken hatte.

Wir brachten ihn zu einem der Seitenausgänge. Draußen war es kalt. Der Nebel legte sich wie ein feuchter Film auf die Haut.

»Ich gehe die Mäntel holen«, sagte Charles. »Bleibt ihr mit ihm an der frischen Luft.«

Sarah fragte ihren Bruder, was passiert sei, aber Elliotts Augen waren glasig und genauso vernebelt wie sein Verstand. Zum Glück kam Charles bald mit unseren Mänteln zurück, wir waren nämlich mittlerweile völlig durchgefroren. Sarah zitterte, ich weiß nicht, ob wegen der Kälte oder wegen der Aufregung.

»Geh du mit Sarah rein«, sagte ich zu Charles. »Ich bleibe bei ihm.«

Ich führte Elliott von der Tür weg und sah mich nach einem Platz um, wo wir uns hinsetzen konnten. Wir befanden uns in einer Sackgasse, aber es waren zwei Hofeinfahrten zu sehen, die offenbar zu zwei Wohnhäusern gehörten. Ich brachte ihn zu einem dieser Torbögen und half ihm, sich auf eine Treppenstufe zu setzen. Dann kauerte ich mich neben ihn. Ich zog sein Taschentuch aus der Tasche und versuchte, ihm das Blut aus dem Gesicht zu wischen.

Er lallte, als würde er träumen. Ich weiß nicht, was er sagte.

Und dann plötzlich sah er mich an.

»Die kleine Rose!«, rief er, als sähe er mich zum ersten Mal.

Es schien ihm ein bisschen besser zu gehen. Ich setzte mich neben ihn. Ich erfuhr nie, was in dem Lokal vorgefallen war, aber in diesem Augenblick war ich fast sicher, dass Elliott daran schuld gewesen war.

»Die kleine Rose«, wiederholte er mit hohler Stimme, während er mir mit der Hand übers Haar strich.

Das Diadem meiner Mutter rutschte mir hinter die Ohren. Die Berührung war mir unangenehm. Zu Recht, denn plötzlich warf sich Elliott auf mich und drückte mich gegen die Kante einer Stufe, die sich in meinen Rücken bohrte. Seine Hand suchte fordernd unter meinem Mantel.

Ich versuchte, ihn wegzuschieben. Er roch schlecht.

Diese Hand …

Dann erschienen Sarah und Charles an der Ausgangstür. Für einen Augenblick hörte ich die Musik aus dem Ballsaal und spürte die ausgelassene Freude der Menschen, so nah und doch so fern.

Charles zog ihn von mir weg. Sarah versuchte, mich zu trösten, aber in diesem Moment hasste ich sie alle. Ich rannte zur Straße, wo die Droschken hielten. Ich stieg in eine von ihnen und nahm das Diadem meiner Mutter aus dem Haar.

Ich schlief schlecht. Albträume plagten mich. Als ich schließlich aufstand, war es schon spät, und Frances hatte bereits gefrühstückt. Ihr schien nichts weiter aufgefallen zu sein. Sie fragte mich zwar nach dem Fest, aber als ich ihr erzählen wollte, was vorgefallen war, unterbrach sie mich – das war völlig normal bei Frances und etwas, woran ich mich inzwischen gewöhnt hatte. Auch diesmal trug ich es ihr nicht nach, denn ihre Neuigkeiten waren wesentlich besser als meine.

»Was würdest du davon halten, wenn wir nach Frankreich ziehen?«, erkundigte sie sich, während sie nervös eine Porzellanfigur hin und herschob, die auf dem Kamin stand.

Ich versteinerte.

»Nach Deauville?«, fragte ich in einem Ton, der meine Überraschung nicht verhehlen konnte.

»Nein, Liebes«, lautete ihre Antwort. »Nach Paris.«

Was ich in diesem Augenblick dachte? Nur eines: Dass wir jetzt das Jahr 1919 schrieben und ein neues Leben anfangen mussten. Vier Jahre Krieg waren mehr als genug. Vier Jahre in England auch.

23

Madrid, November 1951

Es ist Samstag. Heute gehe ich Bücher kaufen. Auf meine Art natürlich.

In letzter Zeit, muss ich zugeben, ist das Leben viel aufregender geworden. Und das nicht unbedingt wegen der Bücher. Es tut mir gut, noch etwas anderes zu tun zu haben als zu lesen und meinen Erinnerungen nachzuhängen.

Der November ist milder als der Oktober. Heute allerdings werde ich den Regenmantel anziehen, denn der Himmel ist bewölkt, und es sieht nach Regen aus.

Vor dem Frühstück bin ich eine Weile auf dem Balkon gewesen, um die Pflanzen zu gießen. Als ich nach Spanien kam, staunte ich über die vielen Geranien an den Fenstern selbst der einfachsten Häuser. Auf dem Land schnitten die Leute Kanister in der Mitte durch, um sie als Pflanzgefäße zu benutzen, die sie vors Haus stellten wie einen kleinen Garten. Darin wuchsen Margeriten, Malven und Johanniskraut, während die Hängegeranien üppig in den Tontöpfen vor den Fenstern rankten. Es ist ein Bild, das ich wie einen Schatz bewahre, weil sich dahinter ein weiteres verbirgt … Dort marschieren wir, mit unseren Liedern und unserer naiven Begeisterung, umgeben von Blumen … Und dort marschiert Henry, mein geliebter Henry, durch die Dörfer Spaniens … Und hinter diesem Bild der Schmerz … Dreh dich nicht um, Henry … Bitte dreh dich nicht um.

Vom Balkon aus habe ich das letzte Laub von dem kleinen Baum fallen sehen, den ein Nachbar letzten Winter an der Straße gepflanzt hat. Die stattliche Ulme, die vorher dort stand und deren Krone bis zum zweiten Stock reichte, ist eingegangen, und die Stadtverwaltung pflanzt keine neuen Bäume. Also besorgen die Anwohner manchmal selbst einen Setzling, den sie vom Dorf mitgebracht haben, und pflanzen ihn vors Haus, als wäre der Gehweg ihr Garten oder Hof. Zwei Straßen weiter hat jemand einen Feigenbaum gepflanzt. Er gedeiht prächtig, und wenn man dort vorbeigeht, muss man auf die Straße treten, weil man kaum vorbeikommt. Der kleine kahle Baum, den ich jetzt von meinem Balkon aus sehe, hat dreieckige Blätter wie eine Pappel, aber es ist offensichtlich keine Pappel, denn die Krone ist ausladender. Irgendjemand – Amparo war es, glaube ich – sagte mir, es könne ein Maulbeerbaum sein. Und vielleicht stimmt das auch, Amparo weiß nämlich viel über Pflanzen.

Es ist schön, aus dem Fenster zu schauen. Mein Balkon ist schmal, es passt kaum ein Stuhl darauf, vor allem, wenn auch noch Blumentöpfe auf dem Boden stehen. Deshalb habe ich sie am Geländer befestigt. Ein Schlosser aus der Calle Delicias hat mir Ringe gemacht, um sie an der Außenseite des Geländers aufzuhängen, so spare ich Platz. Wenn im Sommer die Sonne abends hinter dem Haus gegenüber verschwunden ist, setze ich mich dorthin und lese und träume, bis es dunkel wird. Es mag sein, dass ich alt werde, ja, aber ich habe noch Träume.

Amparo hat mir gesagt, dass heute der Kesselflicker kommt. Wenn er nicht mehr klingelt, bevor ich gehe, bringe ich ihr diesen Tonkrug vorbei, damit er ihn ausbessert. Er ist mir neulich auf den Boden gefallen und zum Glück nicht zerbrochen, aber er hat einen Sprung, durch den das Wasser rausläuft. Und wenn ich schon mal dabei bin, lasse ich ihr auch noch den schwarzen

Regenschirm da. Ich glaube, er muss neu bespannt werden, denn wenn es stark regnet, tropft Wasser durch. Zum Glück habe ich zwei. Heute nehme ich den mit dem Metallgriff. Er ist kleiner und nimmt nicht so viel Platz weg.

Amparo ist eine Plage, aber wenn sie kann, tut sie einem gern einen Gefallen.

Als sie die Tür aufmacht, trägt sie eine Schürze und ein Kopftuch. Sie macht gerade den wöchentlichen Hausputz.

»Was für eine Überraschung! Wo wollen Sie denn so früh hin? Und der Krug da? Ist er kaputt?«

Ich warte geduldig, bis sie all ihre Fragen gestellt hat.

»Aber kommen Sie doch rein, kommen Sie rein! Bleiben Sie nicht in der Tür stehen!«

»Nein danke, Amparo, ich kann mich nicht lange aufhalten. Ich bin in Eile. Ich wollte Sie um einen Gefallen bitten.«

»Natürlich. Nur raus mit der Sprache, Frau Nachbarin.«

»Schauen Sie, der Krug ist mir runtergefallen und hat jetzt einen Sprung.«

Amparo nimmt mir den Krug aus der Hand.

»Normalerweise benutze ich ihn als Blumenvase«, spreche ich weiter, bevor sie den Mund aufmachen kann, »und ich würde ihn ungern wegwerfen. Deshalb dachte ich, wenn der Kesselflicker kommt, könnte er ihn vielleicht mit diesen Eisenklammern reparieren, damit kein Wasser mehr rausläuft.«

Die Frau nimmt den Sprung genau in Augenschein, als wäre sie eine Expertin für kaputte Krüge.

»Scheint nicht tief zu sein«, lautet ihre Diagnose. »Lassen Sie ihn mir hier, ich kümmere mich gern darum.«

Ich bedanke mich bei ihr. Sie wiederum macht mich darauf aufmerksam, dass ich zwei Schirme dabeihabe.

»Ja«, sage ich. »Ich dachte mir, dass der Kesselflicker vielleicht auch Schirme repariert.«

»Klar«, sagt sie gleich. »Lassen Sie ihn auch hier.«

Sie greift nach dem guten Schirm.

»Nein, nicht der«, wehre ich ihre Hilfsbereitschaft ab. »Der schwarze. Er müsste neu bespannt werden.«

»Machen Sie sich keine Sorgen«, sagt sie glücklich, ihre beiden Trophäen in der Hand. »Ich erledige das, kein Problem. Kümmern Sie sich nur um Ihre Sachen und überlassen Sie das mir.«

Ich sehe, dass sie zögert. Ich befürchte, dass sie herausfinden möchte, wo ich so früh hinwill. Da sie sich offenbar nicht traut, direkt zu fragen, verlegt sie sich aufs Plaudern in der Hoffnung, dass ich es von mir aus erzähle.

»Der Kesselflicker kommt aus dem Heimatdorf meines Mannes, aus Pastrana, wissen Sie? Familie, wie man so schön sagt. Auf dem Dorf ist ja jeder mit jedem verwandt … Na ja, Sie sind ja schon lange in Spanien, Sie kennen die Dörfer hier. Aber was rede ich – in Ihrer Heimat wird's auch nicht anders sein, oder? Das ändert sich ja jetzt alles mit den Straßen und den Zügen, aber früher sind die Leute nicht aus ihrer Gegend weggekommen und haben dann untereinander geheiratet, ist ja klar.«

Ich muss sie stoppen. Sie redet wie ein Maschinengewehr.

»Ich bin ein bisschen in Eile, Amparo.«

Aber so leicht gibt sie sich nicht geschlagen. Sie nimmt sich die Zeit, die Geschichte zu Ende zu bringen.

»Ich meine, es ist gut, dass wir fast so was wie Familie sind. Wenn man die Leute kennt, bekommt man nämlich normalerweise gute Arbeit. Keine Gefälligkeiten, schließlich muss jeder sehen, wo er bleibt, aber sie arbeiten gründlicher, ich weiß nicht, ob Sie wissen, was ich meine …«

»Ja, Amparo, ich weiß sehr gut, was Sie meinen. Und ich bin Ihnen wirklich sehr dankbar.«

Ich will ihr das Geld dalassen, aber das nimmt sie nicht an.

»Geben Sie mir das Geld, wenn wir wissen, wie viel es ist. Sie machen mir Sachen!«

Was werde ich heute kaufen? Wie ich das liebe … Ich bin schon voller Vorfreude, als ich um die Ecke biege.

Da ist er. Mein Buchhändler. Der mich mit Träumen versorgt und mir die Realität erleichtert. Er steht mit dem Rücken zu mir und räumt die Bücher, die auf dem Tisch liegen, in die freien Regale. Er hat mich nicht reinkommen gesehen. Macht nichts, ich werde warten. Ich habe keine Eile.

Und dann plötzlich sehe ich aus dem Augenwinkel, wie jemand vor dem Schaufenster stehenbleibt. Instinktiv drehe ich mich um und glaube, den Mann mit dem Schnurrbart erkannt zu haben, der Lola neulich so durcheinandergebracht hat. Nur für einen kurzen Augenblick. Dann bemerkt Matías, dass ich da bin.

»Guten Tag! Entschuldigen Sie, ich habe Sie nicht kommen hören. Warten Sie schon lange?«

Ich beruhige ihn. Meine Augen achten nicht länger auf den Mann vor dem Schaufenster, aber er geht mir nicht aus dem Kopf.

»Wollen Sie durchkommen? Die Bücher von Conrad, die Sie bestellt haben, konnte ich noch nicht besorgen, aber wenn Sie sich umschauen möchten …«

Ich gehe gern auf sein Angebot ein. Vor dem Schaufenster ist niemand mehr.

»Entschuldigen Sie die Unordnung«, sagt er, während er den Stuhl beiseiteschiebt, auf dem ich sonst sitze, und den Weg zu dem Regal freimacht, in dem die englischsprachigen Bücher stehen. »Darum kümmert sich normalerweise meine Frau, aber wie man sieht, hatte sie diese Woche viel zu tun.«

Ich habe ein schlechtes Gewissen, weil ich genau weiß, was seine Frau in der Buchhandlung macht, wenn er nicht da ist.

»Sie können den Regenschirm in den Papierkorb stellen. Tut mir leid, aber der Schirmständer am Eingang ist uns geklaut worden.«

Ich ziehe den Mantel nicht aus, weil es mir ein bisschen peinlich ist, den Anschein zu erwecken, als wollte ich es mir hier gemütlich machen. Aber ich knöpfe ihn auf und lockere den Schal. Ich fühle mich so wohl in diesem Laden, dass ich es fast genauso gemacht hätte wie sonst, wenn Lola da ist.

Heute werde ich mit den amerikanischen Autoren beginnen. Nicht nur, weil sie mir liegen, sondern auch, weil ich es lustig finde, all diese Wörter und Redewendungen zu lesen, die man in England nicht verwendet. Natürlich mag ich auch die Schauplätze, an denen viele dieser Romane spielen. Es sind wildromantische Landschaften, so ganz anders als die grünen Hügel Englands. Aber auch ihren Lebensstil, die Art, wie sich die Leute geben, die Schnellrestaurants und die Motels, die Energie, die von allem Amerikanischen ausgeht. Ganz unabhängig von ihren Politikern und Regierungen muss ich zugeben, dass ich dieses Volk insgeheim bewundere. Da sitze ich also, ein Buch von Faulkner in der einen Hand, den Schal, den ich schließlich doch abgelegt habe, in der anderen, als ich ihn wieder sehe. Diesmal ist kein Irrtum möglich. Er trägt einen Regenmantel wie ich, aber zerknitterter und von schlechterer Qualität. Er ist ihm zu weit und zu lang. Er steht auf der anderen Seite des Schaufensters und beobachtet Matías und mich.

»Dieser Mann da vor dem Schaufenster, ist das ein Kunde von Ihnen?«, frage ich, ohne lange nachzudenken.

Matías dreht sich um.

»Wer?«

Dem Mann mit dem Schnurrbart bleibt keine Zeit, sich davonzustehlen. Er senkt den Blick und tut so, als interessierte er sich für die Buntstifte und Schreibhefte.

»Der mit dem Regenmantel? Nein, ich glaube nicht. Warum fragen Sie?«

»Ach, nur so«, lüge ich, während ich zufrieden beobachte, wie der Mann verduftet, wie meine Nachbarin sagen würde. »Es kam mir so vor, als würde ich ihn irgendwoher kennen. Ich dachte, ich hätte ihn schon mal hier gesehen.«

»Tja«, sagt Matías mit einem Lächeln. »Leider kommen nicht so viele Leute hier rein, dass ich mich an einen Kunden nicht erinnern könnte. Es sind vor allem Leute aus dem Viertel. Sie wissen ja, irgendwann kennt man sie alle.«

Dann räumt er weiter Bücher ein.

Ich nutze die Gelegenheit, um die Bücher aus meiner Einkaufstasche zu holen, die ich heute mitgebracht habe – *Islands in the Stream* und *The Great Gatsby* –, und sie schnell hinten ins Regal zu stellen. Bald werde ich anfangen müssen, auch französische Bücher zu kaufen.

»Ich nehme das hier«, sage ich und reiche ihm eine Ausgabe von *Sanctuary*. Auf dem Umschlag sind ein Mann und eine Frau in einer Straße zu sehen. Sie trägt ein tief ausgeschnittenes, grünes Kleid. Sie raucht und hat die Hand auf die Hüfte gestützt.

»Ah!«, sagte der Buchhändler, als er es entgegennimmt. »William Faulkner … Eine sehr gute Wahl.«

Während ich ihm einen Fünfundzwanzig-Peseten-Schein reiche, fügt er hinzu: »Ich wusste gar nicht, dass wir dieses Buch haben. Wo stand es?«

Ich reagiere sofort, während ich meinen Schal umbinde.

»Dort in der Ecke«, lüge ich mit einer Selbstverständlichkeit, die mir bei meinen Besuchen in der Buchhandlung langsam zur Gewohnheit wird. »Es stand hinter dem anderen da.«

Ich sage nicht, welches, sondern deute vage in die Ecke, in der Hoffnung, dass ich nicht konkreter werden muss.

Offensichtlich gibt er sich mit meiner Antwort zufrieden, denn er fragt, ohne etwas von meinen Ausreden zu merken: »Haben Sie schon mal etwas von Faulkner gelesen?«

Ich denke eine Weile über die passende Antwort nach.

»Nein, noch nicht.«

»Oh!«, ruft er, glücklich, mir eine neue Lektüre empfehlen zu können. »Dann müssen Sie *Als ich im Sterben lag* lesen. Ein wundervolles Buch. Es spielt in den Südstaaten, irgendwo in Mississippi. Mir hat es sehr gut gefallen. Schade, dass ich es Ihnen nicht leihen kann. Fast alle meine Bücher sind während des Krieges verlorengegangen.«

Er macht eine Pause, in der Hand hält er immer noch den Fünfundzwanzig-Peseten-Schein.

»Ich habe jetzt beschlossen, diejenigen, die mir geblieben sind, ins Geschäft zu stellen«, erklärt er nicht sonderlich erfreut. »Ich verbringe sowieso die meiste Zeit des Tages hier.«

»Warten Sie, kassieren Sie noch nicht ab«, sage ich plötzlich, als mir die Idee kommt.

Da erscheint dieser Mann in der Tür, der hin und wieder ein Köfferchen mit Büchern vorbeibringt.

»Hallo, Garrido«, grüßt der Buchhändler. »Ich bin gleich bei dir, sobald ich die Dame bedient habe.«

Er wendet sich wieder mir zu.

»Was sagten Sie?«

»Ach, nichts«, korrigiere ich mich rasch. »Ich komme nächste Woche mit mehr Ruhe wieder.«

Er gibt mir das Wechselgeld und klappt die Ladentheke hoch, um mich rauszulassen. Garrido tritt zur Seite. Ich sehe, dass er heute keinen Koffer dabeihat, nur eine Einkaufstasche, ganz ähnlich wie meine.

»Ich habe Conrad nicht vergessen«, ruft Matías hinter dem Tresen hervor, als ich schon fast aus der Tür bin.

»Ach, das hat keine Eile«, rufe ich zurück.

Und dann winke ich so lebhaft zum Abschied, dass es für jemanden meines Alters sogar ein wenig unpassend wirkt.

24

»Was machen wir heute?«, fragte Lola ihn.

Der gusseiserne Küchenherd mit den Messingbeschlägen diente im Winter als Heizung. Er besaß einen Wasserspeicher für die Radiatoren, deshalb hatte Lola ihn schon am frühen Vormittag angefacht. Es war ein verregneter Sonntag, und möglicherweise musste sie den ganzen Tag zu Hause herumsitzen, da wollte sie es wenigstens warm haben. Immer im Winter dachte sie an die Zeit zurück, als sie noch in der alten Wohnung lebten, dort, wo jetzt die Buchhandlung war. Es gab eine Zentralheizung, die sie jeden Tag anmachten. In manchen Zimmern, vor allem denen mit niedrigen Decken, war es manchmal so warm, dass sie die Fenster aufreißen mussten.

»Gehst du Adela besuchen?«

Matías atmete tief durch. Es klang fast wie ein Seufzen.

»Ich denke schon«, sagte er mit Bedauern.

Lola strich ihm übers Haar. Es war von ein paar vereinzelten grauen Strähnen durchzogen, aber noch war es schwarz und hatte diese widerspenstigen Wirbel, die er jeden Tag mit dem angefeuchteten Kamm bändigte. Wenn er ungekämmt war, so wie jetzt, fiel ihm eine Tolle in die Stirn.

»Solltet ihr sie nicht besser in ein Krankenhaus bringen?«

Matías richtete die Augen auf sie. Lola sah die Ohnmacht, die sich darin spiegelte.

»Zu spät«, sagte er mit merkwürdig unbeteiligter, kühler Stimme, die nicht ihm zu gehören schien. »Du weißt genau, dass man sie zum Sterben nach Hause geschickt hat.«

»Und wie lange wird es noch dauern?«

Matías stand brüsk auf.

»Das weiß ich nicht! Was willst du hören? Ich weiß es nicht!«

Plötzlich war es, als würde ihnen die Küchendecke auf den Kopf fallen. Keiner sagte etwas. Sie merkte, dass ihre Frage nicht sehr glücklich war. Er wiederum wusste, dass er völlig aus der Rolle gefallen war. Aber keiner von beiden entschuldigte sich, weil sie nicht wussten, wie.

Matías ging, ohne sich zu verabschieden. Lola blieb in der Küche sitzen. Sie wollte nicht weinen, wollte nicht weinen … Rose hätte an ihrer Stelle auch nicht geweint … Und Alice ebenso wenig, da war sie sich sicher. Aber sie war weder die eine, noch die andere. Sie war eine Frau von achtunddreißig Jahren, die sich schon zu lange bemühte, ihr Leben auf einer Realität aufzubauen, die auf wackligen Füßen stand … Ach, könnte sie doch ein Leben führen wie ihre Schulfreundinnen: Frühstück machen, die Kinder zur Schule bringen, zum Friseur gehen … Mit Zähnen und Klauen ihr Zuhause verteidigen, diese sichere Welt, in der einem nicht ständig alles wieder genommen wurde und es keine Repressalien gab. Sie wollte nicht weinen. Auf keinen Fall. Und falls doch, was machte das schon? Es würden keine Tränen der Schwäche sein, sondern Tränen der Wut und der Empörung, wie damals, als diese Bombe aus einem italienischen Flugzeug fiel.

Es war halb eins. Wenn sie sich beeilte, erwischte sie ihre Mutter vielleicht noch vor der Kirche. Sie wusste nicht, wohin Matías gegangen sein könnte oder wann er vorhatte, wieder nach Hause zu kommen. Aber das war ihr herzlich egal. Sie würde zum Mittagessen zu ihren Eltern gehen, und wenn er zurückkam, sollte er halt die Suppe aufwärmen, die sie ihm auf den Herd stellte.

In der Metro nach Argüelles erinnerte sie sich an die Zeit, in der sie in diesem Viertel gewohnt hatte. Sie war Arzttochter, studierte in Paris und führte ein sorgloses Leben, ohne darauf achten zu müssen, was der Kaffee oder das Fleisch kostete. War sie dabei, oberflächlich zu werden? Warum dachte sie in letzter Zeit nur noch ans Geld? Allmählich machte sie sich Gedanken deswegen. Anfangs erschien es ihr noch normal. Sie gestand sich selbst das Recht zum Klagen zu. Schließlich war es nie schön, die finanzielle Sicherheit zu verlieren. Aber dann dachte sie an Matías, der so viel mehr verloren hatte als sie: einen renommierten Verlag, seine Position im intellektuellen Madrider Leben der Dreißiger, ein schönes Haus in einem guten Viertel … Alles war vor die Hunde gegangen. Zusammengebrochen. Beinahe hätte er sogar sein Leben verloren – vielleicht machte es ihm deshalb nicht so viel aus, alles andere verloren zu haben. Er gab sich damit zufrieden, am Leben zu sein.

Sie kam noch rechtzeitig. Die Zwölf-Uhr-Messe war noch nicht zu Ende. Sie erinnerte sich nicht mehr, welchem Orden die Priester in diesem Kloster angehörten … Augustiner? Möglich. Dagegen erinnerte sie sich gut, wie sie hier zur Ersten Kommunion ging. Es war ein schrecklicher Tag gewesen. Ihr Vater und ihre Mutter hatten sich schon frühmorgens gestritten. Als sie wach wurde, hörte sie die beiden, wie sie sich in der Küche mit scharfer Stimme gegenseitig Vorhaltungen machten. Ihr Vater brüllte ein paarmal. Dann waren sie in furchtbar angespannter Stimmung zur Kirche gegangen. Ihre Mutter hatte ihr den Schleier schief festgesteckt, ohne darauf zu achten, was sie da machte, und sie, dieses kleine Mädchen mit dem Kränzchen aus Stoffblümchen, das ihre Angst verhüllte, hatte versucht, alles richtig zu machen, damit sie nicht noch wütender wurden …

Ihr war zum Heulen zumute gewesen, aber sie hatte die Tränen hinuntergeschluckt, weil es ja der glücklichste Tag in ihrem Leben sein sollte … Aber sie hatte nur eine vage Angst gespürt, so nah, dass sie von innen zu kommen schien, nicht von außen, aus ihrem eigenen Körper, wie Spucke oder Blut. Wenn sie heute darüber nachdachte, nachdem Matías und sie sich gestritten hatten wie damals ihre Eltern, verstand sie das alles viel besser.

»Kind, was machst du denn hier? Was für eine Überraschung!«

Ihre Mutter trug eine Mantilla, in der Hand hielt sie das alte Gebetbuch. Sie gab ihr zwei Küsse und verabschiedete sich von ihren Freundinnen.

»Geht ihr nur, ich gehe mit meiner Tochter.«

Lola stellte fest, dass sie das voller Stolz sagte, als wollte sie ihnen beweisen, dass ihr Verhältnis eng und herzlich war. Was es nicht war. Nie gewesen war.

»Sollen wir einen Wermut trinken gehen? Wir trinken immer etwas nach der Messe.«

Sie gab Lola ihre Tasche zu halten und streifte einen Handschuh über die bloße Hand.

»Viele werden von ihren Ehemännern abgeholt, aber dein Vater … Du weiß ja, wie er ist.«

Ja, das wusste Lola. Autoritär und egoistisch. Daran gewöhnt, arme Kranke zu bevormunden, die keinen eigenen Willen mehr hatten.

»Lass uns ins *Nizza* gehen, was meinst du? Ich war Ewigkeiten nicht mehr dort. Ist das der Mantel, den ich dir abgeändert habe?«

»Ja, es ist sehr gut geworden, Mama. Er war mir in der Taille zu weit.«

»Ich weiß wirklich nicht, wie du es schaffst, immer schlanker zu werden. Ich nehme seit einiger Zeit jeden Monat ein Pfund zu. Ich muss dauernd die Nähte in den Röcken rauslassen.«

»Das ist das Alter, Mama. Angeblich wird der Stoffwechsel im Alter träge.«

»Stoffwechsel? Was ist das?«

»Ich weiß nicht genau. Wie Lebensmittel verdaut und umgewandelt werden, glaube ich. Wenn du einen guten Stoffwechsel hast, verbrennst du schnell. Ist er langsam, speichert sich das Fett an.«

»Aha«, sagte ihre Mutter ohne große Begeisterung. »Aber isst du auch ordentlich?«

»Klar.«

»Esst ihr Fleisch?«

»Ja, Mama, wir essen Fleisch.«

»Kauf Leber, jetzt, wo es keine Rationierung mehr gibt. Leber enthält viele Nährstoffe.«

Sie hakte sich bei ihrer Tochter unter, um über die Straße zu gehen.

»Wie sagtest du, heißt diese Sache, die mich dick macht? Stoff …«

»Stoffwechsel, Mama.«

»Ah. Bei Frauen in meinem Alter geht alles langsamer«, stellt sie ohne jede Verbitterung fest. »Neulich war ich beim Friseur …«

Plötzlich spürte Lola, wie sie ihr einen heftigen Stoß gab.

»Pass auf, Kind!«

Ein Auto fuhr über die rote Ampel.

»Die fahren wie die Verrückten. Ich sage immer zu deinem Vater: Fahr nicht so viel durch Madrid, irgendwann läuft dir einer vors Auto … Aber er hört nicht auf mich, wie immer. Dein Vater lässt sich einfach nichts sagen.«

Sie waren am *Nizza* angekommen.

»Du hast etwas vom Friseur erzählt.«

»Ach ja … Ich erzähl's dir, wenn wir sitzen.«

Sie suchten einen freien Tisch. Das Lokal war brechend voll. Es gab alleinstehende Herren, Damengrüppchen, die süßen Wein tranken, und ganze Familien mit Kindern.

»Gehen wir nach oben? Da gibt es zumindest keine Kinderwagen. Jetzt schau nur, wie der hier steht …«

Sie sagte es laut, während sie einen Kinderwagen mit großen Rädern und Unmengen von Rüschen und rosa Schleifchen beiseiteschob, wobei sie besonders darauf achtete, dass ihre Strümpfe keine Laufmaschen zogen. Eine Frau mit Kind auf dem Arm sah sie wütend an, sagte aber nichts. Niemand, oder fast niemand, traute sich, etwas gegen die Unverschämtheiten meiner Mutter zu sagen.

»Trinkst du einen Cinzano oder möchtest du was anderes?«

»Nein, Wermut ist gut. Aber lass uns ein paar Oliven oder Chips bestellen, sonst steigt er mir zu Kopf.«

Die Mutter schüttelte den Kopf und sah sie belustigt an.

»Ach, Kindchen, mit euch Frauen von heute ist nichts mehr los. Von allem wird euch schwummerig.«

»Ich trinke halt nicht täglich, Mama.«

»Was willst du damit sagen? Dass ich täglich trinke?«

»Na ja, du trinkst Wein zum Essen, oder nicht?«

»Das zählt nicht. Wenn man dich so reden hört …«

Lola hatte große Lust, ihrer Mutter ins Gedächtnis zu rufen, dass sie an den meisten Tagen auch ein Gläschen Muskateller nach dem Essen trank und einen Likör, wenn sie mit ihren Freundinnen Karten spielte …

»Ach ja, neulich beim Friseur. Ich war zum Färben da – mittlerweile muss ich ja einmal im Monat nachfärben, wenn ich anständig aussehen will, sonst sieht man den Ansatz, und das macht einen ungepflegten Eindruck … Also, jedenfalls saß ich da und blätterte in einer Zeitschrift, während die Farbe einwirkte – die lassen dich da nämlich eine Stunde sitzen, weißt du, und solange liest du dann was oder hörst den Gesprächen der Friseurinnen zu.«

Der Kellner kam mit den Wermutgläsern. Und den Oliven.

»Bringen Sie noch ein paar Salzmandeln. Oder Erdnüsschen.«

Der Mann sah sie an. Er sagte weder ja, noch nein.

»Für meine Tochter«, setzte sie hinzu. »Damit ihr der Wermut nicht zu Kopf steigt.«

»Mama!«, zischte Lola, als der Kellner sich umdrehte.

»Was ist denn?«

»Du musst dem Kellner nicht alles erklären.«

»Aber ich hab doch gar nichts gesagt … Du wirst immer sonderbarer, María Dolores.«

Wenn sie wütend war, nannte sie sie immer María Dolores. Der Name wirkte sofort auf Lola: Sie fühlte sich augenblicklich wieder wie ein kleines Mädchen und konnte nicht anders, als klein beizugeben.

»Und was war dann beim Friseur?«

»Ach ja … Also, da war eine Frau … Ich glaube, sie war älter als ich. Ja, sie muss älter gewesen sein.«

Sie nippte an ihrem Cinzano Rosso.

»Es war eine von diesen … na, du weißt schon, eine von diesen vorlauten Frauen, die trotzdem Ausstrahlung haben, die laut reden und …«

Ja, die kannte sie sehr gut, dachte Lola.

»Also, da geht die hin und sagt zur Friseurin …« An dieser Stelle senkte die Mutter unerklärlicherweise die Stimme. »Also, sie sagt, ›Ja, ja, Kindchen, irgendwann kommt man in das Alter, in dem einem die Haare dort ausfallen, wo sie sein sollten, und dort wachsen, wo sie nicht hingehören.‹ Und dann schüttet sie sich aus vor Lachen. Ich dreh mich um und sehe, dass sie gerade den Damenbart gezupft bekommt. Hör mal, Kind«, sagt sie dann, plötzlich besorgt, »ich hab doch keinen Bart, oder?«

Sie lehnte sich über den Tisch, schaut sich aber vorher um, als befürchtete sie, beobachtet zu werden.

»Schau genau hin, ich sehe nämlich nicht mehr so gut … Und dein Vater ist für so was nicht zu gebrauchen.«

»Nein, Mama«, sagt Lola. »Du hast keinen Bart. Du kannst ganz beruhigt sein.«

Es stimmte nicht. Schon seit einer geraumen Weile hatte ihre Mutter einen weißen Flaum am Kinn. Es war kein Bart, aber man sah es, vor allem, wenn sie Puder aufgelegt hatte.

»Endlich«, stöhnte sie, während sie den Kamm abnahm, mit dem die Mantilla befestigt war. »Puh, was für eine Hitze!«

Sie faltete die schwarze Mantilla sorgfältig, Spitze auf Spitze, und legte sie auf das Gebetbuch. Dann fuhr sie sich mit beiden Händen übers Haar.

»Weißt du, was es zum Mittagessen gibt?«

Lola wusste es natürlich nicht.

»Paella. Ich freue mich, dass du zum Essen bleibst, ich hab nämlich zu viel für deinen Vater und mich gemacht.«

Sie hob die Hand und bestellte die Rechnung. Plötzlich durchströmte Lola für einen Moment ein Gefühl von Zärtlichkeit.

Sie haben tatsächlich Paella gegessen. Mit Tintenfisch und Krebsen. Es gab Schweinelendchen und Käse. Und Windbeutel zum Nachtisch. Ein Essen, das Lola sich zu Hause schon seit Ewigkeiten nicht mehr leisten kann.

Plötzlich denkt sie an Matías. Was er wohl macht? Ob er wieder zu Hause ist? Jetzt tut es ihr leid, dass sie ihm keine Nachricht dagelassen hat.

Ihr Vater ist gleich nach dem Essen gegangen. Auf eine Partie Karten und einen Kaffee in der Kneipe, hat er gesagt, als er den Mantel und den Hut nahm. Lola und ihre Mutter sitzen in den Sesseln im Wohnzimmer.

»Mama?«

Sie ist nicht eingeschlafen, denn sie sitzt über ihrer Stickerei, aber sie zuckt trotzdem zusammen.

»Mama?«, fragt Lola noch einmal.

»Was denn?«

Sie zögert. Dann fasst sie sich ein Herz.

»Was ist damals am Tag meiner Ersten Kommunion passiert?«

Die Mutter sitzt ganz still da, die Nadeln in der Hand, als versuchte sie sich zu erinnern.

»Ich verstehe nicht …«

»Warum habt Papa und du euch gestritten?«

»Ich weiß nicht, wovon du sprichst.«

»Papa war in der Nacht nicht nach Hause gekommen, stimmt's?«

Ihre Mutter hat die Stickerei beiseitegelegt. Sie ist ganz still, wie vor den Kopf geschlagen. Dann reagiert sie ziemlich aggressiv.

»Was ist das für ein Blödsinn? Du weißt ja nicht, was du sagst.«

»Mama, Papa hatte eine Woche nicht zu Hause geschlafen. Du hast es ihm an jenem Morgen vorgeworfen, bevor wir zur Kirche gingen. Ich habe euch gehört.«

Plötzlich verwandelt sich diese harmlose Frau in eine andere Person. Ihr Gesicht wird so hart, dass es Lola schwerfällt, darin ihre Mutter zu erkennen. Sie greift wieder nach der Nadel, gibt dem Garnknäuel einen Stoß und schafft die Frage ein für alle Mal aus der Welt, auf die einzige Art und Weise, die zu diesem Zeitpunkt noch möglich ist.

»Dein Vater ist in seinem ganzen Leben keine einzige Nacht nicht nach Hause gekommen.«

Sie sieht sie nicht an. Sie kreuzt die Nadeln und strafft das Garn in einer wahnwitzigen Geschwindigkeit.

»Mama, Papa geht nicht in die Kneipe, um Karten zu spielen. Das weiß du ganz genau. Er geht zu der Anderen. Mag sein, dass er jeden Abend zum Schlafen nach Hause kommt, wenn du das sagst, aber im Grunde wohnt er bei der Anderen.«

Das Garnknäuel fällt zu Boden. Es rollt ein paar Meter und kommt erst vor der Anrichte zum Stillstand.

»Warum tust du mir das an?«

Ihr Gesicht ist rot angelaufen, und sie weint, nicht traurig, sondern mit einer merkwürdigen Wut, die sich gegen Lola zu richten scheint.

»Was für eine Freude findest du daran, mich so leiden zu lassen?«, schimpft sie. Sie redet viel zu laut, es ist fast ein Schreien. »Ich verstehe dich nicht. Du magst hundertmal meine Tochter sein, aber ich verstehe dich nicht.«

Lola geht es ganz ähnlich. Ein riesiges Unverständnis. Sie versteht die Beweggründe ihrer Mutter genauso wenig, und auch nicht, warum sie sich entschlossen hat, ihr Leben auf diese Weise zu leben. Sie hat absolut kein Mitleid. Eher im Gegenteil. Zu sehen, wie sie mit diesem wahnwitzigen Starrsinn das Offensichtliche leugnet, ist in ihren Augen nicht der richtige Weg, mit einer Situation umzugehen, die schon viel zu lange dauert. Ein ganzes Leben lang, solange sie sich erinnern kann. Sie liebt ihre Mutter, aber sie kann kein Mitleid empfinden, im Gegenteil. Oft ist sie so wütend auf sie, dass sie sie am liebsten schütteln würde, damit sie aufhört, Lügen zu erfinden, die niemand mehr glauben kann.

»Warum verlässt du ihn nicht, Mama?«

Sie hört sich selbst reden. Und sie hat Angst vor dem, was sie noch sagen könnte. »Er ist ein Egoist, der immer nur an sich selbst gedacht hat. Soll er doch zu dieser Frau gehen. Soll sie ihn doch ertragen, wenn er alt ist. Wofür brauchst du ihn denn?«

Die Mutter sieht sie entsetzt an.

»Ich, deinen Vater verlassen? Bist du verrückt geworden?«

»Mama, das ist nicht schlimm. Leute trennen sich. Das war immer so und wird immer so sein.«

»Glaubst du, wir sind so wie dieser ... dieser ... Ich weiß nicht, wie ich ihn nennen soll ... dieser Matías?« In ihrer Wut zieht sie Kraft aus Überzeugungen, die von Schwäche zeugen. »Oh, nein. Wo denkst du hin! Wir glauben an die Ehe. Die Ehe ist ein Sakrament. Das wischt man nicht mit einem dieser Radiergummis weg, die du in deinem Kramladen verkaufst.«

Ja. Auf zum Angriff mit der Fahne der Religion, als wäre es ein mittelalterlicher Kreuzzug. Auf zum Angriff, mit der Geringschätzung der Reichen gegenüber den Armen. Aber sie ist ihre Mutter ... Was hat diese Frau neulich gesagt? Dass man für sein Kind morden könne. Töten, um es vor einer Gefahr zu schützen. Ihre Mutter würde das niemals tun ... Sie würde sie nie so weit verteidigen. Und ihr Vater noch weniger. Einmal hatte er die Gelegenheit dazu, aber er hat weggesehen. Das ist ein Grundprinzip in dieser Familie: immer schön wegsehen, wenn etwas passiert. Vor allem, wenn es etwas Schlimmes ist.

»Du weißt es, Mama«, sagt sie, während sie langsam aufsteht. »Papa betrügt dich. Und er tut es, obwohl du alles daransetzt, es zu leugnen. Alle wissen es. Und du auch.«

Sie nimmt ihren Mantel und geht hinaus, wobei sie darauf verzichtet, die Tür hinter sich zuzuschlagen. Sie will nach Hause, zu Matías. Ihn umarmen und seinen Geruch im dunklen Bett riechen. Sie will sich vergewissern, dass sie sich nicht getäuscht hat.

25

Constance ruft mich weiterhin ständig an. Es ist wirklich ein Elend, eine so lästige Halbschwester zu haben. Zugegeben, ich bin stur, aber sie ist noch sturer. Merkt sie nicht, dass ich nicht die Absicht habe, Madrid zu verlassen?

Jeden Mittwoch gehe ich zur Orchesterprobe. Bis vor kurzem war das der schönste Tag der ganzen Woche, jetzt weiß ich nicht mehr. Vorher treffe ich mich im Café neben dem Theater mit diesem Mädchen aus dem Optikgeschäft. Sie fragt um Erlaubnis und bleibt dann jedes Mal ein bisschen länger. Sie darf das, weil sie keine einfache Angestellte ist, sondern die Tochter des Ladenbesitzers. Außerdem ist sie nicht für die Kundschaft zuständig, sondern kümmert sich um die Rechnungen, die Inventur und die Lieferscheine. Ich weiß nicht genau, was es mit diesen Lieferscheinen auf sich hat, aber Sagrario zufolge sind sie sehr wichtig. Wir haben uns während der Orchesterproben im Theater angefreundet. Es gibt immer so viele Unterbrechungen, dass es fast unvermeidlich ist, sich mit dem Sitznachbarn zu unterhalten.

Sie ist noch nicht da, also werde ich mich an den freien Tisch am Fenster setzen. Es ist noch früh.

Es ist elf Uhr morgens und das Café praktisch voll besetzt. Binnen eines Jahres hat sich die Stadt merklich verändert; man hat endlich nicht mehr das Gefühl, in einem Nachkriegsland zu leben. Gestern sah ich zum Beispiel in der Calle Arenal eine fahrende Bibliothek. Es war eine Art Trolleybus, an dem man den Abnehmer der Oberleitung entfernt hatte und der von oben bis unten bemalt war. Am schönsten war, dass die Fenster zu Bücherregalen umfunktioniert worden waren, drei Regalreihen in jeder Scheibe. Ich ging näher. Das hatten vor mir schon andere getan: eine ältere, schwarzgekleidete Frau, ein Mann mit Baskenmütze und einem alten Sakko mit ausgebeulten Taschen, ein junger Bursche, der eine Zigarette rauchte ... Neugierig stieg ich ein. Von den anderen Schaulustigen folgte keiner meinem Beispiel, aber das war mir egal. Ich fand die Idee so reizend, dass ich den ganzen restlichen Nachmittag dort verbrachte, um in den Büchern zu stöbern und mit der jungen Frau zu plaudern, die sich um die fahrende Bibliothek kümmerte. Ehrlich gesagt war nicht viel Interessantes dabei. Viele Geschichtsbücher, Romane aus dem 19. Jahrhundert, vergilbte Gedichtbände und das eine oder andere klassische Theaterstück. Kein Vergleich mit der Buchhandlung von Matías und Lola. Wenn man diesen Trolleybus betrat, hatte man das Gefühl, in eine Zeitmaschine geraten zu sein, aber ich fand es gut, dass die Bibliotheken auf die Straße gingen. So etwas hatte man noch nicht gesehen.

Und das Beste war: Auf dem Schriftzug, der einmal rings um den Bus verlief, stand: Mobile Öffentliche Bibliothek Nr. 2. Das heißt, dass er nicht die Einzige ist, der in Madrid unterwegs ist.

Viertel nach elf. Ich bin sicher, dass Constance gerade wieder anruft. Ich glaube, demnächst stelle ich das Telefon ab. Außer ihr ruft sowieso kaum jemand an ... Und was geht es sie schon an, ob das Haus leer steht oder nicht? Ich möchte alles so lassen, wie es ist. Es steht jetzt seit über hundert Jahren dort. Und Henry und ich werden nicht mehr darin leben.

Henry und ich werden nicht mehr darin leben ... Wie schmerzlich diese Worte sind.

Meine Freundin verspätet sich. Wir haben es nicht weit, aber wir müssen noch Eintritt bezahlen und unsere Plätze suchen. Das Theater liegt an der Calle Maestro Victoria, in der Nähe der Sparkasse und eines Klosters namens Las Descalzas Reales.

Um die Kapazitäten besser auszuschöpfen, wird es mittwochs an Musiker und Orchester vermietet, die es für ihre Proben nutzen. Gegen einen geringen Eintritt stehen die Proben dem Publikum offen, wahrscheinlich, um damit laufende Kosten zu decken. Ich finde das ehrlich gesagt keine schlechte Idee, und für mich ist es eine gute Möglichkeit, Kammermusik zu einem moderaten Preis zu hören.

Da ist Sagrario, aber heute werden wir keine Zeit mehr für einen Kaffee haben.

»Es tut mir wirklich leid, glauben Sie mir«, sagt sie, ohne auch nur den Mantel abzulegen. Sie ist außer Atem.

»Ist was passiert?«

»Ach je ... Ich dachte, ich würde nie ankommen. Ich war dort, genau vor der Sparkasse ...«

»Aber was ist denn passiert?«, frage ich noch einmal.

»Ein Überfall. Furchtbar. Es ist gerade erst passiert.«

Der Kellner ist nähergekommen, und die Gäste an den umliegenden Tischen spitzen die Ohren.

»Es waren zwei Männer mit einer Pistole. Sie sind über den Gehsteig gerannt. Ein Wachmann wollte sie aufhalten, und als sie nicht stehen blieben, hat er zwei Schüsse abgefeuert.«

»Aber was reden Sie denn da, junge Frau?«, ruft ein gut gekleideter Herr und springt wie aufgezogen auf.

»Genau so war es«, beteuert Sagrario und lässt sich auf den Stuhl fallen, von dem der Herr gerade aufgestanden ist. »Er war auf der Stelle tot.«

»Einer der Räuber?«, fragt eine Frau und umklammert instinktiv ihre Handtasche.

»Nein, nein«, antwortet Sagrario. »Ein armer Mann, der zufällig vorbeikam und nichts mit dem Überfall zu tun hatte. Seine Frau hatte einen Nervenzusammenbruch.«

Etliche Gäste strömen an die Straßenecke, um zu sehen, was da vorgefallen ist. Ich denke daran, dass ich vor nicht einmal einer halben Stunde dort entlanggekommen bin.

Plötzlich beginnt Sagrario zu schluchzen. Obwohl sie ihren Mantel anhat, zittert sie, als ob sie völlig durchgefroren wäre. Sie schlägt die Hände vors Gesicht. Der Kellner bringt ihr ein Glas Wasser.

»Tut mir leid, aber ich kann heute nicht mit zur Orchesterprobe gehen«, sagt sie unter Tränen. »Gehen Sie nur. Mir ist grad das Herz so schwer, als wäre es aus Blei.«

»Machen Sie sich keine Sorgen. Ich bleibe hier und leiste Ihnen Gesellschaft. Trinken Sie Ihr Wasser.«

Dann begleite ich sie zum Optikgeschäft und übergebe sie in die Obhut ihres Vaters. Ich höre, wie sie die ganze Geschichte noch einmal erzählt und sie dabei immer weiter ausschmückt. Die Angestellten und eine Frau, die gerade eine Brille anprobiert, scharen sich um sie, sichtlich beeindruckt von ihrem unerwarteten Erlebnis. Ihr Vater hingegen war blass geworden, als er ihre Geschichte hörte; jetzt umarmt er sie besorgt und sehr liebevoll. Fast kommen mir auch die Tränen.

»Danke für alles, Señora Rosa«, sagt Sagrario zum Abschied. »Wir sehen uns nächsten Mittwoch, wenn es Ihnen recht ist.«

Morgen ist Donnerstag …

26

Rose

Ist es möglich, dass jemand wie ich imstande ist, über drei Jahre kein einziges Buch zu lesen?

So lange lebten wir in Paris. Ich war mittlerweile zweiundzwanzig Jahre alt. Die meisten Mädchen in meinem Alter waren verheiratet und hatten Kinder, aber das war mir egal. Wahrscheinlich hätte sich keine von ihnen je träumen lassen, das zu erleben, was ich erlebte; die Bücher, die Kinder und Ehemänner konnten warten.

Das Leben mit Frances war sehr unterhaltsam und wurde nie langweilig. Manchmal allerdings kam man nicht mal zum Nachdenken.

Wir wohnten in der Rue de Surène, ganz in der Nähe des Boulevard Malesherbes und der Madeleine, jener eigenwilligen Kirche, die Napoleon nach dem Vorbild griechischer Tempel erbauen ließ. Frances hatte diese Wohnung bereits vor dem Krieg besessen und sie auch später behalten, weil sie in der Nähe von allem lag, was ihr an Paris gefiel: die Champs Élysées, die Juweliere in der Rue Pasquier, das Maxim's, das Hotel Crillon und die Cabarets in der Rue Boissy d'Anglas. Sie hatte nie vorgehabt, in England zu bleiben, das sie zutiefst langweilte. Was Frances wirklich gefiel, war, in Paris zu leben. Tatsächlich überlegte sie eine Zeitlang, vor allem in den Kriegsjahren, dass wir den Winter in London verbringen und einen Wohnsitz in

Deauville oder Dinan unterhalten könnten, kam dann aber zu dem Schluss, dass sie so nie aus diesem »britischen Stumpfsinn« herauskäme, wie sie mit ihrem ein wenig blasierten Humor sagte, weil es in Deauville und Dinan zu viele Engländer gebe.

Die Wohnung war groß und hatte viele Fenster, so dass reichlich Licht hereinkam. Sie war ziemlich unkonventionell eingerichtet: orientalische Wandschirme, venezianische Lampen, englische Möbel und farbenfrohe moderne Gemälde, die einige ihrer Pariser Freunde gemalt hatten. Licht und Farbe, so habe ich diese Wohnung in Erinnerung.

Frances war immer noch Frances, obwohl auch sie älter wurde. Es ist sehr schwer, sich mit achtunddreißig Jahren eine solche Persönlichkeit zu bewahren, wie es die ihre war. Sie war immer noch eine außergewöhnliche, schöne, eigenwillige, etwas extravagante Frau, aber manchmal, wenn wir die Nacht rauchend und Champagner trinkend in einem dieser Nachtclubs verbrachten, die bis zum Morgen geöffnet haben, sah sie zutiefst erschöpft aus, und auf ihrem Gesicht kam die Frau zum Vorschein, die sie einmal sein würde. Wenn ich sie in dieser Verfassung sah, brachte ich sie nach Hause.

Eines Nachts war es wieder soweit, aber diesmal war es anders als sonst. Da war noch mehr, für sie und für mich. Unerwartete Dinge, die uns überraschend trafen. Zuerst gingen wir zu einer Boxveranstaltung. Es war ein Kampf zwischen Jean Gachet, der bei den Olympischen Spielen in Antwerpen eine Medaille gewonnen hatte, und einem Engländer, dessen Name mir entfallen ist. Frances' neuer Freund hatte uns eingeladen, ein Amerikaner namens Freddie. Na ja, eigentlich hieß er Frederick Verminck und war ein gebürtiger Holländer, dessen Vater ein Vermögen mit Zuckerraffinerien gemacht hatte.

Frances und ich mochten Boxen nicht besonders. Es war das

erste Mal, dass wir bei einem Kampf dabei waren, und ehrlich gesagt glaube ich nicht, dass eine von uns beiden Gefallen an dieser sinnlosen Prügelei fand. Aber Freddie gefiel es, und zu dieser Zeit machte Frances alles, was Freddie wollte.

Da saßen wir drei also in unseren Übergangsmänteln und Hüten in eisiger Kälte auf einem harten Sperrsitz, rings um uns Tausende johlender Menschen. Freddie lachte über uns, wenn wir zusammenzuckten oder entsetzt aufschrien.

»Das hier ist ein Kampf im Federgewicht. Ihr müsstet mal die richtigen Schwergewichtler sehen. Da geht's richtig zur Sache!«

Ich fand Freddie schrecklich vulgär. Ich habe nie verstanden, wieso Frances so verrückt nach ihm war.

An diesem Abend, als ich in dieser Boxhalle auf den Champs Élysée zwischen Freddie und all diesen brüllenden Menschen saß, fühlte ich mich furchtbar, so als hätte ich mich selbst verloren. Ich dachte, dass es außer Frances niemanden gab, zu dem ich gehen konnte, wenn ich ein ernstes Problem hatte, den ich anrufen konnte, um mein Herz auszuschütten oder eine gute Nachricht mitzuteilen. Wie hatte es so weit kommen können? Ich glaube, wenn Madame Hervieu mich gesehen hätte, sie hätte mich nicht wiedererkannt.

Nach dem Boxkampf zogen wir durch die Nachtlokale, in die wir immer gingen. Wenn ich mich recht entsinne, waren wir an diesem Abend zuerst im *L'Oiseau sauvage*, dem angesagten Nachtclub der Intellektuellen und Künstler. Es war Frances' Lieblingslokal, und meines auch. Zuallererst wegen der Leute, die man dort traf: Bei der Eröffnung waren Strawinski, Sergej Diaghilew, Pablo Picasso, Jean Cocteau und dieser sonderbare Musiker gewesen, den wir vor dem Krieg in Honfleur kennengelernt hatten, Erik Satie. Und zum anderen war das *L'Oiseau sauvage* ein wirklich besonderes Lokal, absolut modern, avantgardistisch und voller talentierter Leute, die sich dort die Nächte um die Ohren schlugen. Aber weil Freddie weder das eine, noch das andere war – kein Künstler und schon gar nicht intellektuell –, hielt er es nicht lange dort aus. Er sagte, das Publikum sei ziemlich versnobt, und so landeten wir am Ende der Nacht immer im *Blue Storm*, einem Jazzschuppen, den ich natürlich richtig gut fand, der aber bei weitem nicht den bezaubernden Pariser Charme hatte wie das *L'Oiseau*.

Es war eine verrückte Nacht. Im *Blue Storm* war die Hölle los, die Band spielte Jazzmusik, die die Luft elektrisierte, als befände man sich im Zentrum eines Sturms. Man spürte es gleich beim Reinkommen. Ich erinnere mich, dass Freddie so etwas sagte wie: »Seht ihr? Was hab ich euch gesagt? Das ist Musik!« Und er machte sich auf den Weg zur Tanzfläche. Frances hatte zu viel getrunken, folgte ihm aber trotzdem. Ich blieb am Tisch sitzen. Der Stachel der Unzufriedenheit, der sich während des Boxkampfs in mein Bewusstsein gebohrt hatte, war immer noch da, hartnäckig und unbeirrbar wie Zahnschmerzen.

Die Musik war gut, die Tänzer gaben alles, und der Champagner war hervorragend. Aber ich wäre lieber nach Hause gegangen. Ich war müde, ich hatte keine Lust zu tanzen, mich zu unterhalten oder Bekannte zu begrüßen. Aber das war in Paris nach zwei Uhr nachts völlig unmöglich. Um diese Uhrzeit waren alle Freunde.

»Furchtbar! Meine Füße sind völlig im Eimer!«

Ein Mädchen in meinem Alter ließ sich auf den Stuhl neben mir fallen. Mir blieb keine Zeit, die Handtasche wegzunehmen, die Frances dort abgestellt hatte.

»Darf ich?« Die Frage war überflüssig, denn sie hatte die Tasche schon unter ihrem Hintern herausgezogen und auf den Tisch gelegt.

»Entschuldigung, aber ich kann nicht mehr.«

Damit streifte sie einen ihrer mit blauer Seide bezogenen

Schuhe ab. Sie sprach ein tadelloses Französisch, allerdings mit einem eigenwilligen Akzent. Sie war offensichtlich keine Engländerin.

»Heiß hier, nicht wahr?«, sagte sie und fuhr sich mit der Hand an den Hals. Ich sah ihren Ring, einen großen ovalen Topas am Mittelfinger. »Was trinkst du?«

Wortlos deutete ich auf mein Glas.

»Champagner?«, fragte sie, als ob das etwas Besonderes wäre. »Ich bevorzuge Cocktails.«

Sie trug einen Satinrock und eine Bluse mit goldenen Streifen, die eine Schulter freiließ. Sie war ziemlich hübsch. Sie hatte ganz hellblaue Augen und makellos weiße Haut.

Die Band hatte gerade einen Ragtime gespielt. Jetzt machten sie eine Pause. Die Leute strömten zurück an ihre Tische und die Kellner bemühten sich, die durstige Menge mit Getränken zu versorgen.

»Möchtest du was?«, fragte mich meine Tischnachbarin.

Ich war ein bisschen abgelenkt, weil ich zu Frances und Freddie hinübersah, die am Rand der Tanzfläche standen und sich unterhielten. Ich fragte mich, warum sie nicht an den Tisch kamen.

»Wie bitte?«, fragte ich, ohne sie anzusehen.

»Was trinken«, erklärte sie.

Frances wirkte ernst. Freddie redete und fuchtelte mit den Händen.

»Probier mal einen Cocktail!«, schlug das Mädchen vor. »Danach willst du nichts anderes mehr trinken.«

Ich weiß nicht, ob ich ihr antwortete. Ich sah zu Frances, die zuerst mehrmals ungewohnt energisch den Kopf schüttelte, um dann mit geheimnisvoll gesenktem Blick zu lächeln.

Sie standen weiter dort neben einer Säule, ganz in ihr Gespräch vertieft, als ich plötzlich ein Glas in der Hand hielt, und bevor ich mich versah, trank ich etwas Trockenes, Bitteres, das anders schmeckte als alles, was ich bisher probiert hatte. Diese seltsame Mixtur brannte in der Kehle.

Die Band betrat wieder die Bühne.

»Oh«, sagte das Mädchen, während es rasch die Schuhe wieder anzog, »ich muss gehen.«

Sie rückte die Bluse zurecht.

»Pass auf mein Glas auf, okay?«

Sie musste Amerikanerin sein, dachte ich.

Die Band spielt die ersten Takte eines Blues. Freddie fasst Frances um die Taille und führt sie wieder auf die Tanzfläche.

Und dann betritt sie die Bühne. Mit ihrer hübschen Bluse mit den goldenen Streifen und den mit Seide bezogenen Schuhen. Sie singt mit einer tiefen Stimme, die so ganz anders klingt als vorhin, als sie sich zu mir setzte. Sie singt einen Blues, und man vergisst, dass sie weiß ist.

Diese Stimme. Traurig wie eine Nacht, in der man sich einsam und verlassen fühlt.

Freddie und Frances tanzen engumschlungen.

Die Stimme der Frau kommt von weit her, von einem dunklen, entlegenen Ort, und sie erzählt eine Geschichte, die erst passieren wird.

Und sie umarmen sich, als wollten sie sich niemals trennen.

Das Mädchen mit den blauen Augen und der Satinbluse singt seine traurige Melodie, als könnte sie meine Gedanken lesen … Lange, sehr lange bevor ich sie denke.

Diesmal muss Frances mich nach Hause bringen.

Ich hatte ganz offensichtlich zu viel getrunken.

Aber Frances konnte nicht bis zum nächsten Tag warten. Als wir in die Wohnung kamen, machte ich Licht und warf mein

Cape aufs Sofa. Sie tat dasselbe mit ihrem Mantel und ihrer Tasche.

»Warte«, sagte sie und setzte sich. »Warte einen Augenblick, geh noch nicht. Ich muss dir was sagen.«

»Frances«, protestierte ich, »ich bin völlig kaputt …«

»Freddie geht in zwei Wochen in die USA.«

Warum erzählte sie mir das um drei Uhr nachts? Was hatte ich mit Freddie zu schaffen?«

»Er hat mich gebeten, mit ihm zu gehen.«

Das war es also.

»Ich habe ja gesagt.«

All die wirren Fragen, die mir auf der Zunge lagen. Was sollte das heißen? Dass sie für immer wegging? Mich alleine in Paris zurückließ? Dass ich sie nie mehr wiedersehen würde?

Frances war ernst. Ich jetzt auch. Es ist unglaublich, wie schnell die Wirkung von Alkohol im Angesicht einer Katastrophe verfliegt. Denn das, was sich in diesem Salon abspielte, war keine schlechte Nachricht, es war eine wahre Katastrophe.

»Er will mich seinen Eltern vorstellen.«

Meine geliebte Frances … So unabhängig, amüsant und originell. Und jetzt benahm sie sich wie eine kleine Schneiderin, um deren Hand man anhielt.

»Du sagst ja gar nichts.« Das Schweigen schien sie zu beängstigen.

»Wirst du ihn heiraten?«, fragte ich kampflustig.

Sie sah zu Boden.

»Ich weiß es nicht«, gab sie zu. »Vielleicht.«

Mit Sicherheit sah sie das Misstrauen in meinen Augen.

»Er hat mich nicht gefragt, aber wenn ich ehrlich bin, hoffe ich, dass er es tut.«

Ich weiß nicht, was sie in meinem Blick sah. Vielleicht jemanden, der nicht genug getrunken hatte, um die Bedeutung ihrer Worte zu verkennen. Jemanden, der sich ohne jeden Zweifel zutiefst hintergangen fühlte. Die arme Frances … Wie ungerecht ich doch war …

Ich schlief schlecht, aber als ich aufwachte – viel früher als sonst –, machte ich mir klar, dass es nicht so schlimm war. Ich hatte meine eigene Rente, war von niemandem abhängig. Aber das Unbehagen war nicht verschwunden, es hatte sich nur verschoben: Jetzt litt ich nicht mehr, weil sie mich womöglich verließ; ich litt, weil ich so kleinlich auf Frances' Glück reagiert hatte. Ich zog den Morgenmantel über und frühstückte, während ich darauf wartete, dass sie wach wurde. Die Zeit verging. Ich ging in unsere kleine Bibliothek und nahm mir ein Buch. Die Gedichte von Emily Dickinson. Wenn sie wie eine Einsiedlerin in ihrer geheimen Welt lebte, dann konnte ich das auch. Noch immer im Nachthemd, las ich darin, fest entschlossen, mein Leben von damals hinter mir zu lassen.

Als Frances schließlich erschien, mit offenem Haar und blassen Lippen, empfand ich eine tiefe Liebe, die sich bestimmt in meinem Lächeln widerspiegelte und die aus der berührenden Lektüre dieser Gedichte herrührte. Eine Stimme in mir sagte: *Wasser, erfährt man durch den Durst. Land – wer Meere bereist.*

»Du bist früh aufgestanden, sehe ich.«

Und die Stimme redete weiter … *Wonne – durch Weg – Frieden, durch Reden vom Krieg …*

»Ja«, sagte ich.

Frances setzte sich an den Tisch, an dem man ihr das Frühstück bereitgestellt hatte. Sie läutete, damit man ihr heißen Kaffee brachte.

»Hast du gut geschlafen?«

Sogar darin war sie großzügig. Sie sorgte sich, ob ich gut geschlafen hatte, wo doch eigentlich ich diese Frage hätte stellen müssen.

»Und das Buch?«

»Ich mag es«, sagte ich, während ich das Buch auf das Beistelltischchen legte und mich zu ihr an den Tisch setzte.

Liebe, durchs Bild, das blieb – Vögel, durch Schnee.

»Weißt du«, sagte ich aufrichtig. »Anfangs hat mich das mit Freddie gestört, aber jetzt freue ich mich sehr für dich. Wirklich.«

Frances pellte ihr gekochtes Ei. Sie streute ein wenig Salz und Pfeffer darauf, ohne etwas zu sagen, dann legte sie den silbernen Deckel wieder über den Porzellanbecher.

»Du magst Freddie nicht, stimmt's?«

Ich senkte den Blick. Sie deckte das Ei wieder auf und begann zu essen.

»*Je sais, ma chérie*«, sagte sie mit einem traurigen Lächeln. »Freddie kann ein echter Kindskopf sein, ich weiß. Aber er ist ein guter Kerl.«

»Er behandelt dich gut«, räumte ich ein. »Er liebt dich.«

»Und?«, fragte sie. Da ich den Blick noch immer gesenkt hielt, fasste sie mich unterm Kinn und zwang mich, sie anzusehen.

Ich wollte sie nicht anlügen.

»Du bist hundertmal mehr wert als er«, sprudelte es ohne das geringste Mitleid mit Freddie aus mir heraus. »Du hast was Besseres verdient.«

Sie schüttelte langsam den Kopf. Ihre offenen Haare fielen ihr über die Schultern.

»Da bin ich mir nicht so sicher, Liebes. Freddie ist keine schlechte Option für mich, glaub mir. Ich bin fast neununddreißig. Nicht mehr lange, und ich bin eine alte Schrulle, die ihr Leben damit vergeudet hat, die Nächte zum Tag zu machen, die alle gleich bedeutungsleer und hohl waren. Ich muss etwas daran ändern.«

Ich verstand genau, was sie meinte. Es war dasselbe, was ich während des Boxkampfs empfunden hatte.

»Freddie ist meine letzte Chance«, sagte sie und schenkte sich Kaffee ein. Ihre Hand zitterte ein bisschen. »Ich weiß es.«

Ich war tief erschüttert. Frances war der Mensch auf der Welt, den ich am meisten liebte. Und jetzt wirkte sie plötzlich so zerbrechlich …

27

Die Frühlingsvormittage in Paris sind wundervoll. Die Pariser sitzen gerne vor den Cafés oder in den schicken Teesalons und Konditoreien, statt in den Parks zu flanieren wie die Engländer. Wenn die Sonne scheint, füllen sich die Cafés mit Menschen, die scheinbar nichts zu tun haben, und so war ich nicht weiter erstaunt, als ein Grüppchen von zwei Männern und einer Frau neben mir in der Konditorei Ladurée in der Rue Royale Platz nahm, wo ich darauf wartete, dass Frances vom Friseur zurückkam. Die Tische standen zwar nicht draußen, aber direkt an den großen Fenstern, was das Warten unterhaltsamer machte.

Ich trinke keinen Tee, weil ich Tee nicht mag. Darin bin ich durch und durch Französin. Vor mir stand ein köstlicher *Café au lait* mit diesem luftigen Milchschaum, der leicht salzig schmeckt. Heiß. Dampfend. Aromatisch. Dazu ein Tellerchen mit den besten *Macarons* von Paris mit ihrem feinen Geschmack nach Eischnee und gemahlenen Mandeln … Ich weiß nicht, warum, aber nachdem ich mich erst ein paar Nächte zuvor so verlassen und unglücklich gefühlt hatte, war ich nun plötzlich glücklich, ganz so, als ob das Paris des Jahres 1922 mein Platz auf der Welt wäre. Zugegeben, ich hatte dieses Gefühl schon an etlichen anderen Orten gehabt, aber es war das erste Mal, das etwas in mir sagte: Rose, hier ist dein Platz, bleib hier und du wirst glücklich werden. Wenn ich jetzt, so viele Jahre später, darüber nachdenke, glaube ich, dass ich mich nur davor schützen wollte, dass Frances mich bitten könnte, sie in die USA zu begleiten. Ich habe Veränderungen nie sonderlich gemocht, und die Vorstellung, Paris zu verlassen, empfand ich als überaus beunruhigend.

Da saß ich nun vor meinem Kaffee und meinen köstlichen *Macarons* im Ladurée und trug meine Zukunft unter dem Arm wie eine Handtasche.

Sie fielen mir schon auf, als ich sie draußen auf der Straße stehen sah. Vor allem das Mädchen. Wahrscheinlich, weil mir der Mantel gefiel, den es anhatte: leicht ausgestellt und mit einem einzelnen großen weißen Knopf auf Hüfthöhe. Und ihr kleines Hütchen mit dem weißen Satinband und Goldpailletten, die ihr ein sehr edles, modernes Aussehen verliehen. Jedenfalls kamen sie rein und setzten sich an den Nachbartisch. Es gab eine große Fensterfront, und die Tische standen direkt an der Scheibe, zwei an jedem Fenster. Das Besondere daran war, dass die Gäste nach draußen schauten statt auf die Nachbartische. Außer natürlich, wenn man nichts zu tun hatte so wie ich gerade und die Neuankömmlinge so einen Lärm machten wie sie. Ich begann, auf das Lachen und den starken amerikanischen Akzent der Frau und eines der Männer achtzugeben. In einem Lokal wie dem Ladurée, wo sich die Damen beinahe im Flüsterton unterhielten und man manchmal sogar das Klirren der Porzellantassen hörte, die auf dem Unterteller abgestellt wurden, wirkte lautes Sprechen vollkommen fehl am Platze.

Sie bestellten etwas zu trinken.

Die Bedienung zählte ihnen die verschiedenen Sorten Tee, Kaffee oder Schokolade auf.

»Haben Sie nichts mit Alkohol?«, erkundigte sich das Mädchen mit dem Paillettenhut laut.

Es war elf Uhr vormittags, und wir befanden uns in einem Teesalon. Niemand, der bei klarem Verstand war, hätte im Ladurée Alkohol bestellt.

Zum damaligen Zeitpunkt war ich nicht gerade gut auf alles zu sprechen, was von der anderen Seite des Ozeans kam. Sagen wir's mal so: Amerikaner standen nicht ganz oben auf meiner Beliebtheitsliste. Ich glaube, ich erinnerte mich sogar vage daran, wie Monsieur Hervieu immer gesagt hatte, alles Übel komme von Westen übers Meer. Jedenfalls fand ich diese Leute schlecht erzogen und laut und war versucht, sie darauf aufmerksam zu machen, dass sie vielleicht in einer Brasserie am Montparnasse besser aufgehoben wären. Aber das war nicht nötig. Die Bedienungen im Ladurée beherrschten ihr Handwerk. Ich hörte, wie sie leise, aber bestimmt antwortete: »Wir nicht, Mademoiselle. Aber wenn Sie einen Aperitif nehmen möchten, finden Sie ein Stück weiter das Hotel Regina. Vielleicht kann man Ihnen dort mit alkoholischen Getränken dienen, wenn die Bar bereits geöffnet hat.«

»Nein, nein, schon gut«, lenkte die Amerikanerin ein und zündete sich eine Zigarette an, die in einer Zigarettenspitze aus Bernstein steckte. »Wir nehmen Tee und ein paar von den bunten Plätzchen da.«

Sie deutete auf meinen Tisch.

Die Bedienung sah mich an und senkte dann den Kopf, als wollte sie sich für die mangelnde Diskretion dieser Leute entschuldigen.

Ich glaube, in diesem Moment kam Frances rein. Sie hatte den Hut in der Hand, und ihr Haar glänzte und war perfekt onduliert. Sie trug keinen Mantel, nur eine zum Kleid passende Pelerine. Sie kam zu meinem Tisch. Die Amerikanerin saß mir zugewandt. Ich sah sie mit gleichgültiger Miene rauchen, als ob ich gar nicht da wäre. Die Männer wandten mir den Rücken zu. Plötzlich sprang einer der beiden auf und ging Frances entgegen. Ich erstarrte. Auch sie wirkte zuerst überrascht, aber dann begrüßten sie sich herzlich.

»Mein Lieber!«, hörte ich Frances sagen. »Das ist ja eine Ewigkeit her …«

Sie fassten sich bei den Händen und blieben eine Weile so stehen, ohne dass wir anderen verstehen konnten, was sie sagten. Ich war wirklich neugierig, und das nicht im guten Sinne, muss ich zugeben. Wie konnte es sein, dass Frances etwas mit diesen schlecht erzogenen Gästen zu tun hatte? Ich kam sofort zu dem Schluss, dass es sich um Freunde von Freddie handeln musste. Eine andere Möglichkeit gab es nicht. Nicht einmal Frances' Bohèmefreunde benahmen sich so vulgär. Keiner von ihnen wäre auf die Idee gekommen, ins Ladurée zu gehen und um elf Uhr morgens alkoholische Getränke zu bestellen.

Frances deutete auf mich, und der Mann und sie kamen an meinen Tisch. Ich erkannte ihn nicht wieder. Er mich wohl auch nicht. Er war älter geworden und trug eines dieser dicken, einreihigen Sakkos, die aus der Mode gekommen waren, vor allem an so einem sonnigen Tag, an dem die meisten Männer helle, leichte Anzüge trugen.

»Rose, Liebes, sieh mal, wer in Paris ist!«

Aber ich hatte keine Ahnung, wer dieser Mann mit den grauen Haaren und den nikotinfleckigen Fingern war …

»Erinnerst du dich nicht? Er war mit uns auf Elsinor Park.«

Mein erster, ebenso schmerzlicher wie sinnloser Gedanke galt James, denn der war tot und für immer verschwunden, so wie nur jene verschwinden können, die wir unbedingt vergessen wollen. Und in diesem Moment der Ungewissheit, in dem sich die Bilder drängten wie in einem schlecht gepackten Koffer, sah ich plötzlich Frances in dem Gartenhäuschen am Fluss … und diesen Mann, der mir zulächelte.

Ja, kein Zweifel, er war es. Owen Lawson. Er war gerade in Frankreich eingetroffen. Das sagte er zumindest.

Als er mir die Hand küsste, streifte sein buschiger weißer Schnurrbart meine Finger.

Seine Begleiter waren anscheinend ebenfalls Schriftsteller. Wir machten uns miteinander bekannt. Ein Amerikaner und seine Frau. Ich konnte mir ihre Namen nicht merken, wahrscheinlich, weil ich sie nicht richtig verstand, aber ich erinnere mich noch gut an diese junge Frau, die ungefähr in meinem Alter sein mochte. Sie saß da mit ihrem hübschen Hütchen, rauchte Zigaretten, verschmähte die süßen *Macarons* und sehnte sich stattdessen mit trotzig hochgerecktem Kinn und abwesendem Blick nach einem Drink.

Frances bemerkte wohl, dass ich mich unwohl fühlte, und führte eine Ausrede an, um nicht länger im Ladurée bleiben zu müssen. Als wir gingen, erzählte sie mir, dass Owen sich als Freiwilliger gemeldet hatte und in einem Gefecht an der Somme schwer verwundet worden war.

»Er wurde zum Kriegshelden erklärt und lebt seither in England. Aber er sagt, dass er das Landleben leid sei und nach Paris ziehen wolle. Er hat eine australische Malerin geheiratet, und sie haben eine Tochter, weißt du.«

Ich glaubte mich zu erinnern, dass er damals bereits verheiratet war. Und seine Frau war Engländerin gewesen.

»Mit Violet hat es nicht geklappt. Sie und Mary Nicholson, Owens vorherige Frau, sind ständig am Streiten und Prozessieren. Deshalb hat er seinen Namen geändert.«

Ich verstand nichts, und es interessierte mich auch nicht sonderlich. Ich mochte Owen Lawson nicht. Mochte ja sein, dass er ein großer Schriftsteller war, aber als Mensch gefiel er mir überhaupt nicht. Hatte er nie.

Wir kamen zu dem Restaurant, in dem Freddie auf uns wartete. Diesmal fand ich ihn gut aussehend und sogar einigermaßen kultiviert. Da sieht man mal wieder, wie schnell sich unsere Meinung über einen Menschen ändern kann.

Ein paar Tage später.

In wenigen Tagen werden Frances und er ein Schiff über den Atlantik nehmen. Wie befürchtet, hat Frances mir vorgeschlagen, sie zu begleiten.

»Amerika wird dir gefallen. Es ist ein phantastischer Ort, voller neuer Eindrücke, vor allem für ein Mädchen deines Alters. Ich kann es kaum erwarten, die riesigen Wolkenkratzer zu sehen. Und die Jazzclubs in der 54. Straße. Und die Theater am Broadway …«

Ich sagte ihr, dass ich nicht mitkommen würde. Ich sagte es ihr gerade heraus.

»Es ist mir zu weit weg«, erklärte ich knapp.

»Zu weit weg?«, wiederholte Frances ungläubig. »Zu weit weg von was? Von wem?«

Ich konnte verstehen, dass sie nachfragte. Ich hatte keinen Mann, keinen Freund, keinen Liebhaber, den ich vermissen würde. Ich hatte keine Mutter, um die ich mich kümmern musste, und keine Geschwister, mit denen ich meinen Geburtstag feiern konnte. Ich hatte nur sie.

Ich zuckte mit den Schultern und blieb hartnäckig bei meiner Weigerung. Ich hatte keine Ausrede, und sie merkte das. Ich glaube, sie wusste, dass ich unter keinen Umständen aus Paris weggehen würde.

Warum fühlte ich mich diesem alten Kontinent so verbunden? Amerika war mir fremd. Ich verstand diese einfache, unkomplizierte Welt nicht, die sie über ihre Grenzen hinaus exportieren wollten. Frances sagte, die Amerikaner hätten einen ausgeprägten Sinn fürs Praktische, sie hielten sich nicht mit

Nebensächlichkeiten auf und man wüsste immer, woran man bei ihnen war. Das wollte ich auch gar nicht bestreiten. Aber ich wusste nicht, wofür das gut sein sollte. Fürs Geschäft vielleicht, mag sein. Aber es gab doch noch andere Dinge im Leben. Und ich spreche nicht nur von der Kunst. Wie konnten sie ohne das Doppelbödige, Unwahrscheinliche, Ungewisse leben?

Wir gingen wieder ins *Blue Storm*. Diesmal hatte ich nicht darauf gedrängt, ins *L'Oiseau sauvage* zu gehen. Ich hatte keine Lust mehr, mich Freddies Vorstellungen zu widersetzen – wozu auch?

Als wir reinkamen, fing das Mädchen von neulich gerade an zu singen. Heute trug sie ein schwarzes Kleid mit einem spitzen Ausschnitt und einem kurzem Rock mit drei Reihen Fransen, die ständig wippten, selbst wenn sie sich kaum bewegte. Freddie bestellte eine Flasche Champagner, wie immer.

»Ich nehme einen Cocktail«, sagte ich zu dem Kellner. »So einen mit Kirsche und einer Orangenscheibe.«

Frances sah mich erstaunt an. Freddie auch.

Als dann mein Glas kam und Frances das rötliche Getränk sah, begann sie zu lachen.

»Wenn du in Amerika bist«, sagte sie, »wirst du sehen, dass das dort jeder trinkt. Das ist ein Manhattan. Das solltest du doch wissen, so modern, wie du bist.«

Ich nahm mein Glas, stand auf und ging zur Bühne. Die Sängerin erkannte mich wieder und zwinkerte mir zu, als sie das Glas in meiner Hand sah. Ich lächelte. An dem Abend sang sie etwas anderes. Sie tat so, als spräche sie mit ihrem Freund, und nannte ihn die ganze Zeit »Baby«. Ich fand das Mädchen lustig, es machte mir gute Laune. Als ich beschloss, meinen Ärger zu vergessen und zum Tisch zurückzugehen, sah ich, dass Frances und Freddie nicht allein waren.

Ich war umzingelt.

In die Enge getrieben.

Vielleicht sollte ich mich besser einfach meinem Schicksal ergeben.

Da war dieses Paar, die Freunde von Owen Lawson. Diese Frau, an deren Namen ich mich nicht erinnerte, mit ihrer Zigarettenspitze aus Bernstein … Owen war nicht dabei.

»Nein, nein«, wies die Frau gerade den Kellner an. »Für uns eine Flasche Bourbon.«

Es kam noch jemand dazu und setzte sich. Es fielen Namen, die keiner verstand. Alle waren Amerikaner. Amerikaner in Paris.

»In der *Gazette du Bon Ton*«, sagte jemand zu Frances. »Ehrlich, das musst du lesen.«

Was war das? Eine Art *Vanity Fair*?

Und dann sah der Mann, der über *La Gazette* gesprochen hatte, zu mir herüber, mit diesem glasigen Blick, der verriet, dass er zu viel getrunken hatte.

Die Runde wurde immer größer, wie es oft im *L'Oiseau sauvage* passierte. Nur, dass dies nicht das *L'Oiseau sauvage* war und diese Leute nicht meine Freunde waren.

»Das Bühnenbild ist von diesem Spanier, Pablo Picasso, und die Choreographie von Léonide Massine«, schrie Frances zu dem Mann herüber, der am anderen Ende des Tischs saß.

»Mistinguett und Maurice Chevalier«, hörte ich jemand anderen sagen. »Es ist eine Operette.«

»Aber er ist zweiter Offizier auf einem Schiff«, protestierte die Frau, die neben mir saß. Wahrscheinlich wusste nur sie selbst, von wem sie sprach.

Da war noch ein weiterer Amerikaner. Von ihm wusste ich immerhin, wie er hieß: Roger, und er stammte aus Cincinnati. Er war nicht ganz so betrunken wie der Rest.

Ich unterhielt mich mit ihm. Mir blieb nichts anderes übrig. Er fragte mich nach den Gesellschaften bei Gertrude Stein und Alice B. Toklas. Seine Stimme schaffte es, die Musik zu übertönen. Sie war dunkel, kraftvoll, männlich.

»Ich habe von diesen Gesellschaften gehört. Alan Campbell, Dotties Mann, hat mir empfohlen, auf jeden Fall hinzugehen, als er erfuhr, dass ich nach Paris reise. Du weißt schon, Dottie, Dorothy Parker …«

Ich hatte keine Ahnung, wer diese Dottie war. Ich war auch kein regelmäßiger Gast bei Gertrude Stein, obwohl ich gelegentlich mit Frances dort gewesen war. In diesen Salons trafen immer viele starke Egos aufeinander. Als Normalsterblicher konnte man sich gegen diese ganzen Berühmtheiten nicht behaupten, und manchmal ging ich wieder, ohne auch nur einen vollständigen Satz gesagt zu haben. Nicht, dass es mir etwas ausmachte, aber ich fand nicht, dass diese Leute, die die Unterhaltung an sich rissen, etwas Wichtiges zu sagen hatten.

Roger war groß, kräftig, sympathisch. Ich fand ihn recht attraktiv.

Er zog seinen Stuhl aus dem Kreis, der sich um unseren Tisch gebildet hatte, und schob ihn mit erstaunlicher Selbstverständlichkeit näher an meinen heran. Von der Bar zwinkerte mir das Mädchen aus der Band erneut zu.

»Bist du Engländerin oder Französin?«

Das ist eine Frage, die ich hasste, weil ich nie wusste, was ich sagen sollte. Manchmal rang ich mich dennoch zu einer Antwort durch, aber das bedeutete, dass ich viele Erklärungen geben musste.

»Ich bin in Frankreich aufgewachsen. Aber meine Familie stammt aus England.«

Er schien sich mit dieser einfachen Erklärung zufriedenzugeben.

»Ich möchte Europa bereisen, den Süden vor allem, Nizza, die Riviera … Vielleicht noch Spanien … In ein, zwei Monaten fahre ich nach Italien und miete dort was für den Winter. Ich glaube, die Temperaturen dort sind angenehmer.«

Die Musik wurde wieder lauter. Roger rückte noch ein bisschen näher, während ich ihm erzählte, dass Frances und ich schon einige Male in Italien waren. Während ich redete, wurde mir klar, dass ich versuchte, ihn irgendwie zu verführen. Ich wollte ihm gefallen, interessant erscheinen, seine Bewunderung wecken. Ich erzählte ihm von Venedig und den Villen am Brentakanal. Er kannte nur Rom und Florenz. Er war davon überzeugt, dass es in Venedig schmutzig sei und vor Ratten nur so wimmelte.

»Ich bin mir nicht sicher, ob ich dorthin möchte«, sagte er ganz natürlich.

Die Amerikanerin mit der Zigarettenspitze aus Bernstein bestellte noch eine Flasche Bourbon. Überall auf dem Tisch standen Gläser. Frances und Freddie waren auf der Tanzfläche verschwunden.

»Vielleicht solltest du nicht an die Ratten und den Dreck denken«, sagte ich zu Roger. »Das macht niemand, wenn er nach Venedig fährt.«

»Aber ist es wirklich so … faszinierend?«

Mir war völlig klar, dass er überzeugt werden wollte. Und dass er mich auf gewisse Weise auf die Probe stellte, ohne sich dessen selbst bewusst zu sein.

»Ja, natürlich.«

Am Anfang versuchte ich, ihm zu erklären, warum ich Venedig so faszinierend fand, dann aber beschloss ich, den Mund zu halten, weil ich keine Worte hatte, um diese Stadt zu beschreiben, ohne in Gemeinplätze zu verfallen.

Er sah mich an und grinste.

»Ich glaube, jetzt bleibt mir nichts anderes übrig, als nach Venedig zu fahren«, sagte er und lehnte sich zurück, zufrieden, sein Ziel erreicht zu haben. Sein weißes Hemd spannte sich über der Brust.

Und dann beugte er sich zu mir rüber, stützte den Ellenbogen auf die Armlehne und fragte leise: »Würdest du mit mir kommen?«

Ich lächelte. Jetzt war ich es, die sich entspannt zurücklehnte.

»Zu Gertrude und Alice?«, frage ich arglistig. »Klar, irgendwann in den nächsten Tagen.«

»Okay, ich nehme dich beim Wort. Wie wär's mit morgen?«

Ich lachte und er auch. Plötzlich waren wir zwei chemische Substanzen, die in Kontakt zueinander getreten sind.

Wir hatten es getan. Jetzt konnten wir uns wieder mit dem Rest der Welt befassen. Roger wendete sich dem Mann zu, der neben ihm saß.

»Diese Engländer haben einen unglaublichen Humor, findest du nicht?«

Der andere sah ihn an und nickte mit herabhängenden Augenlidern und halb offenem Mund.

Wir standen vor der Tür. Jemand schlug vor, noch ins *La Cloche* zu gehen, einen Jazzclub, der später schloss als das *Blue Storm*.

Frances und Freddie waren schon vor einer ganzen Weile nach Hause gegangen.

»Ins *La Cloche*?«, grölte einer. »In diesem Schuppen spielen sie den schlechtesten Jazz der Welt.«

»Gibt's da Whisky?«

»Fässerweise.«

»Dann kann der Jazz nicht so schlimm sein. Gehen wir ins *La Cloche*!«

Wir fuhren mit mehreren Taxis. Roger und ich teilten unseres mit dem Mädchen mit der Zigarettenspitze aus Bernstein und ihrem Mann. Sie hatte ihren Hut verloren, und die beiden stritten die ganze Fahrt hindurch. Sie beschimpften sich aufs Übelste, wie ich es noch nie zuvor gehört hatte, und als wir am Ziel ankamen, weigerte sich die Frau, aus dem Taxi zu steigen.

»Lass sie«, sagte Roger ohne jedes Mitleid, während er dem Taxifahrer ein paar Scheine reichte. »Es ist immer dasselbe mit ihr. Heute Nacht wird man sie aus dem Hotel werfen, und morgen taucht sie mit einem blauen Auge wieder auf.«

Ich fragte mich, wie Frances in diesem Umfeld glücklich werden würde.

28

Frances' Morris Bullnose stand in einer Garage in der Rue D'Anjou. Freddie sagte, dass wir ihn abschaffen sollten, weil er einen neuen Ford aus den USA mitbringen wollte, aber ich hatte noch nichts unternommen. Ich wollte lieber warten, bis sie zurück wären. Roger kam, um ihn mit mir abzuholen. Wir wollten nämlich nach Deauville fahren, um dort das Wochenende zu verbringen.

Der Morris war alt und kam mir nicht mehr so bequem vor wie früher, aber für mich blieb er Frances' Auto, auch wenn an diesem Tag Roger fuhr. Es war merkwürdig für mich, jemand anderen auf ihrem Platz zu sehen. Auch für ihn schien es seltsam zu sein, einen Wagen zu fahren, der das Steuer rechts hatte. Es kam mir vor wie eine Art Spiel oder Herausforderung für ihn. Immer wieder musste er Hindernissen ausweichen, bis er sich schließlich auf der Höhe von Bonnières-sur-Seine an das Auto zu gewöhnen begann. Daraufhin entspannte auch ich mich und sah ihn vergnügt von der Seite an. Er trug eine Pilotenkappe, die wir neulich auf dem Flohmarkt in Saint-Ouen gekauft hatten, und ich ein schmales, seitlich aufgebogenes Filzhütchen, um das ich einen Voileschal geschlungen hatte, damit es nicht wegflog. Ausziehen wollte ich es nicht, weil der Wind sonst meine Frisur zerstört hätte und ich völlig ramponiert bei den Fergusons ankommen würde. Ich hoffte aufrichtig, dass Elliott nicht da wäre. Sarah hatte nichts darüber gesagt.

Sarah und Charles würden im August heiraten. Ein merkwürdiger Gedanke, vor allem, weil ich nicht anders konnte, als mich mit ihr zu vergleichen. Aber obwohl ich wusste, dass wir beide im richtigen Alter waren, um zu heiraten, gelang es mir nicht, mich selbst in der Rolle der Hausfrau und Mutter zu sehen. Noch nicht. In meinem Leben war es noch zu früh für so vieles.

Frances würde für die Hochzeit aus Amerika kommen. Freddie wurde noch von geschäftlichen Angelegenheiten aufgehalten, aber sie würde das Schiff in der nächsten Woche nehmen. ›Kann es kaum erwarten, dich zu sehen und dir alles zu erzählen, was in diesen Monaten passiert ist‹, stand in dem Telegramm, das sie mir geschickt hatte.

»Wie fandst du diesen Kerl, Jordan Miller?«

Roger fuhr mit offenem Verdeck. Durch den Fahrtwind und den Motorenlärm verstand ich kaum ein Wort.

»Du hast ihm gefallen«, brüllte er, ohne mich anzusehen.

»Was?«

»Er hat dich den ganzen Abend angestarrt«, brüllte er noch lauter.

»Das ist doch Quatsch«, schrie ich zurück. »Es hatte nichts mit dem zu tun, was du denkst. Er wollte, dass ich eine Geschichte lese, die er geschrieben hat.«

»Der jetzt auch noch. Meine Güte! Will denn jeder in diesem Haus ein Buch schreiben?«

»Was sagst du?«

Er brachte den Wagen neben einem Holzpfosten zum Stehen.

»Das ist eine Bande von Klugscheißern«, sagte er, und seine Stimme klang wieder normal, als er den Motor abstellte.

Die plötzliche Stille verwirrte mich. Ich wusste nicht genau, von wem er redete, auch wenn ich eine Vermutung hatte. Roger spielte sich nicht als Intellektueller auf, aber er war ein begeisterter Leser. Ich war mir sicher, wenn er wollte, würde er besser schreiben als viele meiner Bekannten, Gertrude Stein eingeschlossen.

»Wenn ich das Verdeck nicht hochklappe, können wir uns während der Fahrt nicht unterhalten«, sagte er und öffnete die Wagentür. »Außerdem sehe ich, dass dir kalt ist.«

Er deutete auf meinen Schal, den ich um den Hut und den Hals geschlungen hatte. Ich verriet ihm nicht, dass es aus reiner Eitelkeit geschehen war.

»Er wollte also, dass du seine Erzählung liest?«

»Ja. Er hat mich um meine Meinung gebeten.«

Roger blickte mich ungläubig an. War es so abwegig, dass mich jemand wegen der literarischen Qualität seiner Erzählung nach meiner Meinung fragte?

»Er wollte nicht deine Meinung hören«, sagte Roger, während er weiterfuhr. »Er wollte was ganz anderes.«

Im Grunde gab ich ihm recht, aber ich hatte keine Lust, das zuzugeben.

»Aber seine Frau war dabei …«

»Ja, ja …« Er drehte sich zu mir hin und sah mich mit seinem strahlendsten Lächeln an. »Für manche ist das kein Hindernis, glaub mir.«

Ich wusste nicht, was Roger und ich für eine Beziehung hatten. Wir kannten uns erst drei Monate, aber seit Frances fort war, sahen wir uns jeden Tag. Ich gefiel ihm, und er gefiel mir, das war mehr als offensichtlich, aber keiner von uns hat bisher das Wort Beziehung in den Mund genommen. Deshalb gefiel es mir, dass er so eifersüchtig war.

»Das mit seinem Orden hat er dir bestimmt auch erzählt, oder?«

Ich gab ihm keine Antwort. Ja, Jordan hatte mir davon erzählt. Die österreichische Artillerie, die erbarmungslos feuerte und seine Beine zerfetzte, und er schulterte trotzdem noch einen schwer verletzten italienischen Soldaten und schaffte es, ihn in Sicherheit zu bringen …

»Ein Wunder, dass er ihn nicht auch noch an sein Sportjackett heftet. Ich habe noch nie einen so eingebildeten Fatzke gesehen.«

»Er ist halt noch sehr jung«, hielt ich dagegen. »Er versucht, seinen Weg zu gehen und will sich auf einem Feld beweisen, auf dem das nicht einfach ist. Du musst bedenken, dass er ungefähr in meinem Alter ist … Da ist es normal, dass man gern ein bisschen angibt.«

Meine Argumentation war alles andere als haltbar. Nicht mal ich selbst sah den Sinn darin.

»Wieso? Du bist doch auch nicht eingebildet. Und das, obwohl du haufenweise Schriftsteller und Künstler kennst. Was würde dieser Kerl darum geben, deinen Freundeskreis zu haben!«

»Meinst du?«

Er sah mich erneut an, sagte aber nichts. Manchmal wusste ich nicht, was in Roger vorging. Er war intelligent, sympathisch und ein guter Kerl. Aber da war etwas, das ich nicht greifen konnte. Es hatte mit seiner Einstellung zur Welt zu tun, mit dem, was er vom Leben erwartete. Er wollte zum Beispiel eine Europareise machen, Italien, Griechenland und vielleicht auch Spanien besuchen, doch dann traf er keine Entscheidung, machte keine konkreten Pläne, sondern ließ die Zeit verstreichen, als würden die Dinge schon ganz von selbst geschehen. Es war dieses In-den-Tag-Hineinleben, das mich völlig nervös machte. Genauso wenig wusste ich, was er von den Menschen um sich herum erwartete. Er verkehrte gern in Künstlerkreisen, kritisierte aber unablässig alles und jeden. Dabei wirkte er so fordernd, so unerbittlich, dass man sich immer fragte, warum er überhaupt zu diesen Gesellschaften ging und sich mit Leuten umgab, die er so verachtete. Wenn ich über all das nachdachte, stellte ich mir unwillkürlich auch die Frage, welche Rolle ich in seinem Leben spielte.

»Und wir werden im Haus deiner Freunde wohnen?«

Er meinte die Fergusons.

»Ja, natürlich. Aber es sind nur Sarah und ihr Verlobter da. Die Familie kommt erst nach der Hochzeit.«

Ich erzählte ihm, dass das Haus seit vielen Jahren leer stand, zuerst wegen des Kriegs und dann, nach James' Tod, wegen Lady Fergusons sonderbarem Leiden, das sie daran hinderte, Elsinor Park zu verlassen.

»Was hat sie?«

»Sie hat's mit den Nerven. Die Ärzte sagen, es handelt sich um eine Form von Phobie, so eine Art Panikattacke, wenn sie unter fremden Menschen ist. Sie gerät dann völlig außer sich. Ich weiß nicht mal, ob sie an der Hochzeit teilnehmen kann.«

Wir kamen durch ein kleines Dorf mit hübschen Sommerhäusern. Als wir über die Seinebrücke fuhren, spiegelten sich die Uferbäume im Wasser. Überrascht stellte ich fest, dass ihre Spiegelbilder schöner waren als die Bäume selbst. Sie formten sich ständig verändernde Lichtreflexe und glitzerten wie von einer Firnisschicht überzogen.

»Sind sie sehr steif?«, äußerte Roger seine Bedenken.

»Nein, überhaupt nicht«, antwortete ich überzeugt. »Sarah und Charles sind reizend und sehr herzlich, du wirst sehen.«

»Ich habe noch nie einen Lord kennengelernt.«

»Na ja, der Lord ist ihr Vater.«

Er wendete sich wieder zu mir und lächelte. Oh Gott! Wie sehr ich Rogers Lächeln mochte!

»Lord Ferguson ist ein ganz zurückhaltender Mann«, erzählte ich weiter. »Er lebt auf dem Land und fährt nur nach London, wenn es gar nicht anders geht. Ich weiß nicht, ob er schon mal so eine Perücke aufhatte, wie sie im Oberhaus vorgeschrieben sind …«

»Ach, komm«, rief er ironisch, »was ist das für eine Räuberpistole? Ein Lord, der sich nicht wie ein Lord benimmt?«

Und er sah mich wieder an.

Und lächelte.

Und ich verstrickte mich noch ein wenig mehr in dem Spinnennetz, an dem wir beide woben.

Die Fahrt zur Küste war angenehm. Die Straße verlief entlang der Seine, und wir betrachteten die fruchtbare, noch immer grüne, von rotbraunen Streifen durchzogene Landschaft.

»Sollen wir in Rouen zu Mittag essen, was meinst du?«

»Einverstanden«, sagte ich, begeistert von der Idee. »Wenn ich mich recht entsinne, gibt es ein Restaurant in der Nähe der Kathedrale. Sie haben eine Markise, wir könnten also draußen essen.«

»Die Kathedrale, in der sich Madame Bovary mit ihrem Liebhaber traf?«

»Sieh einer an«, bemerkte ich in diesem ironischen Ton, den wir manchmal miteinander pflegen. »Wie ich sehe, bist du ein gebildeter Amerikaner. Du weißt, dass Flaubert aus Rouen stammt.«

Ich wusste, dass diese kleinen Wortgeplänkel ihm genauso viel Spaß machten wie mir.

»Natürlich, Baby. Was dachtest du, dass ich so ein ungehobelter Cowboy bin?«

»Na ja, ich hab mal einen Landsmann von dir kennengelernt, der dachte, Spanien läge südlich von Mexiko.«

Er brach in ein ansteckendes Lachen aus.

»Wer hat denn diesen Blödsinn erzählt? Dieser Miller?«

»Nein, hier irrst du, mein Lieber. Jordan hat mir neulich von Spanien erzählt. Ich glaube, er war sogar mal dort oder will demnächst hinfahren. Er kennt sich mit der spanischen Kultur und den spanischen Sitten ziemlich gut aus.«

»Lass uns nicht länger von ihm sprechen. Hast du das Buch gelesen, das ich dir geliehen habe?«

»Das von Ezra Pound? Ja, ich lese es häppchenweise.«

»Und, wie findest du es?«

»Es ist …«

»Zu intensiv?«

Ich lachte. Genau das dachte ich, obwohl ich es nie so ausgedrückt hätte.

»Jedenfalls kann ich nicht mehr als zwei Gedichte hintereinander lesen. Spricht er chinesisch?«

»Nicht besonders gut, glaube ich. So heißt es zumindest.«

»Und woher nimmt er den Mut, die Verse eines Dichters aus der Tang-Dynastie zu übersetzen?«

»Na ja, ich glaube, es ist weniger eine Übersetzung als ein Experiment. Du magst andere Autoren lieber – diese Emily Dickinson zum Beispiel, stimmt's?«

»Wesentlich lieber«, gab ich zu. Ich sagte ihm nicht, dass ich ihre Gedichte im Koffer hatte.

Jetzt lachte Roger.

»Sie steht der Romantik ziemlich nahe«, bemerkte er ein wenig von oben herab. »Und das ist nicht mehr in Mode.«

»Eine Bekannte von uns«, entgegnete ich kämpferisch, »die Modemacherin Coco Chanel, sagt, dass alles, was mit der Mode geht, irgendwann aus der Mode kommt. Byron, Shelley, Baudelaire, selbst ein Yeats werden immer noch da sein, wenn dein Ezra Pound längst am Ende ist. Und sag jetzt nicht, ich sei altmodisch.«

Roger antwortete nicht sofort.

»So was würde ich niemals sagen, Honey. Ich möchte dir was vorschlagen.«

Mir schossen die unterschiedlichsten Dinge durch den Kopf. Und alle machten mir Angst.

»Willst du mit mir nach Italien kommen?«

Ich wusste nicht, was ich antworten sollte.

»Ich habe ein Haus in dieser Gegend gemietet, von der du mir erzählt hast. An der Riviera del Brenta. Es ist keine riesige Villa, aber es ist in der Nähe von Venedig. Und relativ nah an Padua, Vicenza oder Verona … Ich hoffe nur, es gibt nicht allzu viele Stechmücken.«

Ich konnte mir nicht vorstellen, wie es wäre, mit Roger in Italien zu leben.

»Das Haus ist gelb gestrichen«, setzte er hinzu, als wunderte er sich immer noch über diese Tatsache.

Ich war nervös, wusste nicht, was ich sagen sollte. Meine Gedanken rasten. Die Zukunft. Frances, die kurz davor war, Freddie zu heiraten, und vielleicht für immer in den USA blieb …

»Es gibt auch einen Garten. Der Besitzer hat mir versichert, dass er gepflegt ist.«

Roger wartete geduldig, aber nach ein paar Minuten hakte er dann doch nach: »Was sagst du? Bist du einverstanden?«

»Wann willst du denn fahren?«, fragte ich vorsichtig zurück.

»Im September.«

»Aber Frances …«, warf ich ein.

Er reagierte sofort.

»Du könntest natürlich kommen, wann du willst. Vielleicht in den kalten Wintermonaten. Man hat mir gesagt, dass das Klima in Italien milder ist als in Paris.«

»Im Süden schon. Aber die Winter in Venedig sind feuchtkalt.«

Roger war sehr ernst geworden. Er blickte starr geradeaus und musste die Stirn gerunzelt haben, denn seine Augenbraue war so angespannt, dass sich die Haare aufrichteten wie das Rückenfell einer Katze. Ich merkte, dass er enttäuscht war.

»Du willst also nicht mitkommen?«

Ich konnte nicht mit der Begeisterung zustimmen, die er sich erhofft hatte. Fast unwillkürlich schüttelte ich den Kopf. Ich wusste nicht, was mit mir los war.

Wir erreichten Rouen. Als wir über die Brücke fuhren, sah ich in der Ferne die Türme der Kathedrale, und dann tauchten auch schon die mittelalterlichen Fachwerkhäuser auf. Weiter erinnere mich an nichts mehr, nicht an das Restaurant, in dem wir aßen, noch daran, ob wir über Jeanne d'Arc oder die Gemälde von Monet sprachen. Das alles ist aus meinem Gedächtnis verschwunden.

29

Ich fand Deauville schöner denn je. Es war nicht so heiß, und es waren weniger Leute da als im August, weil die Pariser mit ihren schicken Autos, ihren Polohemden und ihren Sonnenbrillen noch nicht eingetroffen waren. Dieses Deauville Anfang Juni hatte noch eine gewisse Ähnlichkeit mit der ruhigen Sommerfrische, die ich vor dem Krieg gekannt hatte.

Sarah erwartete uns. Als ich die Wagentür öffnete, hatte ich das Gefühl, mir Frances' Rolle am Tag unseres Kennenlernens anzumaßen, als sie genau an dieser Stelle mit dem geliebten Sacha aus diesem Auto gestiegen war. Und das war nun schon acht Jahre her.

»Meine liebe Sarah!«

Ich ging die trapezförmige Treppe hinauf. Diese nach oben strebende Stufenpyramide, unvollständig wie meine Gedanken. Eine Stufe, zwei … In Italien leben.

Sarah und Charles kamen uns entgegen.

Plötzlich verspürte ich ein unbändiges Verlangen, ich selbst zu sein.

Ich.

Sarah und ich umarmten uns mit jener innigen Zuneigung, die wir immer füreinander empfunden haben. Seit jenem unangenehmen Fest vor drei Jahren hatten wir uns nicht mehr gesehen. Ich fand sie schlanker und wesentlich schöner. Sie glich ein wenig ihrer Mutter, zwar ohne deren Vornehmheit und überirdische Schönheit, aber dafür wirkte sie warmherziger, ungekünstelter. Sie hatte ebenfalls die Haare abgeschnitten, und ihre grünen Augen wirkten noch größer und strahlender, genau wie ihr Lächeln. Charles hingegen war ganz der Alte. Ihn zu sehen, löste ein ganz merkwürdiges Gefühl in mir aus: eine Art stilles Einvernehmen, das, wie ich bald darauf feststellte, mit der Ruhe zu tun hatte, die er ausstrahlte. Und wieder beneidete ich Sarah insgeheim.

Das Haus war das alte geblieben: dieselben Möbel in der Eingangshalle wie damals, die Rundtreppe, die zu beiden Seiten des Vestibüls nach oben führte, und der Salon, in dem ich James zum ersten Mal gesehen hatte. Ich weiß nicht, warum, aber ich fühlte mich unwohl. Sarah hatte sich verändert und ich mich auch, aber sie hatte mit den Jahren gewonnen. Sie war eine selbstbewusste, glückliche Frau, die bald den Mann heiraten würde, den sie liebte. Ich wusste nicht genau, ob ich auch gewonnen hatte; ich wusste nur, dass ich nicht nach Italien wollte. Ich wollte nicht Rogers Geliebte sein. Ich wollte nicht, dass er um meine Hand anhielt. Was sollte ich also dort mit ihm?

Als wir abends zusammensaßen, plapperte ich unbekümmert vor mich hin, als würde mich das alles gar nichts angehen. Sarah und ich tauschten Neuigkeiten über die Londoner Freunde aus. Als die beiden Männer nicht hinschauten, sah Sarah mich fragend an.

Ich wusste nicht, was ich sagen sollte. Dass ich mich von Roger angezogen fühlte, dass er mich unterhielt, dass er mir gefiel. Dass er mich tröstete, weil ich mich ohne Frances schrecklich einsam fühlen würde. Ich sagte nichts. Denn dann müsste ich noch etwas eingestehen: Ich brauchte keinen Freddie in meinem Leben. Noch nicht.

In den ersten zwei Stunden im Haus der Fergusons konnte ich an nichts anderes denken, als die Zeit zurückzudrehen. Ich sah mich in diesem Salon, ein vierzehnjähriges Mädchen in einem schlichten dunkelblauen Kleid mit Matrosenkragen … Ich redete, lachte und flirtete, aber eigentlich wollte ich nur in der Bibliothek bei all diesen Büchern sein, die mir einmal ein aufregendes und glückliches Leben verhießen … Und bei James, der sich aus diesem Leben verabschiedet hatte, bevor sich die Welt für immer veränderte.

Es war später Vormittag. Auf dem Boulevard flanierten Grüppchen von Leuten in der milden Junisonne. Die Frauen trugen leichte Kleider und Strickpullover, die Männer helle Anzüge und Sportsakkos, manche davon gestreift, dazu Strohhüte in unterschiedlichen Formen und Farben. Einige Damen hatten kleine Rüschenschirmchen mit wippenden Spitzenvolants dabei.

Sarah und ich stahlen uns davon, um einen kleinen Spaziergang zu machen und ein paar Minuten für uns zu sein. Wir waren zu viert bei der Pferdeauktion gewesen, die vor dem ersten Rennen der Saison stattfand. Charles wollte ein Pferd kaufen, und nachdem er seine Wahl getroffen hatte, ließen wir Roger und ihn dort zurück, um den Kaufvertrag zu machen und die Formalitäten zu regeln. Charles hatte mir verraten, dass das Pferd ein Geschenk für Sarah sein sollte, und da war mir klar, warum sie so kurz vor der Hochzeit nach Frankreich gekommen waren.

Wir ließen Charles und Roger im Saal Elie de Brignac und spazierten über den Boulevard, der am Casino entlangführte.

»Angeblich wollen sie eine große Strandpromenade am Meer entlang bauen«, sagte Sarah, während sie die Handschuhe anzog. »Eine verrückte Idee, findest du nicht?«

Sarah öffnete den Schirm.

»Es wäre natürlich nicht so heiß dort wie hier, aber ich weiß nicht, ob es gut ist, so nah am Strand entlang zu spazieren. Ich glaube, in der Seeluft wird man schrecklich braun.«

Sie sah mich unter ihrem Schirm hervor an. Das Licht rings um ihren Kopf erinnerte an eine Aura.

»Und ich hätte nicht gern diesen Teint, wie ihn die Fischersfrauen haben. Ganz egal, was diese Mademoiselle Chanel sagt.«

Ein wenig hinter den sanften Dünen, die das Strandende ankündigen, buddelte eine Gruppe Kinder im nassen Sand. Ein halbes Dutzend Möwen flatterte um sie herum.

»Was machen sie da?«, fragte ich.

»Sie suchen dieses Meeresgetier. Meeresfrüchte, nennen sie es, glaube ich. Manche Leute essen das.«

»In Deauville?«

»Nein, die sind nicht von hier. Sie kommen mit dem Boot über die Flussmündung aus Trouville und warten auf die Ebbe, um dieses Zeugs zu sammeln. Muscheln, Schnecken, Austern … Vor dem Krieg hat kein Mensch so was gegessen, aber jetzt, wie du siehst …«

»Ist das nicht gefährlich? Ich hab gehört, dass man Typhus davon kriegen kann.«

Sarah zuckte mit den Schultern. Ich glaube, es war keine Sache, die sie sonderlich beschäftigte. Aber mir fiel etwas ein, das ich völlig vergessen hatte: »Die Schwester von Madame Hervieu ist an Typhus gestorben, weil sie in Pirou Austern gegessen hat.«

Ich war mir sicher, dass Sarah sich nicht mal daran erinnerte, wer Madame Hervieu war.

Die Sonne verschwand hinter ein paar Wolken. Es würde eine Weile dauern, bis sie wieder rauskam. Sarah klappte den Schirm zu und sagt: »Komm schon, Rose, hör mit diesen Muscheln auf und lass uns über dich und Roger sprechen. Ich nehme an, es ist was Ernstes mit euch?«

Ich wollte Sarah nicht belügen. Wozu? Die Dienstmädchen würden ihr schon erzählt haben, dass er in meinem Bett schlief.

»Das könnte es, wenn ich wollte.«

»Daran habe ich keinen Zweifel.«

Sarah kannte mich zu gut. Eher würde ich mir selbst etwas vormachen können als ihr.

»Frag mich nicht, warum, aber ich hatte sofort den Eindruck, dass er der Richtige für dich ist. Ich dachte gleich, ihr würdet gut miteinander auskommen.«

»Ja, das stimmt. Bisher verstehen wir uns ziemlich gut.«

Sie sah mich noch aufmerksamer an.

»Und?«

»Er gefällt mir sehr. Er unterhält mich.«

Sarah ließ nicht locker.

»Und?«

Ich sprach es aus: Roger war es nicht. Er war es nicht. Laut, um es selbst zu hören.

Ich weiß nicht genau, mit welchen Worten ich es sagte.

Es würde ein anderer sein, aber nicht Roger.

Ich erinnere mich nur noch, wie die Gedanken in mir widerhallten. Ich kann sie leise vor mich hinsagen, auch nach so vielen Jahren noch und nachdem ich glücklicherweise die wahre Liebe gefunden habe. Es war nicht Roger. Und später, als die Träume, die damals unmöglich schienen, in Erfüllung gegangen waren, verlor ich ihn.

»Ich verstehe dich nicht«, erklärte Sarah.

Sie verurteilte mich nicht. Sie versuchte nur zu begreifen, warum, aber ich hatte keine Lust, noch länger darüber zu reden.

»Und du?«, wechselte ich das Thema. »Bist du glücklich mit Charles?«

Als der Boulevard zu Ende war, gingen wir über die Straße.

»Glücklich? Klar. Charles ist wunderbar, mit ihm ist alles so einfach. Lass uns da lang gehen, an der Rothschild-Villa vorbei.«

Sarah führte mich zu dem Gehsteig, der von großen, knorrigen Platanen beschattet wurde. Auf der anderen Straßenseite stand auf einem grünen Hügel das wunderbare Haus, das den Rothschilds gehörte und das einige Jahre später der Magnat Ralph Beaver Strassburger kaufen würde. Ein einfacher Holzzaun umgab das Grundstück. Weiter oben stand das Haus im normannischen Stil, bekrönt von unzähligen Türmchen und Kaminen.

»Sie haben Gäste«, stellte Sarah fest, während sie das Hin und Her von Dienstboten am Eingangstor betrachtete. Am Ende der Auffahrt standen etliche schwarzglänzende Karossen.

»Hast du etwas von deinem Vater gehört?«, erkundigte sie sich vorsichtig.

Es war ein Thema, über das ich in diesem Moment nicht sprechen wollte. *Jetzt nicht, Sarah, bitte, jetzt nicht.*

Ich glaube, sie bemerkte, wie aufgewühlt ich war.

»Tut mir leid«, sagte sie aufrichtig betreten, als sie mein Gesicht bemerkte. »Ich wollte dir nicht zu nahe treten.«

Zwischen uns entstand ein angespanntes Schweigen. Ich wusste, dass es ihr zutiefst unangenehm war. Wir gingen ein bisschen schneller, um diese absurde Beklemmung abzuschütteln, die uns befallen hatte und die mir fast die Luft zum Atmen nahm.

»Er wird zu meiner Hochzeit kommen«, sagte sie schließlich, nachdem sie wahrscheinlich lange ihre Worte abgewogen hatte. »Ich finde, das solltest du wissen.«

Plötzlich zogen Wolken auf. Die Sonne verschwand, als ob sie nie existiert hätte. Ich musste irgendwie reagieren.

»Mach dir keine Gedanken«, log ich, »das ist kein Problem mehr für mich.«

Ich versuchte, an etwas anderes zu denken. An das Licht in Deauville, zum Beispiel. Im Juni war es mit nichts zu vergleichen. Wolken zogen vorüber, dann plötzlich strahlte die Sonne vom Himmel, und fünf Minuten später konnte es sein, dass sich der Himmel wieder verdunkelte und es zu regnen begann. Und nach dem Regen kam die Sonne heraus und tauchte die Welt in diese reinen, klaren Farben, als wäre alles wie neu. Daran dachte ich. Wie rein und klar die Welt nach so einem Regen war.

»Gehen wir morgen auf die Pferderennbahn?«, fragte ich Sarah. »Charles hat so was gesagt, aber ich weiß nicht, ob du vorhast, ihn zu begleiten.«

»Natürlich«, antwortete Sarah in einem Ton, der unbekümmert klingen sollte. »Es ist das erste Rennen der Saison. Da will ich um nichts in der Welt fehlen.«

»Ich weiß nicht, ob ich die passenden Kleider dabeihabe«, überlegte ich laut. »Es wird eines dieser Rennen im englischen Stil sein, nehme ich an.«

»Im englischen Stil?«, fragte Sarah.

»Na, du weißt schon: riesige Hüte und rüschige Röcke.«

Sarah musste laut lachen. Die Anspannung war endgültig verflogen.

»Na ja, ich fürchte schon.«

Ein Hund bellte, als wir an dem schmiedeeisernen Zaun einer Villa entlanggingen. Er sah ziemlich bissig aus.

»Aber ich an deiner Stelle würde mir keine großen Gedanken deswegen machen«, setzte Sarah hinzu und sah mich bewundernd an. »Sogar auf den Straßen von Deauville erkennt man den Stil einer modernen Pariserin.«

Ich verstand: Ich hatte den Titel geerbt. Als ich sie kennenlernte, war Frances die moderne Pariserin. Erneut überfiel mich dieses Gefühl: Ich wollte meine eigene Identität.

»Würde es euch etwas ausmachen, wenn ich nicht mitkomme?«

»Auf die Rennbahn? Du wirst etwas verpassen.«

»Ja, ich weiß. Aber ich muss eine Weile allein sein, weißt du. Ich muss eine sehr wichtige Entscheidung treffen.«

»Hat sie mit deinem Amerikaner zu tun?«

Ich nickte stumm. Wir waren vor dem Haus angekommen. Das Tor stand offen. Ich war froh, dass Sarah keine weiteren Fragen stellte.

In dieser Bibliothek hatten James und ich zum ersten Mal miteinander gesprochen. Die Möbel waren mit weißen Tüchern verhängt, die Bilder ebenfalls. Nur die Regale sahen genauso aus wie damals. Mein Blick wanderte darüber. Da standen etliche Autoren, die ich damals noch nicht kannte und die ich erst später las, in den einsamen Jahren meiner Kindheit und im dunklen England meiner frühen Jugend. Wenn man älter war, so wie ich damals, las und vergaß man viel leichter. Es war, als müsse man Platz in einem Lagerraum schaffen, der schon überfüllt war. Aber wenn man jung war, las man, ohne zu wissen, dass die gelesenen Wörter im Laufe der Zeit zu uns sprechen würden, ob es uns gefiel oder nicht.

Ich schlug das Buch auf und suchte die Stelle.

Ich wollte nur sagen, dass der Himmel nicht meine Heimat zu sein schien; ich habe mir fast das Herz aus dem Leibe geweint, dass ich wieder zurück auf die Erde käme, und die Engel waren so böse, dass sie mich zuletzt hinauswarfen, mitten in die Heide, an der höchsten Stelle von Wuthering Heights. Und dort erwachte ich, vor Freude schluchzend …

Dann nahm ich das weiße Laken von einem der Sessel ab,

jenem, in dem Sarahs alter Großvater immer saß, und machte es mir mit dem Buch bequem.

Als sie von dem Pferderennen zurückkamen, die Augen noch strahlend, sage ich zu Roger: »Ich fahre nicht mit dir nach Paris zurück. Ich bleibe noch ein paar Tage in der Normandie.«

Sie waren erstaunt. Es war eine Nachricht, die alle verwunderte. Auch Sarah und Charles, denn sie wollten umgehend nach England abreisen.

»Ich möchte die Familie besuchen, bei der ich aufgewachsen bin«, sagte ich nach einem Moment der Verblüffung.

Ich glaube, alle, auch Roger, waren sich über die tatsächliche Situation im Klaren.

»Tut mir leid, aber ich brauche das Auto«, erklärte ich Roger später, als wir allein waren. »Aber es gibt eine Zugverbindung, in drei Stunden bist du in Paris. Es macht dir doch nichts aus, oder?«

Als ich ihn zum Bahnhof brachte, schwieg er.

Wir standen schon auf dem Bahnsteig neben seinem Waggon.

»Fährst du nicht Erste Klasse?«, fragte ich ihn, als ich sah, wie er in ein Abteil mit Holzbänken einstieg.

Er lachte.

»Ach, ihr Europäer … Natürlich nicht, Honey. Ein paar Stunden unter Leuten mit Schwielen an den Händen werden mir schon nicht schaden. Ich glaube sogar, es wird mich nach all diesen Rassepferden und Adligen wieder auf den Boden der Tatsachen bringen.«

Ich wusste nicht, ob ich es als Kritik oder einfach nur als Ironie verstehen sollte.

»Nein, im Ernst«, setzte er hinzu, als er meine Unsicherheit bemerkte. »Ich fahre gern Zweiter Klasse. Da ist wenigstens was los …«

Dann fasste er mich einfach um die Taille, zog mich an sich und küsste mich leidenschaftlich. Ich konnte es nicht sehen, aber ich vermutete mal, dass alle ringsum uns anstarrten. Dann schob er mich in aller Seelenruhe ein bisschen von sich weg, betrachtete mich und strich sachte mit einem Finger über die Stelle zwischen Wange und Haaransatz.

»Ich warte auf deine Antwort«, sagte er.

In diesem Augenblick fühlte ich mich ihm so nah, dass ich versucht war, ja zu sagen, ganz gleich, was er mir vorschlug. Aber ich tat es nicht.

»Lass mir bitte Bedenkzeit. Bis nach der Hochzeit.«

Es gab keine Gelegenheit mehr. Jetzt würde ich nie erfahren, was ich gemacht hätte, wenn ich nicht zu dieser Hochzeit gegangen wäre, bei der ich den beiden wichtigsten Menschen in meinem Leben begegnete.

30

Madrid, November 1951

Lola blickt auf und sieht mich an … Ich bemerke ihre müden Augen, aber ich habe auch das Gefühl, dass sie weiterlesen will.

Wir reden nicht, weil es nicht nötig ist. Uns genügt ein verschwörerisches Lächeln. Dann lesen wir weiter.

31

Rose

Manchmal denke ich immer noch daran, wie Roger und ich miteinander schliefen. Ich schäme mich, es zuzugeben; mehr noch, ich schäme mich sogar, daran zu denken. Wahrscheinlich war das alles, was zwischen uns war: eine große sexuelle Anziehungskraft.

Neulich musste ich wieder daran denken. Lag es an ihm? An mir? Weil wir einander so ähnlich waren? Oder war es nur, weil wir genau das richtige Alter und die Gelegenheit dazu hatten? Ich werde hier keine schlüpfrigen Details enthüllen, aber ich würde gerne diesen vielen Nachmittagen, Nächten und Morgenstunden gerecht werden, in denen wir in den Laken seines oder meines Bettes die Stunden verstreichen ließen, gebadet in Zärtlichkeiten und Verlangen. Ich weiß, es ist ungerecht und vielleicht auch unangebracht, das zu sagen, aber ich hatte nie wieder einen Liebhaber wie Roger. Und trotzdem war er nicht der Richtige …

Jetzt sehe ich mich am Steuer des alten Bullnose durch die Normandie fahren. Es war ein wundervoller Tag. So ein Tag mit Wolken und blauem Himmel. Ein typischer Tag in der Normandie. Ich war allein. Ich fühlte mich frei.

Ich hatte mich nicht bei den Hervieus angekündigt. Ich glaubte, sie würden sehr überrascht sein, mich zu sehen.

Als ich hinter Caen auf die Landstraße nach Saint-Lo einbog, kamen allmählich die großen Scheunen aus Holz und Backstein in Sicht, die von Hecken umgebenen Gehöfte und der unvergleichliche Himmel der Basse-Normandie. Seit jenem Sommer, in dem der Krieg ausgebrochen war und Miss Abbott mich nach England brachte, war ich nicht mehr dort gewesen. Ich hatte einen Kloß im Hals.

In Saint-Sauveur-Lendenlin hielt ich eine halbe Stunde an. Ich wollte ein Kistchen mit Tabak kaufen. Für Madame Hervieu hatte ich ein Seidentuch, das ich in einem der modernen Geschäfte in Deauville erstanden hatte. Aber dann war mir wieder eingefallen, dass ihr Mann immer so gerne auf der steinernen Bank vor dem Haus gesessen und sich dort nach der harten Feldarbeit eine Zigarette aus Tabakverschnitt gedreht und sie genussvoll geraucht hatte. Die Erinnerung an diese Momente hatte mir etwas zurückgebracht, das ich für immer verloren glaubte: eine Art zu leben, die nichts mit der meinen gemeinsam hatte. Ich wusste genau, was gerade mit mir geschah, und wehrte mich nicht dagegen. All meine Gedanken kreisten um diese eine Vorstellung. Aber ich würde nichts unternehmen, weil ich noch nicht wusste, wie.

Ich kam an der öffentlichen Mädchenschule mit ihren steinernen Mauern und den Türen mit den Rundbögen vorbei. Wie kalt es immer dort war … Jetzt war die Schule geschlossen, der Unterricht war zu Ende. Trotzdem schaute ich durch eine der schmutzigen Fensterscheiben, durch die man in das Klassenzimmer blicken konnte, in dem ich gelernt hatte. Es sah genauso aus wie damals. Nicht einmal der Zahn der Zeit schien daran genagt zu haben. Es war ein Ort voller Leben, der eine sonderbare Energie auf mich ausstrahlte.

Vor der Kirche und dem Rathaus war Markt. Die Bauern boten alle möglichen typischen Produkte der Region feil: Käse, in große Weinblätter gewickelte Butter, Apfelwein, Apfelkompott und Quittenmarmelade. Allein ihr Anblick brachte mir den Geschmack dieser einfachen Genüsse zurück. Ein junger Mann gab mir seinen Käse zu probieren. Als er meinen Gesichtsausdruck sah, lächelte er zufrieden. Ich lächelte zurück. Ich brauchte keinen Käse, aber ich kaufte ihn trotzdem. Es war wunderbar festzustellen, dass das Gedächtnis in der Lage war, zwei so unterschiedliche Sinne wie den Anblick von heute und den Geschmack der Kindheit miteinander zu verbinden. Es hatte etwas Magisches.

An einem Stand vor der Kirche verkaufte eine Frau selbstgemachte Seifen. Sie wickelte sie in geblümten oder karierten Stoff, jede Duftrichtung in einen anderen. Es gab Rosenseife, Honigseife, Lavendelseife … Ich unterhielt mich eine Weile mit der Frau, lauschte ihrem normannischen Akzent, den ich so sehr liebte. Sie erzählte mir, dass sie die Seifen so herstellte, wie sie es von ihrer Großmutter gelernt hatte. Allerdings fügte sie noch ein paar Tropfen Duftöl zu, das sie in Caen kaufte, und ihr Schwager, der ein Stoffgeschäft hatte, schenkte ihr die Musterstoffe, um die Seifenstücke darin einzuwickeln. Ihre Produkte waren so hübsch präsentiert, dass ich daran denken musste, wie gut so etwas in Paris ankäme. Ich kaufte eine von jeder Sorte als Willkommensgeschenk für Frances. Ich war mir sicher, sie würde begeistert sein.

Es war kurz vor elf. Ich befürchtete stark, dass ich genau zur Mittagessenszeit bei den Hervieus sein würde, aber ich nahm an, dass es sie nicht stören würde. Je näher ich dem Bauernhof kam, desto nervöser wurde ich. Vielleicht hätte ich mich doch ankündigen sollen. Wie mochte es ihnen gehen? Was die Kinder wohl machten?

Ich fuhr über den unbefestigten Weg und sah das einstöckige Haus, ein langgestrecktes Gebäude mit Blumentöpfen vor den Fenstern. Es wirkte wie das Haus aus einem Märchen. Aus einem dieser Märchen, in denen die Kinder sich im Wald verirrten. Und genau betrachtet war es vielleicht auch so.

Ich hatte den Motor noch nicht abgestellt, als sich auch schon die Tür öffnete und eine grauhaarige Frau erschien, die ihre Schürze raffte und überrascht oder erschrocken dreinschaute. Sie trug ein blaues, dreieckiges Tuch um den Hals. Es war Madame Hervieu. Ich hätte sie erkannt, selbst wenn tausend Jahre vergangen wären. Sie erkannte mich allerdings nicht sofort. Ich sah ihr verdutztes Gesicht, als ich aus dem Wagen stieg und mit meinen hellen Schuhen und den weißen Strümpfen auf sie zuging. Sie hob fragend die Augenbrauen, während sie meine Kleidung in Augenschein nahm. Und plötzlich ihre riesige Freude, als ich näherkam und ihr bestätigte, dass ich es wirklich war.

Sie umarmte mich nicht, sondern drehte sich zum Haus um und rief: »Bernard, komm, sieh mal, wer da ist!«

Monsieur Hervieu erschien in der Tür, die Zigarette zwischen den Lippen. Er trug eine Kordjoppe und eine alte Weste, vielleicht noch dieselbe, die er anhatte, als ich bei ihnen wohnte.

Auch er erkannte mich nicht wieder.

»Aber schau doch nur, wer da ist!«, drängte ihn seine Frau. Für einen kurzen Moment glaubte ich, sie würde zu ihm gehen und ihn schütteln, damit er reagierte. »Das ist Rose, unsere Rose.«

Sie sprach es französisch aus. Ich freute mich, dass es irgendwo auf der Welt noch jemanden gab, der meinen Namen so aussprach.

»Aber wieso haben Sie nicht Bescheid gesagt? Sehen Sie nur, wie ich aussehe …«

Sie fuhr sich mit beiden Händen über das Kleid, als wollte sie unsichtbaren Staub abstreifen.

»Bitte, Madame«, sagte ich, »Siezen sie mich nicht. Es wäre

unerträglich für mich. Ich bitte tausendmal um Entschuldigung, wenn ich ungelegen komme, und auch noch ohne mich vorher anzukündigen.«

»Ungelegen? Aber Kind, rede keinen Unsinn! Stimmt's, Bernard?«

Und endlich umarmte sie mich. Sie roch wie damals, nach Land, frischer Luft, Hühnerfutter, in der Sonne getrockneter Wäsche. Ich fühlte mich wohl. Auf einmal ergaben Emily Brontës Sätze einen Sinn.

Alle Fragen und Erklärungen wurden hinfällig, als ich auf meine Kindheit zurückblickte. Sie befand sich in dieser Küche, steckte in der Obstschale, den Zinntellern, in Madame Hervieus grauen Augen. Meine Kindheit. Das, was ich einmal war.

»Bist du immer noch so fleißig?«, fragte Madame Hervieu arglos. Sie konnte nicht wissen, was in mir vorging. »Mein Gott, du hast so gern gelesen … Immer ein Buch in der Hand.«

Sie hielt das Seidentuch hoch, strich darüber, als wäre es zu fein für sie, konnte sich aber nicht dazu entschließen, es wieder in die Schachtel zu legen. Sie hatte sich ein bisschen schüchtern bedankt. Ich glaube, sie wollte es vor sich haben, um die richtigen Worte zu finden, um sich noch einmal mit mehr Überschwang bedanken zu können. Aber ich wäre froh gewesen, sie hätte es endlich beiseitegelegt.

»In letzter Zeit lese ich wenig, ehrlich gesagt. Ich wohne bei meiner Tante, der Schwester meiner Mutter. Sie ist eine sehr umtriebige Frau, und das gesellschaftliche Leben nimmt viel von meiner Zeit in Anspruch.«

Madame Hervieu streichelte das Tuch mit ihren knotigen Fingern.

»Ich dachte immer, aus dir wird mal was.«

Sie merkte, dass sie vielleicht zu weit gegangen war.

»Ich meine, Bernard und ich …« Sie sah kurz zu ihrem Mann. Das Tabakkistchen stand ebenfalls auf dem Tisch. »Wir haben oft darüber gesprochen, dass du nicht wie die anderen Mädchen bist, die auf einen Mann angewiesen sind, du weißt schon. Ich hab oft zu Bernard gesagt, dass ich keinen kenne, der alles schaffen kann, was er sich vornimmt im Leben, außer dir.«

Ich war kurz davor zu weinen.

»Und die Jungs?«, versuchte ich das Thema zu wechseln. »Was ist mit ihnen?«

Madame Hervieus Gesicht begann zu leuchten.

»Oh«, rief sie, »die sind alle drei verheiratet und leben in ihren eigenen Häusern.«

»Auch Marcel?«

»Ja, ja, der Kleine auch. Er hat einen zwei Monate alten Sohn. Wie die Zeit vergeht, stimmt's?«

Dieses Leben … Geradlinig, ohne Überraschungen.

»Du isst doch hoffentlich mit uns. Ich hab Aalragout gekocht, erinnerst du dich?«

Ich erinnerte mich. Wir Kinder mochten dieses Gericht überhaupt nicht, das aus Fischen gekocht wurde, die Monsieur Hervieu in Pirou geschenkt bekam und die zusammen mit Champignons oder anderen Pilzen auf kleiner Flamme schmorten.

»Und danach Pflaumenkuchen. Mit Pflaumen aus dem eigenen Garten. Bestimmt kriegst du in Paris keine Pflaumen, die den ganzen Sommer gereift sind, oder?«

Ich blieb bei ihnen. Wir aßen zu dritt an dem schartigen Holztisch, an dem ich als Kind gelernt hatte, demselben Tisch, an dem wir Mais ausgehülst oder Schalotten aufgefädelt hatten. Der Ort, an dem sich alles abgespielt hatte. Der Mittelpunkt des Universums.

Nach dem Essen drängte Madame Hervieu, dass wir ihrem Sohn Marcel einen Besuch abstatten sollten, der ein paar Kilometer weiter in Richtung Périers wohnte.

»Danach kannst du in deinem Zimmer schlafen. Es ist unverändert.«

Ich wollte sie um nichts in der Welt kränken, aber je mehr Stunden verstrichen, desto unwohler fühlte ich mich. Ich konnte auf gar keinen Fall zum Schlafen hierbleiben. Ich wusste, dass etwas in mir kurz davor war zu explodieren.

Wir fuhren mit meinem Wagen. Als ich den Motor anließ und die beiden eng aneinandergeklammert dasitzen sah, ließ dieses ungute Gefühl ein wenig nach. Die Nachmittagsluft roch leicht nach der späten Apfelblüte und pustete für einen Moment meinen Kopf frei.

Das Gehöft war neu. Ein zweistöckiges Steinhaus mit einem Hofraum, in dem ich einen Pflug, einen Karren mit auf dem Boden abgestützter Deichsel und ein Joch an der Schuppenwand entdeckte. Uns öffnete ein großer, massiger Mann. Er küsste Madame Hervieu, ohne mich aus den Augen zu lassen. Es war unmöglich, in diesem Kerl mit der platten Nase und dem beleibten Körper den kleinen Marcel wiederzuerkennen. Sowohl er als auch seine Frau, eine dünne, verkniffene Rothaarige, fühlten sich unwohl bei meinem Besuch, auch wenn sie es zu verbergen versuchten. Aber es war offensichtlich, dass meine Anwesenheit sie in eine Situation brachte, für die sie kein Rezept an der Hand hatten. Zum Glück waren alle begeistert von dem Kleinen, und er wurde von Arm zu Arm gereicht, bis er irgendwann furchtbar zu weinen begann und ich mich von den Menschen verabschieden konnte, die jahrelang meine Familie gewesen waren. Hier war kein Platz mehr für Rose.

Ausgeschlossen, ohne einen Ort, an dem Vergangenheit und Gegenwart einander nicht im Weg standen.

Ich fuhr vier-, fünfhundert Meter, bis das Gehöft nicht mehr zu sehen war. An einem Feldweg hielt ich an und brach in Tränen aus. Ich glaube, ich habe in meinem ganzen Leben noch nie so geweint.

32

Tatsache ist, dass ich Frances nicht genug dafür danken kann, dass sie es mir ermöglichte, das Paris der zwanziger Jahre kennenzulernen.

Ich sah Jordan Miller noch ein paarmal, bevor ich nach England ging. Das letzte Mal war im Hotel Criterion. In zwei Tagen sollte Frances zurückkommen. Roger war bereits in Italien, so dass ich nicht recht wusste, wohin mit mir. Eigentlich wollte ich zu Hause bleiben, aber vor dem Abendessen kamen meine Freunde René und Suzy vorbei, und ich sah mich gezwungen, sie zu begleiten.

Wir nahmen ein paar Häppchen in der Bar des Criterion, wo René mit einigen Musikern verabredet war, die sie für Suzys Geburtstagsparty engagieren wollten. Nachdem wir etwas über eine halbe Stunde dort waren, stießen die Moores, Marianne Frost sowie Jordan Miller und seine Frau Elizabeth dazu, die acht Jahre älter war als er und ihm mit einer ebenso unverständlichen wie bedingungslosen Hingabe hinterherlief. Kurz darauf kamen noch Dick Parker und Maida. Es gab keine Party, bei der sie nicht dabei waren. Dick war hübsch, so hübsch, stilvoll und elegant, dass er für die Frauen schon nicht mehr interessant war. Jordan erzählte später, als die Freundschaft zwischen ihnen abgekühlt war, dass er so zart und zerbrechlich wie eine feine Dame sei. Maida war mir ein bisschen unangenehm, weil man den Eindruck hatte, dass sie ständig völlig betrunken war, ganz gleich, zu welcher Tageszeit man sie traf. Natürlich war es unmöglich, in die Bar des Criterion zu gehen, ohne Bekannte zu treffen. Die Abende endeten immer in einer Art Versammlung der Schönen und Verdammten, so überschwänglich und unkontrollierbar wie ganz Paris zu jener Zeit.

Die Gespräche.

Kreuz und quer, durcheinander, unsortiert.

»... die bringt es fertig, eine ganze Flasche Bourbon in einer Nacht zu kippen ...«

Jemand zog hinter mir einen Stuhl heran.

»... und dann ist sie fast nackt da aufgekreuzt ...«

Ein Mann küsste mich auf die Wange, ich konnte mich nicht entsinnen, wer er war. Aber ich sah, dass er sich dann ganz weit weg ans andere Ende des Tisches setzte. Und dass ich das für einen Moment bedauerlich fand.

»... ein Buch von diesem irischen Dichter ...«

Und eine Frauenstimme, die nach dem Kellner rief.

»... was haben die sich geprügelt ...«

»Du liest Poesie? Ich lese nur Romane. Die Zukunft gehört dem Roman ...«

Ich wusste, dass hier wirklich talentierte Leute waren, aber auch etliche Hochstapler.

»Hör auf mich, die Poesie hat nicht die geringste Zukunft.«

An diesem Abend waren alle außer René und mir Amerikaner. Auch Suzy. Das kam häufiger vor. Manchmal fragte ich mich selber, wo unsere französischen Freunde steckten. Binnen weniger Monate hatte dieser Strom von der anderen Seite des Ozeans sie aus meinem Leben gespült.

»Ach, meine Liebe, er ist aus Idaho, wie sollte er da nicht verrückt sein?«

Amerikaner. Sie waren kreativ, spontan, respektlos. Vor allem aber unverschämt optimistisch. Roger hatte recht: Europa war alt geworden, und Paris wurde nach und nach von Ausländern erobert. Stimmte dieser Eindruck, oder hatte es einfach nur damit zu tun, dass Frances seit drei Monaten weg war und ich mit Roger unterwegs gewesen war?

»Er hat ihr einen Fausthieb verpasst und sie zu Boden geschlagen. Vor allen Leuten …«

Jemand orderte noch eine Flasche. Stimmengewirr, Gelächter. Und Alkohol in Strömen.

Die Musiker waren eingetroffen, und René war mit ihnen an einen anderen Tisch gegangen, um die Konditionen auszuhandeln. Sobald Renés Stuhl frei wurde, stand Miller auf und setzte sich neben Suzy. Ich wusste, was jetzt kommen würde.

Am anderen Ende des Tischs trank Maida, die neben Millers Frau saß, Jordans Rumglas leer und gab dem Kellner ein Zeichen, indem sie auf das leere Glas deutete.

Und wie in einem Traum, den ich schon einmal geträumt hatte, hörte ich: »Eine Kugel … und dieser arme italienische Soldat, der …«

Suzy war eine sehr sympathische, auffällige Amerikanerin. Sie hatte lange rote Locken, die sie immer anders trug, aber ganz egal, was sie mit dieser wunderbaren Mähne anstellte, es sah phantastisch aus.

»Ich konnte ihn nicht dort verrecken lassen, verstehst du …«

Aber wahrscheinlich waren es nicht ihre Haare, die Jordan zuerst aufgefallen waren, denn Suzy war nicht nur groß, wunderschön und steinreich, sie hatte auch wunderbare Brüste. Und das machte die Männer verrückt. Heute trug sie eine Tunika mit geometrischen Mustern, die an beiden Seiten offen war und nur von schmalen Bändern aus dem gleichen Stoff zusammengehalten wurde, die der Linie ihres nackten Körpers folgten. Wenn sie saß, sah man durch diese schmale seitliche

Öffnung die wunderbaren Kurven ihrer großen, festen Brüste. Ich verstand den armen Jordan. Es war schwer, nicht dorthin zu sehen.

»Ja, ich wurde geehrt ... Von der italienischen Regierung ...«

René war wieder da. Die Musiker waren gegangen.

»Hallo, mein Freund«, sagte er zu Miller. »Ich bin wieder da. Du kannst an deinen Platz zurückkehren.«

Jordan stand widerstrebend auf und kehrte ans andere Ende des Tisches zurück, wo Maida rauchte und ins Leere starrte.

»Wer war das?«, fragt René Suzy.

»Ein Journalist. Ich glaube, er hat mir erzählt, dass er Korrespondent beim *Toronto Star* ist.«

Es waren die zwanziger Jahre. Wir waren jung, unerschrocken und alle völlig unbekannt.

Marianne Frost versuchte gerade, mir durch das Stimmengewirr und das Gelächter hindurch etwas zu sagen, als ich ein paar Tische weiter Owen Lawson entdeckte.

Er sah mich auch. Er grüßte mich mit einem Kopfnicken, dann stand er auf und kam in meine Richtung. Aber zuerst ging er noch zu den Parkers und winkte dann seinem Begleiter, einem Kerl mit Brille und Schnäuzer, der wie ein Universitätsprofessor wirkte. Ich sah, wie er sie einander vorstellte – oder vielleicht kannten sie sich auch schon, denn Dick und der Mann mit der Brille schüttelten sich herzlich die Hände und begannen dann ein angeregtes Gespräch. Dann ging Owen Lawson um unseren Tisch herum, an Miller vorbei, ohne ihm die geringste Beachtung zu schenken, und kam an das Ende des Tisches, an dem ich saß. René schob seinen Stuhl zur Seite und machte ihm Platz. Jetzt tat Owen Lawson so, als würde er sich mit mir unterhalten, während er kein Auge von Suzys Kleid ließ.

»Ich habe Frances lange nicht mehr gesehen«, sagte er mit

diesem urenglischen Akzent, der mich plötzlich schockierte, als hätte ich ihn ewig nicht mehr gehört. »Man sagte mir, sie sei über den großen Teich gereist.«

»Sie kommt in den nächsten Tagen zurück. Sie war fast drei Monate in den USA.«

»Oh … Eine lange Reise, in der Tat.«

Er steckte sich eine Zigarette an. Der Rauch zog mir direkt in die Augen.

»Geht ihr zur Hochzeit von Fergusons Tochter?«

Die Frage überraschte mich.

»Ja«, antwortete ich knapp.

Er führte mit seinen langen, nikotinfleckigen Händen die Zigarette zum Mund.

»Dann sehen wir uns dort.«

Was störte mich an diesem Mann? Es war nicht sein Aussehen. Nicht nur. Auch nicht seine Unterhaltung. Er war gebildet, gut erzogen, reizend. Ich vermute, meine Abneigung hatte mit Elsinor Park zu tun und dem Gefühl, zu jung und den anderen nicht gewachsen zu sein. Jedes Mal, wenn ich Owen Lawson wiedertraf, fühlte ich mich so. Merkwürdig ausgeschlossen. Von was auch immer. Vielleicht aus dem Bett, in dem Frances und James sich heimlich trafen, während ich ihm nur Bücher vorlesen konnte. So war es wohl. Absurd, ich weiß. Aber auch unvermeidlich.

»Rose? Rose Cosway?«

Vor mir stand ein Mann. Es dauerte ein paar Sekunden, bis ich ihn wiedererkannte.

»Elliott«, flüsterte ich, als ich sein widerliches Grinsen erkannte. »Was machst du in Paris?«

Er merkte, dass ich mich nicht im Geringsten freute, ihn zu sehen.

»Ich bin mit meiner Verlobten hier. Hat dir Sarah nichts erzählt? Ich dachte, du warst bei ihr in Deauville.«

»Nein«, antwortete ich höflich. »Ich wusste von nichts.«

»Ich hätte gerne, dass du sie kennenlernst.«

Ich folge ihm, während ich versuche, nicht zu abweisend zu wirken. An einem Zweiertischchen saß ein sehr junges Mädchen. Sie schien sich nicht sonderlich zu amüsieren.

»Florence, ich habe das Vergnügen, dir Rose Cosway vorzustellen.«

Das Mädchen setzte sich gerade und lächelte unsicher.

»Wir sind so was wie verwandt, nicht wahr?«, setzte Elliott mit einem Blick auf mich hinzu.

Ich gab seiner Verlobten die Hand. So was wie verwandt … Was meinte er damit?

Ich wollte mich nicht zu ihnen setzen. Ich erklärte ihnen, dass ich mit Freunden an dem Tisch weiter hinten säße. Elliott und Florence wandten sich um. Dick Parker war aufgestanden, das Glas in der Hand, und sagte etwas, das sehr lustig sein musste, weil alle in schallendes Gelächter ausbrachen.

»Amerikanische Schriftsteller, weißt du«, erklärte ich Elliott boshaft. »Deinem Bruder würde es hier gefallen.«

Der Finger in der Wunde. So was wie verwandt, nicht wahr …?

Wir verabschiedeten uns bis zur Hochzeit.

»Übrigens wird auch der Herzog von Ashford da sein, hat man dir das gesagt?«, bemerkte er wie nebenbei.

»Ja«, erwiderte ich kühl. »Jemand hat es mir erzählt, ich weiß nicht mehr, wer. Es wird sicherlich ein denkwürdiges Ereignis sein. Ich freue mich für Sarah und Charles. Du weißt ja, dass ich sie wirklich gern mag.«

Elliott blieb keine Zeit zum Antworten, weil ich mich mit einem leichten Kopfnicken von seiner Verlobten verabschiedete und ihn einfach stehenließ.

An meinem Tisch ging es immer noch hoch her. Und ich war zutiefst aufgewühlt.

Ich sah alle an. Einen nach dem anderen.

Als ich in dieser Nacht nach Hause kam, schrieb ich Roger, um ihm mitzuteilen, dass ich nach der Hochzeit nach Italien kommen würde.

33

Madrid, November 1951

»Glauben Sie, sie ist in Roger verliebt?«

Lola hat eine Pause gemacht, als eine Nachbarin, die vom Brotkaufen kam, vorbeischaute, um Hallo zu sagen. Sie hat ziemlich lange vorgelesen und ist wahrscheinlich froh über die Unterbrechung.

»Ich vermute, nein.«

»Schade … Ich fände es schön, wenn sie sich verlieben würde.«

Ich lächle und beschließe, eine andere Frage anzusprechen, die mich mehr beschäftigt.

»Ich habe mich gefragt, ob Ihr Mann und Sie nicht gerne wieder als Verleger arbeiten würden. Das muss eine spannende Tätigkeit sein.«

Lola sieht mich befremdet an. Die Frage scheint sie unvorbereitet zu treffen.

»Ja, es war interessant«, räumt sie schließlich ohne große Begeisterung ein.

»Halten Sie es für sehr schwierig?«

»Den Verlag wieder zu eröffnen? Unmöglich«, antwortet sie kurz angebunden.

»Wegen des Geldes?«

Sie zuckt mit den Schultern.

»Ja«, gibt sie zu, »teilweise. Aber was sollten wir veröffentlichen? Pemán, Agustín de Foxá, Gabriel y Galán? Sie wissen nicht mal, wer das ist, stimmt's?«

Ich verstehe nicht, was sie mir sagen will.

»Mein Mann war der spanische Verleger von Apollinaire, Cocteau oder Paul Morand … Er könnte sich nicht damit abfinden, was jetzt so erwartet wird. Er sagt, lieber verkauft er Radiergummis.«

»Ich verstehe. Ihr Mann ist sehr integer.«

»Oder sehr stur«, antwortet sie. »Sollen wir weiterlesen?«

»Sind Sie nicht müde?«

»Ach woher … Ich mag diese Geschichte. Ich könnte stundenlang weiterlesen.«

Lola weiß nicht, wie glücklich mich diese Sätze machen. Aber sie sagt noch mehr: »Und wissen Sie was, Alice? Ich mag es sehr, sie mit Ihnen zu teilen.«

34

Rose

Als sie von Bord des Schiffes ging, stellte ich fest, dass ich fast vergessen hatte, wie schön und elegant sie war. Sie trug einen Plisseerock aus perlgrauer, changierender Seide mit kleinen Karos, die immer wieder aufblitzten, als sie die Gangway herunterkam. Ich hatte den Eindruck, dass sie über einen Teppich aus Wasser lief. Außerdem trug sie einen Hut mit Seidenbändern und ein marineblaues, männlich-sportliches Jackett mit einem Wappen auf der Brusttasche, wie sie die Polospieler tragen.

Seit diesem Augenblick sind mehr als zwanzig Jahre vergangen, aber ich erinnere mich immer noch wie heute. Ich fand es großartig, dass Frances wieder zu Hause war.

Wir schliefen in diesem schmutzigen, verrußten, stinkenden Le Havre in einem Hotel in der Rue de Commerce und nahmen am nächsten Morgen die Fähre der White Star Line nach England. Der Morris Bullnose stand, eingekeilt zwischen vier weiteren Automobilen, an Deck, während Frances und ich an der Reling lehnten, bis die Seine-Mündung nicht mehr zu sehen war. Ich trug jetzt auch einen Glockenhut bis über die Ohren und mit aufgebogener Krempe. Wir hatten beide unsere Mäntel an. Heute machte mir der Wind nichts aus.

»Weißt du, was?«, sagte ich, während ich die Bugwelle betrachtete, die das Schiff backbords verursachte. »Mein Vater wird zu der Hochzeit kommen.«

Sie rührte sich nicht. Sah mich nicht an. Ihre Hände, die in den feinen Ziegenlederhandschuhen steckten, sahen vor dem gischtigen Meer aus wie zwei erstarrte Vögel. Für einen Moment bezweifelte ich, ob sie mich gehört hatte.

»Es tut mir leid, Liebes«, sagte sie schließlich. Ihre Stimme war ernster als sonst. »Es tut mir wirklich leid. Ich wünschte, du müsstest nicht da durch.«

»Es macht mir nichts aus«, antwortete ich, diesmal ehrlich. »Nicht mehr.«

»Mir schon«, gab sie zurück. »Meine Cousine hätte es mir sagen müssen. Und wenn nicht, weil sie sich nicht um alles kümmern kann, hätte Sarah das übernehmen müssen. Wenn wir das rechtzeitig gewusst hätten, hätten wir vielleicht nicht zugesagt …«

Sie sah mich immer noch nicht an. Ich wusste, dass sie nicht wütend auf mich war, aber trotzdem gab es mir einen kleinen Stich.

»Glaubst du, er kommt mit seiner Frau?«

»Ha!« Frances lachte kurz auf, so bitter, dass es wie ein Klagelaut klang. »Diese Schamlosigkeit traue ich ihm zu.«

Wir blieben noch ein bisschen an Deck, trotz des unangenehmen Winds und der unvermeidlichen Regentropfen, die wir immer wieder abbekamen. Wir redeten lange über Freddie und sie, über ihre Pläne. Sie war irgendwie merkwürdig. Aus irgendeinem Grund, den ich nicht herausfand, war sie nicht die Frances von früher. Ich hätte gerne gehört, dass sie wunschlos glücklich war, so wie Sarah und alle Bräute auf der Welt, aber sie wirkte zurückhaltend, vorsichtig. Da standen wir und blickten aufs Meer, das weder blau noch grün war, sondern bleigrau, grundlos und bedrohlich, ein Meer, in dem ich hätte sehen müssen, was geschehen würde.

»Wie sehe ich aus?«

»Wunderbar, wie immer.«

Sie trug ein Kleid, das ich noch nie an ihr gesehen hatte. Sie hatte es aus Amerika mitgebracht. Es war aus transparentem, lachsfarbenem Chiffon mit einem seidenen Unterkleid im gleichen Farbton. Die lockere Taille saß recht tief und war mit Jettsteinen bestickt. Das Oberteil und der Rock waren ebenfalls mit schwarzem Garn und kleinen Perlen bestickt, die ein geometrisches Muster auf dem Stoff bildeten. Es war von einer so durchdachten Schlichtheit, dass man mehr auf die Frau achtete, die es trug, als auf das Kleid an sich. Aber natürlich achtete man auf beides.

»Du bist ziemlich braun geworden«, sagte ich und deutete auf ihre nackten Arme.

»Oh ja!«, antwortete sie und klang plötzlich ganz glücklich. »Freddie und ich waren viel mit seinem Segelschiff unterwegs. An manchen Tagen hatte ich nur den Badeanzug an.«

Ich kannte diesen Badeanzug. Ich glaube, an den Stränden der Normandie hätte man sie auf der Stelle verhaftet, wenn sie sich mit so etwas zeigte.

»Die Amerikaner sind ziemlich freizügig«, bemerkte ich.

»Ganz und gar nicht, Liebes. Sie sind fast genauso bigott wie die Engländer und natürlich wesentlich mehr als die Franzosen. Glaub mir, in solchen Dingen geht nichts über Frankreich.«

»Schade, dass Freddie es nicht rechtzeitig geschafft hat …«

Ich meinte das, wie ich es sagte. Ich hatte diesen liebenswerten Vogel ins Herz geschlossen.

Bevor ich den Mantel anzog, warf ich in der Eingangshalle noch einen prüfenden Blick in den Spiegel. Mein graues Kleid war ebenfalls aus Chiffon und unten am Rock mit geometrischen Mustern bestickt. Eine Übereinstimmung, die mir nicht gefiel.

»Und du willst wirklich den Wagen nehmen?«

»Ja, Liebes, ja. Das Bankett findet auf dem Landsitz der Fergusons in Hertfordshire statt. Ich will von niemandem abhängig sein, um dorthin zu kommen, und schon gar nicht später, um nach Hause zu kommen.«

Zumindest mussten wir nicht bis zur Rue D'Anjou gehen. Frances hatte darum gebeten, uns den Wagen vors Haus zu bringen.

»Sehe ich auch wirklich gut aus?«, fragte sie noch einmal.

Sie wirkte nervös, unsicher. Ich war kurz davor, ihr zu sagen, dass sie sich nicht solche Sorgen um ihr Aussehen machen sollte. Schließlich war ich es, die zum ersten Mal ihrem Vater begegnen würde.

»Du siehst blendend aus.«

Dann überlegte ich es mir anders. Es war der Tag, an dem ich es ihr sagen wollte. Der Satz würde mir ein Leben lang in den Ohren widerhallen.

»Blendend ist nicht das richtige Wort. Es gibt Frauen, die blenden, wenn sie einen Raum betreten. Du bringst ihn zum Leuchten.«

Frances war sichtlich gerührt, als sie das hörte. Sie legte die Handtasche auf die Konsole und umarmte mich.

»Bring mich nicht zum Weinen, mein Make-up zerläuft sonst.«

35

Wir redeten immer noch. Zuerst brachte er mich zurück ins Hotel. Dann tranken wir noch ein Gläschen an der Bar. Als man uns dort rauswarf, lud ich ihn ein, mit nach oben in unsere Suite zu kommen und dort weiterzureden … Ich hatte Lust, ihn zu berühren, meinen Kopf an seine Brust zu lehnen und für den Rest meines Lebens so zu verharren.

Es passierte nichts zwischen uns. Noch nicht. Nichts Körperliches. Aber ich wusste mit absoluter Sicherheit, dass das, was da gerade geschah, wichtig war.

Er hieß Henry. Henry Tomlin.

Wir hatten uns gerade kennengelernt. Er war in Begleitung von Owen Lawson zu Sarahs Hochzeit gekommen. Er war ein Freund von ihm. Frances und ich wurden an demselben Tisch platziert wie die beiden. An unserem Tisch saß außerdem ein Diplomat namens Harold mit seiner jungen Ehefrau.

Harold saß zu meiner Rechten, Henry Tomlin zu meiner Linken.

»Harold ist bei der Botschaft in Paris«, erzählte die Frau Frances, während Henry mir fast entschuldigend erklärte, er sei Übersetzer. »Ich bin in London geblieben, weil wir zwei kleine Kinder haben«, fuhr die junge Ehefrau fort.

»Wir leben in Paris«, sagte Frances und deutete auf uns beide.

»Ach, ja?« Ich sah, wie Henry Owen einen fragenden Blick zuwarf. Aber ich wusste nicht, was dieser Blick zu bedeuten hatte. Dann wendete er sich an mich. »Ich fahre in ein paar Wochen nach Paris. Ich werde den Winter dort verbringen.«

»Wirst du bei Owen wohnen?«, fragte Frances und klinkte sich aus den häuslichen Erzählungen der Diplomatenfrau aus, der nichts anderes übrig blieb, als eine Unterhaltung mit dem schlecht gelaunten Owen zu beginnen.

»Nein«, antwortete Henry, »ich fürchte, nein. Ich bin Waliser. Wir haben einen ausgeprägten Unabhängigkeitssinn.«

Harold verzog unwillig das Gesicht. Seine Frau ebenfalls. Frances brach in Lachen aus.

»Dann sehen wir uns hoffentlich öfter«, sagte sie und stellte sich damit klar auf seine Seite.

Henry versuchte, die Unterhaltung allgemein zu halten, aber ich weiß nicht wie, irgendwann begannen er und ich, über Bücher zu reden. Vielleicht war es unvermeidlich. Er übersetzte gerade Marcel Proust. Ich gab zu, dass ich noch nichts von ihm gelesen hatte.

»Das musst du unbedingt tun. *À la Recherche du Temps Perdu* wird als das Schlüsselwerk des 20. Jahrhunderts in die französische Literaturgeschichte eingehen.«

Vor ein paar Tagen hatte ich von Owen Lawson dasselbe über James Joyce' neuen Roman *Ulysses* gehört, der in Kürze erscheinen würde. Die beiden Schlüsselwerke des 20. Jahrhunderts waren schwierig, spröde und uferlos, wie die Zeit, in der sie geschrieben wurden.

Aber jetzt gerade befanden wir uns am Anfang von allem. Ich war glücklich. Trotz meines Vaters. Trotz der Angst, die ich hatte …

Meine Erinnerungen an diesen Tag sind verworren. Es gab einen Tisch, an dem sich Henrys und meine Zukunft verwob.

An einem anderen saß der Mann, der mein Vater war. Er war mir bereits vorgestellt worden.

Es war gleich nach der Ankunft. Sarah kam, um Frances und mich willkommen zu heißen. Ihr Brautkleid war schlicht, aber exquisit, wie sie selbst. Nach der Rückfahrt aus der Kirche hatte sie den Schleier abgelegt und trug nun einen Kopfschmuck aus Spitze, der zum Kleid passte. Sie strahlte. Ihre grauen Augen leuchteten, als hätten sie das ganze Licht dieses sonnigen Tages aufgesogen, der sich nun seinem Ende zuneigte.

»Willst du ihn jetzt kennenlernen, Rose?«, fragte sie ohne Umschweife.

Ich nickte. Warum es auf später verschieben? So manches »später« traf niemals ein.

Sarah nahm mich bei der Hand. Wir zwängten uns durch die Menge, vorbei an Leuten, die der Braut zulächelten, vorbei an aufgeputzten Damen mit riesigen, schwankenden Federhüten.

»Kommst du mit?«, fragte Sarah Frances.

»Nein, nein. Geht ihr allein, meine Lieben«, antwortete sie in einem Ton, der gewollt unbekümmert klingen sollte. Manchmal war Frances eine schlechte Schauspielerin.

Da stand er mit einer jungen Frau. Ich fand es schockierend, wie die beiden aussahen, streng und ein bisschen antiquiert. Sie wirkte ein bisschen wie eine Pfarrersfrau.

»Rose, darf ich dir Sir Edgar Goodwill, Herzog von Ashford, vorstellen?«

Er streckte mir beide Hände entgegen. Eine Geste, die herzlich wirkte. Ich legte meine Hände in seine.

Es war ein zutiefst berührender Augenblick, und seltsamerweise fühlte ich mich überhaupt nicht unwohl.

Mir blieb keine Zeit, mich zu fragen, ob ich ihm ähnlich sah, oder mir Details seines Äußeren einzuprägen, wie die Form der Nase oder die Augenfarbe, denn plötzlich hörte ich meinen Vater sagen: »Das ist deine Schwester Constance.«

Das brachte mich nun doch aus der Fassung. Warum hatte mir keiner gesagt, dass ich eine Schwester habe?

Ich sah die gleiche Verwirrung in ihren Augen. Und dann sah ich noch etwas: Sie taxierte mich. Musterte meinen Hut, mein Kleid, meine Strümpfe und meine italienischen Schuhe. Diese schnelle Prüfung war der Beginn einer Eifersucht, die nie mehr verschwinden würde. Seit damals hat Constance mich immer beneidet, warum, weiß ich nicht.

Zurück an unserem Tisch. Da saß Henry. Er war ein äußerst anregender Gesprächspartner, und aus seinen Augen sprach Aufrichtigkeit. Plötzlich musste ich an Charles Glenmire denken, Sarahs Mann. Henry war derselbe Typ Mann. Verlässlich. Einer, dem du dein Leben anvertrauen konntest, weil du weißt, dass er immer auf dich aufpassen wird. Je länger der Abend dauerte, desto mehr trat Roger in den Hintergrund.

Wenn ich doch nur alle Eindrücke von dieser Feier in eine sinnvolle Reihenfolge bekäme … Aber das ist unmöglich. Ich habe es längst aufgegeben.

Frances und ich gingen zusammen zur Toilette. Wir waren allein.

»Wie war's?«, fragte sie. »Was hat er zu dir gesagt?«

»Er war herzlich. Ehrlich gesagt haben wir kaum gesprochen. Aber ich nehme an, es wird weitere Gelegenheiten dazu geben.«

Frances puderte sich das Gesicht.

»Hab nicht zu große Erwartungen, Liebes. Goodwill ist ein mieser Schuft. Ein Lump, der nur an sich denkt.«

Es störte mich, dass sie so über ihn sprach.

»Warum hasst du ihn so? Ist es wegen meiner Mutter?«

Frances schien kurz davor zu sein, etwas zu antworten. Ihr

Gesicht war hart geworden, etwas, das ich nur ganz selten bei ihr gesehen hatte.

»Ja, nur deswegen, Liebes«, sagte sie schließlich mit müder Stimme. »Nur deswegen.«

Ich wusste nicht, was ich sagen sollte. Sie litt mehr als ich.

»Immerhin hatte er den Anstand, nicht mit seiner Frau zu kommen …«

Frances klappte die Puderdose zu und steckte sie in die Handtasche. Jetzt war sie wirklich wütend.

»Und diese Tochter … Hast du gesehen, wie sie aussieht? Wie eine Gouvernante.«

Ich musste lachen. Daraufhin lachte sie ebenfalls.

»Hast du ihr Kleid gesehen?«, bemerkte sie, während sie sich im Spiegel betrachtete und ihr Kleid an der Taille zurechtzupfte. »Wie kann man so etwas zu einer Hochzeit anziehen?«

»Wie alt ist sie?«, fragte ich ohne große Neugier, hauptsächlich, um uns in ein Verhältnis zueinander zu bringen.

»Sie ist ein paar Monate älter als du.«

»Oh, da war der Herzog damals aber sehr aktiv«, bemerkte ich ironisch.

Da musste auch Frances lachen.

»Ich bin froh, dass du es so aufnimmst. Das ist mit Sicherheit die beste Art, damit umzugehen.«

Sie bückte sich und zog das Futter ihres Kleides nach unten. Ich hatte den Eindruck, dass sie Falten entfernen wollte, die nur in ihrem Kopf existierten.

»Liebes«, sagte sie dann und fasste mich sanft um die Taille, »mit Ausnahme der Braut gibt es auf diesem Fest keine schönere Frau als dich.«

Warum sagte sie das? Es war nicht nötig. Ich fühlte mich gut, war zufrieden mit mir und dem, was ich war. Ich hatte nicht das Bedürfnis, die legitime Tochter von Sir Edgar Goodwill zu sein. Nicht mehr. Ich sagte es keinem, nicht mal Henry habe ich es jemals erzählt, aber die einzige Familie, zu der ich in einer gewissen Zeit meines Lebens wirklich dazugehörte, waren die Hervieus.

Dann war alles vorbei. Es war ein Uhr nachts. Henry und ich waren seit fast sechs Stunden zusammen. Wir redeten über alles Mögliche, über Paris, Jazzmusik, Ravel und Debussy, unsere Lieblingsbücher, die Normandie und gewisse englische Sitten, die wir beide verabscheuten. Er mochte Emily Dickinson, genau wie ich. Er mochte Tschechow, genau wie James. Ezra Pound mochte er nicht, etwas, worin wir ebenfalls übereinstimmten. Ich weiß nicht, ob es ihm mit mir genauso ging, aber er gefiel mir. Er gefiel mir sehr. Ich hatte Lust, in das Schlafzimmer von Sarah und Charles zu laufen, mich bei ihnen zu bedanken und Sarah zuzuflüstern: Diesmal ist es der Richtige. Ich wusste es, noch bevor es passierte.

Wir hatten bei dem Bankett getrunken, an der Hotelbar, und jetzt bestellte ich eine Flasche Champagner aufs Zimmer. Ich putzte mir zweimal die Zähne, falls er sich dazu entschließen sollte, mich zu küssen.

Ein Uhr nachts. Es klopfte an der Tür, und ich öffnete beschwingt in dem Glauben, der Champagner würde gebracht.

Vor mir standen zwei Polizisten und ein Mann im grauen Frack, den ich kannte: Es war der Hoteldirektor.

»Verzeihen Sie die Störung, Miss«, sagte einer der Polizisten übertrieben förmlich. Mich überkam eine unkontrollierbare Angst, und ich begann zu zittern. »Sind Sie eine Verwandte von Miss Frances Cosway?«

Plötzlich fiel es mir auf. Ich hatte gar nicht mehr an sie gedacht. Vielleicht war ich davon ausgegangen, dass sie auf ihrem Zimmer war und schlief, weil sie die Hochzeit gegen elf verlassen hatte. Sie war gekommen, um sich zu verabschieden.

»Bleib du ruhig noch«, hatte sie zu mir gesagt. »Ich sehe, du hast Spaß.«

Frances küsste mich auf die Wange und flüsterte mir ins Ohr: »Ist hübsch, der Waliser.«

Ich erinnerte mich, wie sie davonging und dabei versuchte, nicht mit den Absätzen im Rasen zu versinken. Ihr Schal schwang hin und her, als würde er ein Eigenleben führen. Als sie über den Kiesweg zum Auto ging, dachte ich für einen Augenblick, dass sie schwankte.

»Es ist ein Unglück geschehen, Miss«, murmelte der Hoteldirektor. »Dürfen wir reinkommen?«

Ich trat zur Seite und lehnte mich gegen die Wand. Ein Unglück. Wovon redeten diese Leute? Was für ein Unglück?

Henry war bei mir. Er führte mich zum Sofa. Sorgte dafür, dass ich mich hinsetzte. Alle sahen mich erwartungsvoll an.

»Miss Frances Cosway hatte einen Autounfall.«

Ich starrte den Mann an, der aufrichtig bestürzt aussah.

»Ist sie …?«

Ich weiß nicht, was man mir antwortete, und auch nicht, wer es tat. Ich weiß nur, wie mich alle betroffen ansahen und Henry meine Hand nahm.

36

Die Leiche war noch nicht weggebracht worden. Sie warteten noch auf den Untersuchungsrichter.

Als Henry und ich zu der Kurve in Hampstead kamen, wo der Unfall passiert war, waren Sarah und Charles schon da. Sie waren die Ersten gewesen, die es erfahren hatten. Offenbar hatte Frances die Einladung zur Hochzeit in der Handtasche, und die Polizei war auf der Feier erschienen, wo sich nur noch wenige Gäste befanden. Sie suchten jemanden, der die Tote identifizieren könnte. Sarahs Hochzeitsnacht würde immer von diesem schrecklichen Unglück überschattet sein. Bei mir war der Schmerz noch nicht ganz angekommen. Stattdessen empfand ich riesiges Mitleid mit Sarah, ganz so, als wäre das Unglück ihr widerfahren und nicht mir.

Wir schlossen uns fest in die Arme. Frances' Körper war mit einer Armeedecke zugedeckt. Ich wollte nicht hinsehen. Ich konnte nicht hinsehen.

Sarah führte mich von dem leblosen Bündel weg zu dem Baum, an dem der Morris Bullnose zerschellt war. Charles erzählte Henry, dass er die Leiche identifiziert hatte.

Die Front des Morris war zerfetzt, der Kühler lag frei. Er rauchte noch ein wenig. Es war lächerlich, aber es tat mir weh, den Morris so zu sehen. Es war der Morris Bullnose von Frances, sagte ich mir immer wieder.

Ich wusste nicht, was ich mit meinem Körper tun sollte, der mir nicht gehorchte. Ich wollte in Ohnmacht fallen, diesem Albtraum entrinnen, der mir wie ein makabrer Scherz vorkam.

Und es würde noch mehr kommen.

Noch mehr Schmerz.

Noch mehr gottverdammte Überraschungen.

Es begann zu nieseln, als der Rolls Royce eintraf und mein Vater ausstieg. Ich war sehr überrascht, ihn hier zu sehen. Noch immer war es niemandem gelungen, den Untersuchungsrichter zu erreichen.

Auch er umarmte mich. Unsere erste Umarmung …

»Es tut mir so leid, meine Liebe«, flüsterte er mir ins Ohr. Sein Mantelkragen roch nach einer Mischung aus Tabak und Rasierwasser.

Jemand schlug vor, in den Autos zu warten. Der Regen durchnässte Frances' Körper. Ein Polizist breitete sein Cape über die Decke, und ich hatte Lust, unter den nassen Stoff zu kriechen und sie zu umarmen, so fest ich nur konnte, um zu verhindern, dass sie ging.

Frances …

Sarah, Charles und Henry brachten mich zu Sir Edgar in den Rolls Royce. Alle schienen zu denken, dass wir allein sein sollten.

Wir saßen einander gegenüber. Er beugte sich vor und fasste meine Hände, wie schon einige Stunden zuvor. Ich wollte das nicht. Ich weiß nicht, warum, aber alles, was ich wollte, war, mich auf den beigefarbenen Ledersitzen abzustützen. Ich wollte einfach nur dasitzen. Ich wollte mich auf etwas Reelles stützen.

Ich überließ ihm meine Hände, als legte ich damit auch meinen Willen in seine Hände.

»Du hast gerade deine Mutter verloren, aber du sollst wissen, dass du nicht allein bist. Ich werde mich um dich kümmern.«

Was redete er da?

»Du brauchst dir um nichts Sorgen zu machen.«

Mutter? Was redete dieser Verrückte da? Mutter? Meine Mutter hieß Margaret. Maggie. Sie war deine Geliebte, Edgar Goodwill, und du hast sie ihrem Schicksal überlassen. Und dieses Schicksal bin ich gewesen, weißt du?

»Ich werde alles Nötige veranlassen, damit du unseren Nachnamen trägst. Es wird dir an nichts fehlen.«

Ich wollte raus aus diesem Wagen. Ich zog meine Hände weg und öffnete die Tür des Rolls Royce. Landete mit meinen weißen Schuhen in einer Pfütze. Ich lief zu den anderen Autos, wo ich verzweifelt nach Sarah suchte. Schließlich entdeckte ich sie. Die drei saßen zusammen in einem Auto, Charles rauchte bei geöffnetem Wagenfenster.

Ich blieb einfach im Regen stehen, das Gesicht tränenüberströmt, die Augen vor Entsetzen geweitet.

Henry stieg aus und zwang mich mit sanftem Nachdruck, in den Polizeiwagen einzusteigen. Ich sah, dass Frances endlich weggebracht wurde. Ich hätte am liebsten geschrien.

Es stimmte alles. Sarah bestätigte es mir.

Es stimmte.

»Ich musste Frances mein Wort geben.« Sarah sah zu Charles hinüber. »Wir alle mussten ihr unser Wort geben, dass wir es dir niemals sagen.«

Ich begriff es nicht. Ich konnte es nicht begreifen.

Als es hell wurde, brachten sie mich wieder ins Hotel. Sie haben einen Arzt gerufen, der mir ein Beruhigungsmittel verabreichte. Sarah wollte bleiben, aber es war ihre Hochzeitsnacht, ich konnte das nicht annehmen.

»Würdest du bei mir bleiben?«, bat ich Henry.

Ich weiß nicht, warum ich das machte. Er war ein Unbekannter. Ich weiß auch nicht, warum ich ihn bat, sich zu mir ins Bett zu legen und mich zu umarmen. So schliefen wir ein. Unsere erste gemeinsame Nacht.

37

Madrid, Dezember 1951

Matías hatte in den letzten Tagen ein paarmal daran gedacht, aber dann letztlich keine Zeit gehabt, genau zu überprüfen, was in dem Regal mit den englischen Büchern stand. Jedes Mal, wenn diese Frau vorbeikam und zwei oder drei Bände mitnahm, war er so überrascht, dass er sich fest vornahm, Lola zu fragen, woher diese Bücher kamen, von denen er sich nicht erinnern konnte, sie jemals gekauft zu haben.

Er stöberte noch ein wenig in dem Regal, bevor er das Geschäft öffnete. Es waren recht seltene Ausgaben darunter, die offenkundig nicht aus den Beständen eines größeren Verlags kamen. Sie waren alle unterschiedlich und schienen eher aus einer Privatbibliothek zu stammen. Neben dem üblichen Ramsch, den er gelegentlich auf dem Trödel kaufte – knapp ein halbes Dutzend Titel –, standen dort angesehene Autoren und andere, die selbst er nicht kannte. Die, die ihm etwas sagten, bewegten sich auf einem solchen Niveau, dass er es bedauerte, kein Englisch zu können, als er sie dort stehen sah. Er musste jedenfalls mit Lola reden, denn es stand fest, dass die Bücher nicht von selbst hergekommen waren. Jemand musste sie mitgebracht haben.

Als er das Gitter vor dem Schaufenster hochschob, fiel ihm wieder etwas ein: Lola hatte ihm einmal von einem Buchhändler in der Calle Sagasta erzählt, der seinen Laden aufgelöst hatte. Seine Frau war wirklich unglaublich. Bestimmt war sie dorthin gegangen, ohne ihm Bescheid zu sagen, und hatte eine ganze Partie zum guten Preis gekauft. Es gab jedenfalls keinen Grund, etwas dagegen zu haben, schließlich hatten sie in letzter Zeit mehr englischsprachige Bücher verkauft als spanische.

Es war Dezember geworden. Es war ein kalter, ungemütlicher Morgen, und rings um einige Bäume, die auf dem Gehsteig auf der nördlichen Straßenseite standen, war der Boden gefroren. Bestimmt würde vor Schulschluss keiner in den Laden kommen.

Zum Glück trug er das alte Cordsakko mit den Wildlederflicken an den Ellbogen, das mittlerweile seine Arbeitsuniform geworden war. Es war ein bequemes Kleidungsstück, in dem er sich wirklich wohlfühlte. Wenn es nach ihm gegangen wäre, würde er sogar einen dieser grauen Kittel tragen, aber Lola hatte einen Wutanfall bekommen, als er es nur erwähnte. Seine Frau hatte viele Qualitäten, aber manchmal kam die verwöhnte Tochter in ihr zum Vorschein und stand zwischen ihnen.

Dank der Rohrleitungen, die vom Heizkessel im Keller nach oben führten, war es im Laden angenehm warm. Zum Glück, denn natürlich hätten sie sich niemals eine eigene Heizung leisten können. So konnten sie wenigstens die Tür immer offen lassen und die Kälte aushalten, die jedes Mal hereinströmte, wenn es ein bisschen windig war.

So wie jetzt. So früh rechnete er nicht mit Kundschaft, deshalb glaubte er, der Kerl, der nun vor dem Schaufenster stand, wolle sich nach der Wohnung eines Nachbarn erkundigen.

Er war ein Mann mittleren Alters, eher klein, mit einem dünnen Schnurrbärtchen über der verkniffenen Oberlippe. Er grüßte nicht, sondern sah sich misstrauisch um. Matías dachte sofort, er sei von der politischen Polizei.

»Was wünschen Sie?«, fragte er, das Schlimmste befürchtend.

Der Mann vermied den direkten Augenkontakt mit ihm. Er zögerte kurz, dann fuhr er mit der Hand in die Brusttasche des Trenchcoats. So lange brauchte Matías, um zu begreifen, dass er nicht gekommen war, um ihn zu verhaften.

»Führen Sie Tinte für diesen Füllhalter?«

Matías nahm den Füllhalter und atmete gleichzeitig auf, nachdem er die ganze Zeit unwillkürlich die Luft angehalten hatte. Er sah, dass es ein Parker war.

»Ja«, antwortete er knapp. Fast im selben Moment fiel ihm auf, dass er besser freundlich sein sollte. »Ich kann ihn nachfüllen oder ihnen ein Tintenfass verkaufen.«

»Füllen Sie ihn nach«, sagte der Mann.

Matías schraubte den Füllhalter auf, tauchte die Feder in die Tinte und drehte viermal hintereinander den Kolben. Es war ein Vacumatic aus braun-goldenem Zelluloid, Modell Golden Pearl. Ihm hatten diese Füllhalter immer gefallen. Sie waren zuverlässig und elegant. Dann reinigte er die goldene Feder, ganz vorsichtig, damit der Lappen nicht versehentlich in den Schnitt geriet.

»Das ist ein sehr schöner Füllfederhalter«, sagte er, während er ihn seinem Besitzer zurückgab. »Aber Sie sollten ihn hin und wieder reinigen lassen.«

»Wie, reinigen?«

»Von innen. Damit er nicht verstopft. Vor allem, wenn Sie unterschiedliche Tintensorten verwenden.«

»Machen Sie so etwas?«

»Na ja«, antwortete Matías, »am besten würden Sie ihn ans Werk schicken. Ich kann ihn nur oberflächlich reinigen, ohne ihn auseinanderzunehmen. Aber Sie müssten ihn mir mindestens einen Tag dalassen.«

Der Mann kniff die ohnehin schon schmalen Augen zusammen. Für Matías hatte er Ähnlichkeit mit einem Fuchs.

»In Ordnung. Sind Sie immer da? Ich meine, nicht dass ich herkomme und jemand anders da ist.«

Matías erklärte unbedarft: »Na ja, manchmal ist meine Frau hier, aber das ist kein Problem.«

»An welchen Tagen?«

»Dienstag und Donnerstag vormittags ist sie da. Aber Sie können gerne heute am späten Nachmittag vorbeikommen, oder auch morgen am Dienstag, wenn Ihnen das lieber ist. Dann ist er fertig, und meine Frau kann ihn Ihnen ohne Probleme aushändigen.«

»Mal sehen. Wahrscheinlich hole ich ihn morgen ab. Sagen Sie Ihrer Frau Bescheid. Ich will nicht meine Zeit vertrödeln.«

Als der Mann sich umdrehte und grußlos hinausging, dachte Matías noch einmal, dass er nach Polizei roch, Parker Füllhalter hin oder her.

Keine fünf Minuten später, er war noch dabei, den tintenbefleckten Lappen wegzuräumen, stürzte die Frau, die sich um Adela kümmerte, in den Laden.

Als er sie sah, wusste er sofort, was los war.

»Kommen Sie«, sagte die Frau. »Sie hat's überstanden. Der Arzt kommt gleich, um den Totenschein auszustellen.«

Matías ließ das Gitter wieder herunter und schloss ab. Er hatte das Gefühl, damit auch einen Teil seines Lebens abzuschließen, auf den er nicht besonders stolz war.

38

Fünf Minuten, bevor ich gehen will, als ich die Bücher schon zusammengepackt und in der Tasche verstaut habe, klopft Amparo an die Tür. Sie will mir den Krug und den Schirm zurückbringen. Es wird nicht leicht sein, sie wieder loszuwerden.

»Sehen Sie … Sehen Sie nur, wie gut es geworden ist.«

Sie hängt den Regenschirm an die Rückenlehne eines Stuhls und hält mir den Krug entgegen, als wollte sie Spenden sammeln.

»Dieser Mann hat wirklich ein Händchen, finden Sie nicht?«

Ich versuche, den Besuch abzukürzen, aber ich weiß genau, was mich erwartet.

»Phantastisch«, sage ich zu ihr. »Wirklich wie neu.«

Ich möchte ihr den Krug abnehmen, aber sie lässt nicht los.

»Ja, oder?«, sagte sie mit einem zufriedenen Lächeln. »Schauen Sie, schauen Sie nur …«

Sie zeigt auf den mit Klammern geflickten Riss und die glatte, glänzende Lackschicht darüber.

»Da, fahren Sie mal mit der Hand drüber. Fahren Sie mal drüber …«

Amparo sagt immer alles zweimal. Immer.

»Keine Unebenheit«, stellt sie fest. »Aber was erzähle ich Ihnen.«

Ich beginne, ungeduldig zu werden. Ich weiß, dass der verdammte Riss wieder undicht werden wird, und heute bin ich nicht zu dummem Geschwätz aufgelegt. Ich hab's wirklich eilig, weil ich noch bei der Bar vorbeiwill, um Kaffee und Schmalzkringel zu bestellen, bevor ich in die Buchhandlung gehe. Und außerdem muss ich den richtigen Moment abpassen, um die Bücher ins Regal zu stellen, ohne dass Lola etwas merkt.

»Und der Schirm? Sehen Sie mal, was er für einen Stoff genommen hat.«

Sie spannt ihn auf, mitten in der Küche.

»Man sagt ja, das bringt Unglück, aber ich glaub nicht an diese Sachen, wissen Sie. Fassen Sie an, fassen Sie an ...«

Gehorsam befühle ich den Stoff und merke nur, dass er glatt ist.

»Stellen Sie sich vor, das ist Nylon. Da werden Sie nicht mehr nass, da kann es regnen, wie es will. Der wird eine ganze Weile halten.«

»Wie viel schulde ich Ihnen, Amparo?«

Ich öffne die Geldbörse. Da sie nicht antwortet, dränge ich ein wenig: »Ich hab's heute ein bisschen eilig ...«

Amparo kratzt sich am Ausschnitt. Das macht sie häufig, wenn sie etwas sagen will und nicht weiß, wie.

»Haben Sie's schon gehört?«

Ich habe den Inhalt der Geldbörse in meine Handfläche geleert, während ich darauf warte, dass sie mir endlich sagt, wie viel der Kesselflicker verlangt hat.

»Ich seh schon, Sie wissen von nichts.«

Damit lässt sie sich schwerfällig auf einen meiner Hocker sinken. Ich ahne, dass es eine Weile dauern wird.

»Ich konnte es wirklich nicht glauben. So eine gute Familie, wohnen schon ein Leben lang hier im Viertel. Nicht zu fassen.«

Ich würde zu gerne sagen: *Komm zur Sache, Schwester.* Plötzlich merke ich, wie sehr mich Amparo an sie erinnert.

Ich lege das Portemonnaie auf den Tisch und setze mich mit ungeduldiger Miene zu ihr, aber das bringt Amparo nicht aus der Ruhe.

»Na, wer hätte das gedacht, direkt hier in der Nachbarschaft …«

»Aber was ist denn überhaupt passiert?«, frage ich schließlich. »Sie beunruhigen mich.«

»Und das ist noch nicht alles, Señora Rosa, das ist noch nicht alles. Der Sohn der Cárdenas aus dem obersten Stock, der mit der Brille …«

Ich weiß nicht, wovon sie spricht. Ich kenne die Eltern, habe aber, glaube ich, noch nie ein Wort mit ihnen gewechselt außer »Guten Tag« und »Auf Wiedersehen«.

Amparo sieht mich bedeutungsschwanger an, als spielte sie in einem Bühnendrama mit.

»Man hat ihn tot in einem dieser Etablissements gefunden, Sie wissen schon. Der arme Kerl. Sechzehn Messerstiche haben ihm die Kerle verpasst. Es gab kein einziges Körperteil, das nicht blutüberströmt war.«

»In einem dieser Etablissements?«, frage ich unentschlossen, als ich zu Wort komme. »Meinen Sie ein Bordell?«

»Der arme Junge … Und die armen Eltern, ehrlich gesagt … Ja, genau, ein Bordell. Aber das ist noch nicht das Schlimmste. Es war keins von denen, in das Männer gehen, um Frauen zu treffen.«

»Sondern?«

Sie beugt sich vor und senkt die Stimme.

»Es war ein Perversenclub.«

Zuerst verstehe ich nicht.

»Schwuchteln«, sagt sie und wedelt ungeduldig mit den Händen. »Warme Brüder, Sie wissen schon …«

Mir gefallen die Wörter nicht, die sie benutzt, und ich glaube, sie merkt das. Ich versuche, mich an den Jungen zu erinnern.

»Völlig blutüberströmt war er …«

»Wann ist das passiert?«

»Ich hab's heute Morgen von der Milchfrau gehört. Offenbar hat man ihn gestern am frühen Morgen gefunden. Er ist langsam verblutet, da war kein bisschen Leben mehr drin.«

»Und die Eltern?«

»Sie können sich ja vorstellen, wie's denen geht. Ich bin heute Morgen hochgegangen, um ihnen zu sagen, falls sie irgendwas brauchen sollten … Aber es hat keiner aufgemacht.«

Ich bin betroffen. Es ist immer beängstigend, wenn ein Unglück ganz in der Nähe geschieht.

»Das ist wirklich eine traurige Nachricht.«

»Es musste ja so kommen. Wenn man diesen Weg einschlägt, nimmt es früher oder später ein böses Ende …«

»Sie glauben, er wurde umgebracht, weil er homosexuell ist?«

Sie sieht mich überrascht an.

»Wegen was denn sonst?«

»Und warum deswegen?«

Amparo ist nicht dumm. Sie weiß, dass sie nicht weiter mit mir über dieses Thema reden sollte, weil wir sonst streiten würden. Ich nehme an, sie schiebt meine Einstellung darauf, dass ich Ausländerin bin.

»Ich sage nur, dass es Orte gibt, die ein anständiger Mensch nicht aufsuchen sollte«, schließt sie widerstrebend.

Dann steht sie auf und setzt nach einer Pause hinzu: »Der Kesselflicker hat achtzehn Peseten verlangt.«

Während ich zum Buchladen gehe, mache ich mir so meine Gedanken über das Vorgefallene. Es ist merkwürdig. Amparo hat ihren Vater im Krieg verloren. Sie hat mir oft davon erzählt.

Die Nationalisten haben ihn vorm Dorf erschossen, ich glaube also nicht, dass dieses Regime große Sympathien bei ihr hat. Es erstaunt mich allerdings immer wieder, wie schnell die Leute die Ideologie der Sieger übernehmen.

Constance hätte etwas Ähnliches sagen können wie meine Nachbarin. Tatsächlich hat sie es einmal getan, als ich ihr erzählte, dass Henry mit Vita Sackville-West bekannt war. Es war in Lambeth Hall bei einer ihrer Teestunden, bei der sich die ›Constance-Welt‹ in ihrem ganzen Ausmaß zeigte: an langen Winterabenden bestickte Tischdecken, hausgemachtes Gebäck und drei, vier affektierte, reaktionäre Freundinnen. Ich glaube, auch der Pfarrer war da, eine sehr englische Tradition. Ich habe nie verstanden, wie Constance es schaffte, sich mit derartig langweiligen Leuten zu umgeben. Ich war allein dort; Henry hatte nicht mitkommen wollen. Und ich mache ihm wirklich keinen Vorwurf deswegen. Er hatte schon lange keine Lust mehr, mich zu diesen sommerlichen Besuchen in Lambeth Hall zu begleiten. Jedenfalls hatte sie das richtige Publikum für das, was dann geschah. Und ich auch, muss ich zugeben.

Constance hatte gerade Knole House erwähnt, und ich erzählte, dass wir einmal übers Wochenende dort eingeladen waren.

Ich glaube, sie war neidisch, genau wie beim ersten Mal, als wir uns auf Sarahs Hochzeit kennengelernt hatten.

»Du warst auf Knole House?«, fragte sie in einem erstaunten Ton, der an Bewunderung grenzte.

Oder an Verärgerung.

»Ja«, sagte ich, zunächst ohne jede böse Absicht. »Wir waren gemeinsam mit einem Verleger und seiner Frau eingeladen, einer Schriftstellerin.«

»Ist es so aufsehenerregend, wie man sich erzählt? Ich glaube, es gibt über dreihundert Zimmer.«

Manchmal habe ich Freude daran, gemein zu Constance zu sein, das gebe ich zu.

»Dreihundertfünfundsechzig, um genau zu sein. Eins für jeden Tag des Jahres«, erklärte ich, wohlwissend, dass ich ihr eine ordentliche Dosis an Animositäten auf dem Silbertablett servierte.

»Und der Park? Ist der auch so spektakulär, wie man immer hört?«

»Der spektakulärste, den ich je gesehen habe: über tausend Acres groß, mit Hirschen, die überall herumlaufen … Und von innen ist es wie ein ganzes Dorf: Höfe überall, zwölf verschiedene Eingänge und über fünfzig Treppen. Du müsstest mal hinfahren, meine Liebe. Wenn man Knole House kennt, kommt einem Lambeth Hall winzig klein vor.«

Bis zu diesem Moment hatte mich Constance fasziniert angesehen. Aber jetzt zuckte sie zusammen und straffte sich, als hätte sie einen Stock verschluckt.

»Und stimmt es, was man sich über diese Leute erzählt?«

Sie ließ mir keine Zeit zu fragen, wovon zum Teufel sie sprach. Constance sah den Pfarrer an, als wüsste sie, dass sie mit seiner Zustimmung rechnen konnte.

»Offenbar benehmen sie sich ziemlich sonderbar. Unmoralisch, würde ich sagen.«

Der Pfarrer hörte auf zu essen, und ihre beiden Freundinnen legten die Köpfe schief wie Vögel, die Gefahr witterten.

»Ja, ja«, fuhr sie fort, »so wie es aussieht, gehören deine feinen Freunde zu einem Kreis von Intellektuellen, du weißt schon … Bohemiens ohne moralische Normen, die ein zügelloses Leben führen und untereinander abnorme Beziehungen unterhalten.«

Und dann setzte sie wie selbstverständlich hinzu: »Frauen mit Frauen und Männer mit Männern, ihr versteht.«

Sie hatte es geschafft, mich zu entwaffnen. Ich wollte etwas erwidern, das ihr ein für alle Mal den Mund stopfen würde, aber ich konnte nicht. Ich sah den Pfarrer, der rot anlief wie eine Tomate, und ihre beiden Freundinnen, die entsetzt die Augenbrauen nach oben rissen, und hatte irrsinnige Lust, sie noch mehr zu schockieren. Ich tat es aber nicht. Constance gegenüber ist es mir immer gelungen, die Ruhe zu bewahren.

»Du weiß ja nicht, was du da redest, meine Liebe«, antwortete ich ruhig und nüchtern. »Diese Leute, von denen du sprichst, haben ein höheres sittliches Empfinden als alle Leute, die ich kenne. Und das haben sie ausreichend bewiesen. Wusstest du zum Beispiel, dass diese Intellektuellen und Bohemiens, wie du sie nennst, sich während des Krieges öffentlich zu ihrer pazifistischen Einstellung bekannt und in Kauf genommen haben, im Gefängnis zu landen, weil sie sich für die Kriegsdienstverweigerung aussprach? Sagen Sie, Pfarrer Meyer, ist ›Du sollst nicht töten‹ nicht eines von Gottes Geboten? Aber soweit ich weiß, ist in den Zehn Geboten nirgendwo von Homosexualität die Rede … Wohl aber vom Stehlen, nicht wahr? Und vom Töten, ist es nicht so?«

Nach einer kurzen Pause wendete ich mich an Constance.

»Nun, Constance, diese Leute haben weder jemals getötet, noch gestohlen. Das kann ich dir versichern.«

Ich machte erneut eine Pause. Eine sehr absichtsvolle diesmal.

»Ich weiß nicht, meine liebe Constance, ob wir das alle von uns behaupten können. Du weißt, wovon ich rede, nicht wahr? Diese Angewohnheit einiger, immer das haben zu wollen, was ihnen nicht gehört. Aber man darf nicht erwarten, dass die Menschen perfekt sind. Finden Sie nicht auch, Pfarrer Meyer?«

Ich wusste, dass sie genau verstanden hatte. Und ich wusste auch, dass sie es niemals zugeben würde. Aber es war mir egal. Ich hatte ja noch Croft House und seine unfruchtbaren Wiesen … Und ich hatte Henry. Wenn ich nach Hause käme, würde er dort auf mich warten, die Zeitung gefaltet, das braune Haar in der Stirn … Draußen vor dem Fenster könnte man das Meer sehen, das dieselbe Farbe und dieselbe Strahlkraft hatte wie seine Augen. Und das alles war so lebendig in mir, dass die arme Constance mir sogar leid tat. Tut mir leid, meine Liebe, aber dieses Etwas wirst du niemals haben.

Ich habe den Kaffee für in einer Stunde bestellt. So lange, denke ich, werden wir für das nächste Kapitel brauchen. Ich sehe, dass Lola das Buch geholt hat und mein Stuhl bereitsteht.

»Guten Tag«, grüße ich eilig.

»Hallo!«, antwortet sie unerwartet fröhlich. »Ich habe mir schon Sorgen gemacht. Ich dachte, Sie kämen heute nicht.«

»Wo denken Sie hin! Wo wir doch neulich an der spannendsten Stelle aufgehört haben!«

Sie trägt ein feines, tailliertes Kostüm mit schmalen Schultern. Sehr sexy, wie man in meiner Heimat sagen würde. Das Oberteil ist schräg bis zur Schulter geknöpft, ganz im Stil der Vierziger. Wahrscheinlich ist es auch aus dieser Zeit.

»Fast hätten wir heute nicht aufgemacht.«

»Wieso das? Ist was mit Ihnen?«

»Nein, mit uns nicht.«

Ich will nicht aufdringlich erscheinen, also frage ich nicht weiter nach.

»Es ist … Also gut, ich erzähl's Ihnen.«

Es sieht aus, als müsste sie erst ihren ganzen Mut zusammennehmen. Ich lächle ihr zu, um ihr das Gefühl zu geben, dass es ihr völlig freisteht, etwas zu erzählen oder nicht.

»Wollen Sie nicht den Mantel ablegen?«

»Doch, natürlich«, antworte ich.

Ich lege die Tasche und die Handschuhe auf einen Bücherstapel und den Mantel ans Ende des Tisches. Dann setze ich mich.

»Wissen Sie, eine Person, die meinem Mann sehr nahestand, ist gestorben.«

»Das tut mir sehr leid«, erkläre ich, wohlwissend, um welche Person es sich handelt.

Lola sieht mich nachdenklich an. Wahrscheinlich überlegt sie, ob sie mir alles erzählen soll.

»Sie war seine erste Frau«, sagt sie schließlich.

Ich will sie nicht um Erklärungen bitten, aber ich habe das Gefühl, dass sie reden möchte. Also mache ich mich bereit, mir Lolas Version anzuhören, die mit Sicherheit völlig anders ist als die der Portiersfrau aus der Calle Prim.

Genau in dem Moment, als sie zu reden beginnen will, kommt der Mann in den Laden. Lola sieht ihn nicht gleich, weil sie mit dem Rücken zu ihm sitzt, ich aber sehr wohl. Und mir ist klar, dass dieser Typ einen Haufen Probleme mit sich bringt.

Lola dreht sich zur Ladentheke um, als sie ein leichtes Räuspern hört, das den üblichen Gruß ersetzt. Sie wird kreidebleich.

Ich bin keine aggressive Person, ganz im Gegenteil. In schwierigen Situationen rette ich mich normalerweise in die Ironie, aber dieser Typ bringt mich auf die Palme.

Lola ist wie automatisch aufgestanden.

»Was wünschen Sie?«

Das Männlein strafft sich arrogant. Ich würde ihm am liebsten sagen, dass er niemals die Größe eines echten Mannes erreichen wird, so sehr er es auch versucht. Ich weiß, wie man jemanden dort trifft, wo es weh tut. Aber ich tue es nicht, um die Sache nicht noch komplizierter zu machen.

»Warum lassen Sie mich nicht in Ruhe? Was wollen Sie schon wieder?«

Der Mann breitet beschwichtigend die Hände aus.

»Ganz ruhig …«, sagt er und setzt ein Grinsen auf, bei dem ein paar gelbliche Zahnstummel zum Vorschein kommen. »Ich will nur meinen Füllhalter abholen.«

Lola wirkt verwirrt.

»Welchen Füllhalter?«

»Einen Parker, den ich gestern bei deinem Kompagnon abgegeben habe, meine Hübsche.«

Lola reagiert nicht.

»Was ist?«, drängt er, sichtlich zufrieden über ihre Fassungslosigkeit. »Er sollte heute fertig sein.«

Ich gehe zur Ladentheke. Ich habe den Füllhalter in der Ablage unterm Tresen entdeckt, neben dem Tintenfass und dem blaubefleckten Lappen. Aber ich habe keine Lust, ihn ihm zu geben.

»Kommen Sie morgen wieder, wenn der Ladenbesitzer da ist. Dann bekommen Sie Ihren Füllhalter.«

Er sieht mich genauso wütend an wie neulich. Ich glaube, es ärgert ihn gewaltig, mich jedes Mal hier anzutreffen.

»Wünschen Sie noch etwas?«, frage ich und verschränke die Arme.

Er antwortet nicht gleich. Nur seine Augen verengen sich.

»Sie sind keine Spanierin, oder?«

Aha. Jetzt schießt er sich auf mich ein.

»Warum fragen Sie?«, antworte ich genauso unfreundlich wie er.

Er mustert mich kühl, als wollte er mich taxieren. Dann zeigt er sein hässliches Grinsen.

»Weil wir hier keine Ausländer mögen, die ihre Nase in Dinge stecken, die sie nichts angehen.«

Jetzt lächle auch ich.

»Schade«, gebe ich zurück. »Es gibt nämlich Dinge, die erreicht man nie, da kann man sich noch so viele Einlagen in die Schuhe legen.«

Wenn er glaubt, dass ich dieses Detail nicht bemerkt habe, irrt er gewaltig.

Lola muss unfreiwillig lächeln. Er wird wieder blass. Ich habe den Eindruck, dass seine Wangen förmlich einfallen und die Wut ihn zerfrisst, ohne dass er etwas dagegen tun kann.

Er klappt den Mantelkragen hoch und geht hinaus, nicht ohne mir einen vernichtenden Blick zuzuwerfen. Es ist lustig zu sehen, wie er mit eingekniffenem Schwanz davonschleicht.

»Danke«, sagt Lola.

»Nichts zu danken«, antworte ich. »Aber Sie sollten einen Weg suchen, diese Situation zu beenden. Diese Art Leute können einem das Leben schwermachen.«

Sie lässt sich auf den Hocker sinken. Sie sieht aus, als wäre sie kurz davor, in Tränen auszubrechen.

»Möchten Sie darüber reden?«, frage ich.

Sie schüttelt heftig den Kopf.

»Tja, warum lesen wir dann nicht ein bisschen weiter? Das wird Sie von Ihren Sorgen ablenken.«

Ich halte ihr das Buch hin. Sie nimmt es lustlos entgegen.

Da sitzt sie und schweigt, den Blick in der Ferne verloren. Schließlich sagt sie, und die Verzweiflung steht ihr ins Gesicht geschrieben: »Ich kann nicht mehr. Ich schwöre Ihnen, ich kann nicht mehr.«

Wir sitzen nicht weit voneinander entfernt, aber ich rücke noch ein wenig näher und lege ihr die Hand auf die Schulter. Sie hat zu weinen begonnen.

»Ich würde Ihnen gerne helfen«, sage ich.

Sie schüttelt den Kopf.

»Es ist alles zu viel«, schluchzt sie. »Ich schaffe das alles nicht. Es geht nicht …«

Dann erzählt sie es mir. Was sie mit diesem Mann machen musste, damit Matías die Todesstrafe erspart blieb. Ja, sie erzählt es mir, ohne ein Detail auszulassen, befleckt sich mit jedem Wort, mit jeder Erinnerung … Eine Wohnung in der Calle Infantes, ein heruntergekommenes, dunkles Loch. Die Wohnung war im zweiten Stock, über der Leuchtreklame einer Pension. Sie betrachtete dieses Licht, das aufleuchtete und wieder erlosch, Pension Ruano, Pension Ruano, und sie versuchte, an Matías zu denken, während das alles passierte … Dann blieb ihr nur noch die Scham.

»Ich möchte nicht, dass Matías es jemals erfährt.«

Jetzt verstehe ich. Das ist die Macht, die dieser Kerl über sie hat.

»Er würde mich verachten, wissen Sie.«

»Ich glaube, da irren Sie«, sage ich, bemüht, mir mein Mitgefühl nicht anmerken zu lassen. »Ihr Mann wäre stolz auf Sie, wenn er wüsste, wie sehr Sie ihn lieben. Da bin ich mir ganz sicher.«

Sie sieht mich an, als hätte ich nicht die geringste Ahnung, wovon wir reden. In ihren Augen ist etwas, das ich schon andere Male gesehen habe, vor allem im Krieg: diese abgrundtiefe Angst, die sich in die Netzhaut einbrennt und dann ganz rasch zu Verzweiflung wird.

»Ich glaube, Sie können sich selbst nicht vergeben«, fahre ich fort, um der ganzen Sache die Schärfe zu nehmen. »Wir alle akzeptieren früher oder später die Opfer, die andere für uns zu leisten bereit sind. Das Schlimme an dieser Sache ist nicht, dass Ihr Mann Ihnen Ihr gewaltiges Opfer nicht verzeihen könnte. Das Schlimme ist, dass Sie selbst es nicht vergessen können.«

Sie hat die Hand gegen die Brust gepresst, als wollte sie gegen etwas angehen, das sie furchtbar aufwühlt. Vermutlich habe ich ins Schwarze getroffen.

Als man uns das Frühstück aus der Bar bringt, weiß ich, dass wir heute keine Zeile lesen werden. Und ich weiß auch, dass ich eine neue Beschäftigung für die nächsten Tage habe.

39

»Wolltest du nicht über alle Warenein- und -ausgänge Buch führen?«

»Ja, aber ich hatte noch keine Zeit.«

»Ich dachte, du könntest das dienstags und donnerstags erledigen. Du sagst doch immer, dass du dich so langweilst in der Zeit hier.«

»Ja, aber in den letzten zwei Monaten war ziemlich viel los.«

»Viel los?«

»Ich habe versucht, Ordnung in das Ganze zu bringen, aber dann sind so viele Schreibwarenbestellungen reingekommen, weißt du?«

Nein, Matías konnte nichts davon wissen, weil es nicht stimmte.

»Außerdem habe ich viel gelesen. Übrigens, sag Garrido vielen Dank für das Buch von dieser jungen Schriftstellerin, Carmen Laforet. Es hat mir sehr gut gefallen.«

»Mich bedanken? Sechs Peseten hat er mir dafür abgeknöpft …«

»Dieser Garrido ist ein Geier … Das ist ja fast der Neupreis.«

»Er ist keine barmherzige Schwester, das kannst du mir glauben.«

Matías versuchte, Ordnung in die Regale hinten in der Ecke zu bringen. Es waren noch mehr englische Bücher da, als er gedacht hatte. Er wollte Lola gerade danach fragen, als sie ihm zuvorkam: »Um wie viel Uhr ist die Beerdigung?«

»Um zwölf«, antwortete er. »Aber ich gehe früher hin, weil ich noch mit den Leuten vom Bestattungsinstitut sprechen muss.«

Sie schlang von hinten ihre Arme um ihn. Matías rührte sich nicht. Sie lehnte ihren Kopf gegen seinen Rücken, und so standen die beiden eine Weile da.

»Guten Tag.«

Sie drehten sich gleichzeitig um.

»Entschuldigung«, sagte das Mädchen. »Ich wollte einen Roman austauschen.«

Es war das Mädchen, das jede Woche mit seinem Liebesroman vorbeikam. Lola ging zu ihm, um es zu bedienen. Das Mädchen war rot geworden wie eine Klosterschülerin.

»Ich hab sie fast alle gelesen«, sagte es, als Lola die Kiste auf die Ladentheke stellte. »Haben Sie nichts Neues?«

Es war ein blasses Mädchen, weder hübsch noch hässlich, mit langem, gewelltem Haar, das sich an der Stirn und an den Schläfen kräuselte. Es trug einen alten Mantel.

»Lies das hier«, sagte Lola und reichte ihm das Buch, über das Matías und sie gerade gesprochen hatten.

Das Mädchen nahm es und las: »*Nada*, von Carmen Laforet.« Dann sah sie Lola skeptisch an.

»Aber geht es da um Liebe?«, fragte sie.

»Noch viel besser«, antwortete Lola. »Es geht um Wahrheit.«

Das Mädchen zögerte.

»Ich weiß nicht, ob mir das gefällt.«

»Lies es«, insistierte Lola, »und wenn es dir nicht gefällt, bringst du's zurück, und ich tausche es kostenlos um.«

Matías sah sie erstaunt an.

»In Ordnung«, willigte das Mädchen ein, ohne sonderlich überzeugt auszusehen. Sie bezahlte ihre zwei Peseten und ging, während sie das Buch ansah, als wäre es ein merkwürdiger, unbekannter Gegenstand.

»So, so«, bemerkte Matías, nachdem das Mädchen gegangen ist. »Und du bist also diejenige, die nicht wollte, dass ich das Buch von Rose Tomlin ins Schaufenster stelle.«

Lola lächelte.

»Tja, wir machen alle Fehler. Wenn das Schaufenster nicht hier wäre, sondern in der Calle Barquillo, würde ich es sofort wieder reinstellen. Aber in dieser Straße bringt es nichts. Da bleibt nie einer stehen.«

Sie hatte eine Schublade in der Ladentheke aufgezogen und wühlte darin herum, als suchte sie etwas.

»Hast du den Trauerflor dabei?«, fragte sie Matías.

»Ja.« Er holte eine schwarze Binde aus der Jackentasche und versuchte, sie über den Ärmel zu streifen.

Lola hatte endlich gefunden, was sie gesucht hatte.

»Komm her, ich nähe ihn dir fest.«

»Ich wollte ihn mit einer Sicherheitsnadel befestigen.«

»Mit einer Sicherheitsnadel? Ich bitte dich …«

Sie hatte den Fingerhut übergestreift und fädelte schwarzes Nähgarn ein.

»Los, komm her«, sagte sie und zog Matías am Ärmel.

Er lächelte und betrachtete sie still, während sie mit ein paar Stichen die Armbinde festheftete, die er zum Zeichen der Trauer um Adela tragen würde.

Sie lächelte ebenfalls. Sie sah ihn nicht an, aber sie wusste, dass er diesen Gesichtsausdruck hatte, für den sich jede Mühe lohnte. Plötzlich fielen ihr die Worte ihrer englischen Freundin wieder ein: »Ihr Mann wäre stolz auf Sie, wenn er wüsste, wie sehr Sie ihn lieben. Da können Sie sicher sein.«

»Ich gehe dann heute zum Essen zu meinen Eltern«, sagte sie.

Sie hatte absolut keine Lust dazu, aber sie wusste, dass er sich dann besser fühlte. Sie wollte nicht, dass er sich abhetzte.

»Später möchten meine Mutter und ich noch bummeln gehen. Rufst du mich an, wenn ich nachmittags kommen soll?«

»Das wird nicht nötig sein, keine Sorge.«

Als sie am Rand des Trauerflors ankam, zwirbelte sie das Garn zusammen und vernähte es so schnell, das sie selbst darüber staunte. Noch ein letzter Stich. Fertig.

»Jetzt rutscht er nicht mehr runter«, sagte sie und stand auf.

Matías fasste sie unterm Kinn.

»Ich muss los«, beschwerte sie sich. Lola spürte seinen Atem, der ihr so vertraut war, dass sie manchmal das Gefühl hatte, es sei ihr eigener.

»Dann geh.« Er ließ sie los, weil er wusste, dass sie noch nicht gehen würde. Dann küsste er sie auf den Mund. »Wie hübsch mein Mädchen ist …«

Er trat einen Schritt zurück, um sie dann erneut zu küssen.

Jetzt wich sie zurück.

»Wolltest du nicht gehen?«

Und er küsste sie noch einmal.

Nach einem Abschied, der kein Ende zu nehmen schien, nahm Matías schließlich den Mantel, legte ihn über den Arm und wollte gerade die Theke hochklappen, um den Laden zu verlassen, als es ihm wieder einfiel.

»Ach, stimmt«, sagte er, als er den Füllhalter neben dem tintenbefleckten Lappen liegen sah. »Heute kommt wahrscheinlich ein Mann vorbei, der wie einer von der Polizei aussieht. Ein kleiner, unangenehmer Typ. Keine Angst, der kommt nur, um den Parker-Füllhalter abzuholen, der unterm Tresen liegt. Sag ihm, was passiert ist und dass ich noch keine Zeit hatte, ihn zu reinigen. Wenn er will, soll er ihn wieder mitnehmen, und du berechnest ihm nichts.«

Lola wurde blass.

»Er war gestern schon da.«

Sie drehte sich um, damit Matías nicht merkte, dass ihr die Luft wegblieb.

»Tut mir leid«, entschuldigte sich Matías. »Wegen der Sache mit Adela hab ich nicht daran gedacht, dir Bescheid zu sagen.«

Lola versuchte, das Zittern in ihrer Stimme zu unterdrücken.

»Mach dir keine Sorge. Er sagte, es sei nicht eilig. Er kommt wieder, wenn du da bist.«

40

Ich bin in dem Optikgeschäft vorbeigegangen, um Sagrario Bescheid zu sagen, dass ich heute nicht mit ihr zur Probe gehen kann. Es ist kurz vor zehn, aber offenbar haben sie gerade erst aufgemacht, denn sie ist noch dabei, ihren Kittel anzuziehen.

»Ach, ist vielleicht auch besser«, sagt sie, als ich ihr erzähle, dass ich zum Konsulat muss. »Ich hab mich noch nicht von dem Schrecken neulich erholt.«

Das Mädchen ist ein bisschen zart besaitet. Ich hatte den Zwischenfall schon völlig vergessen. Ich bin kurz davor, ihr zu erzählen, dass gestern ein Nachbar von mir tot aufgefunden wurde, damit sie begreift, dass in Madrid andauernd solche Sachen passieren.

»Stand was in der Zeitung von diesem Überfall, den Sie mitangesehen haben?«, erkundige ich mich stattdessen, auch wenn ich die Antwort schon kenne.

»Es ist merkwürdig«, antwortet sie naiv, »aber ich hab nichts gesehen. Und im Radio haben sie auch kein Wort darüber gesagt.«

Ich überlege, ob ich ihr sagen soll, was ich denke. Schließlich mache ich es, vorsichtig, aber ich mache es.

»Könnte es nicht sein, dass die Polizei den Mann versehentlich erschossen hat und nicht will, dass die Sache publik wird?«

Sagrario überlegt einen Augenblick. Sie knöpft den obersten Knopf des weißen Kittels zu, dann zuckt sie mit den Achseln.

»Das hat mein Vater auch gesagt«, räumt sie leise ein. »Und vielleicht hat er recht, wissen Sie. Ich hab mich nämlich auf dem Kommissariat als Zeugin gemeldet und gesagt, dass ich alles gesehen habe, aber die haben sich nicht besonders dafür interessiert. Sie sagten, wenn sie meine Aussage bräuchten, würden sie mich anrufen.«

Sie zuckt erneut mit den Achseln, als wäre das alles zu kompliziert für sie.

»Mein Vater sagt, dass sie nicht anrufen werden.« Sie flüstert jetzt, obwohl wir allein sind. »Was denken Sie?«

»Vielleicht hat Ihr Vater recht.«

»Aber das ist nicht in Ordnung. Dieser arme Mann hat nichts verbrochen, und die erschießen ihn vor den Augen seiner Frau. Finden Sie nicht, der Polizist, der das getan hat, sollte bestraft werden?«

Dieses Mädchen ist wirklich naiv.

»Versuchen Sie, es zu vergessen«, antworte ich. »Denken Sie nicht länger darüber nach. Sie können das nicht lösen. Es liegt nicht in Ihrer Hand.«

»Das stimmt«, gibt sie zu.

Jemand kommt in den Laden.

»Dann sehen wir uns nächsten Mittwoch?«, fragt sie, jetzt ein bisschen fröhlicher.

»Ja, nächsten Mittwoch«, sage ich ohne große Überzeugung.

Im Grunde bin ich auch ziemlich naiv, denke ich, während ich zu Fuß zum britischen Konsulat spaziere. Ich gehe einmal im Monat hin, spreche mit dem Konsul oder seiner Sekretärin, leiste eine Unterschrift und gehe dann mit leeren Händen nach Hause. Aber ich gebe nicht auf. Auf keinen Fall.

»Versuchen Sie es zu vergessen«, habe ich zu Sagrario gesagt. Dabei bin ich die Erste, die das nicht beherzigt. Und wenn ich Constance alles verkaufen muss, was ich habe, ich werde hierbleiben, bis ich das Eingeständnis der spanischen Regierung habe.

Das übliche Ritual.

Ins Konsulat gehen. Dorothy begrüßen, mich nach ihren Kindern erkundigen, die in England zur Schule gehen, Christopher grüßen, der sich die Hand verbrüht hat und einen dicken Verband trägt, mich mit Nigel unterhalten und tunlichst darüber hinweggehen, dass er sich den Schnurrbart abrasiert hat. Und mir gleichzeitig Mühe geben, nett zu sein, damit man mich nicht als die verrückte Alte abstempelt, die ihnen seit zehn Jahren wegen der Sache mit ihrem Mann auf die Nerven geht … mir Mühe geben … mich zusammennehmen … nicht aufgeben, so frustrierend es auch sein mag.

Als ich das neue Formular ausgefüllt habe und das Gespräch mit Konsul Vickers zu Ende ist, gehe ich mich von Dorothy verabschieden. Das mache ich immer.

Mir fällt auf, dass an der Wand neben ihrem Schreibtisch eine Zeichnung von einer Mohnblüte hängt. Wahrscheinlich hat eines ihrer Kinder sie gemalt. Darunter stehen ein paar Gedichtverse: *Auf Flanderns Feldern blüht der Mohn zwischen den Kreuzen, Reihe um Reihe.* Ich weiß, was diese Mohnblüte und diese Verse bedeuten. Jeder Engländer weiß das.

Ich lächle ihr zu, und sie lächelt zurück, als sie sieht, dass ich die Zeichnung betrachte. Dorothy und ich haben etwas gemeinsam. Ihr Mann ist vor einigen Jahren im Zweiten Weltkrieg gefallen. Er war Pilot bei der Luftwaffe und wurde irgendwo zwischen Dänemark und Holland mit seinem Flugzeug abgeschossen.

»Hier, ich hab Ihnen eine aufgehoben.«

Sie nimmt aus einer Schachtel eine dieser Mohnblüten aus

Papier, die zum Remembrance Day angefertigt werden. Am 11. November trägt jeder in England so eine.

»Der Tag ist leider schon vorbei«, sagt Dorothy mit sichtlichem Bedauern, »ich dachte, ich würde Sie vielleicht früher sehen.«

»Schon gut, meine Liebe«, entgegne ich, während ich mir die Mohnblüte an den Mantelkragen hefte. »Jeder Tag ist gut, um sich an jene zu erinnern, die von uns gegangen sind, finden Sie nicht?«

Das ist der einzige Trost, den ich von meinem heutigen Besuch mitnehme, denn das Gespräch mit dem Konsul war so unergiebig wie immer.

»Wie ist es heute gelaufen?«, fragt sie freundlich.

»Wie immer«, antworte ich.

Dorothy hat mich ins Herz geschlossen. Ich komme jetzt seit vielen Jahren, um mich zu beschweren.

»Sind Sie es nicht langsam leid?«

Wir haben schon öfter darüber gesprochen. Sie denkt, die spanische Regierung wird niemals einlenken.

»Sie muss, meine Liebe. Es ist gar nicht so kompliziert: Sie müssen nur einräumen, dass diese Soldaten meinen Mann umgebracht haben, als der Krieg schon vorbei war.«

»Ich verstehe.« Dorothy sieht das nicht so unproblematisch wie ich. »Aber das wäre so, als würden sie zugeben, dass es ein hinterhältiger Mord war und kein Verlust durch Kampfhandlungen.«

»Ich weiß.«

Ich nehme an, dass sie mich versteht, aber letztlich ist es auch egal. Die Meinung anderer bedeutet mir immer weniger.

Als ich das Gebäude verlasse, mache ich einen langen Spaziergang zur Glorieta de Atocha, wo ich den Bus nach Carabanchel nehme.

Heute ist für mich der wahre *Remembrance Day*. Heute erinnere ich mich an diese vom Frost verdorrten Bergwiesen. Heute höre ich die Lieder derer, die sterben werden … *Auf Flanderns Feldern blüht der Mohn zwischen den Kreuzen, Reihe um Reihe.* Und auf Spaniens Feldern auch. Auch wenn das alle vergessen wollen.

Der Bus steht schon an der Haltestelle. Bevor ich einsteige, kaufe ich einer Zigeunerin, die drei große Eimer mit Chrysanthemen und Nelken vor sich stehen hat, einen Strauß ab.

Diese Fahrt. Wie eine Liturgie.

Komme, was wolle, einmal im Monat, fast immer nach meinem Besuch im Konsulat, fahre ich zum britischen Friedhof raus und besuche Owens Grab. Wer hätte gedacht, dass wir mal die besten Freunde werden würden, als ich ihn bei den Fergusons kennenlernte oder als wir uns später in Paris wiedertrafen. Armer Owen – was für eine sonderbare Freundschaft führten wir, und jetzt bist du so weit weg. Es ist schrecklich, aber man muss sich Mühe geben, um die Toten nicht zu vergessen.

Diese Busse sind nicht sehr bequem, vor allem, wenn sie überfüllt sind. Jetzt ist das nicht der Fall, ich habe zwei Plätze für mich. Ich setze mich ans Fenster, damit ich sehen kann, wie sich die Umgebung verändert. Als wir den Fluss überquert haben und der Bus durch die Schlaglöcher zu holpern beginnt, sehe ich, dass hier eine neue Wohnsiedlung entsteht. Es sind einfache Häuser, vier- oder fünfstöckige Klötze, die aussehen, als wären sie direkt auf die unasphaltierte Erde gepflanzt worden, als hätte man sie einfach so dorthin gestellt. Madrid wächst. In den letzten vier Jahren hat sich alles sehr verändert, vor allem an den Stadträndern. Die Gemüseäcker, die kleinen Weingärten und die Melonenfelder sind verschwunden. Jetzt wachsen überall neue Stadtviertel in die Höhe.

Der Bus fährt einen Straßenabschnitt entlang, an dem kein

einziges Gebäude steht. Es sind nur dreihundert Meter, aber man hat den Eindruck, die Stadt verlassen zu haben. Dann biegt er in eine lange, ungepflasterte Straße ein. Die Häuser stehen in Reih und Glied auf beiden Seiten, weiß, mit großen Türen, die einen braun gestrichen, die anderen in einem leuchtenden Indigoblau. Diese Farbe erinnert mich an die Dörfer, durch die wir während des Krieges gekommen sind, als wir versuchten, mit diesem altersschwachen Militärlastwagen Madrid zu erreichen. Fast alle Häuser haben einen kleinen Innenhof. In einem befindet sich eine Werkstatt mit hochgeschobenem Gitter, in einem anderen eine Kneipe mit einem Fass vor der Tür. Kaum zu glauben, wie wenig diese Art von Neubauten in eine Hauptstadt passen. So etwas wäre in London oder Paris nicht vorstellbar. Und doch hat es mir immer gefallen, dass Madrid an ein großes Dorf erinnert.

Da ist meine Haltestelle. Ich nehme die Blumen, die den Sitz nass gemacht haben. Ich wische mit der Hand darüber und drücke den Halteknopf, damit der Fahrer weiß, dass ich aussteigen will. Eine Frau mit einem Korb auf dem Schoß und einem schwarzen Umschlagtuch um die Schultern lächelt mir grundlos zu. Ich bin kurz davor, mich für diese unerwartet freundliche Geste zu bedanken. Die Spanier lächeln selten. Das war das Erste, was mir auffiel, als ich hierher kam. Zuerst dachte ich, es wäre wegen des Krieges und später wegen der Nachkriegszeit, aber dann merkte ich, dass sie einfach so sind. Ich lächle zurück und steige mit meinem Blumenstrauß aus.

Der Grabstein ist mit Schlamm bespritzt. Ich kann ihn nicht saubermachen, weil ich nichts dabeihabe, um Wasser zu holen. Aber egal. Wenn es regnet, wird er von alleine sauber. Lange kann es nicht mehr dauern, denn es sind Wolken aufgezogen.

Nicht egal ist mir allerdings, dass der Blumenstrauß, den ich letztes Mal mitgebracht habe, verschwunden ist. Ich weiß, dass es Leute gibt, die so was tun. Der Wächter hat es mir mal erzählt: Die Leute klauen die Blumen von anderen Gräbern, um sie auf die Gräber ihrer Angehörigen zu stellen. Es macht mir nichts aus, muss ich sagen. Ich glaube nicht, dass das einer aus Bosheit oder Geiz tut. Ich denke eher, dass sie es tun, weil sie nicht in der Lage waren, ihren Verstorbenen einen armseligen Blumenstrauß zu kaufen.

Owen, hier hast du die gelben Chrysanthemen, die ich einer Zigeunerin abgekauft habe. Wenn sie jemand mitnimmt, denk dran, dass ihr dann zwei seid, die sich daran erfreuen können.

Es tut mir wirklich leid, dass du nicht an der Küste von Dover ruhst, wie du es wolltest.

Es tut mir auch leid, dass ich nicht die Verse von Matthew Arnold auf deinen Grabstein habe meißeln lassen, über die wir uns mal unterhalten haben:

Und wir stehen hier auf dem dunklen Pass
wo, voll verwirrten Rufs von Flucht und Schlacht
sich Heere blind bekriegen in der Nacht.

Aber ich verspreche dir, dass ich es irgendwann tun werde.

Wenn wir irgendwann nach Hause zurückkehren, werde ich es tun.

Solange bist du hier ganz gut aufgehoben, stimmt's? Immerhin sind wir zusammen … In diesem Land, von dem wir bei unserer Ankunft dachten, dass wir nur ein paar Monate bleiben würden.

Ja, ich weiß, der Spruch, den ich auf den Grabstein habe meißeln lassen, wirkt ein bisschen ungewöhnlich, aber das hier ist britischer Boden, mein Lieber. Hier kann man so exzentrisch sein, wie man will. Und außerdem dachte ich, es würde dich amüsieren. Hast du das Mausoleum da drüben gesehen? Sie haben für den Verstorbenen eine Tafel mit einem Affen darauf befestigt. Es soll ein Maskottchen sein, nehme ich an, aber es ist schon sehr extravagant für meinen Geschmack. Auf deinem Grabstein steht der Satz, der mich am meisten überraschte, als ich dich kennenlernte. Es ist eine Möglichkeit von vielen, mich dir nah zu fühlen.

Ich mag es, ihn zu lesen. Es ist, als würde ich dich reden hören.

Ich wische mal dieses erste »S« ab, das kann man ja gar nicht mehr lesen vor lauter Dreck. Aber jetzt. Jetzt versteht man's. Ich fände es schön, wenn mein Freund, der Buchhändler, das sehen könnte.

Conrad und du.

Diese Freundschaft, die wie unsere die Zeit, den Streit und den Tod überdauert hat.

Es gab nur zwei Dinge, deretwegen wir in Streit gerieten: über den wahren Geschmack von Safran und darüber, ob es möglich ist, ein Schaf von einem anderen zu unterscheiden.

Ich sollte jetzt besser gehen, Owen. Ich glaube, es wird Regen geben.

Als ich wieder in den Bus steige, denke ich, dass morgen Donnerstag ist …

41

»Bleiben Sie über Weihnachten hier oder fahren Sie in Ihre Heimat?«, fragt Lola.

»Nein, nein«, antworte ich, ohne lange zu überlegen. »Ich bleibe in Madrid.«

»Und kommt Ihr Sohn über die Feiertage zu Ihnen?«

»Ziemlich sicher«, lüge ich dreist. Schließlich sind es noch zehn Tage hin.

Sie hat mir netterweise den Mantel abgenommen, und ich sehe, wie sie gedankenverloren über den Stoff streicht.

»Oh, wie weich!«, ruft sie in der ihr eigenen Spontaneität. »Was ist das für eine Wolle?«

»Das ist keine Wolle, das ist Vikunja.«

»Das ist so was wie Alpaka, nur teurer, oder?«

Ich lache, weil sie manchmal so ehrlich ist, dass sie wie ein kleines Mädchen wirkt.

»Ja«, räume ich ein. »Ich glaube, es stammt von einem Tier aus den Anden.«

»Das ist unglaublich. Er wiegt fast nichts.«

»Trotzdem hält er schön warm. Ich habe ihn seit mindestens zwanzig Jahren, aber er kommt nie aus der Mode.«

Sie legt den Mantel ganz vorsichtig über einen Bücherstapel, der auf der Ladentheke liegt.

»Meine Mutter sagt immer, alles Gute hat Bestand.«

Dann sieht sie mich an und zuckt mit den Schultern. »Na ja …« In diesem »na ja« liegt eine ganze Welt von Verlust und Unglück.

Ich hoffe, ich habe Gelegenheit, die Bücher ins Regal zu stellen. Heute habe ich vier Stück dabei: einen neuen Faulkner, einen André Gide und einen Paul Valéry, beide auf Französisch, sowie einen Lederband mit Theaterwerken von Shakespeare. Am Samstag werde ich Matías den Faulkner und die Edith Wharton abkaufen, die ich neulich mitgebracht habe, und dann bleibt mir nichts anderes übrig, als damit zu beginnen, französische Bücher zu kaufen, weil ich keine englischen Ausgaben mehr zu Hause habe.

»Gestern war ich mit meiner Mutter in einem dieser großen Einkaufszentren, den *Galerías Preciados*. Wir waren Weihnachtsgeschenke besorgen, Sie wissen schon, und dann haben wir noch eine Kleinigkeit in einem Café im englischen Stil gegessen, dem Café *La India*. Ich weiß nicht, ob Sie es kennen … Es hat mich an Sie erinnert.«

Wir haben uns fast gleichzeitig hingesetzt. Ich sehe, dass das Buch auf den Treppenstufen hinter Lola bereitliegt.

»Ich habe meiner Mutter erzählt, dass ich eine englische Freundin habe.«

»Ach, ja? Und was hat Ihre Mutter gesagt?«

Lola lacht.

»Ich glaube, ich hätte es ihr nicht sagen sollen.«

»Na ja, so schlimm wird es schon nicht gewesen sein.«

»Doch, war es.«

»Wirklich? Sie machen mich neugierig. Und das sollte man mit einer älteren Frau nicht machen. Los, erzählen Sie schon.«

»Na ja«, erzählt sie ohne jeden Argwohn, »sie meinte, ich solle die Gelegenheit nutzen und Sie auffordern, uns Gibraltar zurückzugeben.«

Jetzt lache ich auch.

»Ich glaube, das liegt wirklich nicht in meiner Hand.«

Ich bin überrascht, als ich plötzlich einen entschuldigenden Ton in ihrer Stimme bemerke. Ich dachte, sie fände die Bemerkung ihrer Mutter genauso lustig wie ich.

»Meine Eltern sind nicht sehr liberal eingestellt. Sie stehen diesem Regime ziemlich nah, um es mal so zu sagen.«

»Und das gefällt Ihnen nicht«, vermute ich.

»Natürlich nicht. Ich habe viele Probleme deswegen, vor allem mit Matías.«

»Verstehe.«

Mir gefällt der verkniffene Ausdruck in ihrem Gesicht nicht. Das ist nicht die Lola, die ich kenne.

»Sie fühlen sich manchmal hin- und hergerissen, oder?«

Sie wendet den Kopf und sieht mich aufmerksam an.

»Ja«, gibt sie zu, »genauso ist es.«

»Quälen Sie sich nicht. Das ist, weil sie Ihre Eltern nach wie vor lieben. Wenn diese Liebe nicht da wäre, wären Sie nicht so zerrissen.«

Sie sieht mich immer noch aufmerksam an, als wollte sie etwas entdecken, das dem Blick verborgen bleibt.

»Warum ist es so leicht, mit Ihnen über bestimmte Dinge zu reden?«, fragt sie, ohne eine Antwort zu erwarten. »Ich glaube, solche Gespräche habe ich nicht mal mit meinen besten Freundinnen geführt.«

Jetzt bin ich es, die sie nachdenklich ansieht.

»Wissen Sie, warum?«

Ich mache eine Pause.

»Wegen dieses Buchs.« Ich deute auf *Das Mädchen mit dem flachsfarbenen Haar*. »Wir teilen die Lebensbeichte von Rose Tomlin miteinander, ihre geheime Welt. Und das macht uns so vertraut miteinander.«

»Ja«, räumt Lola ein, »das ist möglich.«

Sie steht auf und holt das Buch.

»Ja, bestimmt ist es das«, sagt sie, bevor sie sich wieder setzt. »Danke übrigens, dass Sie mir neulich geholfen haben.«

Ich verstehe nicht sofort.

»Wegen dieses Mannes.«

»Ach so … Nichts zu danken.«

»Ich möchte auf keinen Fall, dass Sie irgendwelche Probleme mit den spanischen Behörden bekommen«, stellt sie besorgt klar. »Man könnte Sie des Landes verweisen, oder?«

Wieder dieser verkniffene Ausdruck in ihrem Gesicht.

»Nein, meine Liebe, das geht nicht. Sie können ganz beruhigt sein.«

Ich bin versucht, ihr zu erklären, wie das alles läuft, aber ich tue es nicht. Schon vor einiger Zeit habe ich mich gegen diese unwahrscheinliche Möglichkeit abgesichert. Irgendetwas muss ich ja davon haben, die Tochter meines Vaters zu sein.

»Und wissen Sie was?«, setze ich hinzu. »Ich glaube nicht, dass dieser Kerl Sie noch mal behelligen wird.«

Lola sieht skeptisch aus, als könne sie nicht daran glauben. Aber ich glaube fest daran. In diesem Moment würde ich meine Hand dafür ins Feuer legen.

Nach dem Friedhofsbesuch. Mit der Erinnerung an Paris im Kopf, als Henry und Owen noch lebten und uns die Welt offenstand.

Ja. Nach dem Friedhofsbesuch war ich zur Calle Infantas gegangen. Es war Essenszeit.

An der Ecke zur Calle de Alcalá begegnete mir ein Karren, der von zwei schweren Pferden gezogen wurde. Darauf standen acht große Fässer. Wahrscheinlich war es der Wagen der Brauerei, die ich vom Bus aus gesehen hatte. Schon bald würden diese

Karren verschwinden und auf den Straßen von Madrid wie in Paris nur noch Lastwagen, Straßenbahnen und Autos zu sehen sein.

Auf der Gran Vía war nicht viel los, und es wurde immer ruhiger, als ich um die Ecke in die Calle Reina und dann in die Calle Infantas einbog. Leider hatte das Gebäude, in dem sich die Pension Ruano befand, keinen Portier. Das war schade, denn Gespräche mit Portiers sind meine Spezialität.

Die Haustür stand offen, also ging ich nach oben in den ersten Stock und läutete. Es gab auch einen Türklopfer, aber es war besser, nicht so viel Aufsehen zu erregen.

Es öffnete ein kleiner Mann mit Brillantine im Haar und einem Schnurrbart mit nach oben gezwirbelten Spitzen. Er war nicht sehr groß, aber er hatte breite Schultern wie ein Gewichtheber.

»Entschuldigen Sie die Störung«, sagte ich mit meinem freundlichsten Lächeln und meinem breitesten englischen Akzent. Ich weiß, dass das Wirkung zeigt. »Ich suche jemanden, von dem ich glaube, dass er Gast in dieser Pension ist. Als ich ihn das letzte Mal sah, wohnte er im Stockwerk darüber.«

Der Mann sah mich erstaunt an.

»Weiter oben?«, fragte er. »Das ist unmöglich. Die Pension befindet sich nur in diesem Stock. Im Stockwerk darüber sind zwei Mietwohnungen.«

Ich war verwirrt. Nach dem, was Lola erzählt hatte, dachte ich, sie hätten sich in einem Pensionszimmer getroffen.

»Was ist das für eine Person, die Sie suchen?«, erkundigt sich der Mann.

»Na ja, er ist ungefähr in meinem Alter. Er hat etwa Ihre Größe.«

Ich achtete darauf, nicht zu sagen, dass der Typ ziemlich klein war.

»Und er hat so ein bleistiftdünnes Schnurrbärtchen, so eins, das ein bisschen lächerlich aussieht, Sie verstehen schon.«

Der Mann betastete instinktiv seinen dichten Schnäuzer. Seine Augen glänzten zufrieden.

»Ich glaube, er ist Polizist oder so was.«

Er trat zur Seite.

»Kommen Sie, kommen Sie rein. Drinnen spricht es sich besser.«

Nachdem er die Treppe hinaufgeschaut hatte, schloss er die Tür hinter sich.

»Er ist kein Polizist«, sagte er, als die Tür zu war. »Ist er ein Freund von Ihnen?«

Ich bemerkte ein leichtes Misstrauen in seiner Stimme.

»Nein, nein«, beteuerte ich, um sein Vertrauen zurückzugewinnen. »Weit gefehlt. Ganz im Gegenteil. Ich suche ihn, um ihm eine Botschaft von einer anderen Person auszurichten. Wissen Sie, dieser Mann schuldet einer Freundin von mir noch was.«

Ich hatte den Nagel auf den Kopf getroffen. Offensichtlich hatte der Typ mit dem Parker-Füllhalter nicht viele Freunde im Haus.

»Der Kerl wäre nur zu gern Polizist«, bemerkte der Mann bitter. »Aber er ist nur ein Spitzel, der für die Sitte arbeitet und hier rumschnüffelt, um Leute zu denunzieren.«

Ich glaubte zu ahnen, woher sein Ressentiment kam.

»Wissen Sie«, erläuterte er, obwohl ich ihn genau verstanden hatte, »Leute aus dem Rotlichtmilieu, Frauen mit lockerem Lebenswandel, Homosexuelle … Sie sind Ausländerin, stimmt's?«

Mit meinem Akzent zu übertreiben, hatte die erhoffte Wirkung gezeigt. Ich bestätigte seine Vermutung.

»Dann wissen Sie ja, wie das ist.«

Ich wusste zwar nicht genau, was er damit meinte und was meine Nationalität mit dem Kerl zu tun hat, der Lola belästigt hatte. Aber ich vermutete, dass er sich bei einer Ausländerin sicherer fühlte, weil die nicht gleich aufs Kommissariat rannte.

»Dann wohnt er nicht hier?«

»In der Pension? Nein. Er lebt in der Wohnung oben drüber. Aber jetzt wird er nicht da sein. Seine Frau schon. Ich hab sie vorhin auf der Treppe getroffen.«

Gut. Es lief.

»Sie mögen diesen Mann nicht besonders, stimmt's?«

Ich hatte die Schleusen geöffnet. Das Wasser schoss nur so hervor, riss Baumstämme, Steine und Schlamm mit sich … Jahre des Grolls sprudelten aus ihm heraus. Er erzählte mir, dass dieser Kerl einen »Freund« denunziert hatte – dabei betonte er noch einmal, dass er wirklich nur ein guter Freund gewesen war – und schilderte ausführlich, wie man den Freund misshandelt hat. »Sie haben ihm sämtliche Knochen gebrochen«, bemerkte er bitter, und dann erzählte er mir die Geschichte von einer bedauernswerten Frau, die auf den Strich gehen musste, um ihre Kinder durchzubringen, und dieser Typ hat sie dauernd in den Knast gebracht, nicht aus Moral, sondern nur um einer armen, unglücklichen Frau übel mitzuspielen, die sich nicht wehren konnte.

»Das sind schlechte Leute«, schloss er. »Nehmen Sie sich in Acht.«

Als ich ihm zum Abschied die Hand gab, hatte ich eine genaue Vorstellung davon, mit wem ich es zu tun hatte. Aber noch fehlte das Wichtigste. Als ich schon auf dem Treppenabsatz stand, senkte der Mann die Stimme und sagte: »Aber ich sag's Ihnen: Außer Haus mag er den starken Mann geben, aber hier hat sie die Hosen an. Ohne seine Frau wäre er ein Nichts. Und wissen Sie, warum?«

Er kam ein bisschen näher und sprach noch leiser.

»Ihr Vater ist Martínez Saglés. Wissen Sie, wer das ist?«

Ich schüttelte den Kopf. Der Mann schaute sich vorsichtig um.

»Ein Falangist. Einer von Francos Helfershelfern. Er ist ein ungebildeter Klotz, war aber ein paarmal kurz davor, Zivilgouverneur zu werden. Jetzt können Sie sich ja eine Vorstellung davon machen, wer in diesem Haus das Sagen hat …«

Ich hatte gewusst, dass dieser Besuch etwas bringen würde. Ich hatte es gewusst. Ich bekam große Lust, den Mann von der Pension zu küssen.

Zehn Minuten später saß ich auf einem grün gepolsterten Stuhl in dem hässlichsten Esszimmer, das ich in meinem ganzen Leben gesehen habe, mir gegenüber eine ungekämmte Frau mit schriller Stimme. Und dann öffnete sich endlich die Tür. Diesen Moment hatte ich herbeigesehnt.

Er blieb wie versteinert stehen, als er mich sah. Er sagte kein Wort.

»Die Dame wollte zu dir«, sagte seine Frau ohne lange Umschweife.

»Ja, wir hatten so viel zu tun in der Buchhandlung«, erklärte ich, bevor er etwas sagen konnte. »Und da Sie zur Stammkundschaft gehören …«

Die Frau sah uns beide an, ungläubig über das, was sie da hörte. Ich war mir sicher, sie hatte ihn noch nie mit einem Buch gesehen.

»Als Sie vor ein paar Tagen da waren, um den Füllhalter abzugeben«, erklärte ich, damit auch alles glaubwürdig klang, »haben wir vergessen, Ihnen mitzuteilen, dass der Laden schließt und wir nicht länger für Sie da sein können.«

Er schien mich nicht zu verstehen. Oder er wollte mich nicht verstehen.

»Wissen Sie, ich war gerade dabei, Ihrer Frau zu erklären, dass Sie schon sehr lange zu unserer Kundschaft zählen, seit dem Krieg, um genau zu sein, und welcher Art Ihre Beziehung zu den Besitzern damals war. Aber dann sind Sie ja heimgekommen.«

Er begann, jetzt richtig nervös zu werden. Ich nahm den Füllhalter aus der Manteltasche und reichte ihn ihm. Immer noch starr wie eine Statue, nahm er ihn entgegen.

»Also dann. Ich freue mich, dass ich Ihnen den Füller persönlich vorbeibringen konnte und Ihre Frau kennengelernt habe. Ach ja, Sie brauchen sich übrigens nicht die Mühe zu machen, in der Buchhandlung vorbeizukommen. Sie werden nicht finden, was Sie suchen. Nie mehr.«

Jetzt hatte er es, glaube ich, begriffen.

»Ich gehe dann mal«, sagte ich und stand auf, »Sie wollen sicherlich essen. Wenn Sie etwas brauchen, können wir es Ihnen vorbeibringen. Wir wissen ja jetzt, wo Sie wohnen. Ich werde selbst kommen und mich mit Ihrer Frau Gemahlin einigen. Was halten Sie davon?«

Ich weiß nicht, was er antwortete, und es interessiert mich auch nicht. Die Mission war erfüllt.

»Ich möchte Ihnen etwas vorschlagen.«

Lola reißt mich aus meinen Gedanken. Sie sitzt noch am selben Platz, das Buch in der Hand. Ich weiß nicht, wie lange ich meinen Gedanken nachgehangen habe.

»Ich würde Sie und Ihren Sohn gerne an Heiligabend zum Essen einladen.«

Ich bin so überrumpelt, dass ich nicht weiß, was ich sagen soll.

»Was meinen Sie? Wollen Sie sich's überlegen?«

»Also, na ja …«

»Sie müssen nicht gleich antworten. Besprechen Sie sich mit ihm. Ich hab Matías auch noch nichts gesagt, aber er ist bestimmt begeistert.«

»Ich danke Ihnen sehr, aber ich weiß nicht recht … Vielleicht möchten Sie lieber bei Ihren Familien sein.«

Lola schüttelt den Kopf.

»Nein, wir beide essen immer allein. Und ich würde mich freuen, wenn es einmal nicht so wäre.«

»Und Ihre Eltern?«

Sie wird ernst. Oder traurig. Oder eine Mischung aus beidem.

»Die essen auch für sich allein.«

Ich verstehe, dass ich nicht weiterfragen sollte. Ich höre jemanden hereinkommen. Für einen Moment denke ich an das Männchen mit dem Schnurrbart, aber zum Glück ist es nur der Kellner.

»Heute haben wir keine Schmalzkringel«, sagt er und stellt das Tablett auf die Theke. »Die Bäckerin hatte einen Todesfall in der Familie und hat geschlossen. Aber ich hab Ihnen leckere Croissants mitgebracht.«

Er nimmt das Tuch vom Tablett.

»Wenn Sie keine Croissants mögen, nehme ich sie wieder mit und bringe Ihnen was anderes. Toast mit Marmelade oder ein paar Madeleines.«

»Für mich ist es in Ordnung«, sagt Lola schnell.

»Lassen Sie die Croissants da«, antworte ich. »Sie sehen köstlich aus. Und Sie brauchen die Tassen nicht holen zu kommen. Ich kann sie auf dem Nachhauseweg vorbeibringen.«

»Das kommt nicht in Frage«, protestiert der Mann. »Ich komme, sooft es nötig ist. Das wäre ja noch schöner!«

Er nimmt den Krug und gießt uns heiße Milch ein.

»Trinken Sie, bevor sie kalt wird.«

Dann senkt er die Stimme.

»Sie werden sehen, wie gut der Kaffee heute schmeckt. Ist brasilianischer … Der Chef hat ihn auf dem Schwarzmarkt besorgt.«

42

Rose

Es regnet immer bei Beerdigungen. So auch jetzt.

Wir standen am offenen Grab. Sie wollten Frances da reinlegen und ich konnte nichts dagegen tun, weil mein Körper und meine Zunge mir nicht gehorchten. Ich kann nicht ausdrücken, was ich empfand, so sehr ich es auch versuche. Ich hörte, wie Owen ein schreckliches Gedicht vorlas, das ich aus einer früheren Zeit kannte, als es noch keine Bedeutung für mich hatte.

Verwahrt in ihren Alabasterkammern –
Kein Morgen und kein Mittag
Rührt sie an –

Owen las mit brechender Stimme. Und ich wollte, dass er endlich still war.

Es ruht die fromme Runde der Auferstehung
Wände aus Satin
Und Dach aus Stein –

Er sollte still sein.

Aber nichts passierte. Nichts von dem, was ich dachte. Nichts von dem, was ich mir in diesen Momenten wünschte. Ich stand an ihrem Grab. Das war die Realität. Das und die kalte Berührung der Erde, die sie für immer bedecken würde. Das hatte Frances nicht verdient.

Als alles vorbei war, stand ich im schwarzen Kostüm und mit einem schwarzen Hut unter einem Regenschirm am Wegesrand und drückte die Hände von Leuten, die mir ihr Beileid aussprachen. Ich wartete geduldig, bis alle vorbeigegangen waren … Sarah, die gute Sarah … Elliott … Lord und Lady Ferguson … Eine traurige Prozession … Owen, René und Suzy … weinende Freunde, untröstliche Maler, trauernde Musiker, Geschöpfe der Nacht … mein Vater und Constance.

Ich ließ sie vorüberziehen. Diese bekannten Gesichter, die mir gleichzeitig furchtbar fremd vorkamen. Freddie war nicht da, und ich kann mich nicht erinnern, warum. Warum warst du nicht da, wenn du sie doch so geliebt hast, Freddie?

Irgendwann warteten nur noch die Bestatter, dass ich ebenfalls ging, damit sie in Ruhe ihre Arbeit machen konnten, aber ich blieb einfach stehen und hörte nur noch das Prasseln des Regens auf dem schwarzen Schirm …

Henry war bei mir. Er war der einzige Mensch, den ich in diesem Moment in meiner Nähe ertragen konnte.

Als das Grab geschlossen war und die Kränze auf der nackten Erde lagen, gingen die Männer, und ich konnte endlich weinen.

Es regnete noch immer.

Die Monate vergingen. Henry musste in Paris sein, aber er meldete sich nicht bei mir, und ich wusste nicht, warum. Ich sah niemanden. Ich ging abends nicht mehr aus.

Suzy war die Einzige, die mich besuchen kam. Sie tauchte immer unerwartet auf, und manchmal vermisste ich die starren Regeln der alten viktorianischen Damen – nicht nach halb sieben, nicht länger als zwei Stunden, nicht öfter als einmal in der

Woche –, die ich früher, als wir in London lebten, so lächerlich fand. Ich wäre froh gewesen, sie hätte es einmal geschafft, sich vorher anzukündigen, aber dazu war sie nicht imstande. Darin war sie ein bisschen wie Frances.

Immer wieder Frances.

Ich las. Ich las viel. Erst jetzt erhielten James' Worte ihren wahren Sinn: *Wenn du einsam bist, dann lies ein Buch. Es wird dich retten.* Die Bücher fühlten sich plötzlich an wie ein Rettungsring. Ich entdeckte Joyce, der mich begeisterte, und las immer und immer wieder den letzten Abschnitt einer seiner Erzählungen: *Ja, die Zeitungen hatten recht: Schneefall in ganz Irland. Schnee fiel überall auf die dunkle Zentralebene, auf die baumlosen Hügel, fiel sacht auf den Bog of Allen, und, weiter gen Westen, fiel er sacht in die dunklen aufrührerischen Wellen des Shannon. Er fiel auch überall auf den einsamen Friedhof oben auf dem Hügel, wo Michael Furey begraben lag. Er lag in dichten Wehen auf den krummen Kreuzen und Grabsteinen, auf den Speeren des kleinen Tors, auf den welken Dornen. Langsam schwand seine Seele, während er still den Schnee durch das All fallen hörte, und still fiel er, der Herabkunft ihrer letzten Stunde gleich, auf alle Lebenden und Toten.*

Ich las diese Erzählung immer wieder, weil sie mich tröstete. Es lag etwas darin, das mich mit sanfter Melancholie erfüllte. Manchmal las ich noch einmal Tschechow oder Edith Wharton. Ich hatte keine Lust auf Experimente oder noch mehr Veränderungen.

Roger kam, um sich zu verabschieden, bevor er in seine Heimat zurückkehrte. Ich empfand nichts, nicht einmal die frühere Anziehungskraft, die uns so gute Zeiten miteinander verschafft hatte. Der Schmerz über Frances' Tod hatte mir jede Lebensfreude genommen. Als Roger ging, wurde mir bewusst, dass ich die beiden Dinge verloren hatte, die mir das Gefühl gegeben hatten, lebendig zu sein: den Appetit und die Lust. Da war nichts, worauf ich in diesen Momenten Lust gehabt hätte. Nichts und niemand.

Ich wurde sehr dünn. Suzy sagte, ich sähe mitleiderregend aus. Mir war das völlig gleichgültig. Ich würde sogar behaupten, dass mir mein Look gefiel, weil ich wie eine dieser überlangen, jungfräulichen gotischen Figuren aussah. Fehlte nur noch ein weißer Schleier auf dem blonden Haar.

Tag um Tag igelte ich mich in diesem Haus ein, das noch immer nach Frances roch, nach ihrem Parfüm, ihrem Körper, ihrem Atem. Ich hatte eine Mutter gehabt, und man hatte mir nie die Chance gegeben, sie so zu nennen. Ich war dazu verdammt, mit meinen Erinnerungen in diesem Haus zu sitzen, in dem noch ihr Lachen und ihre warme Stimme widerhallten. Es war, als wäre ich nie anderswo gewesen. Ich trug einen schwarzen Pyjama und eine lange Angoraweste. Ich glaube, ich war schmutzig.

Ich hörte die Türglocke und dann Suzys Stimme.

»Lassen Sie nur, Madame Angellier, ich kündige mich schon selbst an.«

Und dann ihre raschen Schritte.

Ich erinnere mich, dass meine Haushälterin misstrauisch hinter ihr herkam, um sich zu vergewissern, dass ich mit dieser Störung einverstanden war. Sie kannte Suzy, aber ich merkte, dass diesmal etwas anders war als sonst.

»Führen Sie den Herrn in den Salon«, sagte Suzy, ohne sich umzudrehen. Als mir klarwurde, dass sie diesmal nicht allein war, wurde ich unruhig. »Wir kommen gleich nach.«

Es ist schwer, sich selbst in seinen Erinnerungen zu sehen. Aber ich sehe mich. Ich lag in der Bibliothek auf dem Sofa. Der Kamin brannte, aber ich hatte trotzdem die Angorajacke zugeknöpft und kuschelte mich in eine Wolldecke. Ich fror ständig. Und auf der Decke lag ein Buch von Edith Wharton. Das war die Welt, in der ich jetzt lebte.

Suzy kam näher und sah mich vorwurfsvoll an. Dann nahm sie mir das Buch aus der Hand und nötigte mich aufzustehen.

»Hast du dich mal angesehen? Los, komm mit.«

Sie führte mich ins Schlafzimmer und öffnete den Schrank.

»Wir müssen dich ein wenig herrichten. Ich möchte nicht, dass dich jemand so sieht.«

»Mich sehen? Wer?«

Und schon stand ich ohne meinen Seidenpyjama und meine gemütliche Angorajacke da …

»Du bist ja nur noch Haut und Knochen«, sagte Suzy und sah mich aus dem Augenwinkel an.

Wer war ich? Ein kleines Mädchen, das man ankleiden musste?

»Zieh das hier an!«

Nicht mal als armes, gottverlassenes Waisenkind hat mich jemals einer so mitleidig angesehen.

»Und jetzt komm. Du musst die Haare zusammenbinden.«

Wer, Suzy? Mit wem bist du gekommen? Es ist Henry, stimmt's?

Ich merkte, dass ich mir aus tiefstem Herzen wünschte, er wäre es.

Er oder Frances. Sonst keiner. Zwei gleich unwahrscheinliche Besucher, dachte ich bei mir, obwohl ich wusste, dass Frances tot war und Henry nicht. Aber in diesen Momenten kam er mir so weit weg vor, als wäre er es auch.

Warum folgte ich Suzy durch den langen Korridor unserer Wohnung in der Rue de Surène, unweit des Boulevard Malesherbes und dieser von Napoleon erbauten Kirche in Form eines griechischen Tempels? Ich ging unsicher, zögernd, als wäre es ihre Wohnung und nicht meine.

Und dann plötzlich …

Merkte ich, was ich anhatte: einen Plisseerock aus changierender grauer Seide und eine weiße Bluse. Die beiden Kleidungsstücke hatten Frances gehört. Mich packte eine unbändige Wut. Ich hatte Lust, Suzy zu schütteln. Wie konnte sie es wagen, ihre Kleider anzufassen, diese verdammte Amerikanerin, die überall ihre Nase reinstecken musste! Aber die Wut war nur in mir, sie richtete sich gegen mich selbst und schadete niemandem außer mir. Ich hasste mich, weil ich ihre Kleider trug, weil ich in ihrer Wohnung lebte, weil ich ihr glich.

Suzy öffnete die Tür zum Salon. Der Mann, der dort stand und aus dem Fenster schaute, war nicht Henry.

»Wie geht es dir, meine Liebe?«

Er streckte mir seine weiße Hand mit den feingliedrigen Fingern und den nikotinverfärbten Nägeln entgegen. Owen Lawsons Visitenkarte.

»Ich weiß, dass du niemanden sehen willst, aber alle vermissen dich.«

Als wir uns setzten, fielen mir absurde Dinge auf: In seinem Schnurrbart fanden sich mittlerweile ein paar weiße Haare, und seine Augen waren heller, als ich sie in Erinnerung hatte …

»Ich wollte dir schon seit geraumer Zeit meine Aufwartung machen«, sagte er mit dieser erstaunlich nüchternen Korrektheit, die mich so aufregte, »und heute ist es mir endlich gelungen, Suzy davon zu überzeugen, dass ich sie begleiten darf.«

»Owen hat nicht lockergelassen, Liebes. Ich glaube, es wäre gut für dich, wenn du langsam wieder anfängst, dich mit Freunden zu treffen.«

Freunde?

Owen war nicht mein Freund. Ich hasste Owen.

Doch niemand ahnte etwas von meinen Gedanken. Wir setzten uns, und ich verhielt mich wie ein braves Mädchen, mit meinem Faltenrock und meiner weißen Bluse. Ich setzte mich aufs Sofa, ganz nah zu Owen, und er nahm meine Hand. Es traf mich völlig unvorbereitet. Ich war versucht, sie zurückzuziehen, aber ich beherrschte mich. Unter normalen Umständen war das eine Geste, die sich dieser Mann niemals bei mir erlaubt hätte. Unser Verhältnis war nicht vertraut genug dafür, aber offensichtlich war Trauer ein Anlass, sich über körperliche Distanz hinwegzusetzen. Ich fühlte mich unwohl, auch wenn ich mir nichts anmerken ließ. Ich fand das alles furchtbar unangenehm, wie ich da mit durchgedrücktem Rücken auf der Sofakante saß, Owens faltige Hand in der meinen. Seine Gegenwart.

Plötzlich hörte ich meine Stimme. Sie klang völlig normal. Zu meiner eigenen Überraschung war mein Ton sogar erstaunlich freundlich.

»Weißt du noch, damals auf Elsinor Park, dem Landsitz der Fergusons in Surrey?«, fragte ich ihn, ohne genau zu wissen, warum ich gerade jetzt daran dachte. »Dort haben wir uns kennengelernt.«

»Natürlich«, sagte Owen.

Ich wusste, dass er sich überhaupt nicht an mich erinnerte.

»Wir sind zum Fluss gegangen«, erzählte ich weiter, seine Hand in der meinen. »James, Frances, du und ich. Der Krieg war noch nicht vorbei.«

Du erinnerst dich nicht, Owen Lawson. Du erinnerst dich nicht an die Fünfzehnjährige, die zum ersten Mal verliebt war und der fast ihr kleines Herzchen überging. An jenem Tag hattet ihr mich aus eurer Erwachsenenwelt ausgeschlossen. Du kannst dich nicht erinnern, Owen, weil ich für euch gar nicht existierte.

»Jetzt sind nur noch wir beide übrig«, sagte ich zu ihm, und plötzlich begriff ich, worauf meine Gedanken hinausliefen.

James und Frances waren tot. Warum ausgerechnet sie?

»Ich erinnere mich ganz genau an diesen Tag«, sagte Owen auf einmal. Sein Daumen streichelte meinen Handrücken.

»James Ferguson erholte sich von seiner Verwundung, sein Schiff war versenkt worden, und du trugst einen weizenblonden Zopf.«

Was? Was redete er da?

»Ich habe dich *›das Mädchen mit dem flachsfarbenen Haar‹* getauft. Du warst ein echter Sonnenschein, aber an diesem Tag warst du ein bisschen mürrisch.«

Das Mädchen mit dem flachsfarbenen Haar? Das war er gewesen?

Meine Gedanken gingen durcheinander. Owen, der mit mir sprach, James, der immer weniger wurde … Der Morris Bullnose. Ströme kalten Wassers und Alabasterkammern.

Sie waren tot. Und wir beide lebten.

Wenn sie wollte, konnte Suzy sich durchaus zurückhalten. Plötzlich wurde mir wieder bewusst, dass sie auch noch da war, in diesem extravaganten großkarierten Rock und mit ihrem schönen Busen, der wogte wie eine Welle des Lebens. Ich gab mir Mühe, über etwas anderes zu reden, aber der Versuch scheiterte. Ich fand kein einziges Gesprächsthema, das über drei Sätze hinausging. Bis Owen schließlich seinen Namen aussprach.

»Henry ist unten.«

Mein Herz machte einen Satz. Ich hatte es gewusst. Es fiel keinem auf, weil ich einfach nur nickte und mich dann ohne die geringste Gefühlsregung in der Stimme erkundigte, wie es ihm ging.

»Er würde gerne raufkommen. Er hat mich gebeten, dich zu fragen, ob du ihn empfangen möchtest.«

Henry und ich spazierten die Straße entlang, Suzy und Owen gingen ein paar Schritte vor uns. Ich hatte seit über einem Monat das Haus nicht mehr verlassen. Wahrscheinlich war ich deshalb so verwundert über die Geräusche der Stadt: Stimmen, das

Hämmern einer Maschine, das aus einem Kellerraum drang, die Räder der Fahrzeuge auf dem Pflaster … Es war ein durchdringender Lärm, ein Chaos, das in der Luft lag und das ich nicht kontrollieren konnte. Alles hier draußen ängstigte mich. Schutzsuchend schmiegte ich mich an Henry. Ich dachte, Gott sei Dank waren sie da, war *er* da, war ich nicht allein … Suzys schwingender Gang gab den Rhythmus meiner Schritte vor. Ich folgte ihr wie benommen, ich konnte keine eigenen Entscheidungen treffen, ich brauchte jemanden, der mir den Weg wies.

Nach einer halben Stunde waren wir in der Rue Rivoli.

Henry war nicht so groß wie Roger, nicht so ausgesprochen männlich wie Jordan Miller und nicht so kraftlos, wie ich den kranken James in Erinnerung hatte. Henry war normal. Aber wenn er da war, hatte ich nur noch Augen für ihn.

Wir gingen in den Tuilerien unter den Bäumen spazieren, die sich um diese Jahreszeit schon gelb färbten. An einigen Stellen lag bereits eine Schicht buntes Laub, aber die meisten Bäume standen noch in einem matten Grün. In einem Monat würden sich die Ulmen, Maulbeerbäume und Granatapfelbäume braun verfärbt haben, und bevor wir uns versahen, würden sie kahl werden. Es würde kalt und regnerisch sein, und der Herbst würde sich auf Paris stürzen wie ein stürmischer Liebhaber. Aber heute schien eine milde Abendsonne. Als ich vorschlug, uns auf eine Bank an der Terrasse des Feuillants zu setzen, sah Suzy die Gelegenheit gekommen, sich aus dem Staub zu machen.

»Wir zwei gehen dann mal«, sagte sie und hängte sich bei Owen ein. »Henry wird dir noch ein wenig Gesellschaft leisten, nicht wahr, mein Lieber?«

Tatsächlich waren Suzy und Owen in diesem Moment überflüssig. Wir blieben dort im fahlen Septemberlicht nebeneinander sitzen. Von unserer Bank aus konnte ich durch die Zweige der Ulmen die Orangerie sehen.

»Du wirst dich fragen, warum ich nicht früher gekommen bin.«

Ich war ihm nicht böse. Aber ich wunderte mich tatsächlich, dass er sich nicht hatte blicken lassen, und sagte ihm das auch deutlich. Er wandte sich mir zu. Er war sehr ernst.

»Ich hatte das Gefühl, die Sache mit uns könnte in Anbetracht der Situation, in der du und ich uns befinden, irgendwie aus dem Ruder geraten.«

Er hatte glattes, braunes Haar, eine etwas hellere Strähne fiel ihm in die Stirn. »Es sind gerade schwere Zeiten für dich.«

Plötzlich drehte er beschämt den Kopf weg. Auf der Bank hinter uns saß ein Pärchen und küsste sich leidenschaftlich.

»Du bist verletzlich«, erklärte er, ohne mich anzusehen. Seine Stimme klang ernster als sonst. »Du könntest dich in etwas verrennen.«

Endlich wandte er sich mir wieder zu.

»Ich möchte, dass du es von mir erfährst, bevor es dir jemand anders erzählt. Weißt du, Rose, ich bin gerade alleine hier in Paris, aber ich habe eine Ehefrau in London, von der ich mich momentan nicht scheiden lassen kann.«

Die Sonne verschwand hinter einem dicken Ast. Henry trug ein dunkelgrünes Jackett und ich einen Rock, der mal Frances gehört hatte.

»Aber was rede ich da … Du wirst denken, dass ich verrückt bin. Oder mir Gott weiß was einbilde. Wahrscheinlich hast du in der ganzen Zeit nicht einen Augenblick an mich gedacht.«

Er wirkte betreten. Seine braunen Schuhe lugten wie Haustiere unter der Hose hervor. Was geschah gerade mit mir? Was war das für eine Kraft, die meine Hand zu ihm zog? Woher kam dieses Verlangen, sein Gesicht zu streicheln?

Ich weiß nicht, wie wir zu ihm nach Hause gekommen sind, in sein Bett, in diese Straße in der Nähe der Arena de Lutetia und der Gare d'Austerlitz. Als wir dort ankamen, war ich mir vollkommen sicher, was gleich passieren würde, völlig konzentriert, darauf vorbereitet, seine Hände auf meiner Brust zu spüren, zuerst durch Frances' Bluse hindurch, dann ohne sie, bereit, diesen Körper, den ich mir so oft vorgestellt hatte, zu erkennen, zu erkunden.

Und während sich still und leise die Schatten der Nacht über dieses Zimmer legten, tobte um mich herum das Leben. Ich hörte das leise Klacken, mit dem seine Zähne gegen meine stießen, die Glocken einer nahen Kirche, das ferne Weinen eines Kindes, leises Stöhnen, das Ticken seiner Uhr auf dem Nachttisch …

In dieser Nacht redete ich wie ein Wasserfall. Stundenlang. Er sollte wissen, wer ich war, wie ich aufgewachsen war, er sollte aus meinem Mund erfahren, was ich empfand, als ich bei den Hervieus lebte und später im Internat. Ich erzählte ihm sogar von James. Ich musste ihm mehr geben als meinen von Gram gebeugten Körper. Er sollte mich mitsamt der schweren Bürde akzeptieren, die ich trug. Ich glaube, ich erzählte sehr lange von Frances. Und er erzählte mir von seiner Frau, ohne Beschönigungen und falsche Rechtfertigungen. Als es hell wurde, schliefen wir noch einmal miteinander, und diesmal war es noch schöner, weil wir nun keine Fremden mehr waren.

43

Ich wohnte nicht mehr in dem Haus in der Rue de Surène. Henry und ich waren die ganze Zeit zusammen. Er arbeitete an seiner Übersetzung und hörte dabei die neuen französischen Komponisten, die ihm so gut gefielen, Debussy, Maurice Ravel, Eric Satie. Wenn er mit der Arbeit fertig war, flanierten wir durch die Straßen von Paris, das nicht mehr dieselbe Stadt war, in der ich einmal gelebt hatte. Wir gingen nicht oft aus, nur wenn uns ein Freund überredete, ein Gläschen im *Criterion* oder im *Le Dôme* zu trinken. Die Wohnung, in der ich mit Frances gelebt hatte, stand leer. Madame Angellier hatte weiße Tücher über die Möbel gehängt, und dann haben wir uns für immer voneinander verabschiedet. In meinem neuen Leben würde ich keine Haushälterin brauchen.

Der Blick von unserem Fenster auf den Jardin des Plantes war wundervoll, auch wenn es ziemlich nah zum Quai d'Austerlitz mit seinen Kränen und Lastkähnen war. Von hier aus sah die Seine wirklicher aus, mit diesem Gewimmel von Hafenarbeitern, Zügen und Warenstapeln. Wirklicher als diese andere Seine, die man vom Pont Royal oder vom Pont Neuf aus betrachten konnte, denn hier kamen die Waren an, mit denen diese Stadt seit jeher versorgt wurde. Mich faszinierte dieses rege Treiben, das mich irgendwie an Le Havre erinnerte. Manchmal, wenn es morgens kalt war und ich keine Lust hatte, aus dem

Haus zu gehen, nahm ich mir ein Buch und setzte mich ans Fenster. Wenn die Prélude *La fille aux cheveux de lin* erklang, nach der Owen mich getauft hatte, dachte ich an Elsinor Park, an Deauville und wie wir damals alle waren. Henry sagte, ich hätte vorher in einer Phantasiewelt gelebt, in der niemand arbeiten musste. Und das stimmte.

Er mochte es nicht, wenn ich ihm bei seiner Proust-Übersetzung half, aber er musste mich doch oft etwas fragen, schließlich war Französisch meine Muttersprache. Ich hatte selbst versucht, einige Passagen zu übersetzen, aber diese Arbeit verfügt über Geheimnisse, zu denen ich keinen Zugang hatte. Ich las Proust auf Französisch und dann in Henrys Übersetzung, und manchmal konnte ich nicht sagen, welche Version besser war. Er arbeitete wirklich viel, stundenlang, und ich sah ihm gerne dabei zu, wie er mit seinen handschriftlichen Manuskripten voller Ausstreichungen und Anmerkungen kämpfte.

Im Juni statteten Sarah und Charles uns einen Besuch ab. Henry und ich zeigten ihnen das Viertel. Sarah war erstaunt, als sie das bunte Treiben in den Straßen sah. Ich glaube, sie war auch ein bisschen schockiert über meine Kleidung, die nichts mehr von jener Zeit hatte, in der Frances und ich den ganzen Tag bummeln gingen. Weniger ausgefallen und wesentlich billiger.

»Du siehst sehr glücklich aus.«

Ja, ich war glücklich. Sehr sogar.

Wir schlenderten zwischen Marktständen mit Lederpantoffeln und Messingtöpfen, Kurkuma, Paprika und Safran hindurch.

»Ich muss noch Orangen kaufen«, sagte ich zu Sarah und hielt sie am Ärmel fest. Ein Mann mit der weißen Mütze der Mekkapilger stapelte Tomaten auf eine Waage.

Sarah war sehr verwundert. Sie verstand nicht, warum ich den Einkauf machte.

»Wenn Frances mich sehen könnte …«, raunte ich ihr zu. »Ich habe sogar kochen gelernt. Wir haben zwar eine Zugehfrau, aber das Einkaufen und Kochen erledige ich selbst, sooft ich kann. Wir haben keine Köchin.«

Ein paar Frauen, die warteten, bis sie an der Reihe waren, drehten die Köpfe, als sie uns Englisch reden hörten.

»Ich könnte nicht ohne Personal leben. Wie machst du das nur?«

»Das Leben ist wesentlich leichter, wenn man eine Beschäftigung hat«, antwortete ich.

Dann waren wir an der Reihe. Als ich die Orangen gekauft hatte und wir uns von dem Stand entfernten, hakte Sarah sich bei mir unter und fragte mich unverhofft: »Sag, wie ist er so?«

Ich dachte gut nach. Es war das erste Mal, dass ich ihr erzählte, was ich für Henry empfand.

»Er ist ruhig, verantwortungsbewusst und geduldig.«

Sie lächelte. Aber ich wollte noch etwas sagen. Ich wollte ihr erklären, was Henry hat, das andere nicht hatten.

»Ich kenne ihn in- und auswendig, weißt du«, fuhr ich fort. »Ich weiß, was er denkt, was er fühlt und was er von mir erwartet.«

Sarah nickte, und dann brach es völlig unvermittelt aus ihr heraus: »Was hast du für ein Glück. Ich beneide dich. Manchmal verstehe ich Charles einfach nicht …«

Zum ersten Mal fragte ich mich, ob sie glücklich waren.

Meine Wohnung in der Rue de Surène stand weiterhin leer, die Möbel mit weißen Tüchern verhüllt. Manchmal brauchte ich etwas, und dann ging ich alleine dorthin, ohne Henry, schloss die Tür auf, obwohl es weh tat, die Erinnerung an Frances wieder aufleben zu lassen, und nahm ein Bild mit, das einer ihrer Freunde gemalt hatte, die ich jetzt nicht mehr sah. Andere Male war es eine Bronzefigur oder auch eine Lampe. Diese Ausflüge hatten immer eine sonderbare Wirkung auf mich. Ich hatte das Gefühl, Bruchstücke der Vergangenheit auszugraben und sie in die Gegenwart zu transportieren. Es war, als brächte ich sie von einem Leben ins andere.

Henry arbeitete gerade an einem neuen Gedichtband. Wenn wir unterwegs waren, zog er manchmal ein schwarzes, in Wachstuch gebundenes Büchlein aus der Jackentasche und notierte sich einen Satz oder einen Gedanken. Aus diesen plötzlichen Eingebungen entstand später seine Poesie.

Owen Lawson war mittlerweile einer unserer engsten Freunde. Es war etwas völlig Unerwartetes passiert, womit weder Henry noch ich gerechnet hatten: Owen hatte sich in das Mädchen verliebt, das damals im *Blue Storm* gesungen hatte, und war kurz davor, seine Frau zu verlassen. Das Mädchen hieß Bonnie. Sie sang jetzt nicht mehr dort, aber sie trat immer wieder hier und dort mit ihrer Band auf, und Owen drehte jedes Mal durch, wenn sie auf Tournee ging.

Das Thema mit der anderen Ehefrau, Henrys Ehefrau, habe ich absichtlich übergangen. Jetzt ist es an der Zeit, darüber zu sprechen.

Ja, er war verheiratet. Ich wusste es seit dem ersten Tag. In den zwei Jahren, die wir nun zusammenlebten, hatte er mir nie gesagt, dass er sich scheiden lassen würde, aber ich wusste genau, dass er es getan hätte, wenn es ihm möglich gewesen wäre. Seine Frau war Irin. Katholikin. Sie wollte um nichts in der Welt die Scheidung. Henry glaubte, dass es keine Frage der Religion war, sondern der gesellschaftlichen Konventionen, und er wusste, dass es unmöglich sein würde, mit ihr zu einer Einigung zu gelangen. Er wollte keinen Rosenkrieg, weil er dachte, dass daraus beide geschädigt hervorgehen würden. Mir machte es nicht viel aus. Allerdings dachte ich manchmal darüber nach, wie mein Leben wohl aussähe, wenn er nicht verheiratet gewesen wäre. Wenn ich ehrlich sein soll, glaube ich nicht, dass es irgendetwas geändert hätte.

Lady Ferguson, Sarahs Mutter, ist tot. Henry und ich sind nach Surrey gefahren, um der Familie bei der Beerdigung beizustehen. Elliott hat seine Verlobte geheiratet, und die beiden erwarten gerade ihr zweites Kind.

Auch Sarah und Charles werden Eltern. Offenbar haben sie es ziemlich lange erfolglos versucht, aber schließlich ist doch noch ein Wunder geschehen. Sarah hat einen riesigen Bauch und wirkt nicht sehr glücklich; wahrscheinlich ist es wegen ihrer Mutter. Sie scheint sich auch Sorgen um ihren Vater zu machen, denn sie hätte gern, dass Lord Ferguson zu ihnen nach London zieht.

»Ich glaube, er wird es nicht ertragen, alleine hier im Haus zu bleiben«, erzählt sie mir auf der Rückfahrt von der Beerdigung, als unser Auto über die Brücke nach Elsinor Park fährt.

Das Gartenhaus am Fluss steht immer noch dort, und da sind die Weiden und der kleine Kahn, der am Ufer vertäut ist. Es sieht genauso aus wie früher, und doch ist alles anders … James ist nicht mehr da, Frances, Lady Ferguson, die schönste Frau, die ich kannte. Während der Beisetzung auf dem Friedhof kam immer wieder jemand zu mir, um mir zu sagen, dass Frances etwas ganz Besonderes gewesen sei. Und das, nachdem bereits mehr als zwei Jahre vergangen sind.

Als wir aus dem Wagen steigen und ich Sarah auf ihr Zimmer bringe, nachdem ich sie davon überzeugt habe, sich doch bis zum Abendessen hinzulegen, bittet sie mich, noch ein Weilchen bei ihr zu bleiben, was ich gerne tue. Ich weiß nicht, wo Henry ist; wahrscheinlich bei Charles und den anderen Männern. Sarah ist erschöpft und hat geschwollene Füße. Ich bitte sie, sich hinzulegen, und schiebe ihr ein paar Kissen unter die Beine, damit die Füße hochliegen. Sie hat ihr Kleid ausgezogen und ist in Unterwäsche. Es ist schwülwarm.

»Ich erwarte ein Kind von ihm, aber ich weiß nicht, wer er ist, Rose. Ich schwöre dir, ich kenne meinen Mann nicht.«

Ihr Bekenntnis überrascht mich.

»Warum sagst du das?«, frage ich sie. »Charles ist ganz zauberhaft.«

»Nein, Rose, ist er nicht«, beharrt sie. »Du hast keine Ahnung.«

Sie weint, und ich mache mir Sorgen, als ich sie so leiden sehe. Dann setzt sie sich auf, und es platzt förmlich aus ihr heraus: »Er hat einen Geliebten.«

Es fällt mir schwer, das zu glauben.

»Das kann nicht sein«, widerspreche ich, ohne auch nur in Betracht zu ziehen, dass sie recht haben könnte. Ich weiß nichts über ihr gemeinsames Leben. »Charles liebt dich und kümmert sich immer um dich. Sicher irrst du dich. Ich glaube nicht, dass es eine andere Frau gibt.«

Sarah sitzt da, der riesige Bauch wölbt sich unter der Unterwäsche, ihre Beine sind leicht gespreizt. Es ist ein Bild, das mir weh tut. Sie lehnt sich gegen das Kopfteil des Bettes und knetet mit der Hand die Tagesdecke.

»Keine andere Frau. Ich sagte ›Geliebter‹, Rose, nicht ›Geliebte‹.«

Ich bin wie erstarrt.

»Was sagst du da?«, frage ich ungläubig. »Du bist außer dir wegen des Tods deiner Mutter, du siehst die Dinge nicht, wie sie sind. Ich weiß das aus Erfahrung; der Schmerz bringt uns so durcheinander, dass wir es uns kaum vorstellen können.«

»Rose«, sagte sie, das Gesicht tränenüberströmt. »Ich habe sie gesehen. In unserem eigenen Haus. In unserem Bett.«

Es fällt mir schwer, mir Charles mit einem anderen Mann vorzustellen.

»Ich kann es nicht ertragen. Mein Gott, ich weiß nicht, was ich machen soll …«

Arme Sarah. Geliebte Sarah, der nie jemand etwas anhaben konnte …

»Hast du an Scheidung gedacht?«, frage ich sie.

»Ich erwarte ein Kind, Rose.«

»Ich weiß. Warte, bis es auf der Welt ist, und lass dich dann diskret und ohne Aufhebens scheiden.«

»Das kann ich nicht ertragen.«

Ich kann nichts für sie tun, außer, sie zu umarmen. Ich habe immer eine tiefe Zuneigung zu Sarah gehegt, aber in diesem Moment tat sie mir nur unendlich leid. Ich hatte sie mein Leben lang beneidet, hatte sie beneidet, weil sie Eltern hatte, Geschwister, ein wunderbares Zuhause in der Grafschaft Surrey und ein weiteres in der Normandie. Ich hatte ihre Sorglosigkeit beneidet, ihr Selbstbewusstsein, ihre gesicherte Zukunft … Ich hatte sie unendlich beneidet, ohne es mir selbst einzugestehen. Und jetzt tat sie mir so leid … Im Verlauf dieses Gesprächs mit Sarah behielt ich einen Gedanken für mich: Einige dich mit ihm. Leb du dein Leben und lass ihn seins leben. Ich tat es nicht, weil ich es moralisch verwerflich fand, aber jetzt bereue ich es, geschwiegen zu haben.

Damals war ich fünfundzwanzig Jahre alt und glücklich, weil mein Leben einem logischen Weg folgte. Es gab Herausforderungen, und ich trotzte ihnen. Ich wusste, was es hieß, die Kontrolle zu verlieren, und ich wusste, dass es möglich war, sie wiederzugewinnen. Ich hatte gelernt zu leben.

Ja, ich muss zugeben, dass ich glücklich war …

Suzy ist in die USA zurückgegangen. Ich vermisse sie sehr.

Jordan Miller lebt in Spanien, in Valencia, und schreibt uns ab und zu. ›Es ist so verdammt wunderbar, in Valencia am Strand zu sitzen, eine saftige Melone zu essen und dazu einen Krug eiskaltes Bier zu trinken‹, schrieb er das letzte Mal, um uns dazu zu animieren, ihn mal zu besuchen. Er veröffentlicht demnächst einen Roman, in dem er seine Jahre in Paris beschreibt. In seinem Brief kündigte er an, dass ich so manchen aus dieser Zeit wiedererkennen werde.

Owen ist geschieden. Er lebt jetzt mit Bonnie in einer kleinen Wohnung in Montparnasse. Neulich kam allerdings der Hausbesitzer mit der Polizei, um die beiden rauszuwerfen. Sie wussten nicht, wohin, also habe ich ihnen die Wohnung in der Rue de Surène angeboten, die nach wie vor leer steht. Ein Haus verfällt, wenn es nicht bewohnt wird. Bonnie ist begeistert. Sie sagt, dass sie noch nie in einem solchen Luxus gelebt hat, und versteht nicht, warum ich lieber in einem Viertel wohne, wo es noch Kohlehändler gibt, die ihre Bestellungen mit dem Pferdekarren ausliefern. Es gibt Dinge, die Amerikaner nie verstehen werden.

Winter, Ende Januar vielleicht. Am Morgen liegt Paris unter einer Schneedecke, und ich bin allein, weil Henry nach London musste, um sich mit einem Verleger zu treffen. Am späten Nachmittag ziehe ich mich warm an und gehe raus, um einen Spaziergang zu machen. Der Schnee ist geschmolzen und hat eine schmutzige Matschschicht auf den Straßen zurückgelassen. Als ich an der Ecke mit dem Cuvier-Brunnen vorbeikomme, rutsche ich aus und falle beinahe hin. Ein Mann kommt mir zu Hilfe und packt mich rasch am Arm. Während ich mich bei ihm bedanke, betrachte ich ungläubig die Statue dieser nackten Frau inmitten von Löwen und Krokodilen. Schon bei ihrem

Anblick fange ich an zu frieren. Heute ist kein Tag, um vor die Tür zu gehen, ich weiß; aber es ist auch kein Tag, um zu Hause zu bleiben. Ich würde gerne zur Konditorei Ladurée oder einem anderen dieser Plätze, zu denen ich mit Henry nie gehe, aber unter diesen Bedingungen werde ich wohl nicht weit kommen.

Der Himmel ist vollständig von einer grauen Wolkenschicht bedeckt, von der ein merkwürdig intensives Licht ausgeht, als wäre sie aus Eis. Ich vermute, dass es gleich wieder zu schneien beginnt. Also suche ich mir ein angenehmes Plätzchen, wo ich mich eine Weile hinsetzen kann, und finde es in der Nähe der Arena, gleich hinter der Ecke zur Rue des Arènes. Es ist ein kleines, gemütliches Kaffee. Es sind nicht viele Gäste dort. Der Kellner führt mich zu einem Tisch am Fenster. Gleich daneben steht ein weiteres Tischchen, an dem eine junge Frau sitzt, die etwas in ein kleines Heft schreibt. Ich beobachte die Frau, während man mir meinen *Café au lait* und ein köstliches Croissant bringt, das so herrlich nach geschmolzener Butter schmeckt, wie ich es aus meiner Kindheit in der Normandie in Erinnerung habe.

Die junge Frau hat dunkles Haar, das nachlässig im Nacken aufgesteckt ist, als hätte sie zuvor einen Hut getragen. Sie ist schlank, hat schmale Schultern und ein blasses Gesicht. Sie könnte Thérèse heißen. Sie ist unauffällig, aber elegant gekleidet, und ich bemerke, dass sie winzig kleine Ohrringe trägt, die kleinsten, die ich je gesehen habe. In einer Geschichte wie dieser wird man sich fragen, was diese ganzen Details über eine Unbekannte darin zu suchen haben. Ich frage mich das selbst. Warum weiß ich noch, dass sie eine senfgelbe Mohairweste trug und darunter eine Bluse mit kleinen dunkelroten und gelben Rauten? Und ihre Ohrringe? Warum zum Teufel ist mir in Erinnerung geblieben, dass sie klein waren? Ihre Kladde hatte einen schwarzen Einband und sah genauso aus wie die, in die

Henry seine Notizen schrieb. War das der Grund? Nein, ich weiß genau, dass das nicht der Grund war.

Diese Frau und ich haben kein einziges Wort gewechselt, aber auch nach all den Jahren kommt mir ab und zu ihr Bild in Erinnerung. Ich nehme immer zu ihm Zuflucht, wenn etwas Unerwartetes geschieht.

Es ist Nacht geworden in dem Café. Ich fühle mich irgendwie verlassen, eine Art abendliche Trostlosigkeit, die zu innerer Einkehr anregt. Stille.

Es hat wieder zu schneien begonnen, und ohne es zu wollen, durchlebe ich noch einmal alle dunklen Winter meines Lebens.

Ich weiß, dass all das aus einem einfachen Grund geschah: Ich war allein. Henry und ich waren seit Jahren nicht einen Tag getrennt gewesen. Das soll nicht heißen, dass ich niedergeschlagen, traurig oder dergleichen gewesen wäre, aber es war eine Ausnahmesituation.

Als ich das Café verließ, war die Frau noch dort. Es schneite immer heftiger. Als ich nach Hause kam, stand die Eingangstür offen, und ich ging nach oben in den dritten Stock. Auf dem Treppenabsatz saß ein Mann. Es war Roger.

Henry und ich hatten ein paarmal über das Thema Treue gesprochen und stimmten grundsätzlich darin überein, dass unsere Beziehung nur uns beide etwas anging. Andere Menschen, ihre Normen und Verbote hatten darin nichts zu suchen. Sagen wir mal so: Wir gingen die Frage eher freizügig an, vielleicht bedingt durch den Umstand, dass Henry nach wie vor mit einer Anderen verheiratet war. Wir würden die gelegentliche Anwesenheit einer dritten Person akzeptieren können, solange das nicht mit Lüge oder Betrug einherging. Bislang allerdings war das alles nur Theorie gewesen, denn zumindest mir wäre es nicht mal im Traum eingefallen, eine Affäre zu haben.

Aber nun war Roger da, Henry war in England, und ich war allein in einer Nacht, in der Paris unter einer Schneedecke versank.

Roger blieb zum Abendessen. Vielleicht, dachten wir, würde es in ein, zwei Stunden aufhören zu schneien – zumindest behaupteten wir das, aber ich glaubte natürlich überhaupt nicht daran, und ich glaube, ich wollte es auch nicht. Als wir mit dem Essen fertig waren, wirbelte der Schnee immer noch vor den Lichtern von Paris. Es war nicht vernünftig, jetzt ins Hotel zurückzugehen. Ich sagte ihm, er könne bleiben.

Wir tranken wie früher. Wir lachten wie früher. Wir liebten uns in Henrys Bett, und dann schlief Roger tief und fest ein. Ich zog mir einen Morgenmantel über und trat ans Fenster. Dort starrte ich auf den Schnee, wie man ins Feuer schaut: in Gedanken ganz woanders.

Ich weiß nicht mehr, worüber Roger und ich genau sprachen. Meine einzigen Erinnerungen an diese Begegnung betreffen meine Gefühle gegenüber Henry, der abwesend und gegenwärtig zugleich war. Ich wusste nicht, was er sagen würde, wenn ich es ihm erzählte; ich wusste nicht einmal, ob ich es ihm überhaupt erzählen sollte. Ich muss zugeben, dass mich die Situation beunruhigte, aber es war nun halt mal geschehen. Es war kein Unfall gewesen, ich hatte mich nicht hinreißen lassen, es war nicht unfreiwillig geschehen. Nicht mal die Umstände hatten mich dazu gezwungen. Es geschah, weil ich von Anfang an wollte, dass es geschah, seit ich in dem Café diese Frau beobachtet hatte, die Thérèse heißen könnte. Sogar schon vorher, als ich darüber nachdachte, dass ich Lust hätte, ins Ladurée zu gehen oder einen der anderen Plätze, die ich für gewöhnlich ohne Henry besuchte. Ich glaube, Roger tauchte an diesem Tag in meinem Leben auf, weil es einfach so sein musste.

44

Bonnie, Owen, Henry und ich beschlossen in jenem Frühling, gemeinsam nach Spanien zu reisen, um Jordan zu besuchen, der immer noch in Valencia lebte. Wir fuhren lange drei Tage mit der Bahn. Die erste Nacht verbrachten wir an der Grenze, am zweiten Tag übernachteten wir in einer Pension in Barcelona, obwohl wir auch hätten durchfahren können. Aber Owen wollte unbedingt diese Stadt sehen. Anscheinend hatte er in Paris mit einem katalanischen Musiker zu tun gehabt, an dessen Namen ich mich nicht erinnere, und der hatte ihm so viel von Barcelona vorgeschwärmt, dass er ein idealisiertes Bild hatte. Bonnie war begeistert von der Stadt, weil viele Kneipen rund um die Uhr geöffnet hatten. Ich wiederum fühlte mich an verschiedene italienische Städte erinnert, die ich besucht hatte. Vor allem das milde, ein bisschen feuchte Klima gefiel mir, die Kühle, die das Land dem Meer abtrotzt.

Die nächtliche Fahrt von Barcelona nach Madrid in einem schnaufenden Zug, der jeden Moment liegenzubleiben drohte, werde ich nie vergessen. Es war schwierig, Schlaf zu finden. Wir reisten in einem Abteil für sechs Personen, aber in Tarragona stieg der Mann aus, der einen Doppelsitz für sich in Anspruch genommen hatte, und wir vier hatten das Abteil für uns. Bonnie und Owen schliefen Arm in Arm. Owen schnarchte in unregelmäßigen Abständen, und jedes Mal, wenn ich kurz vorm Einschlafen war, schreckte ich bei seinem Schnaufen wieder hoch. Ich erinnere mich, dass Henry seinen Kopf gegen die Seitenstütze des Sitzes gelehnt hatte, deren Form an eine Taubenbrust erinnerte, und zu schlafen schien. Ich lehnte meinen Kopf gegen den Fensterrahmen, aber es nützte nichts: Ich war hellwach. Das flaue Gefühl, das ich im Magen hatte, war auch nicht eben hilfreich. Aber es gefiel mir, einfach dazusitzen und wach zu sein, ganz bei mir, aufmerksam. Es fühlte sich an, als würde etwas Außergewöhnliches passieren.

Ich betrachtete unser Spiegelbild in der Fensterscheibe und unsere Gesichter, die sich vor der Dunkelheit draußen abzeichneten. Und dann wurde es ganz langsam hell, so als würde sich ein dunkler Vorhang heben und allmählich das Licht durchlassen. Und dort, zu meiner Linken, war das Mittelmeer, grau und unscharf zunächst, dann silbrig und schließlich, als die Sonne am Horizont erschien, strahlend blau. Es gab nur drei Farben in dieser Landschaft: das Grün der Pinien, die braune Erde und das blaue Meer, aber in dieser Einfachheit schien das ganze Spektrum des Regenbogens eingeschlossen zu sein. Es war, als lägen in diesem Meer und dieser Küste alle Dinge verborgen.

Ich bin viel gereist im Laufe meines Lebens, aber das war eine der Reisen, die ich nie vergessen werde. Henry war gerade aus England zurückgekehrt, und ich hatte ihm das mit Roger erzählt. Er fragte mich nur: »Gibt es einen Grund, mir Sorgen zu machen? Willst du bei ihm bleiben?«

Ich versicherte ihm, dass das nicht der Fall sei, und er glaubte mir. Wir sprachen nie mehr über das Thema. Roger und alle Rogers dieser Welt verschwanden für immer.

Und jetzt saß er schlafend in diesem spanischen Zug, und ich bewachte seinen Schlaf in dem Wissen, dass wir unser ganzes Leben lang zusammenbleiben würden. Die Sonne stieg höher und tauchte alles in goldenes Licht, und das Meer war verlockend und ganz nah.

Auf dem Bahnsteig erwarteten uns Jordan und Elizabeth. Dieses Bild ist eine der letzten gemeinsamen Erinnerungen, die ich an sie habe. Als ich Jahre später, 1938, erneut nach Valencia kam, hätte ich einiges dafür gegeben, wenn sie auf mich gewartet hätten, aber dieses Mal waren nur die Angst und ich auf diesem Kriegsbahnhof.

Valencia gefiel uns allen vieren sehr gut. Jordan und Elizabeth wohnten im Stadtzentrum, in einem Hotel, das kurioserweise den Namen »Hotel England« trug. In den wenigen Tagen, die wir in der Stadt verbrachten, zogen wir die meiste Zeit von Kneipe zu Kneipe und von Bar zu Bar. Wir lernten Lokale aller Art kennen: Tavernen, Bodegas, Kantinen, Weinkeller, Bierschänken, Cafés, Cocktailbars, einfache Kneipen, Lebensmittelgeschäfte, in denen Wein ausgeschenkt wurde, Straßenkioske, Terrassen in den Parks, Strandbuden, Festzelte … Ich hätte nie gedacht, dass es in einer Stadt so viele Plätze geben könnte, an denen man etwas trinken kann.

Zwischen einer Kneipe und der nächsten stellte uns Jordan seine spanischen Freunde vor. Es waren einfache Leute, der eine oder andere Journalist oder regionale Schriftsteller, ein paar Fischer und sogar ein immer gut gelaunter Schuhputzer. Alle sprachen laut und mit großer Geste. Jordan war der Einzige, der sie verstand, aber sowohl Henry als auch ich waren überrascht, wie viele Freunde Elizabeth und er in wenigen Monaten gefunden hatten. Ich erinnere mich sogar, dass ich zu Henry sagte, vielleicht hätten wir auch ein bisschen mehr unter Leute gehen sollen. Er sah mich mit seinem feinen Lächeln an und strich mir dann übers Haar wie einem kleinen Mädchen. Ich mochte es gar nicht, wenn man mich so behandelte.

Valencia. Sonne. Hitze. Ich erinnere mich, wie wir unter den leicht feuchten Laken im Hotelzimmer lagen, das Fenster weit geöffnet. Henry klebte das schweißnasse Haar an der Stirn. Er strich mechanisch über die kleine Mulde zwischen meinem Hüftknochen und dem Bauch.

»Du schwitzt«, sagte er.

»Ich schwitze nicht«, entgegnete ich. »Ich zerfließe.«

Er lachte und presste mich an sich. Jetzt im Alter ist diese Mulde verschwunden. Jedenfalls wird niemand mehr mit seiner Hand daran entlangstreichen.

An einem Tag fuhren wir nach Süden, zwischen Orangenplantagen und lehmfarbenen Gebäuden hindurch, von denen der Putz abgebröckelt war.

»Das sind *alquerías*. Das ist ein arabisches Wort«, erklärte Jordan.

Wir landeten vor einer Art Gehöft mit riesigen Dattelpalmen. Jordan hielt den Wagen an.

»Ich glaube, wir haben uns verfahren.«

Wir versuchten alle zusammenzuarbeiten, aber Elizabeth wurde ein bisschen nervös, weil sie ihren Sohn in Valencia gelassen hatte.

»Werde jetzt nicht hysterisch«, fuhr Jordan sie an. »Wir sind nur zehn Kilometer von Valencia entfernt. Du könntest zu Fuß zurückgehen, wenn du wolltest.«

Wir schwiegen betreten. Elizabeth wandte sich eingeschüchtert an Bonnie.

»Ich lasse ihn nie allein«, versuchte sie sich zu rechtfertigen. »Und wir kennen diese Leute auch nicht sonderlich gut.«

Owen und Jordan waren zu dem Haus gegangen, um nach dem Weg zu fragen.

»Mach dir keine Sorgen«, sagte Bonnie und legte beruhigend

den Arm um Elizabeth. »Wir sind bestimmt rechtzeitig zurück. Ich verspreche es dir. Und zwar nicht zu Fuß, wie dein Mann sagt.«

Die Sonne brennt vom Himmel, als wir alle wieder einsteigen und weiterfahren. Ich bin erstaunt, dass Elizabeth und Jordan sich verhalten, als wäre nichts geschehen.

»Wir sind da.«

Miller hält vor einer fensterlosen, strohgedeckten Hütte. Das Dach ist stark geneigt, wie man es oft bei alten normannischen Bauernhäusern sieht.

»Das ist La Albufera«, verkündet Jordan, sichtlich stolz auf seinen Orientierungssinn.

Wir befinden uns an einem See. Elizabeth steigt aus und schlingt glücklich ihre Arme um seine Hüften. Henry und ich sehen uns an, Bonnie murmelt etwas, das ich nicht verstehe, und Owen zuckt nur mit den Schultern, geht zum Kofferraum und holt einen Weinschlauch heraus, aus dem man ohne Gläser trinkt.

Jordan zeigt uns, wie es geht: Er nimmt den Schlauch in beide Hände, hebt ihn hoch, drückt ihn zusammen und lässt einen dünnen Weinstrahl in seinen Mund spritzen.

Wir versuchen es alle. Es ist ein großer Spaß.

Ich weiß nicht mehr, wann die Fischer kamen und im Inneren der Hütte das Abendessen kochten. Ich erinnere mich, dass Henry und ich am Ufer entlangspazierten und die Pfähle betrachteten, an denen sie ihre Netze aufspannen. Auf jedem von ihnen saßen Möwen und Kormorane. Alles sieht so friedlich aus, aber wohin man auch schaut, sieht man die harte Arbeit der Menschen, die rings um die Lagune leben.

Ich sehe uns noch alle miteinander glücklich auf spanischem Boden trinken und essen. Und ich erinnere mich, wie viel Würde von diesem Fischer und seiner Familie ausging. Wieder im Auto, sagte Jordan, während Bonnie sich darüber beschwerte, dass wir so nach Knoblauch stanken: »Auf der Welt gibt es so viele Männer und Frauen, für die man in den Kampf ziehen müsste.«

Auf dieser Reise festigte sich die Freundschaft zwischen Jordan und mir, die in Paris begonnen hatte und die wir später per Brief fortsetzten. Damals wurden auch der Tag und die Umstände von Henrys Tod festgeschrieben, auch wenn das noch keiner von uns wusste.

Bei der Rückkehr aus Spanien erfuhr ich, dass Sarah sich umgebracht hatte.

45

Madrid, November 1951

»Wie furchtbar …«

Lola legt das aufgeschlagene Buch auf die Ladentheke. Sie macht immer eine Bemerkung, wenn sie eine Pause macht. Sie sitzt auf dem Schemel und lehnt den Rücken gegen die Wand am Ende der Arbeitsfläche, die einzige im Laden, an der keine Regale stehen.

»Das arme Mädchen.« Aus ihrer Stimme spricht aufrichtiges Bedauern. »Die Figur hat mir so gut gefallen.«

Dann verbessert sie sich schnell.

»Aber was rede ich da!« Sie sieht mich erschrocken an. »Sarah ist keine Romanfigur, sie hat wirklich gelebt. Sie ist tatsächlich gestorben. Das hier ist kein Roman … Es sind Memoiren.«

Manche Wörter sind hart wie Stein. Ich nicke stumm.

»Es ist furchtbar«, setzt sie hinzu, ohne zu wissen, dass der Stein einer festgelegten Bahn folgt.

»Ja, es ist eine wahre Geschichte«, räume ich ein, um das Gespräch dann auf ein weiteres Feld zu lenken. »Aber ich frage mich oft beim Lesen, ob sich in der Fiktion nicht eine – wie soll ich sagen? – tiefere Wahrheit verbirgt.«

Lola stutzt.

»Ich weiß nicht, ob ich genau verstehe, was Sie sagen wollen.«

»In der wirklichen Welt geschehen die Dinge auf eine bestimmte Weise. In der Fiktion gibt es mehr Spielraum: Da ist das, was geschieht, das, was hätte geschehen können, das, von dem wir vermuten, dass es geschehen wird, und das, von dem wir wünschen, dass es geschieht, selbst wenn es unwahrscheinlich ist.«

Lola lächelt. Sie hat makellose weiße Zähne. Darum beneide ich sie.

»Sie reden, als ob sie eine Schriftstellerin wären.«

Ich muss unfreiwillig lachen.

»Nein, meine Liebe. Ich bin einfach nur alt und schnappe hier und dort was auf.«

»Sie sind überhaupt nicht alt, sagen Sie nicht so was.«

»Ich fühle mich jedenfalls so.«

Ich schaue auf die Uhr und stelle fest, dass es ein bisschen spät geworden ist. Es ist schon fast Zeit, den Laden abzuschließen.

»Apropos«, schlägt Lola nach einem kurzen Schweigen vor. »Sie werden wahrscheinlich sagen, dass es Unsinn ist, aber für einen Moment hat mich dieser Jordan Miller an Ernest Hemingway erinnert.«

»Ja, mag sein«, räume ich ein. »Aber in dem Fall ist es vielleicht nur ein Klischee, glauben Sie nicht?«

Sie wiegt skeptisch den Kopf, widerspricht aber nicht.

»Haben Sie über Heiligabend nachgedacht?«

Es sind nur noch sechs Tage bis zum 24. Ich denke, ich muss ihr jetzt eine Antwort geben.

»Ja, ich wollte Ihnen just heute Bescheid geben. Leider kann mein Sohn nicht nach Madrid kommen. Offenbar hat er an diesem Abend Nachtschicht.«

Nachtschicht? In einer Mine? Es erschien mir eine glaubhafte Ausrede, aber manchmal weiß nicht mal ich selbst, wie ich auf solche Ideen komme.

»Dann ist ja alles klar. Sie essen mit uns zu Abend.«

Ich nehme die Einladung an, ohne mich lange bitten zu lassen, zum einen, weil ich große Lust dazu habe, und zum anderen, weil es eine hervorragende Gelegenheit für mein Vorhaben sein wird.

»Haben Sie es eilig?«, erkundigt sich Lola.

»Nein, überhaupt nicht.«

»Ich meine, Matías wird gleich kommen, und ich würde Sie gerne miteinander bekanntmachen.«

Früher oder später musste es ja so kommen. Na ja, irgendein Problem musste ja bei diesem blödsinnigen Plan auftauchen, den ich da in die Tat umzusetzen versuche.

»Aber wir kennen uns doch schon«, sage ich mit dieser Unschuld, die das Leben glücklicherweise den Alten und Kindern zugesteht. »Ich hatte Ihnen davon erzählt, erinnern Sie sich nicht?«

Lola scheint nachzudenken.

»Aber ja doch«, beharre ich. »Ich war gelegentlich samstags hier.«

Mehr sage ich nicht. Ich kann ihr nicht erzählen, dass ich Bücher in ein Regal stelle, wenn sie da ist, um sie dann wieder zurückzukaufen, wenn ihr Mann im Laden ist.

»Ach so …«, sagt sie zögernd. »Das wusste ich nicht mehr. Tut mir leid.«

Ich denke rasch nach. Matías wird jeden Moment kommen. Ich muss auch eine Erklärung für ihn parat haben, aber mir fällt nichts ein.

»Oh!«, rufe ich mit einem Blick auf meine Armbanduhr. »Das hatte ich ja ganz vergessen! Tut mir leid, aber ich muss sofort los. Ich habe Medikamente in der Apotheke bestellt, die muss ich abholen, bevor sie schließt.«

Lola wundert sich noch mehr.

»Sagen Sie Ihrem Mann, ich bin die Engländerin, die jeden Samstag vorbeikommt. Er wird sich an mich erinnern.«

Und schon bin ich auf dem Weg zur Tür. Den Mantel überm Arm, klappe ich die Ladentheke hoch.

»Alice …«

Es fällt mir schwer, auf diesen Namen zu hören. Ich glaube, es war keine gute Idee, ihr zu sagen, dass ich so heiße.

»Ja?«

»Die Sache ist die …« Lola sieht mich betreten an. »Ich habe Matías nichts von unseren Treffen erzählt.«

Ich klappe vorsichtig die Ladentheke nach unten.

»Na ja, das ist doch nicht weiter schlimm«, schließe ich, während ich versuche, hier wegzukommen, bevor wir uns vor Matías selbst erklären müssen. »Sagen Sie ihm einfach die Wahrheit: dass wir uns durch das Buch im Schaufenster angefreundet haben.«

Lola lächelt plötzlich. Sie ist sehr hübsch, wenn die Sorge aus ihrem Gesicht verschwindet.

»Ja, Sie haben recht«, stimmt sie zu. »Matías wird sich darüber freuen.«

Als ich ein paar Häuserblocks weiter um die Ecke zur Plaza de Chueca einbiege, sehe ich Matías mit zugeknöpftem Mantel und einem Schal um den Hals aus der Metrostation kommen. Ich bleibe vor dem Schaufenster eines Lebensmittelladens stehen und sehe ihn an der Scheibe vorbeigehen. Er trägt vier oder fünf Bücher unter dem Arm. Entweder konnte er sie nicht alle ausliefern oder er hat neue Bücher gekauft.

46

Heute ist Mittwoch. Ich habe den ganzen Vormittag, um Dinge zu erledigen. Und natürlich ist viel zu tun.

Zuerst rufe ich Constance an. Sie ist ziemlich überrascht. Während wir reden, überlege ich, wie alt meine Schwester ist. Wir sind nur ein paar Monate auseinander. Woher nimmt sie bloß diese Energie und diesen Starrsinn? Es gibt Leute, die wirklich nie Ruhe geben.

Wir machen ab, uns in Paris zu treffen. Am Anfang besteht sie darauf, dass das Treffen in London stattfinden soll, wegen der Anwälte und so. Also muss ich deutlicher werden.

»Hör zu, Constance«, stelle ich fest, »ich werde auf gar keinen Fall nach London kommen. Damit das klar ist: Wenn du das Anwesen willst, dann schau zu, wie du deinen Anwalt nach Paris bringst. Entweder dort oder gar nicht. Es liegt an dir.«

Sie gibt nicht klein bei, führt ins Feld, dass sie Knieprobleme hat und kaum gehen kann …

»Gut, wenn du willst, verschieben wir es auf später. Von mir aus kein Problem. Ich glaube, vor ein paar Jahren waren die Ambersth an Croft House interessiert. Vielleicht wollen sie mir immer noch ein Angebot machen.«

Wir sind Tausende von Meilen voneinander entfernt, aber ich genieße ihre Niederlage. Schlussendlich kommen wir überein, uns nach Weihnachten in Paris zu treffen. Ich werde vorher nach Croft House fahren müssen, um die Sachen zu holen, die ich behalten will, und eine internationale Spedition damit zu beauftragen, sie nach Paris oder auch nach Madrid zu bringen, das habe ich noch nicht entschieden. Damit beginnt eine neue Etappe meines Lebens. Ich hoffe, ich werde es nicht bereuen.

Amparo kommt keuchend mit der Einkaufstasche die Treppe hoch. Ich habe die Wohnungstür einen Spalt offengelassen, um sie nicht zu verpassen. Sie ist überrascht, als sie mich in der Tür stehen sieht. Heute sind alle wegen irgendwas überrascht.

»Gehen Sie weg?«, fragt sie mich.

»Nein, Amparo. Ich habe auf Sie gewartet.«

Sie stellt die Tasche, aus der ein Bund Mangold und zwei Brote herausschauen, auf dem Treppenabsatz ab und stöhnt laut vernehmlich.

»Ich wollte Sie um einen Gefallen bitten«, sage ich, während sie sich vom Treppensteigen erholt. Ich glaube, Amparo ist zu dick. Sie atmet schwer. »Nun ja, einen weiteren Gefallen, wie so oft.«

Sie winkt entschieden ab.

»Sagen Sie, sagen Sie nur«, drängt sie mich. »Sie können immer auf mich zählen. Wenn ich helfen kann …«

»Sehen Sie, ich muss aus Spanien weg …«

»Das ist nicht wahr!«, unterbricht sie mich.

»Nur für ein paar Wochen.«

»Ach so. Sie haben mir einen ganz schönen Schreck eingejagt … Wissen Sie, wir haben uns aneinander gewöhnt, wir sind gute Nachbarinnen, und es würde mir überhaupt nicht gefallen, wenn ich mich an jemand Neues gewöhnen müsste. Man weiß ja nie, wer da einzieht …«

Ich muss sie unterbrechen.

»Warten Sie, Amparo, lassen Sie mich ausreden.«

»Oh, Entschuldigung. Ich dachte nur für einen Moment …«

»Kommen Sie doch rein, bitte. Ich glaube, es wäre besser, wenn wir uns drinnen unterhalten.«

Sie geht wie immer direkt in die Küche. Das ist eine spanische Angewohnheit, an die ich mich immer noch nicht gewöhnt habe: Alle treffen sich immer in der Küche, als ob es keine anderen Zimmer in der Wohnung gäbe. Sie sitzt schon auf ihrem Lieblingsschemel.

»Eine Familienangelegenheit, wissen Sie …«

»Es ist doch nichts Schlimmes?«, fällt sie mir ins Wort.

»Nein, Amparo, zum Glück nicht. Wie gesagt, ich muss wegen einer Familienangelegenheit für ein paar Wochen in meine Heimat reisen und wollte Sie um zwei Dinge bitten. Könnten Sie meine Post annehmen und für mich durchsehen?«

»Aber was reden Sie denn da? Das mache ich auf gar keinen Fall. Ich soll in Ihren Briefen rumschnüffeln? Kommt nicht in Frage.«

»Nein, warten Sie. Sie sollen sie nicht öffnen. Nur nachsehen, ob etwas vom Konsulat, von der Botschaft oder einer anderen spanischen oder englischen Behörde dabei ist.«

»Einer spanischen Behörde?«

»Ja, vom Sicherheitsministerium, Sie wissen schon …«

Sie wirkt misstrauisch.

»Und was soll ich machen, wenn der Briefträger so einen Umschlag dabeihat?«

»Wenn es Ihnen nichts ausmacht, würde ich Sie bitten, ihn mir an diese Adresse nachzusenden.« Ich reiche ihr einen Zettel mit der Adresse in der Rue de Surène.

»Paris?«, ruft sie, nachdem sie einen Blick darauf geworfen hat. »Aber sind Sie nicht Engländerin?«

»Doch, Amparo, aber ich muss ein paar Dinge in Frankreich erledigen.«

Ich bin wie immer kurz davor, die Geduld zu verlieren.

»Und Ihre Familie? Verbringen Sie nicht die Feiertage mit Ihren Lieben?«

Und genau wie immer tappe ich in die Falle und beantworte ihre Fragen.

»Doch, aber meine Schwester Constance kommt nach Paris. Wir treffen uns dort.«

»Ah, Paris …«, sagt sie verträumt. »Wenn man da mal hinkönnte …«

Dann kommt wieder ihre hilfsbereite Ader zum Vorschein, die ich so an ihr mag.

»Gut, ich nehme Ihre Post an, und wenn etwas dabei ist, worauf Sie warten, schicke ich es Ihnen gerne nach. Ist ja kein großer Aufwand, der Briefkasten ist ja gleich um die Ecke. So ein kleiner Spaziergang kann mir nicht schaden.«

Diesmal habe ich keine Schwierigkeiten, sie herauszukomplimentieren. Ich weiß, dass sie ihren Mann und ihren Sohn zum Essen erwartet. Ich hoffe, dass sie nicht noch den Mangold kochen muss.

47

»Der Laden ist eine Wucht. Und die Lage, sehen Sie nur, wie viele Leute da vorbeigehen. Was für eine Art von Geschäft wollen Sie denn eröffnen?«

Ich habe Sagrario gebeten, mich zu den Verhandlungen zu begleiten. Weil sie die Buchführung im Optikgeschäft ihres Vaters erledigt und die spanische Bürokratie kennt, denke ich, dass sie mir helfen kann.

»Eine Buchhandlung«, erkläre ich dem Immobilienhändler, der trotz seines zugeknöpften Mantels und des Schals vor Kälte zittert.

»Ah«, ruft der Mann zuvorkommend, »eine sehr gute Idee. Es fehlt an Kultur in diesem Land, auch wenn ich das nicht gerne sage.«

Er läuft durch die Räume, als wollte er die Möglichkeiten des Ladenlokals abschätzen.

»Sehen Sie nur, Sie müssen nicht mal umbauen. So gut, wie die Räume in Schuss sind, gibt das eine erstklassige Buchhandlung.«

Der Mann hat recht. Ich kann mir alles genau vorstellen: die Ladentheke, die Regale, Tische für die Neuerscheinungen … Keine Bleistifte, keine Radiergummis und erst recht keine gebrauchten Bücher.

»Wir werden in nur zwei Raten zahlen«, höre ich Sagrario

sagen. Sie macht ihre Sache hervorragend. »Sie können uns also einen guten Preis machen. So einen Kunden finden Sie nicht noch mal.«

»Selbstverständlich, selbstverständlich … Sie können sicher sein, dass wir uns einig werden, und zwar zu einem Preis, mit dem die Damen zufrieden sind. Auch wenn meine Kommission dabei draufgeht.«

»Gut, gut … Aber lassen Sie uns konkret werden, bevor wir weiterreden. Wie viel?«

Der Mann kratzt sich am Nacken, als würde er im Kopf die Zahlen überschlagen.

»Ich denke, wir könnten uns auf 125 000 Peseten einigen«, sagt er schließlich.

Ich lasse Sagrario reden. Sie macht das wirklich prima.

»Auf keinen Fall«, protestiert sie selbstsicher. »Bei 100 000 kommen wir ins Geschäft.«

Der Mann schlägt die Hände überm Kopf zusammen.

»Aber das sind mehr als fünfzehn Prozent!«

»Schon«, sagt Sagrario, »aber Sie bekommen es praktisch bar auf die Hand. Und das zählt ja schließlich auch.«

Der Mann läuft nervös im Laden auf und ab. Ich zupfe Sagrario am Ärmel, um ihr zu bedeuten, dass sie es nicht zu weit treiben soll, aber sie achtet gar nicht darauf. Ihre Augen funkeln verschmitzt.

»Also gut«, sagt der Mann schließlich und bleibt abrupt stehen. »Sagen wir 115 000 – und dabei zahle ich schon drauf.«

Sagrario reicht ihm die Hand, als wäre der Kauf ganz allein ihre Angelegenheit.

»Abgemacht«, sagt sie, ohne mich zu fragen.

Als wir später alleine sind, erklärt sie: »Ich habe mir die Preise angesehen, bevor ich hergekommen bin, und dann habe ich noch einen Freund meines Vaters angerufen, der kürzlich ein kleineres Geschäft als dieses hier in der Calle Embajadores gekauft hat. Er hat 110 000 Peseten bezahlt, und glauben Sie mir, die Calle Embajadores ist kein Vergleich mit der Calle Barquillo.«

Ich bin zufrieden, ja. Aber sie kann nicht wissen, warum.

»Und Sie wollen wirklich eine Buchhandlung aufmachen? Nicht, dass ich es nicht gut fände. Es passt zu Ihnen, von Büchern umgeben zu sein. Es ist nur …«

Ich lasse sie ausreden. Ich mag dieses Mädchen.

»Ich weiß nicht … Sie werden mich für verrückt halten, aber ich sehe Sie mehr als Künstlerin. Sie wissen schon, ohne feste Ladenzeiten und Verpflichtungen, nur mit Ihrer Kunst. Durch die Welt reisen und Violinkonzerte geben, zum Beispiel.«

Ich muss lachen.

»Ach, Kind, ich habe nicht das geringste musikalische Talent. Nie gehabt.«

Sie will mir nicht glauben.

»Ich gehe seit zwei Jahren mit Ihnen zu Konzertproben. Mir können Sie nichts vormachen.«

Ich gebe auf. Vor allem, weil ich weiß, dass sie niemand vom Gegenteil überzeugen kann, wenn sie sich erst mal was in den Kopf gesetzt hat. Wir essen eine Kleinigkeit im Café *La India*. Das ganze Lokal riecht nach der Zigarre, die ein Mann am Fenster raucht.

»Die Buchhandlung ist nicht für mich. Ich kaufe den Laden, aber das Geschäft werden meine Partner führen, ein junges Ehepaar, das schon eine eigene Buchhandlung hat.«

»Aber warum denn das?«

»Ihr Laden ist klein«, erkläre ich. »Und er liegt nicht wirklich günstig. Ich glaube, sie können mehr erreichen.«

»Und Sie? Sie machen das doch nicht nur für die beiden?«

»Nein, meine Liebe.«

Beinahe würde ich ihr zum ersten Mal, seit wir uns kennen, etwas anvertrauen, aber dann beschließe ich, noch zu warten.

»Ich halte Sie ziemlich lange auf. Wahrscheinlich müssen Sie ins Optikgeschäft zurück.«

»Aber nein. Ich bin nur jeden Tag dort, um nicht zu Hause herumzusitzen. Ich hab's überhaupt nicht eilig.«

Wir stehen auf. Sie zieht den Mantel an und knöpft ihn bis obenhin zu.

»Ach, das hab ich ganz vergessen. Wie war's beim Steuerberater?«, fragt sie, während sie die Handschuhe aus der Tasche nimmt. »Hat Sanchís Sie gut beraten?«

»Ja, ja. Er war sehr zuvorkommend. Ich hatte einen guten Eindruck von ihm.«

»Und können sie sich um den ganzen Papierkram kümmern, die Genehmigungen und all das? Für unser Optikgeschäft erledigen sie alles. Mein Vater ist eigentlich recht zufrieden, auch wenn er sagt, dass sie ein bisschen teuer sind.«

»Ja, sie übernehmen das alles. Jedenfalls vielen Dank für Ihre Hilfe.« Ich lächle ihr zu, während ich zuschaue, wie ihre schlanken Finger in den Wollhandschuhen verschwinden. »Sie sind ein Engel.«

»Ach woher, Señora Rosa«, antwortet sie so natürlich wie immer. »Das ist doch nicht der Rede wert. Mir macht so was Spaß.«

Wir gehen raus. An der Puerta del Sol beginnt der Schnee liegenzubleiben. Die Lotterieverkäuferinnen, die sich ihre wollenen Umschlagtücher um die Köpfe gebunden haben, reiben sich die Finger, die aus den fingerlosen Handschuhen hervorgucken, während sie die Gewinnzahl singen.

48

Am Donnerstag wacht Lola früher auf als gewöhnlich. Sie ist schon später eingeschlafen, hat sich im Bett herumgewälzt und an tausend Dinge gedacht, alle auf einmal, in rascher Abfolge … Es war, als hätte sie ein Karussell im Kopf.

Jetzt liegt sie hier in ihrem warmen Bett, neben dem Mann, der seit fünfzehn Jahren ihr Mann ist. Matías ist alles für sie, aber das Karussell hört einfach nicht auf, sich zu drehen. Es dreht und dreht sich, wiederholt unaufhörlich Matías' Worte: »Ich denke, wir sollten heiraten.«

Es war gestern Abend gewesen. Sie waren gerade mit dem Essen fertig. Sie schälte eine Orange, und er hatte sich mit dem Luntenfeuerzeug, das sie im Krieg benutzt haben, um die Granaten zu zünden und das sie jedes Mal krank macht, wenn sie es sieht, eine Zigarette angezündet.

»Ich denke, wir sollten heiraten.«

Er sieht sie durch den Rauch der soeben angezündeten Zigarette hindurch an. Dann setzt er ruhig hinzu: »Jetzt, wo Adela tot ist, spricht nichts mehr dagegen.«

Lola ist temperamentvoller und reagiert manchmal ziemlich heftig.

»Soll das heißen, dass das der einzige Grund ist?« Sie knallt das Messer heftig auf den Tisch und erschrickt selbst über ihr Ungestüm. »Dass alles nur von Adela abhing?«

Er bleibt ganz ruhig. Es sieht aus, als wäre er auf diese Reaktion vorbereitet gewesen.

»Wir konnten nicht rechtmäßig heiraten, das weißt du ganz genau.«

»Aha«, entgegnet sie aufgebracht, »ich dachte, wir wären rechtmäßig verheiratet. Zumindest hast du das vorher gesagt.«

»Stimmt«, gibt Matías zu. »Für mich bist du meine rechtmäßige Ehefrau, und ich fühle mich als dein Mann vor dem Gesetz, das weißt du doch.«

»Aber wenn alles so rechtens war, wieso sollen wir dann noch mal heiraten? Willst du ihnen etwa recht geben?«

Matías verbirgt sein Gesicht hinter einer Rauchwolke. Er wirkt ruhig, aber Lola weiß, dass sie ihn getroffen hat.

Als er ihr dann in die Augen sieht, wirkt er plötzlich niedergeschlagen.

»Daran wird sich nie etwas ändern. Man muss den Tatsachen ins Auge sehen. Und wenn mir was zustößt, will ich nicht, dass du schutzlos dastehst.«

Seine Worte nehmen ihr den Wind aus den Segeln. Lola fasst über den Tisch hinweg seine Hand.

»In Ordnung«, sagt sie. »Lass mich in Ruhe darüber nachdenken. Und jetzt lass uns ins Bett gehen, mir ist eiskalt.«

An diesem Abend reden sie nicht mehr. Aber was Worte nicht sagen, sagen ihre Körper. Lola schiebt ihre Beine zwischen Matías' Oberschenkel und schmiegt sich an seine Schulter. In ihrem Kopfkarussell flüstert Rose Tomlin ihr zu: *Meine Heimat war eine Schulter, an die ich mich anschmiegen konnte …* Matías streichelt immer wieder ihren Arm, und sie rührt sich nicht, bis er schließlich einschläft. Dann folgt die Nacht, langsam, endlos, als bürgen Matías' Schlaf und Lolas Schlaflosigkeit sämtliche Stunden der Welt in sich, einer Welt voller Minuten, angefüllt vom Ticken unsichtbarer Uhren, während sich das Karussell weiterdreht und ein ums andere Mal das Gesicht des *Mädchens mit dem flachsfarbenen Haar* auftaucht.

Sie schläft ein. Und wird wieder wach.

Dieses Mädchen mit dem blonden Haar, das ein hellblaues Spitzenkleid trägt. Was macht sie da auf dem Pappmachépferd? Warum hat sie Frances' Diadem auf dem Kopf?

Das Karussell dreht sich. Matías schläft.

Plötzlich sieht sie Adelas mürrisches, verbittertes Gesicht, und dann ihre Mutter, die ihr fröhlich zuwinkt. Sie sitzen auf einem Karussell, das sich dreht, immer weiter dreht …

Sie schläft ein.

Und wird wieder wach.

Matías hat seinen Arm um sie gelegt, und sie kann sich nicht bewegen. Macht nichts, sie fühlt sich wohl so.

Als er aufsteht, ist sie hellwach, aber sie öffnet die Augen nicht. Sie hört ihn ins Bad gehen und wieder herauskommen, sie hört, wie er sich anzieht, und als er sich über sie beugt und ihr einen Kuss auf die Stirn gibt, sagt sie: »Ich will nicht aufstehen. Ich hab schlecht geschlafen.«

Matías lächelt.

»Dann schlaf noch ein bisschen.«

Das macht sie nicht. Sie steht trotzdem auf. Heute muss sie in den Laden. Matías hat Kaffee gekocht und arme Ritter gebraten.

»Schmeckt lecker«, lobt sie.

Er wirkt gut gelaunt.

»Dann mache ich dir das öfter mal.«

Sie ziehen ihre Mäntel an, verlassen zusammen das Haus und gehen die Straße entlang, überqueren einen Zebrastreifen … Und dann traut sie sich, es ihm zu sagen.

»Ich werde dich nicht heiraten.«

Matías bleibt stehen und wendet sich ihr zu, so dass sie gleichfalls gezwungen ist, stehenzubleiben.

»Warum?«, fragt er.

Sie wüsste nicht zu sagen, ob ihre Entscheidung ihn kränkt, aber seine Miene ist ernst.

»Lass uns weitergehen, es ist wirklich kalt.«

»Nein.« Matías hält sie am Arm fest. »Es ist wichtig. Warum?«

Auch Lola ist ernst.

»Wir sind verheiratet, erinnerst du dich? Wir haben 1936 geheiratet, als der Krieg gerade begonnen hatte. Wir waren auf dem Standesamt. Wir haben eine Heiratsurkunde. Alles war völlig legal.«

»Bist du dir sicher? Du weißt doch, was die Leute denken. Deine eigenen Eltern, zum Beispiel.«

Matías hat ihre Eltern nie erwähnt. Es war ein Tabuthema zwischen ihnen. Lola ist kurz davor, zu weinen. Sie hat kaum geschlafen und ist mit den Nerven am Ende.

»Ich weiß sehr gut, wer ich bin«, sagt sie mit einer Überzeugung, die sie selbst überrascht. »Und ich weiß, wer sie sind. Mach dir keine Sorgen.«

Sie schiebt ihn sanft vorwärts.

»Und jetzt lass uns weitergehen, ich sterbe vor Kälte.«

Als sie vor der Buchhandlung stehen und er das Gitter hochschiebt, fällt es Lola wieder ein.

»Übrigens, dieses Jahr haben wir an Heiligabend einen Gast.«

49

Ich weiß, dass Matías heute Nachmittag allein in der Buchhandlung ist. Ich bitte den Taxifahrer, mich hinzubringen und fünf Minuten am Anfang der Straße zu warten.

»Ah, da kommt meine geheimnisvolle Kundin!«

Der Satz überrascht mich. Und ich höre ihn gerne, weil ich davon ausgehe, dass ich nicht so viele Erklärungen geben muss. Matías lächelt mir verschwörerisch von der anderen Seite der Ladentheke zu.

»Ich sehe, Sie wissen es schon.«

»Meine Frau hat es mir erzählt. So, so … Offenbar hatten Sie eine gute Zeit miteinander.«

»Wissen Sie …« Ich bin kurz davor, ihm alles zu erzählen, und wenn ich Zeit hätte, würde ich es tun. Aber ich habe keine.

»Ich bin auf dem Weg zum Bahnhof und wollte nicht aus Madrid abreisen, ohne mich zu verabschieden.«

»Sie wollen sich verabschieden?«

Plötzlich sieht er ganz erschrocken aus. Er macht das gleiche Gesicht wie Amparo: zuerst überrascht und dann enttäuscht. Na ja, es ist ein schönes Gefühl, zu wissen, dass die Leute nicht wollen, dass man weggeht.

»Ihre Frau wird heute Morgen auf mich gewartet haben, aber es ist alles komplizierter, als ich dachte, und ich hatte keine Zeit, ihr Bescheid zu geben.«

»Ist etwas Schlimmes passiert?«

»Nein, nein, überhaupt nicht. Nur Familienprobleme.«

»Werden Sie zurückkommen?«

Er sieht mich mit unverhohlener Sympathie an. Er ist hübsch. Dunkelhaarig. Er wirkt ernst. Ein bisschen melancholisch. Für einen kurzen Augenblick bedaure ich, nicht jünger zu sein.

»Ja, wenn alles geregelt ist. Aber ich kann die Einladung zum Abendessen an Heiligabend nicht annehmen. Ich finde es schade, der Gedanke hat mir nämlich sehr gefallen.«

Er macht eine abwiegelnde Geste.

»Außerdem wollte ich Ihnen das hier dalassen.«

Ich hole den Brief aus der Tasche. Der Umschlag ist ziemlich dick. Ich glaube, ich habe zu viel geschrieben. Matías sieht mich mit einem feinen Lächeln an, als ich ihm den geschlossenen Umschlag überreiche. »Ich hätte gern, dass Sie ihn beide lesen, falls das möglich ist.«

Er streckt die Hand aus und nimmt den Umschlag entgegen. »Als ich Sie in der Tasche wühlen sah, dachte ich für einen Moment, Sie wollten wieder ein Buch unter den Tresen legen.«

Er weiß es also? Das auch? Sein Lächeln verrät mir, dass er mich ertappt hat.

»Dachten Sie, ich würde es nicht merken?«

Ich höre ein Auto hupen. Wahrscheinlich wird der Taxifahrer ungeduldig, aber ich kann jetzt nicht gehen.

»Seit wann wissen Sie es?«

»Seit heute Morgen, als Lola mir erzählte, dass Sie zusammen das Buch lesen. Nachdem sie mir ein bisschen von ihnen erzählt hat, konnte ich mir den Rest zusammenreimen.«

Aha. Er ist schlauer, als er aussieht. In diesem Moment wird mein Brief überflüssig.

»Haben Sie es Lola gesagt?«

»Ja, aber sie glaubt mir nicht. Sie besteht darauf, dass Sie Alice heißen und Ihre Jugend in Rhodesien verbracht haben.«

Ich glaube, er lacht über mich. Tatsächlich wäre mir das auch lieber.

»Wenn sie den Brief liest, den ich Ihnen gegeben habe, wird sie Ihnen glauben, keine Sorge. Und jetzt muss ich wirklich los, sonst verpasse ich meinen Zug.«

Er zögert.

»Noch eine Sache«, setzt er neugierig hinzu. »Wie haben Sie das gemacht? Ihre Memoiren unter die Bücher zu schmuggeln, die da zum Einräumen lagen, meine ich.«

Der Taxifahrer hupt erneut.

»Es war ganz einfach.« Jetzt setze ich mein strahlendstes Lächeln auf. »Sie sind sehr vertrauensselig. Sie haben mich hinter den Ladentresen gelassen, ohne mich überhaupt zu kennen. Und Sie waren abgelenkt von diesem Mann, Garrido heißt er, erinnern Sie sich? Deshalb haben Sie nichts bemerkt.«

Er schüttelt amüsiert den Kopf. Eine dunkle Strähne fällt ihm in die Stirn. Er hat keinerlei Ähnlichkeit mit Henry, aber in diesem Moment erinnert er mich an ihn.

»Bleiben Sie, wie Sie sind«, sage ich. »Und richten Sie Lola aus, sie soll das Buch ohne mich zu Ende lesen. Ich weiß, wie es ausgeht.«

Ich reiche ihm die Hand. Er drückt sie fest. Der Brief liegt auf dem Tresen.

Das Taxi ist in die Straße gefahren und hat gewendet. Matías ist mit nach draußen gekommen, um sich zu verabschieden. Als ich die Scheibe herunterdrehe, höre ich ihn sagen: »Auf Wiedersehen, Rose Tomlin. Kommen Sie bald zurück.«

Ich denke daran, wie Lola allein das Ende der Geschichte liest …

50

Rose

Kurz nachdem wir aus Valencia zurückkamen, merkte ich, dass ich schwanger war. Henry war außer sich vor Freude. Er nannte das Baby »den kleinen Spanier«, weil es mit Sicherheit dort in diesem Hotelzimmer gezeugt worden war, in dem man im März schon schwitzte und wo es nach Staub roch.

Ich habe diese Schwangerschaft als sonderbare Zeit voller widersprüchlicher Empfindungen in Erinnerung. Es ist schwer für mich, sachlich darüber zu sprechen, weil mein Herz versucht, den Schmerz zu unterdrücken. Ich freute mich über dieses Kind, aber ich glaube, ich freute mich mehr für Henry als für mich.

Wir lebten weiterhin in der Rue Censier, aber es wurde jeden Tag beschwerlicher für mich, die drei Treppenabsätze zu erklimmen. Manchmal dachte ich darüber nach, Henry vorzuschlagen, dass wir in die Wohnung ziehen sollten, wo ich mit Frances gelebt hatte, aber ich war mir sicher, dass er auf keinen Fall darauf eingehen würde. Er war sehr stolz. Ich bin nicht dumm und war es auch damals nicht, obwohl ich bis über beide Ohren verliebt war. Dieser Stolz, diese hartnäckige Weigerung, irgendwelche Privilegien zu akzeptieren, die mit meiner Familie zu tun hatten, ehrte ihn, aber oft dachte ich, dass seine Haltung mehr mit Prinzipien als mit seinen wahren Empfindungen zu tun hatte. Und dann war da mein Körper, in dem dieses Wesen heranwuchs, das noch nicht mein Kind war und mich dazu zwang, mich ganz anders als sonst zu verhalten. Ich konnte nicht ausgehen und nichts trinken, ich sollte mich nicht aufregen und nicht zunehmen, und Schwimmen oder Tennis spielen war nicht schicklich, selbst wenn ich Lust und Gelegenheit dazu hatte. Manchmal sah ich Henry an, und mir wurde klar, dass sich sein Leben überhaupt nicht verändert hatte. Meines hingegen hatte sich auf die Hälfte reduziert.

Die Beziehung von Owen und Bonnie war endgültig gescheitert, und Bonnie verschwand von der Bildfläche. Es war ein sehr stürmisches, beinahe gewaltsames Ende. Als sie ging, zog Owen wieder in ein kleines Atelier in Montparnasse, und Henry und er begannen, hin und wieder abends zusammen auszugehen. Ich musste mit diesem riesigen Bauch und diesen hässlichen Umstandskleidern zu Hause sitzen. Wenn Henry nach Hause kam und sich ins Bett legte, umarmte er mich und streichelte über meinen gewölbten Bauch, in dem unser Kind heranwuchs. Aber ich empfand ihn als Einschränkung, die uns auseinanderzubringen drohte und uns das Leben schwermachte. So waren meine Gefühle. Manchmal war da eine unendliche Liebe für das Baby, dann wieder riesiger Überdruss.

Ich verlor mein Kind im September, als ich schon im sechsten Monat war. Henry hatte wegen der Arbeit nach England fahren müssen, und ich war allein in Paris geblieben.

Wir hatten einen äußerst unerfreulichen Streit gehabt. Na ja, er hatte eigentlich nicht gestritten; er hatte einfach gesagt, dass er gar nicht daran denke, in die Rue de Surène zu ziehen. Ich hätte von Anfang an gewusst, dass er im Quartier de Jardin-des-Plantes lebte, und er habe mir immer gesagt, dass er nicht dort weg wolle.

»Du bist ein Egoist … Dann werde ich mir wohl allein eine

Wohnung nehmen müssen, die wenigstens ein Minimum an Annehmlichkeit bietet.«

»Wie du willst.«

»Ich geh dann.«

»Wie du willst.«

»Ich komme auch ohne dich zurecht.«

»Wie du meinst …«

Ich brach in Tränen aus. Er umarmte mich.

Und dann fuhr er, nachdem wir uns zum wiederholten Male ewige Liebe geschworen hatten.

Ich blieb allein in Paris zurück, umgeben von unendlicher Leere.

Während der Nacht wurden die Schmerzen stärker. Als morgens die Blutungen anfingen, schickte ich den Nachbarssohn, um Owen Bescheid zu geben. Aber man ließ mich nicht auf ihn warten. Irgendjemand rief den Arzt, und ich wurde ins Krankenhaus gebracht. Dort brachte ich ein totes Kind zur Welt … Als alles vorbei war, war Owen der Einzige, der mich in die Arme nahm.

Ich weiß, was das Kind Henry bedeutet hatte, aber er enttäuschte mich nicht, als ich ihm sagte, dass ich nie wieder Kinder bekommen könne.

»Ich brauche nur dich«, sagte er mit seiner tiefen, klangvollen Stimme, die mich manchmal an ein Cello oder eine Viola d'Amore erinnerte.

Und dann verbarg er sein Gesicht in den Händen, damit ich nicht sah, dass er ebenfalls weinte.

Er hatte immer Schuldgefühle, weil er sich geweigert hatte, umzuziehen, das weiß ich. Aber kurz darauf war es dann doch soweit. Sobald ich mich erholt hatte, kehrten wir nach England zurück.

Ich bin eine kinderlose Frau und werde es immer sein. Ich kenne nur die Liebe der Männer, eines Mannes, und das genügt.

Während ich im Krankenhaus war, starb mein Vater. Ich weiß nicht, ob ich es erwähnen muss, aber es tat mir überhaupt nicht leid, nicht bei seiner Beerdigung gewesen zu sein.

Kurz darauf erhielt ich ein Schreiben von seinen Anwälten, die mich über seine testamentarischen Verfügungen informierten. Auch Constance setzte sich mit mir in Verbindung, und wir mussten nach England fahren, um den ganzen Papierkram zu regeln. Wir wohnten in Croft House, während ich die Sache mit dem Erbe regelte und Henry die André Gide-Übersetzung fertigstellte, mit der er damals beschäftigt war. Es waren wirklich wundervolle Monate. Wir erholten uns von dem Verlust unseres Kindes, und Henry hatte endlich seine Vorurteile abgelegt, was meine Herkunft anging. Ich weiß, dass ihm Croft House gefiel. Es war ein einfaches, anspruchsloses Haus, aber es war schön eingerichtet und herrlich gelegen. Durch die großen, fast raumtiefen Fenster sah man auf den Ärmelkanal, der den Atlantik mit der Nordsee verbindet. Auf der anderen Seite des Meeres lag die Normandie.

Ich erinnere mich, wie Henry einmal das Grammophon anstellte, als ich gerade dabei war, ein paar Vorhänge abzuhängen, um sie in die Reinigung zu bringen.

»Ich möchte, dass du dir das anhörst.«

Ich stand oben auf der Leiter.

»Willst du mir nicht lieber mit den Vorhängen helfen?«, erwiderte ich gut gelaunt. »Findest du, das ist der richtige Moment, um Musik zu hören?«

Henry setzte die Nadel auf die Platte.

»Gleich, mein Herz, es dauert nur einen Moment.«

Und dann erklang Debussy.

»Manche füllen ihre Häuser mit Gemälden oder Möbeln«,

sagte Henry und kam zu der Leiter, auf der ich stand. »Ich mag es, mein Zuhause mit Musik zu füllen.«

Ich erkannte das Prélude, es war *Das Mädchen mit dem flachsfarbenen Haar*. Plötzlich zog mein ganzes Leben an mir vorbei wie eine gewaltige Lawine.

»Das ist dein Porträt«, sagte er und deutete auf das Grammophon. »Es schmückt jetzt das Wohnzimmer.«

Wenn man verliebt ist, gibt es keinen klügeren, einfühlsameren und geistreicheren Mann als den, den man liebt. Ich glaube, in diesem Moment vergaß ich sogar, dass es Owen gewesen war, der mich so getauft hatte.

Als der Winter kam, schlug ich Henry vor, nach Paris zurückzukehren, aber wir hatten uns mittlerweile an diese unglaubliche Ruhe gewöhnt. Und so beschlossen wir, erst einmal den Winter dort zu verbringen, ohne eine endgültige Entscheidung zu treffen.

Owen lebte immer noch in Paris, und als wir weggingen, übernahm er die Wohnung in der Rue Censier. Ich fand das lustig. Owen zog immer in die Wohnungen, die ich verließ.

51

Jordan Miller besuchte uns ein paarmal. Er kam und verschwand dann für ein, zwei Jahre, um dann wieder auf der Bildfläche zu erscheinen, als hätten wir uns erst gestern gesehen.

Ich erinnere mich noch genau an das erste Mal, als er in Croft House war. Er tauchte völlig unerwartet auf, kurz nachdem sein Roman in Europa erschienen war. Wir hatten noch keine Zeit gehabt, ihn zu lesen. Er sei auf dem Weg nach London, sagte er. Allerdings lag unser Haus an keiner Straße, die nach London führte, es sei denn, man hätte mit einem Schiff irgendwo an den umliegenden Klippen angelegt, und das war wohl sicherlich nicht der Fall gewesen.

Anfangs konnte Henry ihn nicht ausstehen. Aber schließlich ging es ihm genauso wie mir mit Owen, und aus Geringschätzung wurde Wertschätzung, ganz so, als besäßen die beiden Wörter nicht nur dieselbe Wurzel, sondern stünden in einer logischen Abfolge.

Was mich betrifft, muss ich sagen, dass ich mich immer freute, Jordan Miller zu sehen, weil er mir Nachrichten von den alten Freunden mitbrachte. Diesmal erzählte er mir, dass Dick und Maida nach wie vor tranken und sich mit der Standfestigkeit von Boxchampions verprügelten, die nicht bereit waren, eine einzige Runde verloren zu geben. Schade nur, dass sie schon alle verloren haben, fügte er ohne jedes Mitleid hinzu …

Bonnie war in Barcelona und sang wieder in Jazzclubs. Sie hatte auch ein Buch geschrieben, das nach Jordans Ansicht nur veröffentlicht worden war, weil sie darin von ihrer Beziehung zu Owen Lawson erzählte und alle möglichen schlüpfrigen Details preisgab. Roger hatte eine reiche New Yorkerin geheiratet und lebte jetzt auf großem Fuß. Und so verbrachten wir zwei Abende, ohne über irgendwas wirklich Wichtiges zu sprechen.

»Mit dem Erfolg ist sein Ego noch größer geworden«, stellte Henry fest, als er schließlich nach London abreiste, diesmal auf der richtigen Straße.

Noch mehr Erinnerungen, die ungebeten hochkommen … Henry und ich waren in Paris in der Wohnung in der Rue de Surène, als Jordan plötzlich mit einer jungen Frau auftauchte, die nicht Elizabeth war. Wir erfuhren, dass sie sich hatten scheiden lassen und dass er gleich darauf dieses Mädchen geheiratet hatte, das viel zu jung für ihn wirkte. Ich fragte nicht nach Details, und das war auch besser so. Ich erkundigte mich auch nicht nach der armen Elizabeth, aber er ließ durchblicken, dass die Beziehung und Elizabeth nach zehn Jahren Ehe nicht mehr die frischsten gewesen seien …

Die neue Ehefrau hieß Muriel, und ihre größte Qualität bestand darin, verrückt nach Jordan zu sein. Das war mehr als offensichtlich. So offensichtlich, dass es manchmal nervte. Henry und ich hatten nicht die Angewohnheit, uns beim Essen zu küssen oder herumzufummeln, wenn wir in Gesellschaft waren. Als wir schlafen gingen, schimpfte Henry: »Wie ermüdend, diese ganze Grabscherei mitanzusehen. Ich bin fix und fertig.«

Und dann Owen. Noch heute, nach allem, was passiert ist, frage ich mich, wie er einen solchen Platz in unserem Leben einnehmen konnte.

Seit der Zeit mit Bonnie sahen wir uns häufig, sowohl in

Sussex – vor allem, als er endgültig nach England übersiedelte –, als auch in Paris, wenn wir uns länger dort aufhielten, um uns von unserem friedlichen Landleben zu erholen. Manchmal sagte Henry, wir sähen aus wie eine Menage à trois. Es war so ähnlich wie mit Felicia, einer englischen Bildhauerin, die uns während der langen Winter in Croft House zu besuchen begann und von der man manchmal den Eindruck haben konnte, dass sie in unserem Haus lebte.

Und dann war da noch meine Schwester Constance.

Ich glaube, Jordan und Constance haben sich mal kennengelernt. Ich erinnere mich nicht mehr genau an die Situation, aber ich weiß noch, wie Jordan zu mir sagte: »Deine Schwester macht mir Angst. Leute wie sie haben eine Begabung, dich in ihre schrecklich langweilige Welt hineinzuziehen.«

Und Langeweile fürchtete Jordan mehr als den Tod.

In jenen Jahren reisten wir viel durch Europa. Italien, Griechenland, Südfrankreich … Es war schon merkwürdig: Alles, was wir sehen wollten, lag rings um das Mittelmeer. Jedes Jahr unternahmen wir eine Reise, und Owen war immer dabei. Allein oder in Begleitung. Meistens in Begleitung, muss man dazusagen. Ich kann mich kaum erinnern, ihn je ohne eine Frau an seiner Seite gesehen zu haben, aber ich weiß, dass er sich insgeheim immer nach Bonnie zurücksehnte. Während wir alle davon ausgingen, dass sie sich hassten, tauchte sie immer wieder für einen flüchtigen Moment auf der Szene auf, was ausnahmslos in einem gewaltigen Krach endete. Ich glaube, die beiden hassten sich mit derselben Inbrunst, mit der sie sich zuvor geliebt hatten.

Jedenfalls hatte sich Owen in unserem Leben eingerichtet. Er war Henry immer behilflich, indem er Kontakte vermittelte, ihm Leute vorstellte und all seine Freundschaften mit ihm teilte, die er im Laufe der Jahre gemacht hatte.

Ich erinnere mich auch an eine Zeit, in der Owen auf einmal weg war. Ich werde das nie vergessen können. Als er nach England zurückkehrte, war Bonnie bei ihm. Das war an und für sich nichts Besonderes. Es war schon öfter vorgekommen. Aber diesmal war Bonnie krank, wir wussten nicht, wie sehr. Ich glaube, nicht mal Owen wusste es. Er hatte sie in bedauernswürdigem Zustand in einer heruntergekommenen Pension an der spanischen Grenze aufgegabelt und pflegte sie unendlich liebevoll, bis die lustige Bonnie mit der traurigen Stimme schließlich starb. Es war nichts mehr von dem Mädchen übrig, das im schummrigen *Blue Storm* gesungen und sich von Cocktails ernährt hatte. Als wir am Tag ihrer Beerdigung vom Friedhof zurückkamen, mixte ich ihr zu Ehren ein paar Manhattans, und Henry, Owen und ich betranken uns, um der Realität zu entfliehen und uns ihr näher zu fühlen.

52

Die Insel Mallorca, ein Haus auf dem Land in der Nähe eines Kaps mit dem Namen *Ses Salines*, mit Henry und einem gramgebeugten Owen. Die Sonne glutheiß, die Häuser von einem blendenden Weiß. Das Meer.

Es gab riesige, kelchförmige rote Blumen. Und eine Weinlaube, an der im Sommer Trauben wuchsen. Henry schrieb rund um die Uhr, überall, drinnen, draußen, oben im Turm, in dem es ein kleines, karg möbliertes Arbeitszimmer gab, unten in der Küche, am Tisch auf der Veranda, unter der grünen Weinlaube, im Bett beim Kaffeetrinken, wenn der Schlaf noch am Körper klebte wie Spinnweben … Manchmal träumte ich und stellte mir vor, das alles sei für immer.

Es gab Dinge, die uns glücklich machten. Uns alle drei. Auch Owen, das weiß ich. Ein paar von den kleinen Tomaten essen, die im Garten wuchsen, aufgeschnitten und mit Salz bestreut, und dabei lesen und im Schatten dösen … Am Nachmittag Wein aus einer Korbflasche trinken …

Die Zeit tröpfelte dahin, als wollte das alles nie enden.

Aber es würde doch enden. Einundzwanzigster Juni. Sommersonnenwende. Es wurde heiß auf der Insel.

»Wir sollten nach Hause fahren«, sagte Henry. Er hatte sein Buch auf den Tisch gelegt und lehnte sich mit dem Stuhl nach hinten.

Owen lag in einer Hängematte, die zwischen die Seitenpfosten der Pergola gespannt war. Ein verwachsener Stamm teilte sich in unzählige grüne Weinranken. Er trug einen Strohhut, der sein halbes Gesicht verdeckte. Jetzt nahm er ihn ab und hob ein wenig den Kopf, um Henry anzusehen.

»Ich fahre nicht«, sagte er. Dann legte er sich wieder zurück und schob den Hut übers Gesicht.

»Bald wirst du's nicht mehr aushalten vor Hitze«, bemerkte Henry ruhig. »Es ist fast Ende Juni, in ein, zwei Wochen *verbrennen hier sogar die Fliegen.*«

Er hatte das auf Spanisch gesagt.

»Die Fliegen verbrennen? Wo hast du das denn wieder aufgeschnappt?«, fragte Owen unter dem Hut hervor.

Henry zuckte mit den Schultern. Daraufhin setzte Owen hinzu: »Felicia kommt. Sie hat gestern ein Telegramm geschickt.«

»Und warum hast du uns nichts gesagt?«, fragte ich ein bisschen verärgert.

Owen ließ sich nicht zu einer Antwort herab. Es war, als wollte er uns loswerden, das, was wir darstellten. Felicia war auch unsere Freundin. Ich verstand es nicht.

An diesem Abend beschlossen Henry und ich, die Insel zu verlassen, ganz gleich, was Owen machte. Sechsundzwanzig Tage später begann der spanische Bürgerkrieg.

Wir machten uns Sorgen. Felicia war in der Kommunistischen Partei und wollte ganz bestimmt in Spanien bleiben. Aber Owen? Wir hatten seit Monaten nichts von ihm gehört. Jordan war ebenfalls in Spanien. Er hatte sich als Freiwilliger zu den Internationalen Brigaden gemeldet und arbeitete als Korrespondent für verschiedene amerikanische Zeitungen. Von ihm erfuhren wir, dass sowohl Owen als auch Felicia bei Kriegsbeginn Mallorca verlassen und sich der republikanischen

Armee angeschlossen hatten. Und dass Felicia gestorben war, als sie und ihre Mitstreiter versuchten, einen mit Munition beladenen Zug in die Luft zu sprengen. Eine Tote mehr, eine von vielen.

53

Madrid, Februar 1952

Februar ist ein Monat, den ich immer sehr schön fand. Das Licht verändert sich, die Tage werden länger, und in der Luft liegt ein süßer Duft, der mich an die Mimosen auf den Feldern von Carabanchel erinnert.

Ich steige aus dem Zug und nehme ein Taxi. Der Taxifahrer versucht, mich in ein Gespräch zu verwickeln, aber ich schaue einfach nur zu, wie Madrid erwacht, mit seinem klaren und trotz allem verheißungsvollen Himmel.

Amparo hört mich, als ich versuche, meine Wohnungstür aufzuschließen, und kommt sofort heraus.

»Gott sei gelobt und gepriesen! Da sind Sie ja wieder!«

Sie schließt mich fest in die Arme, und ich habe das Gefühl, dass mich ganz Spanien durch ihren massigen Körper willkommen heißt, der immer nach Essen riecht. Ich freue mich wirklich, sie zu sehen.

»Kommen Sie, kommen Sie, stellen Sie den Koffer ab. Wann sind Sie angekommen? Haben Sie schon gefrühstückt?«

Sie lässt mich nicht zu Wort kommen. Wenn sie wüsste, wie ich das vermisst habe …

»Ich mache Ihnen gleich einen Kaffee, mit einem Stückchen Kuchen, den ich gestern gebacken habe. Sie werden sich die Finger danach lecken, glauben Sie mir.«

Sie verstummt und mustert mich von oben bis unten, wobei

sie anerkennend mit dem Kopf nickt, als sei sie mit meinem Aussehen zufrieden. Dann sagt sie stolz: »Wir haben nämlich jetzt richtigen Kaffee, Sie werden's nicht glauben, nicht mehr so wie früher.«

Ich bin etwas mehr als zwei Monate weg gewesen. Während Amparo den Kaffee und den Kuchen holt, öffne ich den Koffer und hole die Schachtel *Macarons* von Ladurée heraus, die ich ihr mitgebracht habe. Dann gehe ich durch diese einfache Wohnung, in der ich so viele Jahre verbracht habe. Ich muss zugeben, dass es ein angenehmer Platz ist, um alt zu werden. Ich habe das Gefühl, dass ich hier nie allein sein werde.

Im Schlafzimmer hängt kein einziges Bild. Ganz anders als in Paris, wo es eine Wohnung voller Picassos, Braques und Légers gibt … Vorläufig noch, denn in Kürze werde ich auch die verkaufen. Ich habe meine anderen Wohnsitze für immer aufgegeben.

Constance hat endlich Croft House bekommen, das Haus in East Sussex, das mein Vater mir vererbt hat und das sie jahrelang unbedingt haben wollte. So sehr es mich geärgert hat, es ihr zu überlassen – nicht zuletzt, weil viele Erinnerungen an jene Jahre daran hängen, die Henry und ich dort verbracht haben –, muss ich doch eingestehen, dass jetzt alles so ist, wie es sein soll. Ich habe nichts mehr mit dieser Familie und ihrem Besitz zu schaffen. Hatte ich nie, weil sie sich immer bemüht haben, mich auszuschließen. Außerdem gibt es noch einen weiteren Grund, den eigentlich wichtigen: Henry ist hier, in Spanien. Und ich kann nicht anders, als bei ihm zu bleiben.

Die Wohnung in der Rue de Surène habe ich fürs Erste nicht verkauft, aber ich weiß jetzt, dass ich es kann, falls es nötig wird. Wie wenig man doch braucht, wenn man alt wird … Nur Zuneigung kann man nie genug bekommen.

Ich bin eine kinderlose Frau. Da ist niemand, dem ich meinen Besitz hinterlassen kann. Constance wäre meine Alleinerbin. Croft House wäre sowieso an sie gefallen, warum also noch länger darum streiten.

Sie denkt, ich hätte das nicht bedacht, aber das habe ich. Und zwar sorgfältig. Ich habe auch über das Erbe von Frances nachgedacht und bin fest entschlossen, dass nichts von dem, was ihr gehört hat, an Constance gehen soll. Deshalb sind Lola und Matías so wichtig für mich. Ich glaube, ich habe sie gesucht, ohne es zu wissen. Als ich Matías das erste Mal durch die Straßen folgte, wusste ich nicht, was das alles mit sich bringen würde, aber etwas in meinem Innern hat es wohl geahnt. Dann lernte ich Lola kennen, und wir wurden Freundinnen. *Das Mädchen mit dem flachsfarbenen Haar* war schuld daran. Constance wird ganz schön überrascht sein, wenn ich sterbe – falls ich vor ihr sterbe, natürlich. Ich stelle mir ihr Gesicht vor, wenn sie mein Testament vorgelesen bekommt. Ich weiß, dass das nicht möglich ist, aber in dem Moment wäre ich gern dabei.

Bei Kaffee und Kuchen hat Amparo mich über sämtliche Neuigkeiten im Viertel und im Land in Kenntnis gesetzt. Sie hat mir ausführlich von etlichen neuen Verbrechen erzählt und sich dann nach einer Weile wundersamerweise von allein verabschiedet, ohne dass ich sie drängen musste.

»Na, dann. Sie werden müde sein und ein bisschen Ruhe haben wollen. Rufen Sie mich, wenn Sie was brauchen. Und keine Sorge wegen der Tasse und der Teller, die können Sie mir ein andermal geben.«

Ja, es ist schön, wieder zu Hause zu sein.

Dann geht sie, die Schachtel von Ladurée gegen die Brust gedrückt wie ein kleines Mädchen mit einer Truhe voller Schätze.

Ich bin müde, aber ich kann nicht schlafen. Ich bin zu aufgedreht. Also lege ich mich auf das Bettzeug und decke mich mit der Tagesdecke zu. Ich kann kaum erwarten zu sehen, wie die Buchhandlung geworden ist. Sagrario hat mich über die Fortschritte auf dem Laufenden gehalten, und ich denke, es ist alles gut geworden, aber ich möchte es mit eigenen Augen sehen.

Ich hätte besser die Strümpfe ausziehen sollen. Es ist unangenehm, wenn die Zehen so eingeengt sind, während mir tausend Bilder durch den Kopf gehen. Ich schließe die Augen und sehe diesen Mann mit der Baskenmütze und dem Gewehr auf dem Lastwagen, der mich von Valencia nach Madrid bringt ... Und die ockerfarbene Erde mit kleinen, tiefgrünen Einsprengseln in einer Landschaft, die ich zum ersten Mal sah.

Ein Milizionär sprach ein bisschen Englisch. Wir hatten uns auf den Boden des Lastwagens gesetzt.

»Sie sind gestorben wie die Fliegen, zuerst in Jarama und dann an der Front in Aragón«, erzählte er mir schonungslos. »Ich weiß nicht, ob Sie Ihren Mann lebend wiederfinden. Diese armen Schweine von den Internationalen Brigaden hatten keinerlei militärische Ausbildung. Viele wussten nicht mal, wie man ein Gewehr hält.«

Der Lastwagen machte einen Höllenlärm. Auf der Ladefläche saßen wir mit drei Frauen und einem Dutzend Männer, die in Albacete aufgestiegen sind. Dort befand sich das Hauptquartier der Internationalen Brigaden, wo man mir mitgeteilt hatte, dass Henrys Bataillon vor Madrid kämpfte. Alle, die auf diesem Lastwagen mitfuhren, waren Spanier.

»Und Sie sind Kanadierin?«, fragte mich der Soldat und zeigte dann auf seine Jacke. »Die hat mir ein Amerikaner aus dem Lincoln-Bataillon gegeben.«

Wir kamen durch Orte, von denen ich nicht mal ahnte, dass es sie gab. Erdfarbene Häuser, magere Maultiere und Menschen mit wettergegerbten Gesichtern, die von Dorf zu Dorf zogen. Eine Gruppe Bauern grüßte uns mit erhobener Faust. Sie trugen Strohhüte und schwarze Schärpen um die Taille. Sie waren traurig wie die Nachrichten, die die Runde machten.

Madrid war weit weg …

Ich frage mich oft, warum sich Henry freiwillig in diesen Krieg meldete, der ihn gar nichts anging. Und warum ich ihn nicht davon abhielt. Sicher, wir alle verurteilten Francos Putsch, wir fürchteten ihn und Mussolini, hielten Hitler für einen Verrückten, und wie alle gottverdammten Idealisten auf der Welt waren wir entschlossen, die Sache der Spanischen Republik zu unterstützen. Wir alle hatten Angst vor etwas, das bereits in der Luft lag. Viele schlossen sich den Internationalen Brigaden an. Über vierzigtausend Freiwillige aus vierundfünfzig verschiedenen Ländern. Alle wollten für die Freiheit kämpfen. Auch Henry. Womöglich fühlte er sich schuldig, weil er Owen und Felicia in Spanien zurückgelassen hatte … Tausende starben, der Faschismus war weiter auf dem Vormarsch, und dann brach ein weiterer Krieg aus.

Wenn man nicht schlafen kann, sind die Träume traurig, bitter oder einfach nur hässlich. Ich träume im Wachzustand.

Madrid. Zum ersten Mal.

Eine Stadt im Krieg. Trümmer. Menschen, denen die Angst ins Gesicht geschrieben stand.

Jordan wohnte im Hotel Florida. Die Mörsergeschosse ließen die Wände erzittern, während wir spanischen Cognac aus schmierigen Gläsern tranken und ich herauszufinden versuchte, warum keiner wusste, was aus meinem Mann geworden war.

»Henry geht's gut, mach dir keine Sorgen. Die Front ist ganz hier in der Nähe. Eine paar Tage noch, und du kannst ihn sehen.«

Jordan hatte eine Frau dabei. Und einen amerikanischen Fotografen. Aber die beiden waren schon schlafen gegangen und hatten uns allein gelassen. Ich fragte ihn, ob er was von Owen wusste.

»Er wurde an der Front in Aragón verwundet. Soweit ich weiß, liegt er im Krankenhaus von Benicassim und es geht ihm gut. Aber das geht alles vorbei, Rose, das geht vorbei.«

Es war spät. Mir war kalt. Ich war müde. Und ich hatte Angst.

»Es geht das Gerücht, dass die Brigadisten nach Hause zurückkehren.«

Im Schlafzimmer ist es kalt. Ich bin völlig durchgefroren, aber ich schaffe es nicht, aufzustehen und Bettzeug zu holen. Ich flüchte mich unter die Laken und decke mich wieder mit der Tagesdecke zu. Ich bin in Kleidern, und die Strümpfe stören mich immer noch, also ziehe ich sie aus und werfe sie auf den Boden neben die Schuhe. Ich habe Lola Strümpfe aus Paris mitgebracht. Sie haben eine schwarze Naht hinten, die in einem Schleifchen ausläuft. Ich hoffe, sie gefallen ihr.

Ich weiß nicht, was sie jetzt über mich denkt, nachdem sie den Rest der Geschichte gelesen hat und Matías ihr gesagt hat, wer ich bin. Wahrscheinlich muss ich einige Fragen beantworten.

Die Fensterläden sind geschlossen, aber die Sonne dringt mit einer Hartnäckigkeit durch die Ritzen, wie man es im Winter nicht erwarten würde. Ich schließe die Augen, aber da ist die Angst, einzuschlafen. Es muss halb neun am Vormittag sein. Ich muss noch ein bisschen warten.

Warten …

Männer schossen von den Dächern herunter. Manchmal warfen sie Granaten, und die Straße verschwand in gewaltigen Staubwolken.

Warten … In diesem Café voller rauchender und trinkender

Milizionäre. Jordan deutete zu einigen Männern hinüber, die gerade reingekommen waren. Sie hatten ihre Waffen dabei.

»Schau, der da hat ein sowjetisches DP-38, aber er hat das Magazin entfernt. Wiegt wahrscheinlich zu viel.«

Warum erzählte er mir das? Was verstand ich von Maschinengewehren?

Ihre Uniformen waren eine wilde Mischung: Manche trugen Armeejacken, andere Lederblousons, Overalls, der ein oder andere sogar ein kariertes Sakko über einem olivgrünen Hemd. Sie sahen aus wie Leute von der Straße, die auf dem Weg zur Arbeit unerwartet rekrutiert wurden. Was Henry wohl trug? Wie er wohl roch?

»Dieser Krieg ist ein gottverdammtes Desaster«, fluchte Jordan leise. »Das *Komitee für Nichteinmischung* versaut alles.«

Die Tür öffnete sich in einem fort und ließ Soldaten herein, die von der Front kamen. In dem Café stand der Rauch so dicht, dass man kaum sehen konnte, wer reinkam.

»Du bist nervös«, sagte Jordan. »Wie lange habt ihr euch nicht gesehen?«

Ich wollte nachdenken, aber ich konnte nicht. Jemand begann zu singen.

Wenn die Kugel mich trifft
und mein Leben entweicht,
lasst am Boden mich liegen …

Es war eine Männerstimme. Traurig und müde drang sie durch den Rauch in der Bar.

Die Worte lasst sein,
sinnlos sind sie,
ein Gefallener ist kein Held …

Jordan übersetzte mir den Text des Liedes. Auch seine Stimme klang müde.

»Es ist ein Lied, das die Soldaten aus dem Thälmann-Bataillon an der Front von Huesca sangen. Du weißt ja nicht, wie viele Jungs innerhalb weniger Tage gefallen sind. Wir konnten sie nicht mal mehr begraben …«

Ich konnte es mir nicht vorstellen. Ich wollte es nicht.

»Schau mal, der Mann da drüben.« Er deutete mit dem Kopf herüber. »Der mit der Mütze. Schau in seine Augen.«

Der Soldat stand nicht weit weg. Ich konnte ihn gut sehen. Sein Blick war abwesend, so als wäre alles, was ihn wirklich interessierte, sehr weit weg.

»An der Front nennt man das den Tausend-Meilen-Blick. Den haben nur die, die ihre Kameraden haben sterben sehen.«

In Madrid auf einen Mann warten, der nicht kam … Alles hatte diesen romantischen, idealistischen Anstrich, eine Solidarität in der Not, die über den Trümmern schwebte und genauso klang wie eine Maschinengewehrsalve … Es war unabdingbar, sonst konnte man nicht weiterkämpfen … Die Dichtung brauchte junge Männer voller Idealismus. Die Dichtung brauchte Tote.

Wenn die Kugel mich trifft …

54

Ich gehe in das Café in der Calle Barquillo. Der Kellner erkennt mich sofort.

»Was für eine schöne Überraschung!«

Er trägt das mit Flecken übersäte weiße Jackett und hat einen kleinen Schnitt mit getrocknetem Blut am Kinn. Ich hatte ganz vergessen, wie es in spanischen Cafés ist. Man kann nicht gerade sagen, dass sie mit der Konditorei Ladurée mithalten können, aber dort würde man mich nie so begrüßen. Der Mann trocknet sich rasch mit einem Lappen ab und reicht mir dann die Hand. Sie ist kalt und feucht.

»Ich dachte, sie hätten das Geschäft geschlossen«, sagt er, wohl in der Annahme, dass ich Miteigentümerin der alten Buchhandlung bin. »Ich bin irgendwann vorbeigekommen und hab gesehen, dass die Läden runtergelassen waren.«

»Wir sind umgezogen«, sage ich und bin stolz, ›wir‹ sagen zu können. »Wir sind jetzt hier in dieser Straße, fünfhundert Meter weiter unten.«

Er fasst sich an die Stirn.

»Jetzt sagen Sie nicht, dass Sie das mit dieser neuen Buchhandlung sind!«

»Doch«, erkläre ich.

»Was für eine Veränderung. Wie Tag und Nacht.«

Dieser Mann macht mir so eine Freude, ohne es zu wissen.

Ich bestelle Kaffee, Croissants und heiße Schmalzkringel für in ungefähr einer Stunde.

»Diesmal aber für drei Personen«, setze ich hinzu.

»Wird gemacht.«

Der Mann drängt mich, doch noch einen Kaffee zu trinken, bevor ich gehe. Amparo hat recht: Der Kaffee jetzt hat nichts mehr mit dem von vorher zu tun.

Henry und ich lagen im Bett, den ganzen Tag schon. Wir tranken dieses schwarze Gebräu, das wie Kaffee aussah und angeblich Kaffee sein sollte, aber nicht wie Kaffee schmeckte. Jordan hatte uns sein Zimmer überlassen und schlief im Vorraum – so sagte er, aber ich hatte gesehen, wie er die große, blonde Frau ansah, die mit dem Fotografen zusammen war. Das Zimmer war voller Staub, eine Fensterscheibe war zerbrochen und durch ein Stück Pappe ersetzt worden. Ich sah auch nicht viel präsentabler aus. Ich hatte seit zehn Tagen nicht mehr geduscht, aber Henry und mir machte das nichts aus. Wir erkannten uns am Geruch wie die Welpen eines Wurfs. Meine Haare waren fettig. Wenn Frances mich so gesehen hätte …

Ich sehe den Kellner an, und der Mann lächelt mir zu mit seiner befleckten Jacke und dem Schnitt am Kinn. Er kann nicht wissen, was diese weißhaarige alte Frau denkt, die er da vor sich hat. Er kann sich auch nicht vorstellen, dass ich einmal jung und leidenschaftlich gewesen bin.

Die Kuhle an meiner Hüfte, an der Henry seine Finger entlanggleiten ließ. Diese Zärtlichkeit, die mich paralysierte.

»Was machen wir hier?«

Henry hörte auf, mich zu streicheln.

»Ich? Für etwas kämpfen, woran ich glaube.«

»Und ich?«

»Du bist hier, weil du an mich glaubst.«

»Und dieser Krieg? Warum machen wir das alles für ein Land, das nicht unseres ist, für ein Land, das wir vor fünf Jahren nicht mal kannten?«

»Weil dieses Land manchmal das schönste der Welt ist, Rose. Und auch das schrecklichste.«

Das ganze Zimmer dröhnte, als ob eine Bombe gefallen wäre.

»Das sind Granatwerfer«, sagte Henry ungerührt. »Wenn du hier bleibst, wirst du sie die ganze Zeit hören.«

Ich blieb. Ich wusste, dass ich nirgendwo anders hingehen, sondern ihm überallhin folgen würde, wohin er auch ging. Owen wurde nach Madrid evakuiert, und gemeinsam schlossen wir uns der kleinen Gruppe internationaler Freiwilliger an, die nicht an der Abschiedsparade teilnahm, sondern bis zum Ende blieb.

»Ich bin jetzt sechsundvierzig«, sagte Owen, als er beschloss, in Madrid zu bleiben, um die Stadt zu verteidigen. »Ich bin zu alt, um einfach davonzulaufen.«

Und dann ... Als eine Verteidigung nicht länger möglich war, versuchten wir, über die Sierra de Ayllón mit ihrem Schnee und Eis zu den Dörfern in Guadalajara durchzukommen, wo schon die Geranien in den Töpfen und den aufgeschnittenen Blechkanistern blühten. Wir waren nicht viele, wir waren nicht die Besten. Wir waren die, die übriggeblieben waren.

55

Als ich auf die Straße trete, haben schon alle Geschäfte geöffnet. In zwei Monaten hat sich viel verändert, sogar die Schaufenster. Die Stadt wirkt ein bisschen wohlhabender, weniger notleidend und heruntergekommen. Ich gehe weiter. Ich sehe schon die Ecke, an der die Buchhandlung liegt.

Ich weiß nicht, ob der Krieg für Madrid vorbei ist. Ich weiß nicht mal, ob er für mich vorbei ist. Lange Zeit habe ich in allem – den Feldern von Carabanchel, den Trümmern des Klinikums oder den ungepflegten Beeten im Parque del Oeste – die Szenerie eines Krieges gesehen, der noch nicht vorbei ist. Es ist schwer, diesen Blick abzulegen.

Den Tausend-Meilen-Blick.

Matías hat ihn. Ich habe ihn gleich am ersten Tag erkannt.

Und ich auch.

Da bin ich schon. Noch drei Schritte, und ich stehe vor dem Schaufenster, wie damals an jenem Tag, als ich merkte, dieser dunkelhaarige Mann und ich hatten etwas gemeinsam.

Noch zwei Schritte. Auf der gegenüberliegenden Straßenseite steht eine Frau und zieht ihre Handschuhe über. Ein schwarzes Auto fährt hupend vorbei.

Noch ein Schritt. Nur noch ein Schritt. Die Frau, die sich die Handschuhe angezogen hat, tritt auf die Fahrbahn und überquert die Straße.

Das Sonnenlicht fällt schräg auf das Schaufenster gegenüber, wird über die Straße zurückgeworfen und spiegelt sich in der Scheibe der Buchhandlung. Und da stehe ich, eine weißhaarige Frau im Alpakamantel, der nie aus der Mode kommt. Und da ist das Buch, *Das Mädchen mit dem flachsfarbenen Haar*. Es steht auf einem Lesepult in der linken Ecke des Schaufensters und ist auf den Seiten 339/340 aufgeschlagen. Ich fange fast an zu weinen, als ich das sehe.

Es ist ein kalter Morgen Ende Februar, genau wie damals im Oktober, als ich zum ersten Mal vor ihrem Laden stehenblieb. Auch damals schien es absurd, ein aufgeschlagenes Buch in einem Schaufenster zu betrachten. Genauso absurd, wie es hier auszustellen. Es ist knapp ein halbes Jahr vergangen, und doch habe ich das Gefühl, dass in diesen fünf Monaten mein ganzes Leben an mir vorbeigezogen ist.

Die Luft ist kühl und das Licht sehr klar. In der Sierra de Ayllón wird noch Schnee liegen. Lola steht mit dem Rücken zu mir neben einem Kunden an dem Tisch, auf dem ein Dutzend Bücherstapel von unterschiedlichen Verlagen liegen. Sie nimmt eines davon und reicht es ihm. Der Mann liest den Klappentext, und sie erzählt ihm etwas, wobei sie lebhaft mit den Händen gestikuliert. Ich schaue mich nach Matías um und entdecke ihn weiter hinten an dem Schreibtisch, der vor den drei Stufen steht, die in den hinteren Bereich der Buchhandlung führen. Es ist ein Laden, der Lust darauf macht, ihn zu betreten.

Ich bleibe noch ein paar Minuten stehen, bis Lola mit dem Kunden zur Kasse geht. Ich habe in diesen Monaten einen einzigen Brief von Lola erhalten. Damit hatte ich nicht gerechnet, weil ich davon ausging, dass sie keine Möglichkeit hatte, mich zu erreichen. An Amparo hatte ich natürlich nicht gedacht. In diesem Brief stellte sie keine Fragen. Lola dankte mir einfach überschwänglich ›für alles, was Sie für uns getan haben‹. Und jetzt stehe ich hier und werde die beiden wiedersehen.

Matías trägt jetzt eine Brille. Vorher hatte er keine, zumindest kann ich mich nicht daran erinnern. Lola trägt das Haar jetzt kürzer und nach hinten frisiert wie Ava Gardner. Sie sieht – nun ja, fraulicher aus. Sie bewegt sich sehr ungezwungen. Und dieses Lächeln, das auf ihrem Gesicht erscheint, als sie mich entdeckt … Wie habe ich dieses Lächeln vermisst!

Sie sagt etwas, ohne mich aus den Augen zu lassen. Ich kann es von hier aus nicht verstehen, aber Matías blickt auf, nimmt die Brille ab und lächelt ebenfalls, als er mich erkennt. Sie ist schon zur Tür hinaus. Sie hat eine Strickjacke in der Hand, hat aber keine Zeit, sie anzuziehen, weil sie mir gleich in die Arme fällt. Zuerst Amparo und jetzt sie. Nirgendwo sonst hat man mich je so herzlich aufgenommen. Dieses Land ist das schönste der Welt, auch wenn manchmal der Eindruck entstehen kann, es sei das schrecklichste.

56

»Wie finden Sie es?«, fragt sie und deutet auf das Lesepult. Ich weiß nicht, ob es ihr bewusst ist, aber dieselbe Frage hat sie mir immer gestellt, wenn wir ein Kapitel zu Ende gelesen hatten.

»Eine wunderbare Überraschung«, antworte ich.

Ich glaube, ich bin gerührt.

Lola hat sich die Strickjacke um die Schultern gelegt und umarmt mich immer noch, während wir beide das Schaufenster betrachten. Matías ist näher an die Scheibe getreten und beobachtet uns von drinnen. Ich glaube, die beiden wollen wissen, wie das offene Buch auf mich wirkt.

»Sehen Sie, es ist immer noch an derselben Stelle aufgeschlagen.«

Ich lese den Anfang der beiden Seiten: *»Das ist La Albufera«, verkündet Jordan, sichtlich stolz auf seinen Orientierungssinn.*

Wir befinden uns an einem See. Elizabeth steigt aus und schlingt glücklich ihre Arme um seine Hüften. Henry und ich sehen uns an, Bonnie murmelt etwas, das ich nicht verstehe, und Owen zuckt mit den Schultern, geht zum Kofferraum und holt einen Weinschlauch heraus, aus dem man ohne Gläser trinkt.

Und dann lese ich das Ende, während meine Emotionen Achterbahn fahren: *Bei der Rückkehr aus Spanien erfuhr ich, dass Sarah sich umgebracht hatte.*

»Es ist die letzte Seite, die wir gemeinsam gelesen haben«,

sagt Lola zu mir. »Ich wollte, dass Sie es genauso vorfinden, wenn Sie zurückkommen.«

Vor lauter Rührung habe ich einen Kloß im Hals.

»Haben Sie es zu Ende gelesen?«

Lola lässt mich los und wickelt sich durchgefroren in ihre Weste. Ich glaube, ich habe das in einer ganz ähnlichen Situation auch schon einmal gemacht.

»Natürlich. Sie wissen ja nicht, wie ich geweint habe …«

Matías hat sich eine Zigarette angezündet. Ich sehe die gelbe Kordel seines Luntenfeuerzeugs aus der Hosentasche lugen. Er trägt ein olivgrünes Hemd, eine etwas dunkler karierte Krawatte und darüber nach wie vor sein altes Sakko mit den Lederflicken an den Ärmeln.

»Er ist so glücklich mit seiner Buchhandlung«, sagt Lola und sieht ihn liebevoll an.

Dann wendet sie sich zu mir um. Sie sieht ebenfalls sehr glücklich aus.

»Wissen Sie was?«

Ich nicke ihr aufmunternd zu, damit sie weiterspricht.

»Ich kann Ihnen gar nicht genug danken. Sie haben unsere Ehe gerettet.«

»Sagen Sie das nicht. Das stimmt nicht.«

Lola sieht Matías durch die Scheibe hindurch an. Sie lächelt immer noch.

»Es ist nicht wegen der Buchhandlung, wissen Sie? Zumindest nicht nur.«

Matías bedeutet uns, zu warten. Er hat die Zigarette zwischen die Lippen geklemmt, um die Hände freizuhaben.

»Ihre Geschichte …«, höre ich Lola sagen. Wir sehen ihm zu, wie er das Schaufenster von innen öffnet und das Pult, auf dem das Buch steht, leicht dreht. »Ihre Geschichte war sehr wichtig für mich. Sie hat mir dabei geholfen, mir darüber klarzuwerden, was dieser Mann mir bedeutet.« Sie schaut zu Matías, der nun das Buch in der Hand hält. »Und was wäre, wenn ich ihn verlieren würde, so wie es Ihnen passiert ist.«

Ich weiß nicht, was Matías mit dem Buch vorhat. Wir stehen schweigend da und sehen ihm zu. Eine Frau im braunen Pelzmantel bleibt neben uns stehen und betrachtet neugierig das Schaufenster, aber als sie nur einen Mann mit einem Buch in der Hand sieht, geht sie enttäuscht weiter.

Matías hat das Buch wieder auf das Pult zurückgestellt und tritt jetzt vor den Laden.

Vergnügt und mit herzlich ausgestreckter Hand kommt er mir entgegen, aber ich ergreife sie nicht. Ich muss ihn einfach umarmen wie Lola einige Minuten zuvor. Warum denke ich an eine Passage, von der niemand geredet hat? Warum höre ich meine eigene Stimme und sehe den Ort …?

Diesen Ort …

Im Frühling, während der Schneeschmelze, war überall Wasser. Es stand in Pfützen zwischen dem Moos, rann in Bächen durchs Gras und stürzte in kleinen Wasserfällen die Felswände hinab. Die gelben und rosa Blüten vermischten sich in meiner Erinnerung mit getrocknetem Hering und Brotlaiben … Und dann die Pfade, die wir entlanggingen, um das Dorf zu erreichen, wo uns die Lastwagen abholen sollten. Henry ging schnell. Er ging immer ganz vorneweg. Jemand sang ein englisches Lied, eine Melodie, die ich nicht kannte.

»Wie geht's?«, fragt Matías, sichtlich amüsiert über meine überschwängliche Umarmung.

»Ich bin froh, Sie beide wiederzusehen.«

Matías nickt. Auch diese Geste erscheint mir wunderbar vertraut, wie Lolas schönes Lächeln.

»Sehen Sie.«

Er deutet auf das Buch.

»Wir haben das Ende nie zeigen können – Sie werden sich denken können, warum. Aber heute werden wir es Ihnen zu Ehren tun. Zumindest für eine Weile.«

Er wendet sich zu Lola und bedeutet ihr, mit ihm in den Laden zu gehen.

»Lassen Sie sich Zeit, solange Sie wollen. Wir warten drinnen«, sagt Lola.

Diese beiden letzten Seiten …

57

Rose

»He, Engländerin!«, schrie der Milizionär. »Geh weg da, die knallen dich sonst ab!«

Owen zerrte an meinem Arm, damit ich mich duckte.

Ich wehrte mich. Der Krieg war vorbei, das wussten alle. Sie konnten uns gefangen nehmen, aber sie konnten uns nicht töten. Der Krieg war vorbei, und ich wollte mich nicht mehr ducken.

Wir kletterten oben über die Felsen, hoch überm Flusstal. Wir waren sechs Erwachsene und ein Kind. Einige konnten nicht mehr. In der Ferne sah man die Ruine der Burg von Pelegrina und den Stausee am Río Dulce. Wir waren ganz in der Nähe der Straße, wo uns der Lastwagen abholen sollte. Danach würden wir, zwischen Kisten versteckt, bis zur Grenze fahren. Erst dann würde dieser Albtraum vorbei sein.

Es geschah alles in einer Sekunde. Die kahlen Pappeln schlängelten sich zwischen den Felswänden am Fluss entlang. Sie hatten genau denselben rotvioletten Farbton wie die kahlen Weiden neben dem Gartenhaus am Fluss auf Elsinor Park, als ich sie das erste Mal sah. Und dann rief mir dieser spanische Soldat zu: *He, Engländerin, geh weg da, die knallen dich ab!*

Der Soldat rief, und Henry, der ganz vorneweg ging, drehte sich um. Ich hatte mich schon geduckt, aber ich sah es trotzdem.

Dreh dich nicht um, Henry, bitte dreh dich nicht um.

Und dann hörte ich dieses infernalische Knattern, einmal zweimal, dreimal, bevor Henry zu Boden sank. Ich sprang entsetzt auf. Owen versuchte, mich zurückzuhalten, und sprang ebenfalls auf. Das Knattern kehrte zurück. Was war das für eine rote Schramme, die Owen an der Schulter hatte? Warum verzog er das Gesicht vor Schmerz?

Jemand packte mich am Arm. Da war ein Gebüsch voller Dornen. Sie zerrissen meine Kleider und zerkratzten mir die Haut. Eine schwielige Hand hielt mir den Mund zu. Ich sah das tote Kind zwischen ein paar kleinen, gelben und rosa Blüten liegen. Sah seine tote Mutter. Einen toten alten Mann mit Baskenmütze … Ich sah die Stiefel mehrerer Soldaten, die zwischen den leblosen Körpern umhergingen. Ich wollte mich bewegen, weil ich von dort, wo ich lag, Henry nicht sehen konnte.

Als die Faschisten schließlich zum Río Dulce hinunterstiegen, eine Spur des Todes hinter sich herziehend, begruben der republikanische Soldat, der mir den Mund zugehalten hatte, Owen und ich die Toten.

Ich konnte keinen Grabstein aufstellen, ich konnte nicht mal klar denken, also schrieb ich auf ein Blatt Papier aus seinem schwarzen Büchlein ein paar Verse von Emily Dickinson und steckte sie in seine Hemdtasche, gleich über dem Herzen.

Ich begrub sie zusammen, weil ich dachte, die alte Emily sei eine gute Gesellschaft.

Owen und ich schafften es trotz der Gefahr, in die wir uns damit brachten, zurück bis nach Madrid. Er wollte, dass wir so schnell wie möglich nach England zurückkehrten, aber ich wollte Henry nicht hier zurücklassen. Mir war alles egal – sollten sie mich halt einsperren, in eines dieser Konzentrationslager stecken, mir meinen Pass wegnehmen … Wenn ich nur nicht Henry allein in diesem Land zurücklassen musste, für das er sein Leben gegeben hatte. Als Owen mir sagte, dass er die spanischen Behörden bitten wolle, uns auszubürgern, weigerte ich mich rundheraus. Ich bin keine Engländerin, bin es nie gewesen. Auch keine Französin, nie und nimmer. Ich hatte keine andere Heimat als Henry und die Mulde an seiner Schulter.

Manchmal denke ich an diesen Ort. Es bedeutet niemandem etwas, aber ich fahre, sooft es geht, hin, damit Henry nicht allein ist. Ich kenne dieses Tal wie meine Westentasche. Ich kenne die Felsen, das Flussbett, die Nussbäume auf den Wiesen, die wilden Apfelbäume, die sich an die Südhänge klammern, die Farbe der Pappeln im Juni und September. Ich kenne die Bienen, die Stare, die in Schwärmen den Himmel durchziehen, die Störche im März und das Heidekraut ganz oben an den Hängen. Ich komme, damit Henry nicht allein ist, aber das ist er nie. Auch nicht im Winter, wenn alles von Schnee und Eis bedeckt ist.

Denn in diesem Grab sind ein paar Verse. Jeden Tag hörst du sie, mein geliebter Henry, gelesen von meiner Stimme.

Das Herz wird ausgefegt
Und Liebe weggeräumt
Für die nun kein Bedarf mehr ist
In alle Ewigkeit –

Ich nehme an, du hörst sie, nicht wahr?

Ich auch, genau wie du. Jeden Tag.

Dank

An diesem Werk waren beteiligt …

Rodrigo Abad und Lucía Villafañe, die beiden besten Geschichten, die niemals geschrieben wurden.

Mari Carmen García Mardones und Alfonso González, in den Rollen als große Freunde.

Josetxu und Merche, Vorbild und Geschenk des Lebens.

Josep Rovirosa, immer im selben Team.

Fini Martín Calderón und Félix Sánchez, in deren Haus alles begann. Die Freundschaft, die Begeisterung und die Magie.

Jorge, Iñaki und Carlos, die Kindheit in den fünfziger Jahren.

Anna und Nicolás. Er wird weitermachen.

Suzy, die wahre Suzy, die vor der Romanfigur existierte.

Die andere Thérèse, exquisit und feinfühlig. Sie schreibt immer in Cafés.

Victoria, immer da, immer treu, eine so große Unterstützung.

Der Westwind.

Tristan Bernard, Sacha Guitry, Debussy, Ford Madox Ford, Jean Rhys, Ernest Hemingway, Hadley, Francis Scott Fitzgerald, Zelda und all die anderen Gäste der Party.

Maribel Tobalina, Amagoia Lataillade, Maykas, Cinta Enríquez, die Beharrlichkeit der Jugend.

Das Meer. Die Luft. Begoña und Manoli. Der Himmel. Olga Kolotouchkina und Mario San Juan.

Pilar Vítores und alle Frauen, die »leuchten«.

Die Normandie.

Die Lieder der Brigadisten. Ihr Mut.

Unter besonderer Mitwirkung von …

Silvia Querini, meine Verlegerin, die diese Geschichte mit ihren Gedanken und ihrer Phantasie begleitet hat, die für sie gekämpft, über sie diskutiert und von ihr geträumt hat. (Gute Feen gibt es wirklich: Ich habe eine.)

Das gesamte Team von Lumen, denn ohne Menschen wie sie würde es Bücher wie dieses nicht geben.

Mar León, brillante und geistreiche Titelflüsterin.